UN DERNIER BAISER

JUDITH KELMAN

UN DERNIER BAISER

PAYOT SUSPENSE

Titre original :
ONE LAST KISS
Bantam Books Inc., New York, 1994

Traduit de l'américain par
Dominique Mainard

ISBN : 2-266-08253-1

Pour Matt et Josh Kelman,
les nouveaux hommes de ma vie,
avec un amour débordant et une fierté éternelle.

Pour leur concours généreux, merci à :
Dr. William Theodore,
National Institutes of Health,
Peter A. Clark, assistant de l'US Attorney,
et Brian Thompson,
du Philip Kingsley Trichological Center.

Une fois encore, je remercie,
pour son soutien constant et formidable,
mon agent Peter Lampack,
et mon éditeur, Kate Miciak.

PREMIÈRE PARTIE

1

La porte d'entrée était entrouverte. Simon Gallatin se glissa à l'intérieur et, traversant à pas feutrés le vestibule empli de pénombre, entra dans le salon.

Des braises flamboyantes crépitaient dans l'âtre. A la lumière vacillante du feu, il parcourut du regard la pièce silencieuse. Sur la table basse se trouvaient un verre à vin maculé de rouge à lèvres et un album de photographies grand ouvert. Une couverture indienne était nichée au creux de l'accoudoir capitonné du canapé.

Aucune trace d'elle.

Tendant l'oreille, Gallatin entendit, au-dessus de sa tête, l'écoulement de gouttes d'eau et le grésillement d'une radio. Il l'imagina à l'étage supérieur, immergée dans une baignoire emplie de mousse, la peau rosée et satinée. Il caressa l'idée d'ôter ses vêtements et de se glisser dans l'eau à ses côtés. De se perdre dans sa chaleur, son corps humide. Il éprouva une exquise sensation de tension à l'entrejambe.

Ajustant sa cravate, Gallatin s'assit au bord du canapé, le dos bien droit, puis il entrecroisa les doigts et contempla le feu qui s'éteignait lentement dans l'âtre. Bientôt, le visage de la jeune femme se matérialisa dans les flammes. Il imagina ses yeux pailletés de cuivre, ses pommettes ciselées, son menton têtu, la somptueuse cascade de boucles auburn qui encadrait son visage et caressait ses épaules majestueuses. En esprit, il vit son corps tout entier – seins fermes, taille menue, longs membres gracieux, fluides comme un cours d'eau.

Il la voyait partout, songeait constamment à elle.

C'était la femme la plus remarquable qui fût : modeste, imprévisible, meurtrie et fragile, et dotée pourtant d'une force et d'une sérénité profondes.

Jamais Gallatin n'avait connu un être qui lui ressemblât. Héritier d'une colossale fortune familiale, il était coutumier des produits de luxe fabriqués en série : des femmes élégantes au petit doigt en l'air, aux manières étudiées et aux trajectoires linéaires. En sa qualité de sénateur du Connecticut, il était habitué à ce que les femmes le considèrent comme un marchepied, un obstacle ou un allié, et qu'elles le traitent – ou le maltraitent – en conséquence. Grâce à son arbre généalogique et au poste qu'il occupait, il avait eu plus que sa part de propositions attrayantes. Mais Simon Gallatin ne s'était jamais senti réellement proche d'elles. ni de quiconque.

Jusqu'à ce jour.

Depuis leur première rencontre dans la galerie d'art du centre-ville, Gallatin subissait son emprise avec délice. Elle ressemblait à ses propres toiles – des coups de pinceau habiles, séduisants, sur un arrière-plan énigmatique. Chaque regard offrait une nouvelle découverte, chaque découverte un nouveau ravissement. Il était envoûté. Consumé de désir.

Un mois plus tôt, Simon Gallatin avait subi les assauts obsessionnels d'une de ses électrices. Sans répit, la jeune femme laissait des messages incongrus à son bureau et surgissait aux endroits les plus inattendus. A maintes reprises, il avait été contraint de l'éviter alors qu'il se rendait à une réunion ou à une séance de vote délicates. En plusieurs occasions, des voisins vigilants avaient aperçu sa voiture près de la propriété des Gallatin. Un jour, la femme de ménage l'avait surprise alors qu'elle fouillait dans les ordures, près de la porte de service. La police avait averti Gallatin qu'elle pouvait se révéler dangereuse, que le sénateur serait bien avisé d'engager un garde du corps. Mais il s'y était refusé. Il n'allait pas permettre à une cinglée de régenter sa vie.

A présent, pour la première fois, il éprouvait un sentiment de compréhension à l'égard de cette femme. En un sens, curieusement, il était devenu quelque peu cinglé lui-même ; obsédé, ensorcelé. Gallatin savait qu'il avait découvert la femme de sa vie, le fragment qui manquait à son âme. Sans elle, il ne pourrait jamais être vraiment heureux, ni épanoui. Peu importait le temps que cela prendrait : il s'obstinerait jusqu'à ce qu'elle parvînt à la même conclusion.

La famille de Gallatin considérait toute cette affaire comme une affection passagère, un peu comme une grippe. Sa mère, qui n'avait jamais eu la langue dans sa poche, avait multiplié les remarques lourdes de sous-entendus, insinuant qu'il était temps qu'il jette sa gourme et passe aux choses sérieuses. Souvent, elle avait souligné la distinction cruciale existant entre les femmes que l'on prend au sérieux et celles que l'on prend tout court.

Sa sœur Marielle, combinaison effrayante de la volonté de fer de leur mère et du silence glacial de leur défunt père, avait exprimé sa désapprobation par des regards méprisants.

La semaine précédente, le cadet de Gallatin, fraîchement élu sénateur du Michigan, avait organisé un déjeuner entre frères – chose rare – au *Colony Club*, afin de prévenir Simon qu'il était inconvenant, d'un point de vue politique, de fréquenter « une femme comme celle-là ».

D'un ton sévère, son petit frère lui avait dressé la liste des griefs que Simon connaissait déjà. « Cette femme-là » était une artiste issue d'une famille insignifiante, et avait été élevée dans un ranch miteux au milieu de nulle part, dans l'Idaho. Ses parents étaient pauvres, peu éduqués, et auraient certainement fait piètre figure à un dîner à mille dollars la place ou à un bal d'inauguration.

Depuis qu'on croyait Simon Gallatin susceptible d'être le porte-étendard de son parti pour la prochaine élection présidentielle, ses amis, ses collègues et sa famille le gratifiaient d'un feu nourri de conseils qu'il n'avait nullement sollicités. Et, en d'autres circonstances, Simon les aurait peut-être écoutés.

En d'autres circonstances, son unique centre d'intérêt aurait été l'accession à la présidence. Depuis sa plus tendre enfance, ses parents l'avaient destiné à occuper de hautes fonctions. Le petit Simon avait fréquenté toutes les « bonnes » écoles, et noué les relations qui s'imposaient. Il s'était fait les dents sur la rhétorique, le protocole et les intrigues vertigineusement complexes des coulisses de la politique.

D'aussi loin que remontaient ses souvenirs, on lui avait inculqué la croyance que l'Etat représentait le droit, le devoir et le destin des Gallatin. Et ses parents lui avaient assuré que si on l'envisageait et l'exerçait noblement, la politique pouvait être un métier honorable, sans corruption ni compromis. L'endoctrinement auquel il avait été soumis avait pleinement porté ses fruits. Jamais Gallatin n'avait songé à se consacrer à un autre avenir. Mais dorénavant, la seule chose qui lui importait était la compagnie de cette femme, de chercher un moyen de transpercer le cocon de fer qu'elle avait refermé sur elle-même depuis la mort de son époux.

Feuilletant l'album de photographies, Gallatin contempla des douzaines de clichés dans lesquels elle enlaçait affectueusement un jeune homme séduisant. Il éprouva un pincement de jalousie. Il désirait tout posséder d'elle, absolument tout. Même son passé.

D'un geste fébrile, il déboucha la bouteille de merlot à moitié vide qui se trouvait sur le buffet et versa une bonne mesure de liquide écarlate dans le verre dont elle s'était déjà servi. Le vin était chaud et capiteux. Il pressa sa bouche contre l'empreinte de son rouge et ferma les yeux, savourant le goût de ses lèvres. Le désir qu'il éprouvait était si intense qu'il en avait le vertige.

Il ne devait pas l'effrayer en manifestant une trop grande hâte, surtout maintenant, alors qu'elle venait enfin de faire un pas décisif dans sa direction.

Lorsque le mot qu'elle lui avait envoyé était parvenu à son bureau au début de la matinée, Gallatin avait résolu de se conformer exactement à ses instructions. Le message – qui l'avait empli d'une impatience fébrile – résonnait dans son esprit.

Venez ce soir à sept heures. Si je ne suis pas prête, détendez-vous devant le feu. S'il vous plaît, ne vous retournez pas lorsque j'entrerai. Ne gâchez pas la surprise que j'ai prévue. J'ai tout organisé. Ce sera merveilleux, je vous le promets.

Gallatin jeta un coup d'œil à sa montre. Seulement sept heures dix; mais il avait l'impression d'attendre depuis des heures. Le silence s'était intensifié. A présent, la radio était éteinte, et le bruit des gouttes qui coulaient au-dessus de sa tête s'était tu.

Bientôt, elle serait prête à descendre.

Quelques secondes plus tard, une latte de plancher grinça à l'étage, et il entendit le bruit de pas qui descendaient lentement les marches. Gallatin sentit son cœur tressaillir. D'un geste nerveux, il lissa son épaisse chevelure blond-roux, épongea la sueur qui perlait sur son front.

Cela va être merveilleux, songea-t-il. *Merveilleux.*

Maintenant, elle se trouvait au pied de l'escalier. Gallatin l'entendit traverser le vestibule à pas feutrés. Il l'imagina pieds nus, vêtue d'une étoffe légère. En pensée, il esquissa la rondeur crémeuse de ses seins, ses mamelons dressés, et, plus bas, le renflement sombre du pubis. Il brûlait du désir de l'apercevoir, de se perdre en elle. Mais l'avertissement de la jeune femme retentissait dans son esprit.

Ne vous retournez pas.

Un violent frisson parcourut sa colonne vertébrale. L'attente était un supplice.

Elle avait tout prévu. Il ne devait pas gâcher sa surprise.

Avec la discipline qu'on lui avait inculquée depuis sa naissance, il s'obligea à demeurer parfaitement immobile. N'osant cligner des yeux ni esquisser un geste, il fixa les braises carbonisées qui reposaient dans l'âtre. Le feu s'était éteint.

Elle approchait dans son dos. Son ombre se projeta sur Gallatin, dont le cœur se mit à battre la chamade. Il percevait son souffle léger, l'arôme musqué de son parfum. Elle était si proche qu'il pouvait sentir la tension électrique de l'air entre eux. Mais subitement, elle s'immobilisa.

Gallatin retint sa respiration. Il ne devait pas se retourner avant qu'elle le lui demande. Que représentaient quelques secondes, à côté de la vie entière qu'ils allaient partager ?

Mais qu'attendait-elle donc ?... Les secondes s'étiraient, insoutenables. Une tension oppressante emplissait sa poitrine. L'air prisonnier s'exhala violemment de ses poumons.

Enfin, elle reprit sa marche. Il sentit la pression de ses lèvres soyeuses sur sa nuque. Sa voix n'était qu'un souffle.

– Vous pouvez regarder, à présent, Simon. Regardez-moi. Je le veux.

Simon Gallatin se retourna lentement. Un sourire se dessinait sur ses lèvres. Mais celui-ci se figea en une grotesque grimace lorsqu'il vit ce qu'elle lui avait préparé.

La surprise qu'elle lui avait réservée lui procura le choc le plus violent de son existence ; ce fut également le dernier.

JOURNAL INTIME
7 mars

Ils disent que je l'ai frappé sept fois.

Le trophée représentait une statuette en bronze de trente-cinq centimètres de hauteur, brandissant une canne de golf, entre deux colonnes de granit. Lorsque j'en ai eu fini avec lui, la tête du golfeur pendait comme une fleur sur une tige rompue, et les colonnes avaient l'aspect craquelé d'une coquille d'œuf dur brisée.

Alors que je me penchais sur son corps, le temps ralentit sa course. Ses veines avaient l'immobilité de la pierre. Ses yeux saillaient, emplis de questions muettes. Sa cravate dessinait un nœud coulant; ses doigts pétrifiés s'agrippaient au plastron amidonné de sa chemise. J'ai ajusté sa cravate, défait le premier bouton de la chemise, songeant contre toute logique que son col devait lui serrer la nuque. Bien sûr, il avait dépassé le stade où il pouvait éprouver la moindre souffrance, le moindre inconfort. A cause de moi.

Le sang avait coulé à flots. Par la suite, pendant des jours, j'ai frotté les gouttelettes tenaces qui semblaient s'être incrustées sous ma peau. Durant des semaines, l'odeur fétide de sa peur a imprégné chacune des goulées d'air que j'inspirais. Aujourd'hui encore, lorsque je ferme les yeux, je vois le masque de terreur gravé pour l'éternité sur ses traits.

J'ai gardé en mémoire les heures qui ont précédé et ce qui s'est passé par la suite, ces instants affreux, interminables. Ce qui s'est produit entre-temps, cependant, s'est perdu dans les limbes de mon inconscient. Ce qui s'est produit entre-temps n'a laissé aucune trace dans mon esprit. Je suis absolument incapable de m'en souvenir.

Ils disent qu'il a fallu une force inhumaine pour le tuer, une raison consumée par une fureur sans borne.

Ils disent que l'on ne peut pas m'en tenir responsable.

2

Son journal avait glissé derrière le lit.

Thea Harper ouvrit sa valise et s'empressa de glisser le carnet entre les vêtements soigneusement pliés à l'intérieur. Les yeux plissés, elle balaya la pièce du regard à la recherche d'autres objets égarés. Se dirigeant vers la commode, elle ouvrit les tiroirs vides et les inspecta pour la dixième fois. Elle vérifia qu'il n'y avait rien derrière les rideaux vaporeux et secoua méthodiquement les draps enchevêtrés.

Dehors, le taxi qui l'attendait dans l'allée circulaire de l'hôpital laissa échapper un coup de klaxon impatient. Une voix s'éleva près de la porte, la houspillant :

– Allez, petite !... Dépêchez-vous de filer !...

– C'est ce que je fais, Billie.

– Vous devez fonctionner en marche arrière, alors !

L'infirmière au teint basané feignit de froncer les sourcils, mais ses yeux pétillants et ses traits radieux l'emportèrent. Un uniforme blanc pimpant, rehaussé par d'énormes chaussures d'aérobic et des chaussettes à motifs, engonçait la silhouette potelée de Billie.

– Est-ce que vous avez besoin que je mette le feu à la chambre pour vous forcer à sortir d'ici ?

– Mais oui. Allez couper du bois, je vous attends ici.

L'infirmière hocha la tête d'un air entendu.

– C'est parfaitement normal que vous vous sentiez effrayée, ma chérie. Si vous voulez mon avis, vous avez toujours été bien trop normale pour un endroit comme celui-là.

– Et si les médicaments cessaient d'être efficaces ? Si je...

– N'y pensez même pas. Le docteur Forman a dit que vous alliez bien ; donc, vous allez bien. De toute son existence, cette femme ne s'est pas trompée une seule fois. C'est une des nombreuses choses que je ne peux pas supporter chez elle.

Thea laissa échapper un soupir.

– Je ne sais pas comment je m'en serais sortie sans vous, Billie. Vous êtes sûre de ne pas vouloir vous glisser dans ma valise et rentrer à la maison avec moi ? Je me sentirais beaucoup mieux.

– Ne vous en faites pas. La vieille Billie ira jeter un œil sur vous de temps à autre.

En entendant ces mots, Thea ne put s'empêcher de sourire. Lorsqu'elle était petite fille, elle avait coutume de se promener sans but, perdant toute notion de l'heure, de l'endroit où elle se trouvait et de ce qu'elle avait à faire. Sa mère devait constamment demander au frère de Thea, Jimmy, ou à l'un des employés du ranch d'aller jeter un œil sur elle. A la longue, on avait pris l'habitude de l'appeler « Checker [1] ». Dans sa famille, le surnom lui était resté.

– Je parie que la petite brûle d'envie de vous retrouver, reprit Billie.

Mots magiques. Pendant les six mois durant lesquels Thea s'était fait soigner à Brook Hollow, sa petite fille de neuf ans, Gabrielle, avait été confiée à des voisins. Aussi difficile qu'ait été la situation pour Thea, elle n'avait jamais oublié qu'il s'agissait d'une épreuve bien plus douloureuse encore pour la fillette.

Gabby n'avait que trois ans lorsque son père était mort, mais elle en avait souffert et en avait conservé un souvenir vivace. A sa disparition, la révélation douloureuse qu'elle pouvait perdre chacun des êtres qui l'entouraient s'était imposée à l'enfant. Rien n'était jamais acquis ni permanent. Thea avait eu beau s'efforcer de lui offrir un foyer solide, elle n'avait pu effacer cette lugubre vérité de l'esprit de la fillette.

Thea tressaillit en imaginant combien les événements de cette année abominable qui venait de s'écouler avaient dû meurtrir la petite fille. Il n'y avait eu aucun

1. En anglais, *check her* signifie « jeter un œil sur elle », d'où le jeu de mot « Checker ». *(N.d.T.)*

moyen de protéger Gabby des horreurs de l'arrestation, des épouvantables gros titres des journaux, de l'interminable procès. Aucun moyen de l'isoler de la condamnation impitoyable de la ville. Aucun moyen de l'immuniser contre le fléau des sauterelles à deux pattes qui s'étaient abattues sur leur quartier paisible de Westport, dans le Connecticut.

Avec un frisson, Thea se remémora la sonnerie du téléphone qui retentissait sans cesse, les journalistes opiniâtres qui appuyaient sur la sonnette au beau milieu de la nuit, espérant la harceler jusqu'à ce qu'elle dise ou fasse quelque chose qui justifierait un gros titre croustillant : LA VEUVE NOIRE DE WESTPORT SE MET A TABLE.

Ils ne reculaient devant rien pour obtenir une histoire juteuse. Quelques-uns avaient essayé de coincer Gabby à l'école ou lorsqu'elle jouait avec ses amies dans le lotissement. Un chroniqueur du *Post*, une vermine du nom de Harlan Vernon, avait été jusqu'à proposer à l'enfant un luxueux coffret de poupée Barbie. Thea se demandait si c'était le tarif en vigueur, ces jours-ci, lorsqu'un enfant trahissait sa mère.

Quel effet cela fait-il de vivre avec une meurtrière, Gabby? Tu n'as pas peur?

Depuis le jour du drame, Gabby dissimulait sa souffrance et son trouble. La fillette s'était dérobée chaque fois que Thea avait tenté de lui parler ou de lui fournir une explication. Gabby n'avait posé aucune question, ne lui avait rien confié des cruautés qu'avaient dû lui infliger ses camarades lorsque rumeurs et insinuations avaient déferlé sur la ville. La petite fille avait tout simplement choisi d'occulter le sujet.

Lors de ses visites hebdomadaires à Brook Hollow, Gabby s'était montrée mal à l'aise, distante et réservée. Rien de surprenant si l'on considérait la nature des lieux. En dépit de ses pelouses vallonnées, de ses plantations majestueuses et de ses coquettes résidences à bardeaux, la clinique privée n'était rien d'autre qu'une maison de fous. Même si la majeure partie des patients de Brook Hollow s'étaient fait interner à leur propre demande pour effectuer une cure de désintoxication ou se complaire dans les névroses en vogue dont ils croyaient souffrir, il s'y trouvait également des légumes, des individus qui se prenaient pour le Christ et un patient extrêmement bruyant qui se croyait dans une basse-cour.

Un dimanche, Thea avait organisé un pique-nique dans le parc, en espérant que cela rendrait moins pénibles les circonstances de la visite de sa fille. Mais juste à l'instant où Gabby commençait à se détendre, Mrs. Argersinger avait traversé la pelouse à toutes jambes sous son sempiternel parapluie jaune, en hurlant d'une voix stridente :

– L'foutu ciel est en train de nous tomber sur la tête ! Sauvez-vous, bon sang ! Courez vous mettre à l'abri !

Pire encore, Vita Negrone rôdait telle une ombre, et proférait de macabres menaces.

– J'vais te tuer, te couper en rondelles et te hacher... Te faire cuire jusqu'à ce que ta chair soit bien tendre... Et te donner à manger aux petits cochons...

Les membres du personnel juraient que Vita était inoffensive. Durant la décennie que cette dernière avait passée à Brook Hollow, on n'avait jamais enregistré le moindre incident. Pour plus de sécurité, ils la soumettaient à un traitement médical rigoureux à base de sédatifs et d'examens réguliers. Mais essayez donc de convaincre une petite fille rationnelle comme Gabby que Vita n'avait pas réellement l'intention de faire mariner les côtes de l'enfant, de les faire cuire au barbecue et d'en nourrir un chien...

Thea boucla sa dernière valise.

– Eh bien, j'imagine que je suis prête.

Billie l'entoura d'une chaleureuse étreinte.

– Vous pouvez compter sur moi, ma chérie. N'importe quand. Suffira de m'appeler.

– Très bien. Merci, Billie. Merci pour tout. Et s'il y a quoi que ce soit que je puisse faire pour vous...

– Vous en aller d'ici, voilà ce que vous pouvez faire pour moi. Allez, ma fille. C'est l'heure.

Le pot d'échappement du taxi envoyait des signaux de fumée dans l'air froid du matin. Tout en dévisageant Thea d'un regard circonspect, le chauffeur aux cheveux grisonnants hissa ses bagages dans le coffre et claqua le capot. La jeune femme s'assit à l'arrière, serrant son sac à main sur ses genoux.

Traînant derrière lui l'odeur des gaz d'échappement, le chauffeur s'installa derrière le volant et la fixa de ses yeux d'un noir d'encre. Un cure-dent était fiché à la commissure de ses lèvres.

– Vous allez où ?
– 21, Linden Street. A Westport.
– Vous êtes employée ici ?
– Non. Plus maintenant.
Il souffla par l'autre coin de sa bouche.
– Moi, je n'y travaillerais pas pour tout l'or du monde. Tous ces dingues et ces cinglés ! Rien que de les regarder, ça me fait froid dans le dos.
Thea lui adressa un sourire aimable.
– Vous seriez surpris. Je suis sûre que vous auriez du mal à me distinguer des patients.
– Je parierais bien que non, m'dame. Personne ne pourrait vous prendre pour une siphonnée. Aucun risque.
Étrange de voir à quel point l'éruption volcanique qui avait bouleversé sa vie en avait laissé la surface intacte. Avec sa crinière impétueuse de boucles sombres et son corps longiligne, on aurait pu prendre Thea pour une adolescente. On lui faisait souvent des commentaires élogieux à propos de ses yeux de Bambi et d'une ressemblance, quoique discutable, avec Audrey Hepburn du temps de sa jeunesse.
Après la mort de Simon, Thea avait surveillé le miroir d'un œil inquiet, s'attendant à constater quelque transformation cataclysmique, l'espérant presque. Si ses cheveux avaient blanchi, si son dos s'était subitement voûté, peut-être aurait-elle pu commencer à accepter l'inimaginable réalité.
Elle avait tué quelqu'un.
Meurtre. Ce mot était une balle de caoutchouc, folle, rapide et insaisissable. Elle ne parvenait pas à l'apprivoiser, à s'imaginer jouant un rôle au sein de ce moment qui défiait son entendement.
L'épouvantable drame lui demeurait totalement incompréhensible. A de multiples reprises, on le lui avait expliqué, patiemment démontré, comme s'il s'agissait de faire comprendre quelque chose à un enfant à l'esprit lent, mais Thea était incapable d'imaginer en quoi elle était impliquée dans ces faits sanglants. Ils échappaient à sa compréhension, tels des hiéroglyphes ou des concepts technologiques. Son être rationnel avait été submergé, englouti par une impulsion inconsciente irrépressible. Elle avait assassiné Simon de ses propres mains, sans pourtant qu'il s'agisse réellement d'elle. Elle était coupable tout en étant innocente.

Reprends-toi, Thea. Tout cela est arrivé à cause d'une maladie. Si tu prends tes cachets, tout ira bien.

Même sans traitement médical, l'éventualité qu'un problème survienne était quasi nulle, lui avait-on assuré. Jusqu'à cette nuit abominable, Thea n'avait jamais été la proie d'impulsions violentes. Le court-circuit, comme le nommait allégrement le docteur Forman, se produisait statistiquement une fois sur un million. Un nombre incalculable d'individus souffraient des troubles que l'on avait diagnostiqués chez Thea, et on n'avait relevé que deux ou trois autres cas de comportement similaire.

Miraculeusement, après un exténuant procès de quatre mois, elle avait été acquittée. La loi ne pouvait la tenir responsable des actes qu'elle avait perpétrés dans un état second. Suite à un accord entre la défense et le procureur de la République, il avait été entendu que pour seule peine Thea serait assignée à résidence durant six mois dans une clinique psychiatrique de la région. Là, on lui administrerait des soins médicaux constants et elle pourrait s'abriter des regards de la foule et des journalistes.

Non coupable. Vous êtes tous d'accord sur ce point?

Oui, Votre Honneur.

La séance est levée.

Alors que le taxi roulait dans les rues tranquilles parsemées des premières feuilles dorées de l'automne, Thea se souvint du « bang ! » discordant du coup de marteau qui avait suivi le verdict. Des flashes avaient explosé comme une rafale de coups de feu. Des questions l'avaient lapidée, aussi tranchantes et cruelles que des pierres.

Qu'est-ce que l'on ressent lorsqu'on est acquitté après avoir tué quelqu'un, Mrs. Harper?

Allez-vous écrire un livre, Thea?

Avez-vous quelque chose à dire à la famille du sénateur Gallatin?

A ce moment-là, elle s'était sentie totalement désemparée. Existait-il la moindre justice, la moindre vérité en ce monde alors qu'elle, la douce Thea Harper, avait défoncé le crâne du seul homme auquel elle se fût attachée depuis la mort de Justin? Elle pensait bien se connaître. Seulement, une monstrueuse créature était tapie en elle. Et, l'espace d'un instant meurtrier, la créature avait brisé ses chaînes.

– Vous savez quoi ? J'ai l'impression de vous avoir déjà vue quelque part.

Encadrés par le rétroviseur, les yeux sombres du chauffeur étaient braqués sur elle.

– Cela m'étonnerait.

– Peut-être à l'école ? Vous allez à Bridgeport ?

– Non.

– Cette publicité pour le dentifrice, alors ? Est-ce que c'était vous ?

– Non.

Jadis, Thea avait parfois nourri des rêves de célébrité, mais elle espérait accéder à la renommée grâce à son art. Jamais elle n'aurait imaginé jouer le rôle principal dans un abominable feuilleton où malades et pervers tenaient la vedette.

Il mâchouillait son cure-dent.

– Ça va me revenir. Je n'oublie jamais un visage.

Thea effleura son sac à main, et entendit le froissement du sachet de papier qui se trouvait à l'intérieur. Elle imagina la plaquette soigneusement agencée, chaque cachet suivi de l'inscription indiquant la date à laquelle il devait être pris. Infaillible. S'il lui arrivait d'oublier une journée, le docteur Forman lui avait assuré qu'elle serait protégée par la présence du médicament dans son système sanguin. Grâce aux cachets, il n'y avait aucun risque qu'elle succombe de nouveau à une pulsion meurtrière.

Mais rien ne pouvait changer l'atroce réalité de la mort de Simon. Le tribunal, les médecins et les quelques amis qui lui restaient avaient eu beau l'absoudre de ce meurtre, Thea était en proie aux affres de la culpabilité. Elle avait infligé la mort à un homme superbe et merveilleux. Elle avait dépossédé Simon de son avenir. Jamais plus il ne contemplerait un coucher de soleil, jamais plus il ne ferait l'amour, et il n'aurait jamais d'enfant.

En outre, le monde avait perdu Simon à cause d'elle. Simon Gallatin était un homme bon, intègre, appartenant à cette race de politiciens en voie de disparition qu'habitent l'espoir et l'amour de leur prochain.

Son enthousiasme et son honnêteté l'avaient totalement désarmée. Avant de rencontrer Simon, Thea refusait de considérer la perspective qu'un autre homme entre dans sa vie. La mort de Justin était un souvenir trop douloureux et son chagrin demeurait une plaie à vif.

Pourtant, Simon Gallatin l'avait amenée à envisager l'inconcevable : une nouvelle histoire d'amour, un baume qui soulagerait la solitude dont elle souffrait tant.

Mais jamais elle n'avait rêvé d'un procès pour meurtre ou d'un séjour forcé à l'asile de fous.

Le conducteur avait toujours les yeux fixés sur elle.

– Ça y est ! s'exclama-t-il avec un grognement. C'est vous qui avez trucidé le sénateur, pas vrai ? La Veuve Noire.

Thea sentit une onde glaciale l'envahir.

– Hé, j'y vois aucun mal. Je n'ai jamais aimé ce gars. Le type même du beau gosse plein aux as. Je disais bien à ma bobonne que c'était trop beau pour être vrai, mais elle en pinçait pour lui. Elle s'imaginait que c'était le Messie ou je ne sais quoi. Qu'est-ce qui s'est passé ? Il avait essayé de vous forcer la main ?

Le taxi louvoyait le long des virages en épingle à cheveux qui bordaient la rivière Saugatuck. La dernière fois que Thea avait effectué ce trajet, les feuillages étaient d'un vert éclatant, les jardins une éruption luxuriante de couleurs printanières : citron, lilas et rose. A présent, des feuilles rouille tombaient paresseusement sur le sol. Les pelouses étaient d'une morne teinte brunâtre, et les parterres emplis d'un triste étalage de plantes fanées. Des piles de chaises longues et de piscines pour enfants attendaient d'être remisées dans les appentis. Les écureuils faisaient leurs provisions pour l'hiver et se précipitaient frénétiquement de droite à gauche avec leurs fardeaux, comme des clients à la saison des soldes.

Tant de choses pouvaient changer en l'espace de six mois, songea Thea, lisant une curiosité avide dans les yeux du conducteur. Il suffisait de six mois pour qu'un être perde la place qu'il occupait au sein de la société.

3

Lorsqu'elle sortit de l'école, Gabrielle Harper aperçut les garçons de Greens Farms qui poireautaient de l'autre côté des pelouses. La bande, que l'on désignait du nom des beaux quartiers où ils habitaient, était composée de délinquants de luxe arborant baskets, casquettes de base-ball et jeans trop larges. Les vélos tout-terrain sur lesquels ils avaient fait le trajet depuis le collège étaient appuyés contre un énorme chêne. Les voyous en herbe s'étaient regroupés, se bourrant de coups de coude et soulevant des nuages de poussière. Rod Salvatore, Brian Carmody, Eddie Adelman. De grandes gueules qui ne cessaient de la harceler. Gabby sentit une onde de haine la submerger, et un picotement de peur parcourut sa nuque.

Battant désespérément en retraite, elle se précipita à l'intérieur de l'école et parcourut à toutes jambes le dédale des couloirs qui menaient à sa classe. Ces imbéciles n'auraient pas le cran de dire ou de faire quoi que ce soit si elle était accompagnée de son instituteur. Mais elle trouva la porte verrouillée, la pièce vide et plongée dans l'obscurité.

Toutes les salles étaient désertes. Son cœur se serra. Sans doute y avait-il une réunion d'enseignants ou quelque chose comme ça. Gabby glissa un regard dans le bureau du principal ; mais elle ne vit que Miss Nardino-la-Teigne, avec ses yeux qui louchaient et sa voix de saxophone. Aucun espoir d'obtenir de l'aide de ce côté-là. Tout ce qui intéressait la secrétaire du principal, c'était de faire de la lèche aux parents, en particulier à ceux qui occupaient des postes importants à l'Association des parents d'élèves. Gabby s'esquiva avant que la vieille sorcière ne l'aperçoive et ne se mette à hurler.

Au-dehors, les crétins de Greens Farms patientaient toujours. D'une démarche raide, Gabby descendit les escaliers. Elle garda les yeux rivés au sentier parsemé de détritus qui conduisait à la rue. Si elle ne leur prêtait aucune attention, peut-être allaient-ils disparaître. Peut-être allaient-ils s'évaporer en un gros et laid nuage que le vent emporterait jusqu'aux dangereuses jungles situées dans les profondeurs de l'Afrique. Ils méritaient d'être dévorés par un puma semblable à celui qu'elle avait vu lors de l'excursion scolaire du printemps dernier au zoo du Bronx. Une affreuse bête qui dégageait une puanteur de W.-C. turcs, et avait un caractère aussi désagréable que la secrétaire.

Serrant son cartable contre sa poitrine, Gabby se dirigea rapidement vers le bus jaune n° 7 qui patientait le long du trottoir. Seuls quelques enfants s'apprêtaient encore à y monter. Si elle ne se dépêchait pas, le bus partirait sans elle. Il ne fallait pas que cela se produise.

Pas aujourd'hui.

Il fallait que cette journée se déroule à la perfection. Gabby avait passé les deux semaines précédentes à s'y préparer fiévreusement. Depuis qu'on lui avait dit que sa mère rentrait enfin à la maison, son ventre s'était mis à jouer au yo-yo comme une lanière de caoutchouc. Durant la journée, elle n'avait cessé de passer en revue chaque détail imaginable. La nuit, elle s'éveillait en sursaut, le cœur battant, terrifiée à l'idée d'avoir laissé échapper un élément crucial susceptible d'entraîner la rechute de sa mère.

Gabby avait aidé Mrs. Millport à briquer la maison de fond en comble et à emplir le réfrigérateur de provisions. Pour ce soir-là, elles avaient prévu un dîner destiné à célébrer le retour de sa mère, avec tous ses plats favoris et un énorme gâteau en forme de palette de peintre. Gabby avait elle-même coloré le glaçage destiné à représenter les gouttes de peinture, qu'elle avait soigneusement disposées sur le gâteau.

Ce matin-là, Amber Millport s'était levée plus tôt que d'habitude pour tresser la chevelure brune de Gabby en une natte impeccable tandis que ses sœurs, les jumelles Opal et Jasmine, avaient aidé la fillette à choisir ce qu'elle porterait en cette occasion : une jupe en jean, des collants à grosses côtes, un chemisier rouge avec des boutons de nacre, une ceinture arc-en-ciel et des souliers à lanière. Elles lui avaient également prêté un bracelet rouge, des boucles d'oreilles en forme de demi-cercle et des barrettes assorties.

Elle n'allait pas laisser ces petits crétins gâcher quoi que ce soit.

Gabby accéléra le pas. Le gros Toby Blenheim gravissait péniblement les marches du bus. Le dernier de la file, comme à l'accoutumée. La tête de Ricky Dolan surgit à la vitre arrière du bus, se balançant comme celle d'un chien en peluche articulé.

Le moteur démarra avec un rugissement.

– Attendez ! hurla Gabby, se mettant à courir. Attendez-moi !

Les portières se refermaient. Gabby cria de nouveau, mais le grondement du moteur noya son appel. Courant à toutes jambes, elle vociféra :

– Attendez, Benny. J'arrive !

Elle y était presque. Encore quelques pas, et elle entrerait dans son champ de vision. Mais soudain, elle trébucha et s'étala de tout son long sur le sentier de terre. Alors que le choc laissait place à un sentiment de douleur et d'humiliation, un chœur de voix sarcastiques s'élevèrent autour d'elle :

Thea Harper a pris une hache en bois
Elle a frappé son amoureux quarante fois
Et pour faire bon poids
Elle l'a frappé encore une fois.

Etouffant un sanglot de colère, Gabby se hissa sur ses pieds. Ses collants, déchirés aux genoux, laissaient entrevoir des plaies sanglantes. Les paumes de ses mains étaient râpées et parcourues d'élancements douloureux, ses vêtements maculés de terre. Le bracelet rouge d'Opal gisait à terre, brisé en deux.

Se détournant, elle aperçut un rictus sur le visage d'Eddie Adelman, un petit sourire narquois au beau milieu d'une nuée de taches de rousseur brunâtres. D'un geste, Eddie leva l'un de ses pieds chaussés de baskets afin de montrer comment il s'y était pris pour la faire tomber. Agglutinés derrière lui, les autres garçons de

Greens Farms l'acclamèrent et lui décochèrent des bourrades dans le dos.

Avant que Gabby ait pu rassembler les feuilles qui s'étaient échappées du cartable gisant à terre, Brian Carmody, un adolescent maigrichon, les ramassa. Il entreprit de les rouler en boule ; les trois autres se joignirent à lui avec allégresse, projetant les meilleurs devoirs de Gabby dans les airs et les rattrapant au rythme de leur chanson.

Thea Harper a pris une hache en bois...

Oubliant ses genoux et ses mains douloureux, Gabby s'efforça d'attraper les feuilles qui voletaient au-dessus de sa tête. Elle les avait rassemblées pour les montrer à sa mère, afin que celle-ci soit fière d'elle. Elles étaient toutes annotées d'une étoile ou d'un 20 sur 20. Se répandant en jurons, elle chancelait de-ci, de-là alors que chaque garçon jetait une feuille dans les airs avant de se précipiter hors d'atteinte. Ils étaient plus grands, plus rapides. Saletés de collégiens. La fureur de Gabby éclata.

– Espèce d'imbéciles ! cria-t-elle. Je vais vous tuer ! Je vous jure que je vais vous tuer !

Rod écarquilla les yeux.

– Tu vas devenir une meurtrière, comme ta mère ? Allez viens, petite, essaie un peu !

Brian serra les poings, la mettant au défi d'approcher. Eddie appuya ses paumes contre ses lèvres et simula un bruit de pet. De nouveau, ils entonnèrent la rengaine avec laquelle ils la harcelaient depuis des mois.

Thea Harper a pris une hache en bois,
A frappé son amoureux quarante fois...

– Taisez-vous ! hurla Gabby. Rendez-les-moi ! Ils sont à moi !

Eddie laissa échapper un ricanement.

– Tu veux tes précieux devoirs ? Hé, les gars... On ferait mieux de les lui rendre, avant qu'elle nous colle sa mère aux trousses !

– Oh, non ! Pas ça !

Rod prit sa tête entre ses mains et recula de quelques pas en chancelant.

– Non, je vous en prie, Mrs. Harper ! Arrêtez de me frapper !

Une boulette de papier frappa la petite fille à la joue. Suivant l'exemple d'Eddie, les garçons ramassèrent les feuilles de papier froissées et se mirent à en bombarder Gabby.

... Et pour faire bon poids,
Elle l'a frappé encore une fois.

– Arrêtez ! hurla-t-elle d'une voix suraiguë. Non !

Sa fureur déclencha un torrent de larmes.

– Arrêtez, bon sang ! Arrêtez !

Soudain, un grand silence se fit. A travers ses larmes, Gabby lut de la crainte dans les yeux de Rod Salvatore. La fillette se retourna. Un jeune homme vêtu d'un blouson de cuir et d'un jean noirs avait empoigné Eddie par-derrière. L'un de ses bras était plaqué contre la gorge de l'adolescent, qui émettait des sons étranglés.

– T'en as assez comme ça, andouille ?

– Ça suffit, Dill, articula Eddie dans un croassement.

Il se débattait sans parvenir à se libérer.

– Laisse-moi !

Rod, peureusement, s'apprêtait à s'enfuir, mais Dill le rattrapa sans difficulté par la peau du cou.

– Personne ne bouge tant que je ne l'ai pas dit, compris ? jeta-t-il d'un ton cinglant.

Il avait une voix d'adulte rauque et grave.

Rod demeura immobile, pétrifié par la panique, tandis que le jeune homme agrippait l'avant-bras de Brian à deux mains et lui infligeait une torsion. La torture indienne. Fixant du regard les mains de Dill, Gabby aperçut ses ongles noirs et les cicatrices sinueuses qui cerclaient ses poignets.

– Assez..., geignit Brian.

– C'est moi qui dirai quand ce sera assez, répliqua Dill en accentuant sa pression.

Il se tourna vers Rod.

– Allez, à ton tour, p'tite bitte. En dernier, parce que tu es le dernier des crétins.

Le visage de Rod adopta la teinte du lait écrémé.

– Hé, attends... Qu'est-ce qu'on t'a fait ?

– Quand je vous vois ennuyer une petite fille comme ça, ça me coupe l'appétit. Et quand je ne mange pas bien, je suis de mauvaise humeur. Tu me suis, andouille ? Ou t'es trop bête pour comprendre ?

– On s’amusait, c’est tout, pleurnicha Rod. Oublie ça, d’accord ?

Foudroyant Rod de son regard d’encre, le jeune homme se dirigea vers lui d’une démarche assurée.

– Ouais, bien sûr. J’oublierai tout dès que je serai sûr que toi, tu en garderas le souvenir dans ta petite tête.

Du plat de la main, Dill fit mine d’épousseter la coupe en brosse de Rod. Puis il leva son poing en l’air et martela le crâne de Rod comme s’il essayait d’enfoncer un piquet de clôture dans le sol.

Rod glapit comme un chien blessé. Gabby refréna un petit rire.

– Et maintenant, disparaissez hors de ma vue, bande de petits crétins, jeta Dill avec hargne.

Le trio s’empressa de s’éloigner.

Quand ils eurent tourné à l’angle de la rue sur leurs vélos, le jeune homme se tourna vers Gabby.

– Ça va ?

Essuyant une larme qui s’était égarée sur sa joue, la fillette haussa les épaules comme si rien de tout cela n’avait d’importance. Mais c’était un véritable désastre. Le bus était parti. La maison se trouvait à cinq kilomètres de marche. Lorsqu’elle y arriverait, sa mère serait inquiète et bouleversée. Gabby imagina sa santé fragile en train de se fissurer. Le monde s’écroulait de nouveau.

– Viens, dit le jeune homme d’un ton ferme, braquant ses yeux sombres sur le visage de Gabby. Je vais te débarbouiller et te ramener chez toi.

– Je n’ai pas le droit de monter dans la voiture d’un inconnu.

– Tu ne te souviens pas de moi ?

– Non.

– Bien sûr que si. Réfléchis.

Il alluma une cigarette, mettant l’une de ses mains en coupe autour de la flamme.

Gabby plissa les yeux, l’observant avec davantage d’attention.

– Je suis Dylan. Dylan Connable. Tu venais à la garderie de ma mère quand tu avais trois ou quatre ans. Je l’aidais parfois après l’école. C’est moi qui t’ai appris à jouer à la bataille. Tu te souviens ?

Gabby se souvenait de lui, à présent. Amber Millport lui avait souvent parlé de Dylan Connable. A dix-sept ans, Amber comprenait le sens de mots que Gabby parvenait à peine à prononcer. Selon Amber, éviter la compagnie de Dylan Connable était une simple question de bon sens, comme se garder de lécher la glace de quelqu'un qui était enrhumé.

– Alors, tu viens ou pas ?

Il l'observait à travers la fumée de sa cigarette.

Gabby balaya la rue du regard, s'efforçant de trouver une meilleure alternative ; puis elle se mordit les lèvres et acquiesça. Il lui fallait à tout prix rentrer retrouver sa mère. Elle s'empressa de rassembler les livres et les feuilles de papier qui jonchaient le sol.

La voiture de Dylan était garée en travers du parking. Elle était d'un noir terne et les mains griffues du diable, or et écarlate, étaient peintes sur ses flancs. L'arrière du véhicule était si haut que Gabby pouvait voir le fil de fer enroulé autour du silencieux rouillé.

A travers la portière ouverte, Gabby aperçut l'habitacle crasseux de la voiture. Avec un sentiment de répugnance, elle balaya du regard les emballages froissés, les cannettes de bière cabossées, les vêtements souillés, les mégots de cigarette et les morceaux de papier en vrac sur le plancher. Dégageant le siège du passager avec son avant-bras, Dylan lui fit de la place. Avec réticence, elle s'installa dans la voiture et chercha la ceinture de sécurité. Il n'y en avait pas.

Dylan conduisait par saccades nerveuses, le visage noyé dans la brume de la cigarette qui lui pendait au coin des lèvres. Gabby se pressait contre le cuir craquelé du siège. Elle s'efforçait de ne pas respirer l'air enfumé, de se concentrer sur le paysage qui défilait à une vitesse vertigineuse. Des lignes à haute tension convergeaient dans sa direction, se croisaient, s'éparpillaient. Des maisons et des arbres passaient en un éclair. L'estomac de Gabby était agité de soubresauts, comme dans un ascenseur.

Quelques minutes plus tard, ils atteignaient le fleuve et parcouraient à tombeau ouvert les virages familiers. Gabby connaissait par cœur le chemin menant de l'école à chez elle. Il fallait dépasser le marchand de glaces, quitter Post Road juste après l'entreprise de pompes funèbres, ignorer le club de gymnastique, la compagnie d'assurance et le cabinet médical... Tourner à gauche au troisième panneau indiquant *Ralentir*. La maison était la cinquième sur la droite.

Ils avaient franchi le deuxième panneau. Gabby se

pencha en avant, s'attendant qu'il amorce le virage. Mais sans marquer la moindre hésitation, Dylan dépassa pied au plancher le pâté de maisons où elle habitait.

– Attends... Tu es allé trop loin !

– J'habite tout près d'ici. Il vaut mieux que tu fasses un brin de toilette avant de rentrer.

– Mais ma mère m'attend !

– Mais elle ne s'attend pas à te voir dans cet état, si ?

Gabby demeura silencieuse. Si sa mère la voyait ainsi, elle en serait bouleversée. Tout bien considéré, c'était probablement une bonne idée de consacrer quelques minutes à se débarbouiller. Non qu'elle ait vraiment le choix. La voiture s'engageait déjà dans Juniper Street, à quelques pâtés de maisons de chez elle. Dylan fonça jusqu'au bout de la rue et vira dans une allée pavée creusée d'ornières.

Les jambes de Gabby tremblaient à cause du trajet en voiture. Mettant pied à terre, elle se dirigea vers la porte d'entrée. Elle essaya de se souvenir de Mrs. Connable, mais le visage de celle-ci refusait de lui revenir.

Lorsqu'elle était petite, elle y avait passé quelques jours de temps à autre quand sa mère était occupée à préparer l'une de ses expositions ou qu'elle enseignait l'histoire de l'art dans un collège.

Aucune importance. Elle se contenterait de dire poliment bonjour à Mrs. Connable, ferait un brin de toilette en vitesse, et Dylan la reconduirait chez elle.

– Pas par là, lança-t-il soudain.

– Je croyais que tu voulais que je me débarbouille !

– J'habite ici.

Il désigna le garage. Des rideaux noirs dissimulaient la minuscule lucarne. Une tête de mort était peinte sur la vitre.

Les lieux avaient l'air macabre.

– Je crois que je ferais mieux de rentrer...

– Comme tu voudras.

Il haussa les épaules.

– Si ça ne te dérange pas que ta mère te voie dans cet état et qu'elle te pose tout un tas de questions, ça ne me regarde pas.

Songeant aux sarcasmes des garçons de Greens Farms, à tous les mois durant lesquels ils l'avaient taquinée, Gabby s'empourpra de honte. Jamais elle ne pourrait raconter à sa mère ce qui s'était passé ; jamais elle ne pourrait lui avouer ce que ces idiots ne cessaient de répéter.

Gabby souhaitait désespérément que ces temps difficiles ne soient plus qu'un souvenir. Si elle parvenait à sauver la situation, sa mère et elle pourraient reprendre le cours normal de leur existence. Il lui suffisait de se laver et d'agir comme si de rien n'était.

Lentement, emboîtant le pas à Dylan Connable, elle gravit les marches baignées d'ombre.

4

Trois heures et quart. Gabby allait arriver d'une minute à l'autre. La gorge desséchée par l'anxiété, Thea regardait à travers la vitre.

Des nuages menaçants barraient un ciel de métal terni. Des oiseaux migrateurs en route pour le sud traversaient l'horizon, dessinant un V inégal. La Chevrolet de Glenda Rossner remonta la rue à petite allure, laissant amplement le temps à la commère du quartier de satisfaire sa curiosité. Thea s'éloigna précipitamment de la fenêtre. Elle voulait retarder autant que possible les retrouvailles inévitables avec celle qui incarnait, à elle seule, la compagnie de téléphone arabe de Westport.

Glenda avait toujours éprouvé un plaisir particulier à fourrer son nez dans les affaires de Thea et à répandre des ragots – réels ou mensongers – sur son compte. Après la mort de Simon, la commère s'était littéralement vautrée dans la gadoue ; alors que les autres voisins refusaient de parler de Thea ou du crime, le visage rond comme une lune de Glenda et sa grande bouche s'affichaient dans tous les journaux télévisés du soir.

– Bien sûr, c'était une voisine respectable... Mais on ne sait jamais ce qui se passe derrière les portes closes, pas vrai ?

La voix pleine de sous-entendus de Glenda résonnait encore dans l'esprit de Thea.

Soudain, la sonnerie du téléphone retentit, lui arrachant un sursaut. Au cours des quelques heures qui s'étaient écoulées depuis son retour de Brook Hollow, elle avait reçu quantité d'appels. A l'hôpital, la sonnerie du téléphone semblait n'être qu'un son étouffé. Les visiteurs étaient filtrés grâce à de rigoureuses consignes de sécurité. La distance émoussait les klaxons de voiture et les vociférations des radios. D'épais plafonds isolants et des moquettes amortissaient les bruits de l'existence, les réduisant à un bourdonnement paisible.

Thea laissa le répondeur se déclencher. Après la mort de Simon, elle avait dû apprendre à ne pas décrocher avant de savoir qui se trouvait à l'autre bout du fil. Jamais elle n'oublierait les appels incessants de la presse, les messages haineux qu'une voix sifflante débitait. Les menaces. Les voix laconiques déclarant qu'elle rendrait un fier service à la communauté en passant l'arme à gauche.

Ce matin-là, elle avait déjà reçu plusieurs coups de fil de voisins et de démarcheurs, ainsi qu'un appel d'Harlan Vernon, le journaliste qui occupait la première place sur la liste des gens que haïssait Thea. Par un stratagème quelconque, Vernon – que Thea avait en son for intérieur surnommé « Vermine » durant le procès – s'était débrouillé pour apprendre qu'elle était sortie de Brook Hollow. Inspirant profondément, elle s'efforça de refréner sa fureur. Si elle le laissait faire, Mr. Vermine, à lui seul, la renverrait tout droit à l'asile.

Les trois derniers messages provenaient de son agent artistique, Pru Whittaker. L'efficacité, le dévouement et la détermination qui faisaient jadis de Pru un merveilleux agent étaient devenus presque insupportables à Thea, qui ne se sentait désormais plus la force de reprendre sa carrière. Depuis le procès, Pru ne cessait de la harceler. A de multiples reprises, elle avait suggéré que Brook Hollow était l'endroit idéal pour se consacrer à la peinture. Après tout, que de sources d'inspiration ! Thea aurait pu faire une série de natures mortes de légumes et de cloches...

Mais cette fois-ci, après le signal sonore, Thea entendit avec plaisir l'accent traînant de sa mère.

Elle décrocha aussitôt.

– Salut, maman. Je suis là.

– Bienvenue à la maison, Checker, mon ange. Tout va bien ?

– Très bien. Et toi ?

– Le train-train quotidien, répliqua Ellie en puisant dans sa collection d'expressions proverbiales. Tu es sûre que ça va, ma chérie ? Si tu voulais, je pourrais venir t'aider quelque temps.

Thea brûlait d'envie d'accepter sa proposition. Sa mère était une femme énergique, solide, qui lui avait toujours procuré un soutien inébranlable. Mais le père de Thea était sérieusement affecté par la maladie de Parkinson et les prémices de la maladie d'Alzheimer, et Ellie ne pouvait s'absenter du ranch.

– Ce n'est pas la peine, maman. Vraiment.

Il y eut un silence, pendant lequel Thea perçut le soulagement inexprimé de sa mère. Durant le procès de Thea, Ellie avait insisté pour se rendre sur la côte Est, mais ce séjour s'était révélé une véritable épreuve. Rien n'est plus difficile que d'être tiraillée entre un bout et l'autre du pays.

– Tu en es sûre ? demanda sa mère.

– Sûre et certaine. Tout va bien. Comment se porte papa ?

– Méchant comme une teigne : tu peux donc en déduire qu'il se sent mieux.

Un souvenir particulièrement déplaisant se matérialisa dans la mémoire de Thea, révélant de façon vivace l'ampleur de la « méchanceté » de son père. Sa mère n'avait jamais réellement su ce dont il retournait, et si cela ne dépendait que de Thea, elle ne l'apprendrait jamais. Inutile de déterrer de vieilles histoires sordides. Thea vida soigneusement sa voix de toute émotion.

– Le train-train quotidien, quoi.

Ellie gloussa de rire.

– Tu as toujours le mot qu'il faut, pas vrai, mon ange ?

Thea esquissa un sourire mélancolique. Ellie avait le don de dédramatiser et d'aplanir les choses.

– Embrasse tout le monde pour moi, maman, d'accord ?

Le sourire de Thea s'élargit lorsqu'elle se rendit compte que l'accent traînant des plaines revenait dans sa voix. Elle ne pouvait parler avec sa mère sans s'exposer à une rechute.

– Bien sûr. A bientôt, ma chérie.

Thea déambula à travers la maison, essayant de se familiariser avec l'atmosphère des lieux. Caro Millport, sa voisine et meilleure amie, s'était efforcée d'égayer l'atmosphère. Des pancartes proclamant *Bienvenue à la maison* et des serpentins de papier crépon étaient accrochés aux murs et aux plafonds. Tout était pimpant et exhalait un parfum de citronnelle. Mais il faudrait beaucoup plus que des chiffons à poussière et quelques décorations pour que les choses reviennent à la normale.

Rien ne lui semblait vraiment connu. Evitant le salon comme elle le faisait depuis la nuit où Simon y était mort, Thea traversa les autres pièces de la maison avec la sensation troublante d'être en train de visiter un musée. Ce qu'elle voyait lui était familier, les objets agréables à regarder. Mais elle ne parvenait pas à toucher quoi que ce soit.

A l'étage, elle défit ses bagages, prit une douche rapide et enfila la chemise et le jean qu'elle revêtait toujours pour travailler. A présent nettement revigorée, elle osa s'attaquer à l'énorme liasse de courrier empilé sur la table du salon. Le mari de Caro, Drew, avait trié le plus gros pendant l'absence de Thea, et s'était occupé des factures et des lettres de première urgence.

Par chance, plusieurs chèques de la galerie étaient tombés à point pour assurer sa situation financière durant son séjour à Brook Hollow. Pru Whittaker affirmait que ses toiles suscitaient encore un intérêt considérable. La galerie avait réitéré son offre de lui consacrer une exposition dès que Thea se sentirait capable de recommencer à peindre. Pour un artiste, l'infamie n'était pas une chose rédhibitoire, avait assuré Pru ; à son intonation, on devinait qu'elle aurait souhaité que tous ses clients s'empressent d'aller trucider une célébrité.

Thea ne pouvait se plaindre de l'opportunité qui lui était offerte. Elle adorait son travail. Dès qu'elle aurait repris ses esprits, elle s'y consacrerait de nouveau. Mais il lui fallait, en premier lieu, rasseoir son existence sur des fondations solides.

Elle s'occupa rapidement du fouillis de lettres, jetant à la poubelle des monceaux de publicités, de faire-part et de catalogues périmés. Pas de lettres d'insultes, remarqua Thea avec une certaine satisfaction ; mais il était fort possible que Drew ait veillé à les faire disparaître.

Le déluge de courrier avait commencé à s'abattre dès la divulgation dans la presse du meurtre de Simon. Il s'était poursuivi tout au long du procès. Il s'agissait en majorité de lettres anonymes griffonnées d'une main rageuse, ou bien avec des capitales semblables à celles qu'utilisent les kidnappeurs. D'une certaine manière, les lettres étaient pires encore que les coups de fil; plus vénéneuses et durables.

Caro et Drew lui avaient conseillé de n'en pas tenir compte, de les déchirer, de s'en débarrasser sans les lire. Mais autant essayer d'ignorer un essaim de frelons. Le venin qu'elles recelaient paralysait Thea. Elle ne parvenait pas à s'habituer à la tournure inconcevable qu'avait prise son existence. Dans son cœur et son esprit, elle n'avait cessé d'être la femme sensible et tendre qu'elle était depuis toujours. Elle était encore la prunelle des yeux de sa mère, la maman de Gabby, et la veuve qui pleurait Justin. Malgré la vision que les autres avaient d'elle, et bien qu'elle se forçât à se remémorer en permanence ce qui s'était produit, elle était incapable d'affronter la brutale réalité de ce qu'elle était devenue.

La vie continue, Thea. Inutile de t'appesantir sur le passé !

Il ne restait que quelques offres d'abonnement à des revues professionnelles et de souscription à des associations. Thea les glissa dans l'un des tiroirs du buffet. Chaque chose en son temps.

Toujours aucun signe de Gabby. Peut-être le car scolaire avait-il pris du retard, à moins que la fillette ne lambine comme à son habitude près de l'arrêt de bus, en compagnie des autres enfants du quartier. Thea, qui avait éperdument envie de voir sa petite fille, fut tentée d'aller à pied jusqu'au coin de la rue. Mais elle n'avait aucune envie de dévoiler ne serait-ce qu'un peu de l'inquiétude qui la tourmentait.

Impulsivement, elle s'empara de l'album de photographies relié de cuir qui était posé sur la table basse et s'installa sur le canapé du salon, s'adossant à une pile de coussins. Depuis la mort de Justin, les photos de famille représentaient une source fréquente de douleur et de réconfort. Elles incarnaient une collection d'instants parfaits, réels et vivaces, bien préférables aux tranches d'un gâteau de mariage que l'on a surgelées ou aux camélias flétris séchés entre les pages d'un livre.

Certains clichés les représentaient l'hiver de leur rencontre à Manhattan. Il était interne à l'hôpital de New York, et elle avait eu la chance de se casser le poignet en essayant de réaliser une boucle sur la piste de patinage du Rockefeller Center alors qu'il était de garde aux urgences. Cet incident, que l'on aurait pu qualifier de simple maladresse, avait renforcé la confiance que Thea vouait à son destin.

La page suivante était consacrée à l'année durant laquelle ils avaient vécu à New Haven ; Justin achevait à l'époque son internat à Yale et elle rédigeait sa thèse sur l'art visionnaire dans la période postimpressionniste.

A l'aide d'un vieil appareil photo Hasselblad acheté aux puces, le père de Thea avait immortalisé le mariage. Ils étaient tombés d'accord pour se contenter d'une cérémonie toute simple au ranch, suivie d'une petite réception sans prétention. Thea esquissa un sourire en se remémorant le défilé incessant d'amis et de membres de la famille qui les avaient submergés de plats cuisinés, de cadeaux et de souhaits de bonheur. Elle retrouva le mélange grisant de joie et d'exaltation qu'elle éprouvait alors. Après le mariage, Justin lui avait avoué avoir avalé un cachet de Valium avant la cérémonie. Thea, quant à elle, avait eu recours à une généreuse rasade de la bouteille de cognac que sa mère dissimulait au fond du buffet de la cuisine pour les cas d'extrême urgence.

Il était difficile de croire qu'ils aient pu avoir l'air aussi jeune et florissant, onze ans plus tôt. Et plus difficile encore de songer que leurs rêves et ce qu'ils étaient en droit d'espérer de la vie eussent été réduits à néant par un simple coup de massue du destin.

Il y avait également quelques photographies illustrant leur lune de miel, la grossesse de Thea, et chaque événement de la croissance du nourrisson : le premier bain de Gabby, son premier sourire, sa première dent, ses premiers pas, sa première danse avec papa, son premier caprice...

Une photographie de Gabby endormie dans son siège de voiture rappela à Thea les longues et merveilleuses promenades que tous trois entreprenaient durant les week-ends. L'une de leurs expéditions favorites les entraînait au-delà de Brook Hollow, dans les bois situés au nord de New Canaan. Lorsqu'ils roulaient dans le voisinage, Justin et elle plaisantaient souvent au sujet de la clinique où, de source notoire, la clique mondaine de la région effectuait ses cures de désintoxication.

Enfin, Thea se plongea dans la contemplation de sa photographie préférée, à la dernière page de l'album. C'était un instantané de Justin pris deux mois avant sa mort. Ses yeux vert pâle semblaient rivés sur Thea, comme l'invitant à partager ses pensées et sa compassion.

– Pourquoi n'es-tu pas ici pour m'aider, espèce de lâcheur ? laissa-t-elle échapper à haute voix. J'ai tellement peur de tout gâcher avec Gabby... Si tu étais là au moins, nous pourrions être deux à se planter.

Elle imagina le sourire moqueur qui pétillait dans les yeux du jeune homme. *Tu vas très bien t'en tirer, ma chérie. Tu n'as jamais eu besoin de moi pour te planter.*

Une latte du plancher grinça au-dessus de sa tête ; puis elle perçut le couinement d'un gond de porte. Effrayée, Thea referma l'album.

– Qui est là ?

Pas de réponse.

– C'est toi, Gabby ?

Silence.

Avait-elle verrouillé la porte d'entrée lorsqu'elle était entrée un peu plus tôt ? Thea s'était absentée trop longtemps pour pouvoir se fier à ses réflexes habituels. S'il s'agissait d'un cambrioleur, elle n'allait pas rester dans les parages et jouer à la maîtresse de maison. Elle appellerait la police de chez les Millport et intercepterait Gabby avant que l'enfant n'atteigne la maison.

D'une démarche ankylosée par la terreur, Thea traversa le vestibule, tourna sans bruit la poignée et entrebâilla la porte d'entrée. Elle allait se glisser à l'extérieur lorsqu'elle se figea en entendant la voix qui s'élevait derrière elle.

– Maman, attends !

Parcourue de tremblements, elle se retourna et aperçut la fillette dissimulée dans l'ombre, au pied de l'escalier.

– Gabby ? Pourquoi n'as-tu pas répondu lorsque je t'ai appelée ? J'ai failli mourir de peur !

La petite fille baissa ses yeux de faon et s'agita nerveusement. Une attitude trahissant à coup sûr le mensonge.

– Je suis désolée. Je ne t'avais pas entendue.

– Tu as pourtant dû me voir en entrant. J'étais là, au salon.

– J'étais pressée d'aller aux toilettes. Je n'y suis pas allée de toute la journée.

L'explication ne tenait pas debout. Pour se faufiler derrière elle, la fillette avait dû déployer les précautions d'un cambrioleur.

Laisse tomber, Thea. Ce n'est pas un bon début.

Ravalant ses questions accusatrices, Thea ouvrit grands les bras.

– Donne-moi un bisou, et j'oublie tout. D'accord ?

Gabby s'approcha avec un mélange de timidité et d'hésitation. Elle était habillée de façon incongrue, accoutrée de vêtements que Thea ne reconnut pas : chemise de flanelle usée et jean trop grand, retenu par une corde effrangée. Etrange tenue pour une fillette particulièrement soignée et qui suivait la mode avec dévotion. Les accessoires qu'elle avait choisis étaient plus étranges encore : sandales, barrettes à la mode et boucles d'oreilles en faux rubis enchâssés dans des croissants en plastique.

Etreignant le corps frêle de l'enfant, Thea éprouva un sentiment d'agréable familiarité. Puis elle eut un mouvement de recul.

– Tu sens la fumée, Gabby !

La fillette baissa de nouveau les yeux.

– Il y avait sûrement des filles qui fumaient aux toilettes.

– Je croyais que tu n'étais pas allée aux toilettes ?

– C'est vrai. Alors ça remonte peut-être à la dernière fois que j'ai porté ces vêtements. Samedi soir, Amber avait invité des amies. Il y en avait beaucoup qui fumaient.

– S'il te plaît, ne me mens pas, Gabby. Peu importe ce dont il s'agit, je préfère que tu me dises la vérité.

Les yeux de la fillette s'emplirent de larmes.

– Je n'ai pas fumé, je te le jure. Ne sois pas fâchée, s'il te plaît, maman !

Thea ressentit un pincement de culpabilité. Serrant le visage de sa fille contre sa poitrine, elle lissa les cheveux frisottés qui s'échappaient de sa queue-de-cheval.

– Je ne suis pas fâchée, mon ange. Je suis si contente d'être rentrée et d'être ici, avec toi ! Tout va bien se passer, désormais. Tu verras.

– Je suis désolée, maman. J'ai tout gâché, hein ?

Un sanglot secoua le corps frêle de Gabby.

Etreinte par un sentiment de remords, Thea berça la fillette jusqu'à ce que ses larmes se tarissent.

– Chut... Ne t'en fais pas. On essaie tous de tirer une petite bouffée, à un moment ou à un autre. Je me souviens d'avoir essayé derrière l'étable, quand j'avais dix ou onze ans. C'est infect, hein ?

Gabby se raidit dans ses bras.

– Je viens de te dire que je n'avais pas fumé. Pourquoi est-ce que tu ne me crois pas ?

Rien n'indiquait qu'elle fût en train de mentir. Mais de toute évidence, quelque chose n'allait pas.

Attention, Thea. Laisse-lui un peu de champ libre. Sans doute est-elle tout simplement nerveuse parce que tu rentres à la maison. C'est parfaitement compréhensible.

Thea l'embrassa sur la joue, et esquissa un sourire.

– Et si on mangeait quelque chose ? Je suis affamée.

– D'accord.

Thea inspecta les provisions que Caro Millport avait rangées dans le réfrigérateur et choisit rapidement de quoi préparer deux glaces géantes. Crème glacée au chocolat avec guimauve et caramel, coulis au chocolat, brisures de noix, crème Chantilly. Bonne vieille Caro. Elle n'avait oublié aucune des denrées essentielles.

Thea transporta les gigantesques coupes jusqu'à la table. Par chance, l'enfant avait hérité de son métabolisme brûle-calories, en même temps que de son goût pour les sucreries.

– Voici la tienne, ma chérie. Il ne te reste plus qu'à l'attaquer. Allez, au travail.

Thea entama sa friandise avec un vif plaisir. Le nutritionniste fasciste de Brook Hollow n'avait laissé aucun espace sur le menu pour la quantité de sucre dont Thea avait quotidiennement besoin. Mais l'appétit de la jeune femme s'évapora lorsqu'elle vit sa fille chipoter sa glace sans enthousiasme.

– Qu'est-ce qui ne va pas, Gabby ?

– Rien.

– Tu peux me parler, tu sais.

– J'ai dit qu'il n'y avait rien.

L'enfant refusait de croiser les yeux de Thea. Son menton était parcouru de tremblements.

– Est-ce que je peux sortir de table ?

– Bien sûr, mais...

Bondissant de sa chaise, Gabby se précipita à l'étage. La porte de sa chambre se referma en claquant.

En proie à un lancinant sentiment de regret, Thea revécut en pensée chacun des faux pas qui avaient ponctué leurs mornes retrouvailles. Pendant des mois, elle avait attendu ce jour-là ; elle s'était tourmentée pour trouver le moyen de faire de son retour à la maison un nouveau départ pour toutes deux. Elle avait passé des heures à accumuler les réserves nécessaires de patience, de chaleur et de compréhension. Pourtant, il ne lui avait fallu que quelques minutes pour accomplir ce que l'idiote la plus déterminée aurait mis des mois à accomplir.

Exactement ce qu'elle espérait éviter.

Secouant la tête, elle retourna dans le salon. De nouveau, elle ouvrit l'album de photographies et le feuilleta jusqu'à la photo de Justin.

Sa voix était un murmure empreint de douleur. « Et maintenant ? Comment vais-je m'y prendre pour me réconcilier avec Gabby ? »

Ne force pas les choses, mon amour. Il faut du temps pour que ces choses-là puissent s'arranger.

Elle plongea son regard dans les yeux verts limpides et, d'un doigt nostalgique, caressa la surface de ses lèvres. Du temps où Justin était là, tout semblait tellement plus simple ! Lorsqu'ils étaient confrontés à un problème, aussi grave fût-il, ils en discutaient pour le résoudre. Peu importait si cela prenait la moitié de la nuit. Peu importait s'ils consacraient l'autre moitié à faire l'amour, et s'il ne restait plus de temps pour le sommeil. Un regard vitreux et un esprit embrumé étaient un prix dérisoire à payer pour une harmonie aussi exceptionnelle.

Rétrospectivement, les problèmes qui les tourmentaient tant semblaient dénués d'importance. Gabby pouvait-elle garder sa sucette ? Devaient-ils essayer de l'habituer à aller sur le pot, ou simplement envisager de l'envoyer avec ses Pampers à l'université ? Et comment paieraient-ils ses frais de scolarité alors qu'ils ne parvenaient pas à régler les dettes contractées pour payer les études de médecine de Justin ?

Le cœur de la jeune femme se serra. Reposant l'album, Thea guetta d'éventuels bruits en provenance de l'étage.

Silence.

Elle résolut de monter se réconcilier avec Gabby. Mais lorsqu'elle glissa un regard dans l'entrebâillement de la porte de sa chambre, elle aperçut sa fille étendue à plat ventre sur les couvertures, profondément endormie.

Sans doute est-elle épuisée par toute cette agitation,

songea Thea, submergée par une vague de tendresse. La fatigue était une explication rassurante, qui justifiait la nervosité de Gabby et sa mauvaise humeur.

A pas de loup, Thea se dirigea vers la fillette endormie. Se penchant, elle repoussa le flot de boucles noires et déposa un léger baiser sur la nuque de Gabby.

5

Thea s'était toujours sentie parfaitement à l'aise dans la demeure des Millport. Sans doute était-ce, soupçonnait-elle, parce qu'il se dégageait des lieux l'atmosphère d'un vaste ranch. En dépit de la multitude d'individus et d'animaux qui s'y pressaient, chaque Millport et chaque visiteur – dûment invité ou non – disposaient d'une dizaine d'arpents de territoire. Peu importait que nombre d'autres membres de l'immense tribu puissent revendiquer simultanément les dix arpents en question. Ni même que le territoire des Millport se résumât à une maison de style colonial comprenant quatre chambres surpeuplées, un garage bondé à craquer et un jardin de la taille d'un timbre-poste. En dépit de la frénésie ou du chaos qui semblait régner sur les lieux, une atmosphère de sérénité flottait constamment dans l'air.

Caro Millport, une jeune femme au caractère imperturbable, ressemblait à une Scarlett O'Hara blonde et potelée, mais sans le tempérament à fleur de peau et l'égoïsme de cette dernière. Etrangère à tout sentiment de dépit ou de frustration, Caro dorlotait les cinq enfants, les trois chiens et les deux chats de la maisonnée, ainsi que toutes les créatures à quatre ou deux pattes qui entraient par la chatière ou la porte d'entrée. A cela, il fallait ajouter un mari passionné, un défilé constant de plombiers et autres menuisiers, sans compter une famille tentaculaire qui témoignait d'un goût marqué pour les visites surprises. Et, comme si ce n'était pas amplement suffisant, la petite affaire de décoration et d'organisation de réceptions que Caro avait montée chez elle sur un coup de tête, deux ans plus tôt, s'était développée au point de nécessiter les services d'une assistante, d'un comptable et d'une armée d'aides à temps partiel.

Lorsque Thea et Gabby arrivèrent à six heures, Caro était en train de communiquer à son assistante, Laurette, une liste de courses pour les réceptions destinées à fêter une naissance, un mariage et trois anniversaires, tous programmés pour le week-end suivant. Opal et Jasmine firent immédiatement main basse sur Gabby et l'entraînèrent à l'étage ; quelques instants plus tard, on eut l'impression d'entendre les échos d'une fête des vendanges dont les participants auraient foulé le raisin aux pieds. Amber et quatre amies de son équipe de pom-pom girls s'entraînaient à faire des roues et des pyramides humaines parmi les fragiles objets d'époque et autres bibelots du salon. Drake, un robuste blondinet âgé de dix mois et coulé dans le moule Millport, était plongé dans l'élaboration d'une mosaïque de purée de petits pois et de carottes sur le plateau de sa chaise haute. Son frère aîné, Raleigh, deux ans, était accroupi dans un coin, le visage écarlate, laissant échapper des grognements.

Caro dévisageait le petit garçon avec amusement.

– Tu diras à maman quand tu auras fini, chéri, et on te mettra une couche toute propre. D'accord ?

Quand elle aperçut Thea, son sourire s'élargit.

– Que je suis heureuse de te voir !

– Moi aussi, ma grande.

Thea étreignit son amie avec force, et sentit son moral remonter en flèche. Soulevant le vaste paquet enveloppé de papier cadeau qu'elle avait apporté, elle le tendit à Caro.

– Jamais je ne pourrais assez te remercier pour tout ce que tu as fait, mais enfin...

Le visage joufflu de Caro refléta une expression de surprise.

– De quoi parles-tu ?

– Oh, trois fois rien. Tu t'es simplement occupée de Gabby et de tout le reste. Tu m'as sauvé la vie. Des petites choses sans importance.

Caro balaya d'un geste de la main sa gratitude et dénoua le ruban du paquet-cadeau.

– Vous voyez, Laurette ? Ce tissu écossais conviendrait à merveille pour le livre d'or de l'anniversaire de Mr. Beasley.

Laurette, une petite femme frêle et nerveuse, griffonnait sur sa liste au fur et à mesure que Caro poursuivait.

– Un tissu fleuri pour les tables de la réception des Beller, je pense... Et achetez quelques dizaines de mètres de ce ravissant ruban rose et bleu pour la réception des Ongley, d'accord ? Large au moins de cinq centimètres. Le dernier était trop étroit.

Caro déchira le papier cadeau et inspira profondément.

– Il ne fallait pas... Oh, Thea...

Le tableau, une lumineuse peinture à l'huile, représentait une jeune fille à cheval. Thea avait achevé la toile avant le drame, et son agent artistique lui avait conseillé d'en faire la pièce majeure de son exposition. Mais Caro vouait à la toile une admiration d'une rare intensité. A présent, elle posait sur Thea des yeux humides de larmes.

– Je ne sais pas quoi dire...

– Eh bien, nous sommes deux.

Le jeune Raleigh changea habilement le sujet.

– Pouah, maman !

Pinçant son nez en bouton de culotte, le bambin se dirigea vers elles avec la démarche vacillante d'un marin ivre.

– 'veux une aut'couche !

Caro posa la toile sur un plan de travail et installa son fils sur sa hanche.

– Bien, mon poussin. Je reviens tout de suite, Thea. Tu trouveras du vin blanc dans le réfrigérateur.

Thea se contenta d'un verre d'eau gazeuse. Après y avoir ajouté une tranche de citron vert, elle s'assit à la grande table en chêne.

Le bébé s'était lassé de peindre avec ses doigts. Saisi d'une inspiration nouvelle, il éleva ses mains potelées et les abattit violemment sur les légumes réduits en purée. La bouillie jaillit en tous sens. Poussant un cri de joie strident, le bambin recommença de plus belle. Familiarisée avec les méthodes éducatives de Caro, Thea déplaça sa chaise afin d'être hors d'atteinte, et déclara d'une voix douce :

– La nourriture n'est pas faite pour servir de munitions, Drake chéri. Et si tu mangeais un peu de cette purée dégoûtante et que tu laissais à ta maman le soin de décorer la cuisine quand elle le jugera nécessaire ? D'accord ?

Drake émit un gargouillis et pressa son visage contre le plateau de la chaise haute. Il en résulta un son semblable à celui d'une trompette bouchée.

Caro revint, le petit garçon dégageant une odeur bien moins pestilentielle coincé sous le bras comme un journal roulé. Après avoir installé le bambin gigotant sur sa chaise surélevée, elle nettoya rapidement les saletés du bébé. Cela fait, elle pencha la tête sur l'épaule, prêtant l'oreille au silence de mauvais augure qui planait à l'étage supérieur.

– Quoi que vous soyez en train de faire, les filles, vous feriez mieux de passer à autre chose ! s'exclama-t-elle.

Des éclats de rire retentirent, et le vacarme rassurant reprit au-dessus de leurs têtes. Un instant plus tard, un grand fracas résonna dans le salon. Caro laissa échapper un soupir. Thea éclata de rire.

– Comment y arrives-tu, Caro ? Je ne comprendrai jamais.

– Comment j'arrive à quoi ?

Tout à coup, la porte de la cuisine s'ouvrit et Drew Millport entra d'un pas pesant, flanqué d'un couple de retrievers et d'un terrier arthritique dont la démarche évoquait un jouet que l'on a remonté avec une clef.

Après avoir déposé une bise sur la joue de Thea, Drew enlaça sa femme avec vigueur et enfouit son visage dans son cou. Il s'en échappa de grands bruits de succion. Drake poussa des hurlements de joie.

Caro s'extirpa avec délicatesse de l'étreinte de son mari et tapota sa joue rubiconde.

– Drew, mon chéri, que dirais-tu de boire une bière en te détendant un peu ?

Drew était un individu de grande taille, dont la mâchoire carrée et le physique de rugbyman avaient subi les atteintes de la gravitation universelle dont tout homme doit s'accommoder à l'âge mûr. Le sommet de son crâne s'était dégarni et le reste de sa chevelure avait l'aspect clairsemé d'une pelouse calcinée par le soleil. Mais l'âge n'avait nullement émoussé son tempérament explosif. Autant Caro était sereine, autant Drew était bruyant, arrogant et exubérant. Le couple s'était rencontré au collège, lorsque la conception qu'avait Drew de l'humour consistait à jouer au lance-pierres avec la lanière du soutien-gorge de Caro. Comme cette dernière se plaisait à le répéter, elle le fréquentait depuis lors en essayant de comprendre ce qui avait bien pu l'attirer chez lui.

Laissant échapper un soupir de contentement, Drew s'assit à la table avec une cannette de Coors givrée. Il s'empara de ses deux garçonnets et les installa sur les séquoias géants qu'étaient ses cuisses. Raleigh se mit à fredonner au rythme effréné de la chevauchée et Drake s'empressa de régurgiter le peu qu'il avait avalé de son dîner.

Les joies du foyer.

Sans s'émouvoir, Caro enfila une nouvelle grenouillère au bébé, puis l'installa dans son parc avec un biberon. Emplissant dans l'évier un seau d'eau savonneuse, elle déshabilla Raleigh et le mit à tremper, rose et potelé, comme elle l'aurait fait d'une casserole dont le fond aurait attaché. Dans le salon, les filles poussaient des hurlements ravis.

Une heure plus tard, tous les enfants étaient rassasiés, apaisés, et un calme plus propice à la nuit régnait dans la maison. Opal et Gabby se trouvaient à l'étage et faisaient la lecture aux benjamins dans la nursery. Dans la chambre des filles, Jasmine livrait un combat mortel au démon de la division à plusieurs chiffres. Dans la salle de jeux située au sous-sol, Amber et ses amies faisaient des projets qui, si l'on en jugeait par leurs chuchotements complices et leurs éclats de rire, n'avaient rien à voir avec des démonstrations de pom-pom girls. Drew était affalé devant le téléviseur grand écran du salon. Dans la cuisine, Caro servit deux nouvelles tasses de café, et ses tendres yeux verts se posèrent sur Thea.

– Alors, comment vas-tu ? interrogea-t-elle d'une voix grave.

– Bien.

– Tu as beau l'affirmer, mon cœur, ton joli minois me dit le contraire.

– Je suis un peu inquiète au sujet de Gabby, voilà tout. Y a-t-il eu le moindre problème pendant que j'étais à... pendant que j'étais absente ?

Même avec Caro, Thea éprouvait des difficultés à évoquer son séjour à Brook Hollow et ce qui l'avait précédé.

– Des problèmes ? Absolument pas. Gabby a été sage comme une image. Pourquoi ?

– Difficile à dire. D'une certaine manière, elle me semble différente, voilà tout. Je t'en prie, Caro... S'il s'est produit quelque chose qui t'ait mis la puce à l'oreille, peu importe ce dont il s'agit, je veux que tu m'en parles.

– Si c'était le cas, je te le dirais, bien sûr. Mais non. Les filles et elle s'entendent comme larrons en foire, et elle craque littéralement devant les bébés. Aucun problème non plus à l'école. Un instituteur merveilleux a remplacé Mrs. Carlisle lorsqu'elle est partie en congé de maternité le mois dernier, et il aime beaucoup Gabby.

Impossible de soupçonner que Caro lui dissimule quoi que ce soit. Le problème de Gabby n'était peut-être que le fruit de l'imagination de Thea. A moins que ce problème, ce ne fût elle...

– Cela l'ennuyait-il que je rentre à la maison ?

– Si cela l'ennuyait ? Mon Dieu, non. Depuis qu'on lui a dit que tu allais enfin quitter la clinique, elle est excitée comme une puce.

– Il nous faudra peut-être un peu de temps pour reprendre nos habitudes.

– Certainement, ma chérie. Ce n'est probablement rien de plus.

Une main se glissa dans l'entrebâillement de la porte et éteignit les lumières. Gabby fit irruption dans la pièce, portant fièrement un gros gâteau surmonté de bougies dont fusaient des étincelles. Sur ses talons entrèrent les membres de la famille Millport arborant de larges sourires, deux ou trois enfants du quartier, et la moitié de l'équipe des pom-pom girls de Staples High. Trois couples voisins, les Rossner, les Hoberman et les D'Andreas, se joignirent à la fête.

Faisant taire ses inquiétudes, Thea s'extasia comme il convenait sur le gâteau, puis le découpa. Les gens qui l'entouraient étaient si chaleureux et enthousiastes que leur joie se communiquait à la jeune femme. Même Gabby semblait être redevenue la fillette dont Thea se souvenait. Peut-être la gêne initiale qu'elles avaient éprouvée s'était-elle dissipée ; peut-être allaient-elles enfin pouvoir retrouver une existence normale.

L'humeur au beau fixe, Thea ne se souciait même pas de la présence malvenue de Glenda Rossner et du missile thermoguidé qui lui faisait office de bouche. Mais ce soir-là, la voisine semblait bien décidée à se surpasser :

– Quelle chance que l'homme de ménage soit parvenu à récurer le plancher ! s'exclama-t-elle.

Un silence mortel s'installa. Si seulement Glenda avait pu en être affectée !

– Le sang est tellement difficile à nettoyer, poursuivit-elle. Ça tache incroyablement...

Caro se précipita vers Glenda et l'entraîna vers la porte, ainsi que la marionnette muette qui lui tenait lieu d'époux.

– Bonsoir, Glenda... Bonsoir, Mark... Et faites attention à ne pas vous coincer les doigts dans la porte en sortant !

Glenda haussa les épaules. Elle ressemblait à une Betty Boop vieillissante et affectait l'innocence du personnage de dessin animé.

– Mais j'étais simplement en train de dire que...

Impitoyablement, Caro les chassa sur le palier.

– Tout ton problème est là, Glenda. Tu es toujours en train de parler. Au revoir... Et la prochaine fois, n'oublie pas de tourner sept fois ta langue dans la bouche !

Claquant la porte derrière elle, Caro se frotta les mains d'un geste satisfait.

Mais l'ambiance de la fête était brutalement retombée. Les voisins s'excusèrent maladroitement et s'empressèrent de s'esquiver. Drew bougonnait avec colère. Embarrassées, Amber et ses amies s'éloignèrent. Les benjamines étaient muettes sous l'effet de la stupeur. La pauvre Gabby avait l'air accablée.

Caro entraîna Gabby et les jumelles en direction de l'escalier.

– Allez ranger la chambre, les filles. D'après ce que j'ai entendu, je dirais qu'il s'agit au moins d'un cataclysme de puissance quatre.

Se refusant à croiser le regard de sa mère, Gabby monta sur les talons de ses amies. Dès qu'elles eurent atteint le deuxième étage, Caro glissa son bras sous le coude de Thea, l'emmena à la cuisine et la força à s'asseoir.

– Est-ce que ça va, ma belle ? Cette femme est tellement occupée à se servir de sa langue qu'elle n'a pas le temps de réfléchir.

Thea hocha faiblement la tête, gardant ses réflexions pour elle. Elle ne pouvait attribuer les attaques de Glenda à un simple manque de jugeote. Pour une raison qu'elle ignorait, sa voisine avait décidé de s'acharner sur elle.

Thea ravala le désespoir qui lui nouait la gorge.

– Je ne sais pas, Caro... Comment pourrai-je jamais me faire pardonner de Gabby ?

– La seule chose à faire, ma chérie, c'est de tourner la page. Le meurtre de Simon est un drame, mais tu n'en es pas tout à fait responsable. Tu dois cesser de te sentir coupable, Thea. C'est la première étape.

C'était précisément ce que le docteur Forman ne cessait de lui répéter. Un bon conseil, mais si difficile à suivre.

– J'essaierai.

Thea serra son amie dans ses bras, puis elle alla appeler Gabby.

– On ferait mieux de rentrer, ma puce. Tu as école demain.

– J'arrive, maman.

– Merci pour tout, Caro.

– De quoi est-ce que tu parles ?

Linden Street avait la forme d'un U. Avide d'air frais, Thea tourna à gauche en sortant de chez les Millport et longea le pâté de maisons jusqu'à son extrémité. Avec un pincement au cœur, elle s'aperçut que Gabby avait tellement grandi qu'elle n'avait plus besoin de hâter le pas pour rester à sa hauteur.

Thea prit la main de sa fille. Un petit oiseau, tiède et léger.

– Je suis navrée, ma chérie.

– Ce n'est pas grave.

– Si, c'est grave. Mais il n'y a rien à faire contre les gens méchants et sans cervelle. On peut seulement essayer de ne pas les laisser nous faire de peine.

– Ne t'en fais pas, maman. Ce n'est pas ta faute.

Etait-elle réellement irréprochable aux yeux de sa fille ? Aux yeux de Caro ? Sa meilleure amie et son enfant pouvaient-elles vraiment résoudre l'insolvable dilemme qui ne cessait de confondre Thea ? Son geste avait engendré tant de souffrance. Elle avait brandi l'arme qui avait tué Simon. De qui était-ce la faute, si ce n'était la sienne ?

Une grosse boule d'un chagrin amer se logea dans la gorge de Thea mais, comme à l'ordinaire, ses yeux restèrent secs. Après la mort de Justin, elle était devenue incapable de laisser la douleur la submerger et se dissoudre dans les larmes. Même le meurtre de Simon et les atrocités qui s'étaient ensuivies n'avaient pu venir à bout de cet obstacle. Son chagrin était semblable au rocher logé dans le lit d'une rivière. Immuable.

Elles avaient dépassé l'extrémité du quartier. Alors qu'elles prenaient le chemin de la maison, leurs ombres se profilèrent sur la chaussée. Deux silhouettes errant sur la route déserte.

– Je regrette, Gabs. Si tu savais comme je regrette !

– Ne t'en fais pas, maman. C'est fini, maintenant.

D'un geste impulsif, Thea serra la petite fille contre son cœur, puisant un merveilleux sentiment de force dans le petit miracle bouillonnant de vie qu'elle et Justin avaient mis au monde. Tout allait bien se passer, songea-t-elle. Peu importaient les efforts que cela nécessiterait, elle ferait en sorte que tout se passe bien.

Une voiture s'engagea dans Linden Street. S'abritant les yeux pour les protéger de l'éclat aveuglant des phares, Thea discerna les contours d'une imposante Bentley noire. Derrière le volant était assis un chauffeur en livrée. C'était loin d'être le genre de véhicule qui circulait ordinairement dans le quartier.

Alors que Thea et Gabby arrivaient près de chez elles, la grosse voiture freina et s'arrêta à quelques mètres. Mettant pied à terre, le chauffeur aux cheveux grisonnants porta une main à la visière de sa casquette.

– Mrs. Harper ?

– Oui.

Il plongea la main dans la poche de son uniforme et en tira une enveloppe de forme carrée.

– Voici, madame.

Il aurait été difficile de ne pas remarquer ses gants blancs et l'intonation glaciale de sa voix.

– Veuillez me pardonner ce dérangement, madame. Bonsoir.

Avant qu'elle ait pu poser la moindre question, l'homme s'était incliné avec sécheresse et avait démarré.

Gabby était fort impressionnée.

– C'est peut-être un million de dollars, maman ! On a peut-être gagné à un tirage au sort ou quelque chose comme ça !

L'enveloppe à la main, Thea entra dans la maison. Elle n'avait nul besoin d'examiner le sceau de l'enveloppe pour en connaître la provenance. Et elle n'avait nul besoin de lire la lettre pour savoir qu'elle pouvait être tout, sauf un présage de bonne fortune.

6

Elle avait rendez-vous avec le docteur Forman dans trente minutes. En toute hâte, Thea enfila son jean et un pull, avala son cachet avec une gorgée de jus d'orange et sortit. Alors qu'elle se dirigeait vers le garage, elle éprouva l'impression troublante d'être observée. Se retournant, elle aperçut une silhouette courant s'abriter derrière chez les Hoberman, deux maisons plus loin. Elle ne l'avait vue qu'un fugitif instant, mais elle eut le sentiment que la vermine des journalistes, Harlan Vernon, l'avait prise en filature.

Thea sentit la fureur la submerger. Rien n'aurait pu lui faire plus plaisir que de prendre cette canaille la main dans le sac, mais elle n'avait pas envie d'être en retard.

Le cabinet du docteur Forman se trouvait à Landmark Towers, un grand ensemble lugubre et moderne situé dans le centre-ville de Stamford, regroupant boutiques, cinémas et bureaux. Thea parvint à trouver une place dans le parking bondé et prit l'ascenseur jusqu'au neuvième étage.

Accusant quinze minutes d'avance, elle s'installa dans l'un des fauteuils marron devant la baie vitrée. La pièce était impeccablement rangée et meublée avec parcimonie : un tapis persan beige, une causeuse en tweed, deux tables jumelles surmontées de deux lampes identiques à abat-jour roussâtre. Le porte-revues contenait de vieilles copies du *Smithsonian* et du *Harvard Alumni Magazine*. Les haut-parleurs encastrés dans les murs diffusaient une sonate de Chopin.

En dépit de la musique destinée à masquer le bruit des

conversations, Thea entendait la voix stridente d'une patiente qui filtrait du cabinet du docteur. Les mots étaient étouffés, mais l'angoisse de la patiente parfaitement décelable. Sa douloureuse diatribe était ponctuée de cris et de sanglots déchirants.

Curieuse, Thea se pencha vers la cloison qui séparait les deux pièces, mais ne put entendre les mots plus distinctement. Un instant, elle envisagea de se diriger vers la porte avec désinvolture et d'y presser son oreille, mais le souvenir de Glenda-la-Fouineuse l'en dissuada. Et avant que sa propre curiosité n'ait repris le dessus, les sons qui filtraient du cabinet changèrent de registre. La patiente baissa la voix, et l'on entendit l'intonation apaisante du médecin. Puis des pas s'éloignèrent et une porte se referma en claquant. La séance était terminée.

Exactement dix minutes plus tard, le docteur Forman ouvrit la porte communicant entre son cabinet et la salle d'attente. Comme à l'ordinaire, Maxine Forman incarnait un professionnalisme austère : cheveux auburn coupés court, yeux noisette encadrés par des lunettes d'intellectuelle, lèvres dessinant une moue sévère et nez à l'arête fine. Son teint était pâle, sa silhouette irréprochable. Elle était vêtue d'un tailleur bleu marine, d'un chemisier de soie crème, de bas ivoire et de souliers plats. Pas de maquillage, sauf un rouge à lèvres d'un rose très léger. Aucun bijou, hormis un modeste rang de perles autour du cou et une montre toute simple au bracelet en cuir. Le médecin arborait une expression impénétrable.

– Bonjour, Thea. Entrez.

Son cabinet était une pièce carrée et spacieuse. Un bureau en bois d'érable jouxtait la baie vitrée. En face se trouvaient un canapé de cuir bordeaux et deux fauteuils assortis. Deux armoires de rangement encadraient la porte située sur le mur du fond. Il s'agissait sans doute d'une porte de sortie discrète, songea Thea. Le docteur Forman surprit son regard.

– Pour mes patients les plus réticents, expliqua-t-elle. Asseyez-vous.

Thea s'installa dans un fauteuil. Dès le début de sa thérapie, le médecin lui avait proposé de s'allonger sur le divan, mais Thea avait préféré s'en abstenir. Elle aimait s'adresser aux gens face à face, même lorsqu'il ne s'agissait pas exactement de conversations.

Afin d'indiquer l'ouverture officielle de la séance, le

docteur Forman appuya sur la touche ENREGISTREMENT de son magnétophone ultramoderne. Comme toujours, il revenait à Thea de rompre le silence initial. Après neuf mois de séances bihebdomadaires avec la psychiatre, Thea connaissait la marche à suivre sur le bout des doigts. Si elle échouait à amorcer le dialogue, l'entretien tout entier pouvait s'achever sans qu'un seul mot ait été prononcé.

– C'est un peu étrange, lâcha-t-elle enfin.

– Comment cela, étrange ?

– Surtout avec Gabby. Elle a changé.

Le docteur Forman répondit, comme à l'ordinaire, par un hochement de tête neutre.

– Elle est devenue si changeante. Et secrète. La plupart du temps, j'ai le sentiment qu'elle me tient à l'écart de sa vie, que je suis obligée de l'observer à travers un trou de serrure.

– Quel âge a Gabrielle, aujourd'hui ?

– Presque dix ans. Mais si vous pensez qu'il s'agit là de réactions propres à la préadolescence, ce n'est pas ce dont je parle. C'est autre chose. Hier, elle est arrivée à la maison attifée comme une petite souillon et empestant la fumée de cigarette.

– Et qu'avez-vous ressenti ?

– Je me suis sentie terrifiée, fâchée, coupable et triste. Tout ce qu'éprouvent en général les parents. Vous voyez ce que je veux dire ?

Le docteur Forman hocha la tête en signe d'approbation, mais elle aurait vraisemblablement manifesté la même attitude compréhensive si Thea avait évoqué le déchirant combat qu'elle menait depuis dix ans contre la stérilité. La psychiatre se gardait soigneusement de laisser entrevoir ses sentiments personnels. Après une année de séances hebdomadaires, Thea ignorait encore si elle avait une famille, des amis, ou la moindre apparence de vie sociale.

Les premiers temps, Thea avait été intimidée par le médecin, mais elle s'était rapidement aperçue que Maxine Forman était dotée d'une intelligence vive et pénétrante. Elle était brillante, exigeante, et parfois d'une brutale franchise. Thea la soupçonnait d'être capable de contraindre les blancs d'œufs à monter en neige par le seul pouvoir de sa volonté.

S'il était difficile d'aimer la psychiatre, il était impossible de ne pas la respecter. En ce qui concernait Thea, ce respect était mêlé d'un considérable sentiment de gratitude.

Thea avait fait la connaissance du docteur Forman un mois avant la mort de Simon, à l'occasion d'une exposition incluant quelques-unes de ses œuvres. Après l'arrestation de Thea, ce médecin réputé avait accepté de procéder à un examen psychiatrique pour le compte de la défense. Alors que les psychiatres de la partie plaignante s'apprêtaient à étiqueter le meurtre de Simon Gallatin comme l'acte odieux, délibéré, d'une femme rejetée par son amant, le docteur Forman avait rapidement décelé les signes imperceptibles d'un trouble d'ordre neurologique.

Les antécédents médicaux de Thea et de sa famille lui en avaient fourni les premiers indices. Petite fille, à deux reprises, Thea avait subi des pertes de conscience accompagnées de fortes fièvres. Le frère de sa mère, qui avait succombé à une infection de streptocoques lorsqu'il était adolescent, avait souffert de ce dont Ellie se souvenait comme des « crises ». Il se pouvait que les problèmes d'inattention à l'école du propre frère de Thea, Jimmy, soient le fait d'absences épileptiques, la désignation moderne de ce que l'on nommait jadis « le petit mal ». Il s'agissait de minuscules, d'imperceptibles pertes de conscience qui pouvaient se produire plusieurs centaines de fois chaque jour.

Les détails du meurtre de Simon avaient fourni au docteur Forman un indice supplémentaire quant au problème médical de Thea. Cette dernière n'avait conservé aucun souvenir de l'agression sanglante. Même l'hypnose ou l'administration de penthotal de sodium, un soi-disant « sérum de vérité », n'avaient pu l'aider à recouvrer la mémoire. Dans son cas, il ne s'agissait pas du simple refoulement d'un événement traumatique. L'assassinat était enfoui dans un lieu secret de sa mémoire, auquel la conscience de Thea n'avait pas accès.

Le docteur Forman avait insisté pour procéder à une batterie d'examens neurologiques incluant des électroencéphalogrammes, un scanner et un IRM. Les résultats des examens et des tests de comportements l'avaient amenée à établir le diagnostic de crise d'épilepsie partielle, ce que l'on désignait autrefois par le terme « épilepsie du lobe temporal ». Dans presque tous les cas, avait expliqué le médecin à Thea, il s'agissait d'une maladie bénigne et aisément contrôlable. Elle avait ajouté que les mythes et les préjugés tenaces concernant les épileptiques étaient exagérés et dénués de fondements.

Mais les crises semblables à celle dont Thea avait fait l'expérience pouvaient engendrer des actes récurrents. Et bien que le diagnostic du docteur Forman ait suscité des controverses enflammées, la psychiatre était parvenue à convaincre les jurés que les sévices infligés à Simon Gallatin étaient le fait d'une manifestation très rare et extrêmement prononcée de ce phénomène de crise d'épilepsie partielle.

– Hormis les inquiétudes que vous inspire votre fille, comment allez-vous ?

– Bien, j'imagine.

Un instant, Thea envisagea de mentionner la lettre troublante qu'elle avait reçue la veille au soir, puis se ravisa. Aucun ouvrage de médecine ne pourrait l'aider à résoudre ce problème. Elle savait ce qu'elle devait faire, et n'avait nullement besoin de connaître l'opinion du docteur Forman à ce sujet.

– Est-ce que vous avez recommencé à peindre ?

– Pas vraiment.

– C'est important, Thea. Nous en étions convenues avant votre départ de la clinique ; le travail fait partie intégrante du retour à une existence normale. Vous devriez vous consacrer à la peinture.

– J'ai essayé. Je n'ai pas réussi à me concentrer.

De fait, Thea avait passé la majeure partie de la matinée dans l'atelier baigné de lumière qui se trouvait derrière la maison. Elle avait disposé une large plaque d'aggloméré sur son chevalet avant de préparer les tubes de peinture, les pinceaux, les dissolvants et les chiffons dont elle aurait besoin. Puis elle avait passé des heures à contempler la toile vierge, s'efforçant de contraindre son esprit à cesser de divaguer et à se concentrer sur une vision qui valût la peine qu'elle s'y consacrât.

Mais rien n'était apparu.

Thea en avait éprouvé un sentiment de stupéfaction et d'abattement. Tout au long de son existence, son esprit avait débordé de visions. À peine en avait-elle exorcisé une en la peignant ou en la dessinant qu'une autre se matérialisait sur-le-champ. Souvent, plusieurs idées s'emparaient d'elle simultanément, s'efforçant d'attirer son attention en couinant comme une portée de chiots affamés. Durant les terribles semaines du procès, elle n'avait pas eu le moindre instant à consacrer à la peinture. A Brook Hollow, il lui avait manqué l'espace et la solitude dont elle aurait eu besoin. Mais à présent qu'elle ne disposait plus de la moindre excuse, la seule chose sur laquelle son esprit se focalisât était l'affreuse vision du corps disloqué de Simon gisant dans le salon. Son crâne enfoncé. Ses yeux aveugles.

– Si vous ne vous sentez pas de taille à entreprendre un tableau, pourquoi ne pas essayer quelque chose de plus simple ? Des illustrations, des caricatures. des esquisses... Peu importe. L'essentiel est de commencer.

Facile à dire. Le docteur Forman, quant à elle, n'avait pas commis un meurtre atroce, n'avait pas passé une année à s'extirper des ruines de son existence pour se retrouver confrontée à son retour à une fillette capricieuse, une voisine à la langue de vipère et un message plus vipérin encore délivré par un chauffeur en livrée. Si l'on y ajoutait le chaudron gigantesque où les doutes de Thea mijotaient à petit feu, c'était bien assez pour occuper la jeune femme vingt-quatre heures sur vingt-quatre.

– J'essayerai, murmura Thea.

– Vous avez l'air bien indécise.

– Tout cela n'a pas été facile, docteur.

– Reprendre ou non le dessus ne dépend que de vous, Thea. S'apitoyer sur soi-même n'est pas ce que l'on peut appeler une attitude positive.

– Je le sais.

– Bien entendu. Et vous savez également, j'en suis sûre, à quel point il est essentiel d'oublier les événements de l'année passée et d'aller de l'avant.

– A vous entendre, on dirait qu'il y a de quoi s'inquiéter.

– C'est votre perception des choses. Je ne fais que souligner l'un des principes de base de l'existence humaine : aller de l'avant ou bien risquer d'être englouti par le passé.

– Ce qui signifie... ?

– Que pensez-vous que cela puisse signifier ?

Le médecin avait l'exaspérante manie de répondre à une question par une autre.

– Je croyais vous avoir entendue dire que le traitement empêcherait toute récidive, murmura Thea.

– Croyez-vous sincèrement qu'un traitement représente la solution de vos problèmes ?

La frayeur glaça le sang de Thea dans ses veines. Son passé était jonché de pupilles aveugles et souillé de débris sanguinolents. Le passé représentait la maladie, la violence, la curiosité morbide d'étrangers avides de sang.

– Chacun de nous doit assurer le contrôle de son existence. Dans le cas contraire, nous sommes tous susceptibles de céder à de fâcheuses impulsions.

– Pas moi, souffla Thea avec détermination, en serrant les poings sur ses genoux. Jamais plus.

– C'est exactement le genre d'attitude que je veux vous voir adopter. Souvenez-vous que cela ne dépend que de vous, Thea. Il vous faut prendre votre vie en main et aller de l'avant. Aucun élément extérieur ne doit influer sur votre comportement.

Thea n'eut pas besoin de consulter sa montre pour savoir que la séance venait d'arriver à son terme.

– Au revoir, docteur Forman.

Le médecin se leva. La main qu'elle lui tendit était ferme et fraîche.

– A la semaine prochaine. Vous me ferez le récit des progrès que vous aurez effectués.

7

Thea suivit l'autoroute du Connecticut jusqu'à Greenwich et la quitta par la sortie menant au quartier des affaires. Le centre-ville recelait de somptueuses boutiques et de magasins de luxe, ainsi que, çà et là, un supermarché adapté au raffinement des lieux.

Greenwich était peuplé de vieilles familles argentées. Les citoyens de cette communauté arboraient leur richesse avec discrétion ; ils conduisaient les banales voitures que l'on trouve dans toutes les banlieues, et leur garde-robe n'offrait aucune prise à d'impardonnables fautes de goût telles que la mode ou le style. Seuls les nouveaux arrivants avaient tendance à commettre des inconvenances comme l'achat d'un break Mercedes pour permettre à la bonne d'aller faire les courses.

Après avoir quitté Greenwich Avenue et s'être engagée dans Post Road, Thea suivit Maple jusqu'à North Street. Son angoisse s'accrut alors qu'elle négociait les tortueux virages de la route durant plusieurs kilomètres, jusqu'au moment où celle-ci s'engagea dans le comté de Merritt.

Là commençait le pays des chevaux. Des domaines de plusieurs hectares, dont nombre abritaient des pur-sang, se tapissaient derrière de hautes haies de conifères et de discrètes barrières électrifiées.

Lorsque Simon avait découvert Thea et ses toiles, durant quelques grisantes semaines, la jeune femme s'était rendue dans plusieurs de ces imposantes résidences. Nombre des amis et des relations de la famille Gallatin, brûlant de curiosité vis-à-vis de la nouvelle passion du sénateur, avaient acheté les tableaux de Thea et lui avaient demandé de se charger personnellement de leur mise en place. Elle avait eu la sensation que c'était elle-même, et non son œuvre, qui faisait l'objet d'un examen critique ; c'était elle qui était exposée aux regards.

Pourtant, ces moments de gêne n'étaient rien à côté de ceux qu'elle s'apprêtait à vivre. Elle avait la gorge sèche et la tête bourdonnante. Son être tout entier l'implorait de faire immédiatement demi-tour. Mais il lui fallait déblayer les décombres de son existence avant d'espérer pouvoir reconstruire sa vie. Les avertissements du docteur Forman résonnaient dans son esprit. Elle n'allait pas prendre le risque de revenir en arrière. Quel que soit le prix à payer, elle tournerait la page.

Un portail de fer forgé défendait l'entrée de la propriété des Gallatin. Deux *G* en fer entrelacés ornaient les barreaux de la grille. Le voyant rouge de la caméra de surveillance clignota, enregistrant la présence de Thea. Une voix sèche retentit dans l'interphone, lui intimant l'ordre d'entrer. Après un instant d'hésitation, les grilles s'ouvrirent en silence. Le pouls de Thea s'accéléra lorsqu'elle prit l'interminable allée à chevrons.

La demeure principale était une gigantesque bâtisse digne des Beaux-Arts. Le porche majestueux était soutenu par deux larges colonnes ouvragées. La façade était ornée de pierres d'angle, d'écussons et de sculptures. Thea gara la vieille Volvo près de la fontaine de granit située au centre de la cour pavée et inspira profondément afin de rassembler son courage.

Le visage en feu, elle gravit les marches menant au seuil que surplombait une haute voûte. Devant la porte, elle marqua une hésitation, s'efforçant de reprendre contenance.

Depuis la mort de Simon, elle s'était maintes fois efforcée de trouver un moyen d'exprimer ses regrets et ses remords à sa famille. Elle avait imaginé des milliers de lettres qu'elle n'avait jamais écrites, répété des milliers de conversations téléphoniques qu'elle n'avait jamais prononcées. La profonde frayeur que lui inspirait l'idée d'une confrontation n'avait pas été son obstacle majeur. Elle avait été freinée par la vacuité dérisoire des mots. Comment pouvait-elle s'excuser pour son geste monstrueux ? Qu'aurait-elle bien pu dire pour adoucir la cruauté de la situation ?

Elle s'apprêtait à le découvrir.

Alors qu'elle tendait la main pour appuyer sur la sonnette, la porte s'ouvrit. Un homme jeune aux cheveux soigneusement peignés en arrière, vêtu d'un costume de deuil gris, la dévisagea d'un regard méprisant ; puis, sans un mot, il l'escorta à travers le vaste vestibule et jusqu'au boudoir. Son silence glacial rendait inutile toute présentation. Manifestement, Thea était attendue. Curieux, songea-t-elle, compte tenu du fait que le message la priant de venir ne mentionnait aucune heure particulière. Ces gens-là devaient être habitués à ce que l'on prenne leurs désirs pour des ordres nécessitant une exécution immédiate. Sans un mot, l'homme lui désigna un canapé d'un rose pâle, et disparut.

Quelques instants plus tard, Lily Gallatin entra. Une jeune femme qui ressemblait de manière frappante à Simon la suivait. C'était sa sœur cadette, Marielle.

Selon la rumeur, la légendaire doyenne du puissant clan Gallatin était âgée de soixante-quinze ans, mais la vieille femme semblait avoir dix ans de moins. Son teint était remarquable : un hâle soutenu, des yeux d'un bleu métallique et des cheveux si épais et d'un blanc si lumineux qu'il semblait s'agir d'un casque de neige. Elle se tenait droite comme un I, et son maintien était un mélange de majesté et d'arrogance. Elle portait une robe de soie noire, de simples escarpins et des bijoux de famille incrustés d'émeraudes ; son visage reflétait une dureté impitoyable. Lissant soigneusement sa jupe, elle prit place dans un fauteuil en tapisserie. Sa fille demeura immobile telle une statue, une main posée sur le dossier du fauteuil. Thea eut le sentiment de se recroqueviller sous le regard fixe et hostile de la jeune femme.

– Vous avez bien fait de venir, Mrs. Harper, déclara Lily Gallatin.

Sa voix était semblable à un coup de marteau, froide et dure.

– Je n'aurais pas apprécié de devoir vous solliciter davantage.

– Je suis heureuse que vous m'ayez envoyé ce mot, Mrs. Gallatin. Depuis la mort de Simon, je souhaitais vous parler et vous dire à quel point j'étais navrée.

L'expression de noblesse se teinta d'amertume.

– Dans ce cas, pourquoi ne l'avez-vous pas fait ?

Un coup timide fut frappé à la porte.

– Oui, Margaret. Entrez, ordonna Lily Gallatin.

Une servante en tenue pénétra dans la pièce. Elle portait un plateau en argent ouvragé sur lequel se trouvait un service à thé. Thea se vit offrir une délicate tasse de porcelaine remplie d'Earl Grey, et la posa avec précaution sur une table basse. Elle se sentait semblable à cette porcelaine, fragile, presque transparente. La maîtrise sans faille que manifestaient les deux femmes ne faisait qu'intensifier son malaise. Tout aurait été préférable à cette courtoisie de pure forme, songea-t-elle. Elle aurait préféré qu'on lui jette au visage le thé bouillant, que les éclats de porcelaine lacèrent sa peau, que la rage brûlante éclate au grand jour pour qu'elle puisse en évaluer la nature exacte.

Mrs. Gallatin trempa ses lèvres dans la tasse de thé puis la posa en équilibre sur ses genoux. Satisfaite, elle renvoya la bonne d'un geste de la main, et fixa son regard glacial sur Thea.

– Parlez-moi de vous, Mrs. Harper. Vous êtes veuve, je crois.

Thea sentit le pincement familier du chagrin.

– Mon mari est mort il y a six ans. Il enseignait à des étudiants de première année de médecine comment procéder à des analyses de sang ; à titre d'exemple, il a effectué une prise de sang sur lui-même. Lorsqu'il a examiné la plaque de verre au microscope, il s'est aperçu qu'il avait sous les yeux un cas de leucémie lymphocytique aiguë. Il était trop tard pour faire quoi que ce soit. Il est mort un mois plus tard.

– Vous avez un enfant ?

A quoi rimait cet interrogatoire ? Après la mort de Simon, la presse avait publié jusqu'aux moindres détails de sa vie. Il ne faisait aucun doute que Lily Gallatin savait tout ce qu'il y avait à savoir à son sujet. Mais Thea était là pour se plier aux désirs de la vieille femme, quels qu'ils puissent être.

– Gabby est âgée de neuf ans. C'est une merveilleuse petite fille. Très intelligente. Et sensible. Tout cela a été extrêmement difficile pour elle.

Lily Gallatin reposa sa tasse sur la table. Se levant, elle se dirigea vers la fenêtre et écarta le lourd rideau de brocart. Le regard froid et inflexible de sa fille demeura fixé sur Thea, qui éprouvait un sentiment de malaise grandissant. Elle aurait voulu que la jeune femme dise quelque chose, fasse quelque chose. Marielle était semblable à une arme braquée sur elle, attendant que l'on appuie sur la détente.

– Avez-vous déjà *perdu* un enfant, Mrs. Harper ?

L'éventualité de perdre Gabby était inimaginable. Indicible. Pourtant, Thea avait causé la mort du fils de cette femme.

– Non.

– C'est l'expérience la plus atroce qui soit, je peux vous l'assurer. La souffrance est si profonde, si pénétrante, qu'il est impossible de la décrire.

Si seulement Thea pouvait trouver les mots justes. Si seulement elle pouvait faire cesser ce cauchemar.

– Je peux l'imaginer, souffla-t-elle.

Brusquement, la vieille femme perdit son sang-froid ; elle se retourna et fit face à Thea.

– Non, je ne crois pas que vous le puissiez, Mrs. Harper. Je ne crois pas que vous ayez la moindre idée de ce que j'ai éprouvé en voyant mon fils dans son cercueil, en caressant sa joue et en sentant le froid glacial de la mort.

Lily Gallatin éleva les mains, les refermant tendrement autour d'une vision imaginaire.

– Ce garçon était doué de toutes les qualités : charme, séduction, intelligence. Simon était un politicien-né. Un dirigeant-né.

Le cœur de Thea battait frénétiquement.

– Je ne sais quoi vous dire. J'étais très attachée à Simon. Je ne l'aurais jamais blessé intentionnellement.

Tu as fait bien pire que le blesser. Tu l'as assassiné.

Les yeux d'un bleu glacial se plissèrent jusqu'à se muer en fentes menaçantes.

– J'ai assisté au procès, Mrs. Harper. J'ai entendu chaque mot, chaque témoignage, aussi infime soit-il. Vous disposiez d'un avocat astucieux. D'experts convaincants. D'un ravissant visage, et d'une dizaine d'imbéciles au cœur tendre dans le jury. Le système judiciaire de notre pays permet que de telles choses se substituent à la vérité.

– Je suis désolée que ce soit votre opinion. Vous ne pouvez imaginer à quel point je suis navrée. Croyez-moi, Mrs. Gallatin, je donnerais n'importe quoi pour qu'il en soit autrement.

La vieille femme hocha la tête. Un rictus meurtrier retroussa la commissure de ses lèvres.

– Et c'est bien ce qui vous attend, Mrs. Harper. Il va bel et bien en être autrement.

Marielle acquiesça d'un hochement de tête presque imperceptible. L'immobilité inquiétante de la jeune femme était pire que la fureur bouillonnante de sa mère.

– Je ne comprends pas, murmura Thea.

– Vraiment ? Laissez-moi vous expliquer, dans ce cas.

S'installant de nouveau dans son fauteuil, la mère de Simon écarta ses doigts comme les pattes d'une araignée et, tout en parlant, pianota nerveusement sur l'accoudoir. L'émeraude incrustée dans sa bague scintillait.

– La confiance que je vouais au système judiciaire de notre pays a été réduite à néant, Mrs. Harper. Votre procès m'a démontré que les tribunaux étaient incompétents et qu'on ne pouvait nullement leur faire confiance. Les jurés et les juges ne sont que de simples mortels. Ils sont susceptibles d'avoir des lubies et des émotions déplacées. Vous avez assassiné mon fils de sang-froid, et vous avez été acquittée. Mais cela n'empêche pas vos mains d'être souillées du sang de Simon.

Elle a raison, songea Thea, qui sentait la panique l'envahir. *Que je sois malade ou non, je suis responsable du meurtre de son fils.*

Le pianotement cessa.

– Je vais réussir là où les tribunaux ont échoué si lamentablement. Pour vous châtier de la mort de mon fils, j'ai l'intention d'effacer toute trace de bonheur de votre vie. Il ne vous restera plus rien. Pire encore : à côté de ce que je vous réserve, ce que vous avez infligé à Simon semblera une véritable délivrance.

Lily Gallatin serrait ses poings que le sang avait désertés. Son visage aristocratique irradiait une fureur sans bornes. Muette de stupeur, Thea demeura pétrifiée dans son fauteuil. Elle s'était attendue à subir cette haine venimeuse, peut-être même l'avait-elle souhaité ; pourtant, son ampleur lui glaçait le sang dans les veines.

– Pensez à moi lorsque votre existence se désintégrera, Mrs. Harper ! s'exclama la voix impitoyable. Et pensez à Simon.

La vieille femme s'empara d'un cadre d'argent ciselé qui trônait sur la table basse. D'un doigt tremblant, elle parcourut le visage souriant de son enfant.

– Mon fils était promis à un brillant avenir. Il était destiné à être le meilleur président que nous ayons jamais eu, celui qui aurait uni ce pays divisé derrière la cause du bien-être de tous... Simon était incroyablement doué pour rallier les êtres. Incroyablement doué.

Ses yeux illuminés, fixés sur le portrait, se perdirent dans le vide.

– Déjà, lorsqu'il était petit garçon, mon fils avait la personnalité la plus attachante qui soit. Un charme spontané, naturel. Tout le monde l'adorait. Même les détracteurs qui le jalousaient ne pouvaient s'empêcher d'admirer la personnalité de Simon...

Soudain, un élancement de douleur crispa ses traits. Se redressant, elle pressa le portrait contre son sein.

– Justice sera faite, Mrs. Harper. Vous vous surprendrez à regretter que le tribunal ne vous ait pas infligé le châtiment que vous méritiez. Ma vengeance, je peux vous l'assurer, ne sera pas adoucie par la moindre trace de pitié.

Thea ne put retenir un frisson. La fureur de Lily Gallatin et le silence implacable de sa fille la privaient presque de voix.

– Je ne peux que vous présenter mes excuses, Mrs. Gallatin, murmura-t-elle enfin. Vous ne pouvez imaginer à quel point je suis désolée de la mort de Simon...

– Vos excuses ne signifient rien à mes yeux, Mrs. Harper. Et quoique, comme vous venez de le dire, vous n'ayez que peu de choses à offrir, je peux vous assurer que je compte tout détruire, jusqu'à la dernière miette.

8

De nouveau, il l'avait interrogée alors qu'elle ne s'y attendait pas. Pour la troisième fois depuis le déjeuner. L'instituteur semblait consterné. Humiliée, Gabby se recroquevilla sur son siège.

C'était l'une des meilleures élèves de la classe, l'une de celles auxquelles l'instituteur pouvait toujours faire appel pour meubler d'une réponse judicieuse les silences embarrassants. Mais aujourd'hui, son attention ne cessait de s'envoler par la fenêtre. Elle parvenait seulement à songer à l'éventualité qu'un des adolescents apparaisse avant la cloche sonnant la fin des cours.

– Pourriez-vous répéter la question, s'il vous plaît ? murmura Gabby.

– Je t'ai demandé si tu pouvais nous parler de l'expédition de Lewis et Clark.

La réponse était enfouie dans les sédiments de sa mémoire. Des réponses, plus absurdes les unes que les autres, venaient à l'esprit de Gabby. Lewis était un vieux comédien qui faisait des grimaces idiotes et jouait avec un autre acteur dénommé Martin. Clark était une friandise en barre. Cacahouètes enrobées de chocolat. De quoi vous retrouver avec le visage couvert de boutons, disait Amber. Et l'idéal pour vous coller aux dents.

– Est-ce qu'il s'agit des Chinois qui ont découvert les spaghettis ? suggéra-t-elle, pleine d'espoir.

L'instituteur pinça les lèvres. Il interrogea Caity Cohane, et le feu des projecteurs fut braqué de l'autre côté de la salle de classe.

Opal Millport s'efforçait d'attirer l'attention de

Gabby. *Des explorateurs envoyés sur la côte Ouest*, articulait-elle, proche de l'exaspération. « Thomas Jefferson les a envoyés en reconnaissance après avoir acheté des terres. Tu sais bien !... »

Gabby enfouit sa tête dans ses épaules. Ce n'était pas son jour, voilà tout.

Elle risqua un autre coup d'œil à l'extérieur. Toujours aucun signe des garçons de Greens Farms ou de Dylan Connable. A présent, elle n'aurait su dire qui elle redoutait le plus. Même si Eddie, Rod et Brian étaient des idiots qui la tourmentaient depuis des mois au sujet de sa mère, il y avait en Dylan quelque chose d'indéfinissable qui l'emplissait d'un profond malaise.

Non qu'il eût fait quoi que ce soit de mal. Il l'avait même traitée comme une princesse. Réprimant un frisson, elle se remémora la façon dont il avait saisi sa main pour l'aider à gravir les dernières marches branlantes menant au garage où il avait aménagé sa chambre. Parvenu en haut de l'escalier, il avait introduit sa clef dans les nombreuses serrures, et l'avait entraînée à l'intérieur avec gentillesse.

La pièce était aussi sombre qu'une nuit sans lune. Dylan avait appuyé sur l'interrupteur situé à côté de la porte, et l'unique ampoule nue qui pendait comme une tête décapitée au beau milieu du plafond s'était allumée. La chambre était meublée d'un matelas posé à même le sol, d'un pouf rafistolé avec du scotch et d'un tabouret dont le siège de rotin était cassé. La radio de Dylan, un réveil, quelques CD et plusieurs piles de boîtes à chaussures encombraient une porte détériorée juchée en équilibre sur deux tréteaux. Des affiches hideuses étaient punaisées aux murs. Sur l'une d'elles, une énorme araignée velue semblait braquer ses petits yeux noirs sur Gabby. Une autre représentait un homme à l'allure étrange dont on apercevait les os, les veines et les muscles. Spontanément, le regard de Gabby se dirigea vers son pénis et son visage s'empourpra.

La pièce miteuse contenait tout ce dont on pouvait avoir besoin. Dans un angle, derrière un paravent pliant semblable à celui du cabinet du pédiatre, se trouvaient une baignoire rongée par la rouille, un lavabo et des toilettes. Il n'y avait aucun placard, aucune armoire. Un fatras d'objets jonchaient le sol. Plongeant la main dans deux ou trois de ces monticules, Dylan en tira une chemise de flanelle à carreaux et un jean.

– Ils sont propres, déclara-t-il en les tendant à Gabby.

Il lui tourna le dos, et le ventre de la fillette se noua. De toute évidence, il s'attendait qu'elle se déshabille là, alors qu'il se trouvait dans la même pièce qu'elle. Elle demeura immobile, pétrifiée de crainte et de honte. Elle pourrait peut-être déplier le paravent et se dissimuler derrière...

– Allez, vas-y. Je ne regarde pas, ajouta-t-il.

Sa voix était teintée d'un amusement mêlé d'ennui, et elle eut le sentiment de se comporter comme une petite idiote. D'un geste de défi, elle ôta son chemisier déchiré et le remplaça par la chemise à l'étoffe douce et usée. Elle se glissa dans le jean, et fit passer sa jupe sale par-dessus sa tête.

La chemise lui allait; elle était grande, mais pas au point d'être ridicule. Mais elle aurait pu inviter Opal et Jasmine à partager le pantalon. Gabby agrippa l'étoffe pour empêcher le jean de glisser le long de ses hanches étroites.

– Ça y est?

– Il est trop grand.

Se retournant, Dylan la dévisagea d'un regard critique. Il fouilla dans plusieurs autres tas d'objets, et dénicha une longueur de corde effrangée. Lorsqu'il se pencha pour nouer cette ceinture de fortune autour de la taille de Gabby, la fillette huma des relents d'eau de Cologne éventée et de tabac.

Un minuscule réfrigérateur ronronnait sous la fenêtre au rideau tiré. Rien d'autre à l'intérieur que du soda et de la bière. Dylan en tira deux cannettes de Coca-Cola et, saisissant Gabby par les épaules, l'entraîna jusqu'au tabouret.

– Assieds-toi.

Avec ses dents, il ôta la languette métallique d'une cannette et la lui tendit.

Mal à l'aise, attentive à ne pas renverser de Coca, Gabby se percha sur le siège et enroula ses jambes autour des pieds du tabouret.

Avec des doigts étonnamment agiles, Dylan dénoua ce qui restait de sa tresse. Il peigna ses cheveux avec des coups de brosse longs et languides qui procurèrent à l'enfant une désagréable sensation de chatouillis. On aurait dit que des insectes rampaient dans sa chevelure. Gabby dut serrer les dents pour maîtriser ses frissons.

Quelques instants plus tard, il avait démêlé ses cheveux et les avait rassemblés en une queue-de-cheval qu'il attacha haut sur son crâne à l'aide de l'élastique. Après avoir remis ses barrettes en place, il rajusta le col de sa chemise. Se penchant, Dylan brossa une saleté sur son épaule. Elle sentit l'odeur de chewing-gum à la menthe et de Coca-Cola qui imprégnait son haleine.

– Et voilà. C'est bien mieux comme ça ! s'exclama-t-il.

– Merci. Il faut que j'y aille, maintenant.

– Une minute. Je veux te montrer quelque chose. Quelque chose de merveilleux.

Il plongea la main dans l'une des boîtes à chaussures.

– C'est la plus merveilleuse des choses de tout l'univers. Est-ce que tu sais ce que c'est ?

– Non.

– Un miracle plus incroyable encore que la vie. Essaie de deviner. Allez. Je sais que tu es maligne.

– Un dieu, ou quelque chose comme ça ?

Dylan éclata de rire. Lorsqu'il ouvrit la main, Gabby vit qu'il tenait une souris morte. La peau de l'animal était flétrie, ses yeux ressemblaient à des perles noires et ternes. Ses pattes étaient de maigres brindilles, et son ventre tout gonflé. Gabby réprima un cri, et faillit basculer à l'arrière du tabouret.

Dylan berçait l'ignoble créature au creux de sa paume. Il la caressait. Sa voix était étouffée jusqu'à n'être plus qu'un chuchotement lugubre.

– La mort c'est l'envers des choses, mon ange. Le *meilleur* côté. Tu vois ?

Elle se crispa.

– Ecarte-la. Ecarte-la de moi !

Dylan eut l'air surpris. Avec tendresse, il reposa la souris dans la boîte, puis appuya un doigt contre ses lèvres.

– Chut... Tout va bien, ma douce. Je t'aiderai à comprendre.

Ses mots étaient empreints d'une tendresse délicate, semblables à un baiser lui chatouillant la nuque.

– Je t'apprendrai, l'entendit-elle murmurer. Je t'ouvrirai les yeux.

La cloche retentit, la ramenant brutalement en classe. Les pieds des chaises raclèrent le plancher. Un groupe d'enfants bruyants et chahuteurs se précipitèrent vers la porte. Opal s'était mêlée à eux, portant à la main l'étui tapissé d'étoiles et d'arcs-en-ciel de son violon. Les jumelles répétaient dans un orchestre trois fois par semaine, après la classe.

Gabby se prit à regretter qu'Opal ne puisse l'accompagner jusqu'au bus. Dans la classe, personne d'autre ne prenait le n° 7 hormis Neil Lufkin, qui faisait couler du lait de son nez et retournait ses paupières pour qu'on puisse en voir l'intérieur rose et visqueux. Elle n'avait pas plus envie d'aller jusqu'au bus en compagnie de Neil que de subir de cruelles plaisanteries ou le spectacle de souris mortes.

Elle jeta un dernier coup d'œil à travers la vitre. Dylan et les garçons de Greens Farms étaient invisibles. Peut-être était-ce son jour de chance, après tout. Elle boucla rapidement son cartable et repoussa sa chaise sous la table.

– Gabby Harper... Attends une minute, s'il te plaît J'aimerais te parler.

Elle se laissa de nouveau tomber sur sa chaise. L'instituteur ne semblait pas fâché, mais ce n'était jamais bon signe qu'il vous demande de rester après les cours. Il sembla s'écouler une éternité avant que le dernier écolier ne franchisse la porte, et que l'instituteur n'aille la fermer.

Se dirigeant vers elle, il se jucha sur le bureau voisin. D'un regard farouche, Gabby observait les traces du vernis rouge qui restaient sur ses ongles.

– Tu as eu une mauvaise journée ? demanda-t-il.

– J'ai réfléchi, voilà tout.

– Je l'ai remarqué. Est-ce que tu aimerais me dire ce dont il s'agit ?

– Non. Ce n'est pas important.

– J'ai entendu dire que ta maman était rentrée de la clinique. Tu dois être contente.

Attendant que s'abatte le couperet, Gabby se contenta de hausser les épaules.

– J'aimerais la rencontrer.

– S'il vous plaît, Mr. Perry, s'il vous plaît ! Ne lui dites pas que je n'ai pas été sage. Je vous écouterai toujours, désormais. Chaque mot. C'est promis.

Un sourire adoucit les traits de l'instituteur.

– Je voudrais dire à ta mère à quel point je suis heureux de t'avoir dans ma classe, Gabby. Et quel écrivain talentueux tu es.

– Vous êtes sérieux ?

– Bien sûr que je suis sérieux. Dès qu'elle aura un moment, j'aimerais lui dire que tu es une excellente élève. Bien sûr, j'imagine qu'elle doit être occupée.

– Pas vraiment.

Il griffonna quelques mots sur son calepin, arracha la feuille et la tendit à Gabby.

– Donne-lui ceci, et elle pourra me dire quel moment lui convient le mieux.

Gabby avait le sentiment qu'elle aurait pu décoller du sol. Mr. Perry était le meilleur, le plus gentil instituteur qu'elle ait jamais eu. Et il était séduisant avec ses cheveux bruns ondulés, ses yeux marron et chaleureux, et la façon décontractée dont il s'habillait, en jean et tee-shirt sous sa veste de sport, au lieu d'arborer chemise et cravate. Gabby se souvenait de l'anxiété qu'elle avait éprouvée en apprenant qu'il allait remplacer Mrs. Carlisle pendant le congé de maternité de l'institutrice. Mr. Perry était le premier maître de Gabby. Elle ne savait pas à quoi s'attendre. Avant son arrivée, elle avait passé de longues heures à discuter avec Opal des sentiments qu'elles éprouveraient en voyant Mr. Perry face à la classe.

– Je suis sûre qu'elle voudra vous rencontrer très vite. Peut-être même demain, déclara-t-elle.

– Très bien. Comme ça l'arrange. Tiens-moi au courant.

– Oh oui, Mr. Perry. Sans faute.

Gabby quitta l'école et se précipita en direction du bus scolaire. Un sourire radieux aux lèvres, elle prit place sur la banquette du fond, se délectant des mots de Mr. Perry. Sa mère aurait du mal à retenir sa fierté lorsque le maître lui ferait tous ces compliments.

Votre fille est une vraie source de satisfaction, Mrs. Harper. Elle est tellement douée...

Elle brûlait d'impatience de le confier aux jumelles. Tous les enfants adoraient Mr. Perry, surtout les filles. Dans son cahier de texte, Opal avait dessiné une page entière de cœurs à l'intérieur desquels elle avait inscrit ses initiales. Durant des semaines, Jasmine s'était efforcée de trouver un moyen de se faire transférer de la classe de Miss Levine dans celle de Mr. Perry. La semaine précédente, après avoir entendu les jumelles et Gabby s'extasier sur l'instituteur, Amber leur avait parlé d'une émission qu'elle avait vue à la télévision : un jeune garçon était tombé éperdument amoureux de son institutrice, et avait fini par abattre son mari à coups de fusil. Entendant cela, les fillettes en avaient conclu qu'elles avaient beaucoup de chance que Mr. Perry soit célibataire.

Et cela fit germer une idée dans l'esprit de Gabby... Après ce qui était arrivé au sénateur Gallatin, Gabby avait prié et prié pour que jamais sa mère ne rencontre un autre homme. Mais à présent, on connaissait la maladie dont elle souffrait ; grâce aux médicaments, elle ne rechuterait pas. Le drame ne se reproduirait plus jamais.

Le sourire de Gabby s'évanouit. Elle se remémora l'instant où elle était rentrée, le soir du meurtre. Au moment où elle était partie, sa mère était occupée à peindre ; lorsque Amber l'avait raccompagnée chez elle, Gabby avait remarqué la lueur qui s'échappait des fenêtres de l'atelier, derrière la maison. Sa première réaction avait été de s'étonner que sa mère travaille si tard. Mais parfois, celle-ci commençait une toile et perdait toute notion du temps. C'était l'un des sujets sur lesquels le père de Gabby avait coutume de la taquiner.

La porte n'était pas verrouillée, et Gabby était entrée après avoir dit au revoir à Amber sur le perron. Cela lui donnait la chair de poule de pénétrer dans la maison vide et plongée dans l'obscurité, mais elle ne voulait pas offrir à Amber le spectacle d'une petite fille craintive. Elle avait résisté à l'envie d'appeler sa mère ou de se précipiter vers l'interrupteur comme si le noir l'effrayait. Jamais Amber n'aurait fait quelque chose d'aussi bête. Il suffisait que Gabby se dirige vers la lueur tamisée qui s'échappait des fenêtres de l'atelier et qu'elle demande à sa mère de rentrer à la maison.

Elle avait parcouru la moitié du vestibule baigné de pénombre lorsqu'un curieux pressentiment l'avait figée. Elle avait envie d'allumer la lumière, mais quelque chose l'en empêchait ; il y avait dans la maison quelque chose de terrible, quelque chose qu'elle n'avait pas envie de voir plus clairement. Gabby le sentait, comme on peut sentir les changements angoissants qui précèdent une tempête. Une dangereuse tension de l'air qui vous serre les entrailles et vous donne mal à la tête.

Elle était tentée de se précipiter à l'arrière de la maison et d'aller chercher sa mère; mais elle songea de nouveau à ce qu'aurait fait Amber à sa place.

Elle avait inspiré profondément, avait redressé les épaules et était entrée dans la pièce. Le silence était lourd et il régnait dans l'air la pestilence fétide, musquée, d'un animal tapi dans les bois. Peut-être un chat errant était-il entré par la porte entrouverte. Comme ce serait drôle !

Mais elle avait l'intuition que l'explication n'était pas aussi simple ni aussi anodine.

Se contraignant à avancer, Gabby s'encourageait en cherchant des yeux les silhouettes familières : le large dossier du canapé, l'accoudoir du fauteuil, la bouche sombre et béante de l'âtre de la cheminée.

Elle avait presque atteint le canapé lorsqu'elle l'avait aperçu.

Au début, elle avait cru qu'il s'agissait d'une plaisanterie. Son visage avait une expression étrange, ses bras et ses jambes étaient raidis et déformés comme des branches tombées à terre. Mais alors, elle avait vu la flaque noirâtre qui allait s'élargissant autour de son crâne. Tout était souillé, le tapis, la couverture, les murs. Gabby n'avait pas eu conscience du cri qui s'échappait de sa gorge. Il s'était écoulé longtemps avant qu'elle ne reprenne conscience de quoi que ce soit.

Le bus scolaire avait démarré. Gabby serra les poings, enfonçant ses ongles dans sa paume. La souffrance détourna ses pensées de l'affreux souvenir. C'était une astuce qu'elle avait découverte des mois plus tôt, durant le procès de sa mère. Il était bien préférable de ne pas se souvenir. Bien préférable de penser au fait que Mr. Perry désirait rencontrer sa mère. Peut-être allaient-ils se plaire.

Un petit sourire aux lèvres, Gabby songea que les jumelles en tomberaient raides si Mr. Perry devenait son beau-père. A vrai dire, sans même parler des jumelles.... Elle-même en tomberait raide.

Tournant entre ses doigts la feuille de calepin que lui avait donnée l'instituteur, elle ferma les paupières et essaya de se représenter cette éventualité stupéfiante : Mr. Perry habitant chez elle, Mr. Perry prenant le petit déjeuner et le dîner en sa compagnie chaque jour... Appeler l'instituteur papa, et l'embrasser en pyjama pour lui souhaiter bonne nuit ! Ces pensées étaient si mirifiques qu'elles l'étourdissaient.

Soudain, une idée merveilleuse lui vint à l'esprit et Gabby froissa le mot, l'enfouissant au fond de son cartable. Lorsque sa mère et l'instituteur se rencontreraient, il faudrait que ce soit absolument parfait.

9

Le chef des forces de police de Westport piétinait la moquette de son bureau, y creusant le sentier de la guerre. Alors qu'il déambulait de la sorte, son estomac proéminent, ses bajoues frémissantes et son crâne dégarni donnaient à l'inspecteur-chef Buck Delavan l'apparence comique d'un vieux Marine fatigué.

– Je n'aime pas recevoir mes informations de seconde main. Je n'apprécie pas ça du tout, vous saisissez ?

L'inspecteur Daniel Biederman baissait la tête sous les rugissements de son patron. Bien sûr, il l'avait entendu. Les pays limitrophes l'avaient sans doute tous entendu. Delavan n'avait pas exactement une voix que l'on pouvait qualifier de douce.

Et sa tirade n'avait pas encore atteint son crescendo.

– Hier soir, j'arrive chez moi après une longue, une dure journée. Tout ce que je demande, c'est une grande cannette de bière bien fraîche et un repas chaud. Je m'assois à table, et je demande à ma femme ce qu'il y a de neuf. Simplement histoire de bavarder, vous comprenez. Et elle me dit que l'après-midi même, alors qu'elle faisait sa partie de canasta, comme à l'habitude, son amie Nora lui avait appris que cette cinglée de Harper était sortie du cabanon et se promenait en liberté. Apparemment, le fils aîné de Nora travaille au standard de la compagnie de taxi. Il l'a entendu de la bouche même du conducteur qui a été chercher cette criminelle, cette menteuse, à l'asile ce matin. Maintenant, bon Dieu, j'aimerais bien savoir pourquoi *je* n'en ai pas été informé.

Biederman garda le silence. Du haut de ses deux

mètres, Daniel Biederman dominait son patron et tous les policiers de la brigade de Westport. De cette rare perspective, il pouvait observer les rougeurs qui parsemaient le crâne de son patron. C'était le signe infaillible d'une éruption imminente. L'expérience avait appris à Biederman qu'il était vain d'essayer de tergiverser avec un volcan en activité. Mais ces signes précurseurs échappèrent à son partenaire, Vince Passerelli.

– Mrs. Harper a été acquittée, chef. Ce n'est plus notre problème, déclara-t-il imprudemment.

Delavan poussa un mugissement.

– En effet, Passerelli ! C'est vous, notre problème. Vous êtes franchement incroyable parfois, vous savez ? D'un optimisme plus que béat. Dans une petite ville comme la nôtre, vous pensez sans doute qu'on a bien de la chance d'avoir notre propre criminelle psychopathe...

Passerelli se gratta derrière l'oreille.

– Allons, chef. Je sais que vous étiez un grand admirateur du sénateur Gallatin. Nous l'étions tous. Mais ce n'est pas une raison pour passer vos nerfs sur moi.

– Sur qui d'autre, alors ? Bon sang, faut bien que je les passe sur quelqu'un !

S'emparant d'un épais volume du code pénal du Connecticut, Delavan l'abattit bruyamment sur son bureau.

– Six mois dans un cabanon cinq étoiles, et cette femme rentre tranquillement chez elle ! Mais où est-ce qu'on va, bon Dieu ?

– Le jury l'a déclarée non coupable. Qu'est-ce qu'on peut faire ?

Passerelli haussa les épaules.

– Qu'est-ce qu'on peut faire ? Qu'est-ce qu'on peut FAIRE !

Biederman se recroquevilla. Par malheur, son collègue était particulièrement doué pour attiser le tempérament incendiaire de Delavan.

– Ben oui, qu'est-ce qu'on peut faire ? insista le malheureux Passerelli.

Le visage de l'inspecteur-chef était écarlate.

– Je vais vous dire ce qu'on peut faire, Vincent. Rien. Voilà ce qu'on peut faire. Absolument rien, sacré bon sang de merde !

Passerelli croisa le regard de son collègue et l'implora en silence de lui venir en aide. Biederman compatissait à sa détresse, mais seul le mutisme aurait pu sauver le jeune homme, et celui-ci semblait ne pas connaître le mode d'emploi. Passerelli avait tout d'un gamin qui aurait grandi trop vite ; les yeux écarquillés, débordant d'enthousiasme, désespérément honnête, ouvert, et d'un optimisme indécrottable. Il avait manqué sa vocation. Si ce n'avait été pour ses origines italiennes et son côté héros de western spaghetti, Passerelli aurait fait un elfe du tonnerre pour le père Noël.

– On pourrait garder un œil sur elle, suggéra Passerelli d'un ton piteux.

Troisième salve.

– Non, Vincent. Nous ne pouvons *pas* mettre Mrs. Harper sous surveillance.

– Pourquoi pas ?

– Pour trois raisons : l'argent, encore l'argent et toujours l'argent. Notre budget est plus serré qu'un trou du cul. Si deux meurtres devaient se produire demain, on devrait différer l'un d'eux jusqu'à la prochaine année fiscale. Vous saisissez, Passerelli ? Est-ce que vous comprenez, bon Dieu !

– Vous nous avez convoqués, chef ? intervint Biederman.

Vincent et lui étaient collègues, après tout. Il était de son devoir de protéger et de défendre Passerelli, ne serait-ce que contre lui-même.

Momentanément distrait, Delavan laissa échapper un soupir bruyant.

– Oui, je vous ai convoqués. Vous avez été les premiers à arriver sur les lieux, la nuit du meurtre. Vous connaissez les protagonistes du drame mieux que quiconque dans ce service.

– Probablement, répliqua Biederman avec prudence.

– En particulier Harper. Vous lui avez plu aussitôt, mon petit Danny. C'est pas vrai ?

Biederman haussa les épaules.

– Elle était dans un pitoyable état. J'ai fait en sorte de ne pas être trop dur avec elle, alors elle s'est ouverte un peu à moi. Rien de plus.

Il s'abstint d'ajouter que Thea Harper lui avait fait l'impression d'un être parfaitement honnête et respectable. Sans même parler de sa beauté lumineuse, proprement irrésistible. Il n'avoua pas non plus qu'il lui avait rendu visite, de temps à autre, durant les mois de son internement à Brook Hollow. Il s'était justifié à ses propres yeux en qualifiant cela de simples visites de courtoisie.

En un sens, Thea Harper rappelait à Biederman sa petite sœur, Marna. Elle éveillait en lui l'instinct de protection qu'il avait éprouvé quelques dizaines d'années plus tôt pour la petite fille.

Enfin, peut-être pas exactement le même instinct.

Le soir du meurtre, Biederman et Passerelli étaient en chemin pour le poste de police après avoir élucidé un prétendu cambriolage à Kenwood. En réalité, une lycéenne essayait de regagner sa chambre en douce après un rendez-vous clandestin. Mais cet incident les avait amenés dans le quartier. Ils avaient capté l'appel sur leur radio de bord alors qu'ils étaient à deux pâtés de maisons de Linden Street.

Lorsqu'ils étaient arrivés sur les lieux, la porte de chez les Harper était grande ouverte. Toutes les lumières allumées. Aucune réponse lorsqu'ils avaient frappé. Ne sachant trop à quoi il leur fallait s'attendre, ils étaient entrés en position de combat, leurs revolvers à la main. Après s'être retrouvés nez à nez avec le spectacle apocalyptique du salon, ils avaient découvert Mrs. Harper et sa fille pelotonnées l'une contre l'autre sur le plancher de la salle à manger.

Biederman, aussi longtemps qu'il vivrait, n'oublierait jamais cette scène. Le visage de Thea Harper était d'une pâleur cireuse ; ses yeux étaient écarquillés, entourés de cernes mauves. Ses mains et ses vêtements étaient rouges de sang. Recroquevillée à terre avec sa fille, elle étreignait l'enfant contre sa poitrine comme si un vent démoniaque menaçait de disperser leur univers aux quatre coins du globe.

Mais c'était effectivement ce qui s'était produit.

Biederman avait été immédiatement frappé par la ressemblance qui existait entre la mère et la fille. Même cascade de boucles brunes, mêmes yeux immenses, mêmes traits fins et silhouettes élancées. Elles étaient toutes deux en profond état de choc. Passerelli, qui adorait les enfants, s'était employé à apaiser la fillette. Biederman s'était quant à lui efforcé de réconforter et de rassurer la mère du mieux qu'il le pouvait. Un instant, il avait eu le sentiment qu'elle réagissait, qu'elle commençait à répondre à l'aide qu'il lui prodiguait. Mais avant qu'il ait pu établir un véritable contact, les toubibs, les techniciens du labo et quelques membres du service médico-légal s'étaient rués dans la maison comme un troupeau d'éléphants saisis de folie. Ils avaient pulvérisé le moindre espoir qu'il ait pu avoir de la calmer ou de la raisonner.

– C'est bien, ça, mon petit Danny, reprit Delavan en ricanant. Ça ne peut pas vous faire de mal d'avoir la confiance de cette traînée.

– Et pourquoi ?

Biederman s'efforçait de chasser toute irritation de sa voix.

– Je veux la peau de cette femme, inspecteur. Je vais expédier Harper dans une cellule de prison, quand bien même ce serait la dernière chose que je fais ici-bas.

– Et pourquoi ?

Passerelli entonnait le refrain à son tour.

– Parce qu'elle aura volé à l'étalage, qu'elle aura craché sur le trottoir ou qu'elle aura regardé où il ne fallait pas. Je me fiche complètement de la raison pour laquelle nous l'épinglons, à partir du moment où nous pouvons l'épingler. Si l'on retrouve une mouche morte sur le rebord d'une fenêtre à l'intérieur des limites de la circonscription, Thea Harper sera notre suspect n° 1. Vous voyez où je veux en venir ?

Biederman le voyait parfaitement, et cela lui déplaisait profondément. Une fois n'est pas coutume, Passerelli lui-même en était muet. Delavan était un bureaucrate pur et dur, qui avait la réputation de suivre le règlement à la lettre. Difficile de l'imaginer jetant ses principes par-dessus bord, même si Thea Harper excitait sa fureur.

– Je veux que vous sympathisiez avec elle, l'un comme l'autre, déclara Delavan. De façon strictement informelle. En dehors des heures de service. Vous faites un saut... Vous lui prêtez une oreille compatissante... Vous jouez les voisins attentionnés... Faites ce qu'il faut, et peu importe si ce n'est pas casher. Je suis certain que vous vous en tirerez à merveille, mon petit Danny.

Biederman se renfrogna. C'était une chose d'agir à couvert, mais rien dans son contrat ne stipulait qu'il devait faire preuve d'hypocrisie.

– Et si elle n'a rien à se reprocher ? demanda-t-il.

– Rien à se reprocher, mes fesses ! Cette traînée a eu une chance indécente au tribunal. Elle a réussi à attendrir le juge et la pelletée de mauviettes qui composaient le jury. Mais je parierais que sa chance est sur le point de tourner.

– Et si vous perdiez votre pari ?

– Aucun risque. Nous allons pincer cette criminelle. Point final. Vous saisissez, mon petit Danny ? Ou est-ce qu'il faut que je vous fasse un dessin, bon Dieu !

Biederman était déconcerté par la violence de la tirade de Delavan. Tout cela n'avait aucun sens.

A moins que...

Un doute déplaisant s'insinua dans l'esprit de Biederman. L'inspecteur-chef avait deux ex-femmes, et un nombre incalculable de rejetons de première ou seconde main. Il ne cessait de se plaindre de devoir tirer le diable par la queue. Mais soudainement, quelques mois plus tôt, il avait acheté une nouvelle voiture à la jeune femme qu'il avait épousée peu de temps auparavant. Il avait parlé de faire construire une annexe à sa maison et projetait de faire un voyage dans les Caraïbes pour Noël. Du jour au lendemain, ses frusques avaient été remplacées par une garde-robe flambant neuve d'où le polyester était totalement exclu.

Biederman s'efforça de chasser de son esprit ce que cela impliquait. Mais il n'était pas facile d'ignorer le résultat d'une simple addition. Et si l'inspecteur-chef s'était laissé acheter par la famille Gallatin ou l'un des collègues de feu le sénateur, Passerelli et Biederman feraient office de pions dans une partie aux enjeux considérables.

Mais comment Biederman aurait-il pu raisonnablement passer la main ? Que Delavan soit corrompu ou non, il était manifestement déterminé à faire inculper Thea Harper. Si Biederman trouvait le moyen de se défiler, un autre prendrait la suite et se chargerait d'accomplir cette tâche ingrate. Cependant, tant que Biederman serait là pour y veiller, personne ne toucherait à un cheveu de la jeune femme. Il ignorait pourquoi il avait pris si ardemment son parti, mais brusquement, il était certain d'une chose : il avait l'intention de s'obstiner jusqu'à le découvrir.

Passerelli jeta un regard d'envie vers la porte. Excellente suggestion.

– Si vous avez fini, chef, nous ferions bien d'y aller, déclara Biederman.

– Je compte sur vous, les garçons. Ne me décevez pas.

– Nous garderons l'œil ouvert.

– Je n'en doute pas.

Delavan hocha la tête avec mécontentement en agitant ses bajoues. Son visage était encore écarlate de fureur.

– Ouvrez grands l'œil et les oreilles, et gardez bouche cousue.

Quelques minutes plus tard, les deux collègues quittaient le poste de police pour enquêter sur un cas de violence domestique. Un vent âpre s'était levé. Il semblait qu'il allait pleuvoir.

DEUXIÈME PARTIE

10

Des sons aigus s'échappaient de sa poche. Du geste fluide d'un homme engagé dans un duel, il coupa avec la télécommande le son du téléviseur, mit le magnétoscope sur PAUSE et extirpa son minuscule téléphone cellulaire de sa poche de chemise.

C'était une vedette, ça oui. Un véritable magasin de jouets ambulant !

– Oui ?

– J'ai d'excellentes nouvelles, fiston. Je les ai persuadés de monter jusqu'à trente mille dollars. Trente mille dollars avec une promesse de réévaluation dans trois mois.

Monsieur Dix-pour-Cent. Pour peu que vous réussissiez, on vous découpait en tranches comme un gâteau d'anniversaire. Chacun s'en servait une part : agent, coach, avocat, comptable, professeur de diction, de comédie, agent publicitaire, secrétaire, assistant, blonde évaporée du jour.

– Je t'avais dit quarante-cinq mille, Lowell. Quarante mille au minimum. Ils affirment que je suis un acteur de première catégorie ; eh bien, qu'ils me paient comme un acteur de première catégorie !

– Allons, allons. Tu sais ce que c'est. Les temps sont durs.

– De quel côté es-tu, Lowell ? Du leur ou du mien ?

– Ecoute, je vais tenter le coup, fiston. Je vais faire de mon mieux. Tu dois me faire confiance. Tu me fais confiance ou pas ?

– Dis-leur que ce sera quarante-cinq mille par épisode sinon je laisse tomber.

Un sifflement retentit à l'autre bout du fil.

– Si tu les mets au pied du mur, ils sont bien capables de te saquer, fiston. J'en connais beaucoup qui seraient ravis de prendre ta place pour dix mille ou même moins.

– Je suis prêt à en prendre le risque.

– Je parle sérieusement. Ces gens-là n'apprécient pas tellement les ultimatums.

– Je sais ce que je fais, Lowell. Contente-toi de leur annoncer la couleur.

– Tu as du cran, fiston, je dois le reconnaître.

Rangeant le combiné, il songea que toute sa carrière pouvait s'effondrer. Retour à la case départ. C'était une possibilité.

Deux ans plus tôt, il était serveur au luxueux *Club des Snobinards*, à Bigotville, dans les faubourgs huppés de Chicago. Pour le salaire minimum, pourboires en sus, il avait joué le rôle du serviteur zélé.

Un sacré job. A ce souvenir, il laissa échapper un ricanement. D'un signe de leurs menottes manucurées, de grosses dondons exigeaient d'autres petits pains, d'autres verres de thé glacé, ou quelques sachets d'édulcorant avec lequel elles sucraient le café qu'elles sirotaient avec leur cheesecake. Des types chauves, la peau tannée jusqu'au cuir et arborant les accessoires assortis, lui glissaient un ou deux billets flambant neufs tout en buvant leur martini, suçotant leur cigare et comparant les mérites respectifs de leurs maîtresses d'un soir.

Ils le surnommaient fiston, eux aussi, mais uniquement parce qu'ils étaient trop courtois pour appeler : Hé, Moins-que-Rien !

Deux ans plus tôt, il habitait avec ses parents. Vivait à leurs crochets. Subissait les regards désabusés de sa mère lorsqu'il rentrait après une audition sans autre résultat qu'une blessure supplémentaire à son amour-propre. Chaque semaine, son paternel l'obligeait à s'asseoir et lui rappelait – pour le cas où il l'aurait oublié – qu'il n'était qu'un bon à rien dépourvu de réalisme et de talent.

Mais son paternel s'était trompé sur toute la ligne. Il avait même eu l'humilité de le reconnaître la première fois qu'il était venu lui rendre visite, la main tendue et un sourire si large qu'on pouvait lui compter toutes les molaires.

Lui, il avait sorti la liasse de billets de cent dollars qui, à présent, garnissaient toujours sa poche. Il en avait retiré quelques-uns pendant que le vieux restait planté là, salivant comme un chien. Cela avait été le plus gratifiant de tout. Plus gratifiant même que quarante-cinq mille dollars par épisode.

Et pourtant, il n'y aurait pas eu que des inconvénients à revenir en arrière.

Le boulot avait de bons côtés, mais c'était un véritable boulot, aucun doute là-dessus. Vous étiez toujours exposé aux regards, comme un clown que l'on bombarde de tartes à la crème, vous attendant à chaque instant à en recevoir une dans la figure. Plus votre renommée croissait, plus nombreux étaient ceux qui brûlaient de vous prendre pour cible : critiques, rivaux, producteurs, admiratrices...

Il n'y avait rien de pire que les admiratrices. Elles s'imaginaient que vous étiez leur propriété privée. Elles vous traitaient comme l'un de ces buffets libre-service que l'on trouve dans les Restoroute. Elles vous grignotaient. Vous mordaient à belles dents. Vous empoignaient et vous déchiraient jusqu'à ce qu'il ne reste de vous qu'une carcasse dénudée jusqu'à l'os, et elles n'étaient pas encore satisfaites. A cause d'elles, il fallait vivre caché. Renoncer aux plaisirs humains les plus simples : vie privée, intimité, promenades dans le parc. A quand remontait le dernier dîner qu'il avait tranquillement savouré avec des amis au restaurant ? La dernière soirée passée incognito à un match de base-ball ? La dernière fois où il avait pris plaisir à séduire une inconnue dans un bar ?

Une vedette.

Tu parles.

Il avait les nerfs en pelote. Tout ça allait finir par le rendre fou. Sa mère l'avait prévenu : Méfie-toi de ce que tu désires, car tu pourrais bien l'obtenir. Et il l'avait obtenu, aucun doute là-dessus. Séries télévisées à succès. Couverture de *People* le proclamant l'homme le plus sexy de l'année. Ferrari dans le garage, villa sur la plage de Malibu, ranch dans le Montana, pied-à-terre sur la côte Est...

C'était l'acteur en vogue du moment. Avalanche d'offres. Piles de scripts. Les femmes faisaient la queue pour tenter leur chance.

Bref, tout avait l'air de baigner dans l'huile.

Alors, pourquoi était-il prêt à y renoncer ?

S'emparant de la télécommande, il monta de nouveau le volume. Sur l'écran géant, son propre visage lui rendait son regard. Les haut-parleurs diffusaient sa voix veloutée, amplifiée par des mois de cours de diction et le son Dolby stéréo. Il étudia les yeux qui avaient fait sa célébrité : mystérieux, arrogants, rivés aux prunelles bleu layette de sa partenaire, à qui la chirurgie esthétique avait offert un visage aux traits parfaits. D'un regard critique, il s'observa en train de l'embrasser, se souvenant des commentaires qu'avait aboyés le metteur en scène : « Bon sang, je t'ai dit d'y aller doucement, gros malin. On dirait que tu veux lui extraire les amygdales !... »

C'était peut-être cela, le problème. Il était doué. Trop doué. Quelques cinglées avaient confondu sa performance cinématographique avec la réalité. L'une d'elles, en particulier, l'avait harcelé pendant des mois. Elle l'appelait. Lui écrivait des lettres. Bon sang, elle allait jusqu'à sonner à sa porte.

Au début, il avait considéré cela comme une sorte de farce. Mais les attentions dont elle l'accablait avaient dégénéré et tourné à l'aigre. Avant qu'il puisse refermer la porte ou lui raccrocher au nez, il entrevoyait une lueur fugitive de la haine qui l'habitait. Il pouvait sentir le danger, semblable à une onde d'électricité statique. Impossible de prétendre qu'il s'agissait d'une simple plaisanterie.

Tendu comme la corde d'un arc, il se tassa dans le fauteuil moelleux et fit rouler sa tête de droite et de gauche pour soulager la tension de sa nuque. Il sentit sa compagne approcher derrière lui. Anticipant son geste, il inspira profondément, avec langueur.

S'appuyant contre son dos, elle se lova autour de ses épaules.

– Te voilà, mon trésor, murmura-t-il d'une voix douce.

Il sentait ses muscles se détendre.

– Que ferais-je sans toi, ma chérie ?

C'était la compagne idéale. Tendre, affectueuse, discrète, peu exigeante. Il sentit son corps souple s'appuyer contre sa nuque. C'était si relaxant.

Si sensuel.

Levant le bras, il caressa sa peau satinée. En réponse,

elle effleura son oreille, l'embrassant sur la nuque comme elle seule savait le faire.

– Tu es tout ce dont j'ai besoin, mon amour. Toi et moi on forme un couple parfait.

Elle lui massait la nuque, soulageant miraculeusement la tension qui l'habitait. Quelques minutes plus tard, il était détendu comme une poupée de chiffon. Presque endormi. Elle continua, pressant ses épaules et ses bras à un rythme régulier. Puis son cou.

La pression s'accentuait. Dépassait le stade du plaisir.

– Doucement, mon cœur. Tu serres trop.

Pourquoi ne l'écoutait-elle pas ?

– Arrête. Ça suffit...

L'étau implacable étrangla sa protestation, lui écrasa la carotide. Cela ne lui ressemble pas, songea-t-il dans un dernier sursaut de pensée consciente. Pourquoi... ?

Alors qu'il sombrait dans les ténèbres, il déploya un effort pour la distinguer, lui adresser une dernière supplique.

Mais les yeux dans lesquels il plongea les siens étaient ceux de l'inconnue. Emplis d'une démence, d'une fureur indicibles. Au moins, ce n'était pas mon trésor, songea-t-il.

Il y eut un instant d'une clarté éblouissante durant lequel le monde lui fut révélé dans sa complexité infinie, kaléidoscopique. Stupéfiant, songea-t-il en luttant pour prolonger cet instant. Mais une fraction de seconde plus tard, la force lui manqua ; et après un fondu enchaîné, l'obscurité envahit l'écran.

JOURNAL INTIME
25 septembre

En surface, je suis comme l'épaisse couche de glace qui recouvre l'étang en hiver. Lisse, froide, reflétant ce qui l'entoure.

Au-dessous tourbillonne le danger. Des créatures malfaisantes rampent dans les profondeurs obscures. Gracieuses. Hypnotiques. Mortelles.

Je sais que ces êtres ondulants m'habitent. Mais les autres ne les voient pas. Je suis contrainte de les garder immergés. Invisibles. Pour survivre, il me faut nier jusqu'à leur existence.

Ce n'est qu'en rêve qu'ils échappent à mon contrôle et avalent avec avidité des goulées d'air bleu et translucide. En rêve – dans l'éveil et le sommeil –, ils croissent et prospèrent, se transformant en amas hurlant qui dévore tout sur son passage.

Ces êtres innommables appartiennent au domaine du rêve. Ils ne touchent rien de ce qui appartient au réel.

Ce qu'ils touchent cesse tout simplement d'exister.

11

Cassie Rodbury tapota son chignon platine et lissa la jupe de son tailleur Chanel beige. Armée d'un sourire étudié, elle traversa son luxueux cabinet aux murs lambrissés pour accueillir à la porte les visiteurs inattendus.

Du haut de son mètre quatre-vingts, Cassie affichait une imposante silhouette. Grâce à trois séances hebdomadaires avec un professeur particulier de gymnastique, son corps était au meilleur de sa forme. Le coiffeur, l'esthéticienne et la styliste chargée de la conseiller dans ses achats lui assuraient une apparence tout aussi impeccable. A quelques semaines de son quarante-cinquième anniversaire, on aurait pu lui en donner trente.

Ce dont Cassie était extrêmement heureuse à l'instant précis. Elle attachait énormément d'importance à ce qu'elle considérait comme son armure : allure irréprochable, vêtements coûteux qui l'entouraient d'une aura de succès manifeste. Etre l'avocate de Mrs. Lily revenait à représenter un ouragan. On avait beau déployer des efforts pour dompter ou anticiper la situation, les mauvaises surprises étaient inévitables. De l'avis de Cassie, une fière allure et une bonne hygiène de vie étaient les meilleurs et les plus efficaces des systèmes de défense.

A l'ordinaire, lorsque Mrs. Gallatin désirait s'entretenir avec Cassie, pour un motif professionnel ou autre, la vieille femme la convoquait dans la propriété familiale. Il était tout à la fois inhabituel et extrêmement troublant qu'elle surgisse au cabinet sans s'être fait annoncer.

Cassie ouvrit la porte. Entraînant dans leur sillage la

frêle secrétaire, Mrs. Gallatin et sa fille se dirigèrent vers le bureau d'une démarche hautaine. Remarquant les joues enflammées de la vieille femme et la ligne crispée de sa mâchoire, Cassie se prépara au pire.

D'un signe de tête, elle renvoya sa secrétaire intimidée, fit entrer les deux femmes dans son bureau et referma la porte derrière elle.

– Bonjour, Mrs. Gallatin. Bonjour, Marielle. Que me vaut cette merveilleuse surprise ?

– Arrêtez vos sornettes, Cassandra. Votre imbécile de secrétaire a bien failli avaler son stylo en nous voyant arriver.

– Valerie n'a pas l'habitude d'être bousculée, Mrs. Gallatin. Si elle s'est montrée impolie...

– Elle n'a pas été impolie. Dire qu'elle était stupéfaite serait plus proche de la vérité. D'ailleurs, c'est également votre cas. Si vous écarquilliez les yeux un tout petit peu plus, ils sortiraient hors de leurs orbites. Pourquoi ne pas reprendre vos esprits et nous offrir une tasse de thé ?

– Bien sûr, bien sûr, Mrs. Gallatin.

S'efforçant de conserver son sang-froid, Cassie, d'un geste, pria les deux femmes de prendre place dans les fauteuils de cuir et sonna pour qu'on lui apporte du thé.

– A présent, dites-moi... Quelle est la raison de votre visite ?

Une expression de fausse timidité s'inscrivit sur le visage sillonné de rides.

– J'ai pensé que vous aimeriez savoir comment s'est déroulée ma matinée. Vous ne devinerez jamais qui a accepté mon invitation, et est venu bavarder avec moi.

Cassie blêmit.

– Vous n'avez pas... Je vous avais pourtant conseillé de...

– Je ne crois pas vous avoir demandé ce que vous en pensiez, rétorqua Lily Gallatin d'un ton cinglant.

– Je comprends bien, mais...

– Mais rien.

Fronçant les sourcils, la vieille femme braqua son regard d'acier sur Cassie.

– Votre cher père – puisse son âme reposer en paix – avait une bien meilleure perception des paramètres de notre relation professionnelle, Cassandra. Une perception inestimable. Au cas où vous l'ignoreriez, c'est l'une des principales raisons pour lesquelles mon mari et moi lui avions confié la gestion de nos affaires.

Cassie se mordit les lèvres. Il s'agissait d'une menace à peine voilée. Sans les Gallatin, le cabinet Rodbury, Carswell & Bar serait réduit à néant. La quasi-majorité de leurs clients leur avaient été envoyés ou recommandés par les Gallatin. A la demande de Lily, les clients en question avaient maintenu leur confiance à Cassie après le départ en retraite de son père, quelque douze années plus tôt. D'un simple claquement de ses doigts noueux, la vieille femme pouvait réduire en cendres la carrière florissante de Cassie et le luxueux train de vie auquel cette dernière attachait tant de prix.

– Mais bien sûr, Mrs. Gallatin. J'espère que ce *bavardage* vous a donné toute satisfaction.

– S'il m'a donné satisfaction ? Franchement, non. Je dois cependant avouer que Marielle a semblé y puiser du plaisir. Ma pauvre fille a si peu de motifs de joie dans l'existence, n'est-ce pas, ma chérie ?

Comme à l'accoutumée, Marielle garda le silence. Elle demeura immobile, telle une statue de cire, n'était une lueur de colère qui pétillait dans ses yeux.

Cassie s'efforça de conserver un visage inexpressif, elle aussi. La fille de Lily Gallatin était loin d'être ce qu'on aurait pu appeler une pauvre petite. Depuis sa plus tendre enfance, la benjamine de la famille faisait preuve d'un penchant pour la cruauté qui confinait au sadisme. A de nombreuses reprises, Cassie avait été sommée d'apaiser les parents de ses camarades de classe ou de jeux, dont les rejetons affirmaient avoir été molestés par la petite Marielle. Et bien que la jeune femme ouvrît rarement la bouche, lorsqu'elle était confrontée au chagrin ou à la souffrance d'autrui, elle affichait un plaisir manifeste.

– La visite de ce matin n'était qu'un simple début, poursuivit Lily Gallatin. Je désirais prévenir Mrs. Harper, l'aviser de mes intentions. Et c'est ce que j'ai fait, très clairement.

Cassie refréna les objections qui lui montaient aux lèvres. Il était stupide et dangereux de menacer Thea Harper. S'il arrivait quoi que ce soit à la jeune femme, les soupçons se porteraient immédiatement sur Lily Gallatin. Cette dernière n'avait pas fait secret des sentiments qu'elle vouait à la meurtrière de son fils.

Le fait d'être informée de la soif de vengeance de sa cliente plaçait l'avocate dans une situation tout aussi épineuse. Son éthique professionnelle lui imposait de rapporter à qui de droit toute intention délictueuse dont elle pouvait avoir connaissance ; mais son vorace appétit de réussite réduisait Cassie au silence. Il ne lui restait plus qu'à espérer que les agissements inconsidérés de Lily Gallatin se limiteraient aux menaces, et à l'utilisation d'espions et d'informateurs. Songeant aux deux individus véreux que la vieille femme avait recrutés pour confondre Thea Harper, Cassie se rembrunit.

– Pourquoi cette expression maussade, Cassandra ? interrogea sèchement Lily Gallatin.

– Ce n'est rien, Mrs. Gallatin. Une petite indigestion, voilà tout.

La vieille femme plissa ses yeux au regard glacial.

– Peut-être devriez-vous envisager de changer de régime. Peut-être devriez-vous opter pour quelque chose d'un peu plus... *léger*.

Cassie Rodbury se força à sourire.

– Mais non, pas du tout. Je vais mieux, à présent. Je vais parfaitement bien.

– J'en suis heureuse. Maintenant que tous les éléments sont en place, je veux que vous surveilliez la situation de près, que vous vous assuriez qu'elle progresse avec rapidité et efficacité.

Le sourire de la jeune femme se crispa.

– Bien entendu. Je suis à votre disposition, comme toujours.

– Le jeune homme, en particulier, demande à être surveillé. Il me semble un peu réticent.

– Certainement. J'y veillerai.

Déterminée à découvrir les preuves de la culpabilité de Thea Harper, Lily Gallatin avait engagé deux individus complaisants qui étaient entrés en relation avec Thea et sa fille. La vieille femme se moquait éperdument de la pléthore de lois qu'elle enfreignait – harcèlement, corruption, association de malfaiteurs, pour n'en citer que quelques-unes.

– Je crains qu'il ne faille également vous assurer que sa motivation demeure intacte, Cassandra.

– Oui, Mrs. Gallatin.

Tout ce que vous voudrez, Mrs. Gallatin. Vos désirs sont des ordres, Mrs. Gallatin.

Brusquement, Lily Gallatin et sa fille se levèrent pour prendre congé. Cassie s'empressa de les raccompagner jusqu'à la porte. En chemin, elles croisèrent la secrétaire de Cassie, tout essoufflée ; celle-ci apportait un service de thé en argent et le plateau de canapés et de pâtisseries qu'elle avait commandés à la hâte.

– Merci. Ce ne sera pas nécessaire, Valerie, dit Cassie.

La secrétaire laissa échapper un soupir.

– *Cela* ne sera pas nécessaire non plus, ma petite demoiselle, lança Lily Gallatin d'un ton cinglant. Manifestement, il ne serait pas inutile d'enseigner à vos subordonnées quelques notions de courtoisie élémentaires, Cassandra.

– Dé... désolée, Mrs. Gallatin. Je ne voulais pas..., bafouilla la secrétaire.

– Ne faites jamais rien sans être sûre de le vouloir vraiment, mademoiselle. C'est la meilleure façon de ne pas vous exposer à de dangereux malentendus.

– Attendez-moi dans mon bureau, Valerie, ordonna Cassie.

– Oui, m'dame.

La voix de la jeune femme exprimait un sarcasme fort déplaisant.

Foudroyant sa secrétaire du regard, Cassie escorta ses deux clientes les plus importantes dans le vestibule à l'épaisse moquette, et les accompagna jusqu'à là limousine qui les attendait.

12

Comme le temps passait vite !

Gabby était déjà rentrée. Thea entendait la voix stridente de l'enfant qui l'appelait de la maison. Jetant un œil à la pendule de l'atelier, elle tâcha de dissiper le brouillard qui l'enveloppait.

– J'arrive dans une minute, ma chérie.

Elle tiqua en percevant l'infime tremblement de sa voix.

Comment était-il possible qu'il soit déjà trois heures ?

Lorsque Thea était rentrée de la demeure des Gallatin, elle était bouleversée et affolée. Elle se souvenait distinctement avoir entendu l'animateur radio présenter les informations de midi au moment où elle éteignait l'autoradio, dans le garage. Depuis, il s'était écoulé plus de trois heures ; de ce laps de temps, il ne restait que quelques pages maculées de taches de peinture de couleur vive et une abominable migraine.

Aurait-elle oublié son traitement ? Inquiète, elle vérifia la plaquette numérotée qui contenait son médicament. Non. Elle l'avait bien pris.

Le voyant lumineux du répondeur clignotait frénétiquement. Après avoir enclenché la touche de rembobinage, elle appuya ses mains sur ses tempes pour réprimer les élancements de douleur et écouta les messages qui étaient au nombre de quatre. Comme d'habitude, Pru Whittaker l'avait appelée pour la relancer. Caro l'avait invitée à dîner. Le troisième message provenait de l'odieux journaliste, Harlan Vernon. La Vermine déployait les grands moyens : « Si vous refusez de me parler, Mrs. Harper, vous me forcerez à obtenir mon histoire en passant par d'autres sources... »

Thea ne considérait pas cela comme une menace très inquiétante. Jamais la Vermine ne s'était laissé freiner par quelque chose d'aussi trivial et réducteur que la vérité. Le dernier message se limitait à une respiration bruyante. Un appel anonyme. Elle écouta quelques secondes ce souffle asthmatique avant d'effacer la bande, emplie de dégoût.

Baissant les yeux, elle s'aperçut que ses mains étaient maculées d'affreuses taches de peinture de couleur rouille. Ses yeux picotèrent lorsqu'elle se nettoya les doigts avec un chiffon imbibé de térébenthine. Alors qu'elle se rinçait les mains dans l'évier, une affreuse pensée lui traversa l'esprit. La dernière fois qu'elle avait éprouvé une sensation de vide semblable à celle-ci, c'était le soir où Simon était mort. Le soir où elle l'avait assassiné.

Des frissons gagnèrent son corps tout entier. Croisant les bras, Thea s'efforça de maîtriser la vague de fond qui menaçait de la submerger. Mais elle était assiégée par les souvenirs du drame. Par des réminiscences bouleversantes.

Ce soir-là aussi, elle se trouvait dans l'atelier. Pru Whittaker l'avait encouragée à entreprendre une série de toiles inspirées par le thème du mouvement dont était empreint le tableau représentant une jeune fille à cheval. Si Thea parvenait à produire une œuvre conséquente, une importante galerie s'engageait à lui consacrer une promotion considérable et un vernissage digne d'une célébrité. Pru affirmait qu'il s'agissait du genre d'événement susceptible de lui assurer une grosse couverture médiatique et des critiques dans les colonnes des plus grands journaux. Il s'agissait de l'occasion que la jeune femme attendait depuis longtemps, et qui la propulserait au sommet de la gloire. En outre, Thea savait que Pru brûlait de tirer profit des rumeurs associant le nom du peintre à celui du sénateur Gallatin.

Une semaine durant, tout s'était merveilleusement bien passé. Sa muse mettait les bouchées doubles. Thea peignait simultanément trois tableaux ; l'un d'eux, représentant trois jeunes danseuses à la barre, était presque achevé. Un autre, qu'elle avait intitulé *Enfants courant à travers un champ de fleurs*, reflétait la merveilleuse luminosité d'un jour d'été paradisiaque. Quand les jumelles avaient invité Gabby à dîner, ce soir-là, Thea en avait profité pour consacrer quelques heures supplémentaires à son chevalet avant que le jour ne tombe.

Mais ce moment – presque trois heures – s'était littéralement évanoui. Elle était en train d'appliquer de petites touches de peinture ivoire sur la jupe évasée de l'une des jeunes danseuses lorsque, subitement, elle s'était aperçue que l'atelier était plongé dans l'obscurité. Il n'y avait rien d'autre que cette pénombre inexplicable et un silence lourd d'attente. Alors que Thea s'efforçait de comprendre, elle avait entendu le hurlement perçant, déchirant, de Gabby.

Elle s'était précipitée à l'intérieur de la maison et avait découvert Gabby dans le salon. Le corps disloqué de Simon. Le sang. Le visage de sa petite fille d'une terrifiante pâleur. Plongée dans une sorte de transe cauchemardesque, Thea avait baissé les yeux et s'était rendu compte que ses mains et ses vêtements étaient recouverts d'une croûte écarlate. Le sang de Simon avait giclé partout.

Un sentiment de panique lui glaça le sang. C'était impossible. Jamais elle ne survivrait une seconde fois à une telle horreur.

Inspirant profondément, elle essaya de réfléchir de façon rationnelle.

Calme-toi, Thea. Cela n'a rien à voir avec la dernière fois. Tu étais absorbée dans ton travail, voilà tout.

L'atelier était en désordre. Retenant son souffle afin de ne pas inhaler les vapeurs âcres, elle nettoya l'évier sale et la palette maculée de peinture avec un bouchon de papier imbibé de térébenthine. En hâte, elle froissa les feuilles de carnet à dessin gâchées et les jeta dans la poubelle située à l'extérieur. Elle ne parvint pas à retrouver le pinceau dont elle s'était servie. Mais si l'on considérait qu'elle était capable d'égarer la trace d'une matinée entière, la perte d'un pinceau sale n'avait rien d'exceptionnel.

Affaire réglée.

Gabby était dans la cuisine, dévorant ce qui restait de crème glacée à même le pot. Elle n'avait pas perdu l'appétit. Voilà qui était mieux.

– Bonjour, ma chérie. Comment s'est passée ta journée à l'école ?

– Bien.

Gabby leva les yeux et fronça les sourcils.

– Ça va, maman ?

– Mais oui, pourquoi ?

– Tu as l'air un peu...

Apercevant son reflet dans la porte vitrée du four, Thea n'eut pas besoin que la fillette achève sa phrase. Ses cheveux étaient ébouriffés, son visage maculé de la répugnante peinture couleur rouille. Saisie, elle émit avec peine un rire étranglé.

– Je suppose que c'est ce que signifie « s'immerger dans son travail ».

Gabby fronça davantage les sourcils. Elle lui tendit le pot de crème glacée comme s'il s'agissait d'une bouée de sauvetage.

– Tiens, maman. Finis-la.

– Non, merci, ma chérie. J'ai seulement besoin d'aller faire un brin de toilette et d'enfiler des vêtements propres.

– Tu es sûre que tu n'es pas malade ?

– Certaine.

Elle se pencha, et serra très fort la petite fille sur son cœur.

La douche fut un pur délice. Tournant le robinet au maximum, Thea s'abandonna à l'eau chaude qui ruisselait sur son dos. Ses épaules la faisaient souffrir, et une douleur tenace s'était logée à la base de sa nuque. Le point où convergeait toute la tension qui l'habitait.

De la paume, elle essuya le miroir embué, puis frictionna ses cheveux à l'aide d'une serviette et les démêla. Nette amélioration. Quelques touches de fard à joues aux endroits stratégiques, un peu de brillant à lèvres, et ce fut encore mieux. Lorsqu'elle eut enfilé un jean propre et un pull-over rouge, on aurait pu la prendre pour un être humain, à condition que l'éclairage soit faible.

Au rez-de-chaussée, assise à la table de la cuisine, Gabby était penchée sur son cahier. Envahie par une bouffée d'orgueil, Thea remarqua la concentration sur le visage de l'enfant et la grâce avec laquelle la plume courait sur la feuille.

– C'est un devoir important ?

– J'écris un livre, déclara l'enfant d'un ton absent.

– Eh bien, on dirait qu'il s'agit d'un devoir *très* important.

– Je ne suis pas en train de faire mes devoirs. C'est pour moi. J'ai décidé d'être écrivain. J'écrirai des biographies ou des livres de mystères, je crois. Je ne sais pas encore.

Thea refréna un sourire. Grands rêves, ambitions gigantesques... Si seulement ces merveilleuses démesures enfantines pouvaient ne pas rétrécir au fil du temps !

Gabby mordilla l'extrémité de son stylo et se pencha pour écrire une autre ligne.

– De quoi parle ton livre ?

– C'est l'histoire d'une petite fille qui s'aperçoit qu'elle a été adoptée ; alors elle s'enfuit de chez elle pour retrouver sa vraie mère.

– Et est-ce qu'elle la retrouve ?

– Je ne sais pas encore. Elle est dans le bus qui l'emmène dans l'Indiana.

– Ça me semble intéressant.

La fillette prit un air soucieux.

– Si j'avais été adoptée, tu me le dirais, n'est-ce pas ?

– Bien sûr. Mais ce n'est pas le cas.

Gabby ajouta une autre ligne à son histoire.

– Amber dit que parfois, ils mélangent les bébés à l'hôpital ; les parents ne le savent même pas jusqu'au moment où leur enfant doit subir des examens sanguins parce qu'il a une maladie incurable ou quelque chose comme ça.

Thea s'empara du pot de glace, et en racla la dernière cuillerée liquéfiée.

– Gabrielle Harper, tu es ma vraie fille, la chair de ma chair. Je te le promets.

– Comment est-ce que tu le sais ? J'ai eu des examens ?

– Je le sais, c'est tout.

– J'espère que tu as raison, maman. Parce qu'en fait, la fille qui était atteinte d'une maladie incurable venait d'une famille où la mère était morte, et le père, lui, avait une nouvelle femme et un bébé. Alors maintenant, j'imagine qu'elle n'a nulle part où aller.

Thea entoura la fillette de ses bras et la serra très fort.

– Tu seras un merveilleux écrivain, ma petite fille. Cela ne fait aucun doute.

Eclatant de rire, Gabby se tortilla pour se dégager de son étreinte. Elle suspendit la mine de son stylo à quelques centimètres de la ligne suivante.

– Tu me laisses finir, d'accord ? J'ai presque terminé le chapitre.

Impressionnée par le zèle de l'enfant, Thea décida de faire bon usage des dernières heures de la journée. Mais pour une raison qu'elle ne parvenait pas à s'expliquer, elle n'avait aucune envie de regagner l'atelier. S'emparant d'un carnet à dessin et de bâtons de fusain, elle se dirigea vers la table de la salle à manger pour démarrer un projet viable.

Fixant des yeux la feuille vierge, elle soupesa les possibilités qui s'offraient à elle. Durant ses années d'études, elle avait exploré toutes les formes d'art imaginables. Contrairement à ce qu'affirmait le docteur Forman, aucun genre artistique n'était plus valorisant qu'un autre. De l'opinion de Thea, les illustrateurs et les dessinateurs de bandes dessinées étaient tout simplement doués pour ce mode d'expression-là. Les débouchés commerciaux qu'offrait l'art ne représentaient pas des succédanés, mais l'expression tout aussi légitime et gratifiante d'une vision intérieure.

Mais la psychiatre ne s'était pas trompée en suggérant que Thea n'était peut-être pas encore de taille à entreprendre un tableau. La jeune femme avait désespérément envie que ses plaies cicatrisent, désespérément envie d'être capable de reprendre le cours de son existence et de se consacrer de nouveau au travail qu'elle aimait tant. Mais son atelier évoquait encore trop à ses yeux les atrocités qu'elle avait subies. Thea allait devoir se consacrer à un autre type de travail jusqu'au moment où elle aurait surmonté ce cauchemar. Mais pour dire la vérité, elle se demandait si elle y parviendrait un jour.

Alors qu'elle réfléchissait, une vision démoniaque s'immisça dans son esprit. Un serpent à sonnettes. Thea distinguait ses anneaux menaçants ; elle percevait le terrifiant bruit de crécelle qu'émettait le reptile.

Lorsqu'elle était petite fille, elle campait souvent en compagnie de son frère dans une prairie située non loin du ranch. Durant l'une de ces excursions, au beau milieu de la nuit, Thea avait été réveillée en sursaut par un bruit semblable à celui que produiraient des haricots secs agités dans une calebasse. Intriguée, elle avait réveillé Jimmy d'un coup de coude. Lorsqu'il avait entendu le bruit de crécelle, ses yeux s'étaient emplis de frayeur. Jimmy n'avait jamais peur – du moins, jamais ouvertement – et sa réaction avait décuplé la terreur de Thea.

– Ne bouge pas, avait-il murmuré d'une voix rauque.

Lentement, très lentement, il avait tendu la main vers la carabine appuyée contre un piquet de tente. Thea avait alors aperçu l'énorme vipère-diamant grise qui avançait vers elle en ondulant. Tout près de son pied nu. Progressant centimètre par centimètre. Fouillant l'espace de sa langue fourchue. Lorsque la détonation avait retenti, le reptile visqueux était si proche de Thea que des débris de chair sanguinolente l'avaient éclaboussée.

Ce souvenir lui inspirait un violent dégoût, mais la vision du serpent à sonnettes long de presque deux mètres refusait de disparaître.

Du bout de son doigt, elle traça une forme longue et sinueuse sur la page. Puis, saisissant un bâton de fusain, elle esquissa quelques traits préliminaires. Satisfaite, elle entreprit d'y ajouter des détails. Souriant à la vue du personnage fantasque qui prenait vie sous sa mine, elle sentit avec plaisir une énergie nouvelle la gagner.

Echangeant le bâton de fusain contre un crayon à mine tendre, elle enrichit le dessin d'ombres et de hachures pour lui donner du relief et de la dimension. Après s'être interrompue un instant pour aller chercher ses pastels dans l'atelier, elle le teinta de quelques accents de couleurs primaires. Alors qu'elle esquissait l'arrière-plan, elle songea soudain à l'usage idéal qu'elle pouvait faire de ce dessin.

Gabby, qui avait terminé son chapitre, bavardait au téléphone. De toute évidence, il s'agissait d'une conversation éminemment confidentielle. Le ton de l'enfant changea lorsque Thea entra dans la cuisine. Quand la jeune femme s'assit devant la table, manifestant son intention de rester dans la pièce, Gabby mit brusquement un terme à la conversation.

– Il faut que j'y aille, Opal. A demain.

– Attends ! s'exclama Thea. Je voudrais parler à Caro.

Lorsque son amie fut au bout du fil, Thea, après l'avoir remerciée, déclina son invitation à dîner. Elle avait déjà beaucoup trop abusé de la générosité des Millport.

– Tu es sûre, Thea ? On aimerait vraiment que vous veniez, toi et Gabby.

Le bébé se mit à hurler ; quelque chose s'écrasa à terre dans un grand fracas. Caro laissa échapper un soupir.

– Drake, mon ange... Est-ce que maman ne t'avait pas

dit de ne pas grimper sur le dressoir ? Et ne serre pas ton frère si fort, mon chéri. Tu ne voudrais pas le déformer, hein ? Désolée, Thea. Il faut que je te laisse.

– On dirait, en effet.

Après avoir raccroché, Thea demanda à Gabby de s'asseoir afin qu'elles aient une discussion sérieuse.

– Quelque chose ne va pas, maman ?

– Pas du tout. J'ai une proposition à te faire. Est-ce que tu aimerais être ma collaboratrice ?

– Oh oui ! Qu'est-ce que ça veut dire ?

– Cela veut dire qu'on serait partenaires, en quelque sorte. Qu'on travaillerait ensemble. Tu t'occuperais d'une partie, et je m'occuperais d'une partie.

– Une partie de quoi ?

– D'un livre pour enfants. Regarde, j'ai dessiné ce personnage.

Thea lui présenta le croquis. Le nouveau serpent amélioré avait de grands yeux éclairés d'une lueur d'espièglerie, des sourcils arqués et une bouche aux lèvres pulpeuses. Les motifs en forme de losanges de la vipère-diamant avaient été remplacés par un chemisier à imprimé similaire. Le reptile était chaussé de lunettes en forme de losanges. Un collier de brillants ornait son cou écailleux, et elle portait un énorme solitaire à l'annulaire gauche. Se réclamant de la licence poétique, Thea l'avait dotée de bras, de mains et de courbes féminines fort attrayantes. Les sonnettes étaient montées sur une broche, malicieusement accrochée à la toque qu'elle portait sur la tête.

– Je l'ai appelée Sophie ; mais tu peux choisir un autre prénom, si tu préfères.

La réaction de Gabby fut exactement celle qu'espérait Thea ; l'enfant était captivée.

– Elle est merveilleuse ! Sophie-le-Serpent... Je l'adore !

– Tu crois que tu pourrais lui inventer une histoire ?

– Bien sûr !

Le visage de l'enfant se tendit sous l'effet de la concentration.

– Je dirais qu'elle s'occupe d'un restaurant-glacier comme celui de Post Road... Il y a toujours des enfants qui traînent à l'intérieur ; la plupart sont des adolescents comme Amber, alors Sophie garde un œil sur eux et s'assure qu'ils se comportent bien et tout ça. Mais elle est très gentille, alors les enfants l'aiment beaucoup.

– Ça me semble parfait.

Thea tourna une page du carnet de croquis. D'une main rapide, elle dessina Sophie vêtue d'un tablier, derrière un comptoir débordant de pots de glaces. Les prix étaient affichés au mur, ainsi qu'une liste de parfums où l'on retrouvait tous les préférés des Harper mère et fille. Devant le comptoir, elle esquissa d'un trait vif une file de consommateurs et plusieurs tables autour desquelles se pressaient des adolescents.

Gabby approuva d'un signe de tête.

– Et il y a là un garçon un peu louche et bizarre, et que personne n'aime. Parfois, il vient manger une coupe glacée, mais il ne parle presque jamais.

Comme par magie, l'adolescent louche se matérialisa sous le crayon de Thea. Un personnage bas sur pattes, un peu nigaud, le menton fuyant et affublé de grandes oreilles.

– Comme cela ?

Réfléchissant, Gabby inclina la tête sur l'épaule.

– Un peu plus effrayant.

Sur une page vierge, Thea remplaça rapidement le nigaud par un personnage aux cheveux longs, l'air louche, des lunettes noires sur le nez et un tatouage sur l'épaule.

– C'est ça. Et il est toujours en train de fumer, alors tu devrais ajouter une cigarette.

Thea ficha un mégot fumant entre les lèvres minces de l'individu.

– Parfait !

Gabby était radieuse.

– C'est vraiment amusant !

Oui, c'était amusant. Cela faisait bien longtemps – plus longtemps que Thea ne l'aurait souhaité – qu'elle ne s'était autant divertie. C'était un véritable plaisir d'observer le cheminement de l'esprit éveillé de sa fille et de son imagination débordante.

Elles continuèrent de la sorte pendant des heures, donnant forme au récit, s'interrompant juste le temps d'avaler un dîner de fortune : sandwiches au thon et salade. Au point culminant du récit, un consommateur jetait un mégot allumé dans une poubelle, mettant le feu au restaurant-glacier. Au cours de la panique provoquée par le brasier rugissant, l'un des clients, dans sa fuite, bousculait la pauvre Sophie. Le serpent inconscient gisait sur le sol, prisonnier de l'incendie. Quelqu'un avait appelé les pompiers, mais tout indiquait qu'ils arriveraient sur les lieux trop tard pour sauver Sophie.

La situation semblait désespérée. Mais à la dernière minute, le petit voyou, se souvenant de la gentillesse que Sophie avait manifestée à son égard, bravait les flammes pour secourir le serpent. Au grand plaisir de Thea, Gabby imagina l'adolescent jetant des seaux de glace fondue sur les flammes qui menaçaient Sophie.

– Fin ! proclama Thea. Mon Dieu, regarde l'heure ! Vous feriez mieux d'aller au lit en vitesse, mademoiselle coauteur. Je dirais que nous avons là un premier jet plutôt fantastique.

Les yeux de l'enfant pétillaient de joie, et son visage était radieux.

– Comment est-ce qu'on fera pour la couverture ?

– Un éditeur pourra peut-être s'en charger pour nous.

– Mais comment ?

– Je t'expliquerai tout cela demain, collègue. A présent, dépêche-toi de filer. Tu devrais être au lit depuis longtemps.

Mais Gabby tardait à s'éclipser.

– Est-ce que je peux inviter quelqu'un à dîner, demain soir ?

Les réserves de Thea fondirent rapidement devant le regard implorant de la fillette.

– D'accord. Mais tu as école le lendemain, alors il faudra que ce soit tôt.

– Est-ce que tu pourras cuisiner des lasagnes ?

– Eh bien, peut-être... Si j'estime que tu le mérites.

Gabby jeta ses bras autour de Thea et l'étouffa de baisers bruyants.

– Très bien, mademoiselle. J'accepte. Tu m'as convaincue. D'accord pour les lasagnes.

– Génial !

Longtemps après que la fillette eut éteint sa lampe, Thea entendit grincer les ressorts de son lit. Elle se sentait elle-même trop agitée pour dormir et tamisa les lumières de sa chambre avant d'allumer la télévision. La majorité des émissions avaient le pouvoir de l'endormir sur-le-champ.

Quelques heures plus tard, l'intonation sèche du présentateur du journal télévisé de la nuit la tira du sommeil.

« ... vous répétons l'information essentielle de ce journal. Le cadavre mutilé de la coqueluche de la télévision, Brandon Lee Payton, a été découvert dans son appartement de Bedford, à New York, cet après-midi, par son manager. »

Une photographie de la jeune vedette s'afficha sur l'écran. Lui succéda une séquence filmée montrant son corps enveloppé dans un sac en plastique et que l'on évacuait sur une civière, tandis que le présentateur enchaînait :

« Payton, la vedette du feuilleton *La Dernière Chance*, était collectionneur d'animaux exotiques. L'un de ses reptiles, un serpent à sonnettes de près de deux mètres de long, a été sauvagement tué à coups de couteau par l'agresseur inconnu. La police a lancé une opération de recherches de grande envergure. »

Un autre instantané, sur lequel l'acteur souriant présentait un serpent à l'objectif, apparut sur l'écran. Puis, enchaînant sur le sujet suivant, le commentateur évoqua le déraillement d'un train à Philadelphie.

Thea sentit son sang se figer dans ses veines. Elle ne pouvait en croire ses yeux. C'était le serpent dont elle avait eu la vision : les mêmes écailles grises, les mêmes motifs en forme de losanges. Comment aurait-elle pu savoir, sinon parce que....

Arrête, Thea ! C'est insensé. C'est impossible !

A moins que...

Bedford se trouvait à trente-deux kilomètres, pas plus d'une heure aller-retour. Le laps de temps qui s'était volatilisé dans le courant de sa journée s'évaluait à plus de trois heures.

Ses pensées s'affolaient. Elle se souvint de la peinture qui maculait ses mains et qu'elle avait dû nettoyer, d'une vilaine teinte brun-rouge. La couleur du sang séché.

Saisie de terreur, elle se précipita au rez-de-chaussée. Elle détacha la clef de l'atelier pendue à son crochet près de la porte de la cuisine et se précipita hors de la maison, pieds nus. Vêtue seulement de sa chemise de nuit, elle eut la chair de poule au contact de l'air froid et humide, mais elle ne s'en souciait pas. Secouée de frissons, elle ouvrit le verrou, s'engouffra dans l'atelier et alluma la lumière. Sur le chevalet et le plancher alentour, il ne restait aucune trace des éclaboussures de couleur rouille. Elle avait pris soin de nettoyer l'évier. Se souvenant qu'elle avait jeté les pages de son carnet de croquis, elle se précipita à l'extérieur et souleva le couvercle de la poubelle la plus proche.

Vide. Les éboueurs avaient ramassé les ordures.

Regagnant sa chambre, Thea se blottit sous les couvertures en frissonnant et se brancha sur la chaîne d'informations continues. Il y eut un reportage concernant une épidémie de méningite dans un lycée de Chicago, puis un autre au sujet du procès de cinq lycéens vedettes de football de leur établissement et accusés d'avoir violé une jeune fille handicapée mentale. Puis ce fut au tour du meurtre de Payton. Le commentateur répéta les informations qu'elle avait entendues quelques instants auparavant; mais il poursuivit en annonçant que la police recherchait la trace d'une femme qui, durant des mois, avait harcelé l'acteur assassiné. On ignorait quel était le lien précis de l'inconnue avec le meurtre, mais tout indiquait que l'admiratrice trop zélée était gravement perturbée. Elle avait proféré de violentes menaces quelques jours plus tôt, lorsqu'un agent de la sécurité l'avait expulsée du plateau sur lequel étaient tournés les épisodes de la série télévisée de Payton.

Le portrait illustrant le reportage était un croquis d'amateur. Individu de sexe féminin. Lunettes noires, cheveux semblables à une perruque. Rien qui caractérisât ces traits, hormis leur absurde ressemblance avec ceux dont les enfants affublent la tête de plastique de Mr. Potato Head [1].

Cela n'a rien à voir avec moi. Rien du tout.

Au moment où l'admiratrice dérangée poursuivait l'objet de sa flamme, Thea était internée à Brook Hollow. Jamais elle n'avait même regardé la série télévisée de Brandon Lee Payton. Le visage de la célèbre victime lui était familier, mais cela pouvait raisonnablement être attribué à la large publicité qui lui était faite. Elle avait probablement vu sa photographie dans le journal ou alors qu'elle feuilletait un magazine. Il n'existait aucun lien rationnel entre ce meurtre et elle.

Aucun.

Alors, comment avait-elle su qu'il y avait un serpent?

Se forçant à conserver son calme, elle assembla bout à bout les éléments d'une explication rationnelle. Sans

1. Jeu consistant à doter de bouches, d'yeux, d'oreilles, etc., une tête en plastique de la forme d'une pomme de terre. *(N.d.T.)*

doute avait-elle allumé la radio alors qu'elle se trouvait dans l'atelier ; elle l'écoutait souvent en bruit de fond pendant qu'elle travaillait. On avait dû annoncer la nouvelle de l'assassinat du jeune acteur. Les détails du meurtre étaient sans doute parvenus à son esprit malgré sa distraction, et la description du serpent mutilé s'était gravée dans ses pensées. C'était compréhensible, étant donné l'incident terrifiant survenu alors qu'elle campait avec son frère quand elle était enfant.

C'était vraisemblablement cela.

Epuisée, Thea s'effondra sur ses oreillers. Cherchant à tâtons la télécommande sur sa table de chevet, elle éteignit le téléviseur.

13

L'acteur assassiné hanta les rêves de Thea. Dans un horrible cauchemar, Brandon Lee Payton et son serpent à sonnettes la pourchassaient à travers une salle de tournage. Thea s'efforçait de courir, mais son père l'avait attrapée par le bras et tentait de la maîtriser. Tandis qu'elle se débattait vainement pour se libérer, le serpent s'enroula autour de sa cheville, puis commença à escalader sa jambe...

Elle s'éveilla en sursaut, le cœur battant. Chassant l'affreux rêve de ses pensées, elle prit une douche rapide et avala son médicament avec une tasse de café instantané. C'était l'heure de se mettre au travail.

Thea passa la matinée à transformer l'une des esquisses préliminaires de Sophie en une œuvre achevée. Comme d'habitude, le docteur Forman avait raison. Le simple fait de s'absorber dans cette entreprise procurait à Thea un sentiment d'équilibre et de sérénité. Une fois n'est pas coutume, elle parvenait à s'intéresser à l'avenir. Tout en dessinant et en peignant, elle réfléchissait aux différents moyens de prendre contact avec un éditeur. Le marché de la littérature enfantine requérait-il qu'elles prissent un agent ? Son agent artistique, Pru Whittaker, pourrait-elle lui conseiller un collègue compétent exerçant dans le domaine de la littérature ? Quelles étaient leurs véritables chances de transformer cet agréable passe-temps en un authentique livre avec une couverture et leurs noms côte à côte sur le dos de l'ouvrage, comme en rêvait Gabby ?

Certes, ce n'était pas seulement le rêve de Gabby. Il

était difficile de résister à la pensée attrayante de se rendre dans une librairie avec sa charmante petite coauteur et d'y voir Sophie-le-Serpent, sur une étagère, parmi des personnages illustres tels que le Grinch, Winnie-l'Ourson et Babar. Thea ne nourrissait aucune illusion quant à la possibilité que *Sophie* s'élève au rang de classique, mais ce serait néanmoins exaltant de voir leur création imprimée, avec un copyright bien à elles.

Et même si cela ne se produisait pas, la création du prototype était extrêmement amusante. Et distrayante. Alors qu'elle était en train de peaufiner la seconde illustration, Thea entendit à peine le téléphone sonner, tant elle était absorbée dans son travail.

Guettant le déroulement de la bande, elle fut ravie d'entendre la voix de sa mère après le signal sonore.

– Bonjour, Checker. J'espère que je ne te dérange pas, ma chérie.

Thea se hâta de décrocher.

– Tu ne me déranges pas du tout, maman. Comment ça va ?

Une longue hésitation.

– Tu vas bien ?

La voix de sa mère était tendue.

– Oui. Qu'est-ce qu'il y a, maman ? Qu'est-ce qui ne va pas ?

Thea se représenta Ellie tiraillant nerveusement le cordon du téléphone.

– Ce n'est sans doute rien...

– De quoi parles-tu ?

Sa mère inspira profondément.

– Ada Martin m'a appelée hier soir. Il semblerait que Walter soit de nouveau recherché par la police. Cette fois-ci, il a dévalisé une boutique de spiritueux et il a tiré sur l'employé. Le pauvre homme se trouve dans un état critique.

Walter Martin.

Ce nom, à lui seul, suffisait à l'horrifier.

– Ne t'en fais pas, maman. Il ne va pas parcourir quatre mille cinq cents kilomètres simplement pour m'ennuyer.

La voix de Thea exprimait une certitude qu'elle était loin d'éprouver. De fait, il y avait peu de choses dont elle jugeât Walter Martin incapable, surtout lorsqu'il s'agissait de l'obsession qu'il éprouvait depuis toujours à son égard.

Tout avait commencé de façon fort anodine. La mère de Walter et celle de Thea étaient amies depuis le lycée. Walter avait le même âge que le frère de Thea, et les deux femmes avaient encouragé leurs fils à se lier d'amitié. Mais il était rapidement devenu manifeste que les petits garçons n'avaient rien en commun. Jimmy Sparks était doux, calme et réservé, épris de nature et d'animaux. Walter éprouvait une passion dévorante pour les problèmes en tout genre : il les cherchait, les provoquait, et sautait dedans à pieds joints. Lorsqu'il était enfant, Walt passait sa vie au coin, à l'infirmerie ou dans le bureau du principal. Plus tard, il était passé à la vitesse supérieure : consommation de drogue et d'alcool, démêlés de plus en plus graves avec la justice.

Il était difficile de définir précisément à quel moment Walter avait jeté son dévolu sur Thea. Quand elle avait repoussé ses avances, il était devenu revêche et menaçant. Pendant des années, il l'avait suivie telle une ombre inquiétante ; elle n'avait trouvé de répit que lorsqu'elle était partie dans l'Est pour étudier.

Même depuis lors, coups de fil et lettres de menaces continuaient de faire irruption dans sa vie de temps à autre. Walter choisissait toujours d'étranges moments pour se manifester. A la naissance de Gabby, il avait appelé quelques heures après qu'elle était rentrée de l'hôpital en compagnie de Justin et du bébé. Il avait de nouveau téléphoné peu après son retour du cimetière, où elle venait d'assister à l'enterrement de Justin.

– S'il te rend effectivement visite, appelle aussitôt la police, Checker. Je ne veux pas que tu coures le moindre risque.

– Bien sûr, maman. Mais je sais qu'il ne viendra pas.

– Je dis ça simplement pour que tu restes vigilante, ma chérie.

– D'accord, maman. Prends soin de toi.

Après avoir raccroché, Thea se plongea dans la contemplation de l'illustration sur le chevalet. Sophie se trouvait dans son restaurant-glacier, puisant dans un seau de glace truffée de pépites de gâteau au chocolat. L'individu louche que Gabby avait surnommé Willy Dillon était de l'autre côté du comptoir. Où la fillette avait-elle déniché un nom aussi parfait pour baptiser le petit voyou qui se muait en héros à la fin de l'histoire ?

Thea observa le dessin d'un œil critique. Les tons de la

peau de Sophie avaient besoin d'être adoucis. Il suffirait sans doute de mêler davantage de bleu au gris, et d'ajouter une touche de pêche. Mélangeant les différentes couleurs, elle s'efforça de se concentrer sur la nuance exacte. Difficile lorsque le visage revêche de Walter Martin ne cessait de se matérialiser sur sa palette.

– Non, Martin, je t'en prie ! s'exclama-t-elle à haute voix. Je ne peux pas m'occuper de toi et de ta folie. Pas maintenant.

Il aurait été bien assez ardu de reconstituer les éléments épars de son existence si elle n'avait eu que cela à faire. Mais c'était loin d'être le cas. Le comportement fantasque de Gabby lui causait des soucis, sans parler de l'acharnement des journalistes et du spectre inquiétant des menaces de Mrs. Gallatin. En outre, depuis qu'elle avait entendu parler de l'assassinat sauvage de Payton, Thea était en proie aux doutes. Et si le traitement médical n'était plus efficace ? Et si la violente créature qui se tapissait en elle était parvenue à se libérer ?

Arrête, Thea. N'y pense pas.

Quoi qu'il en soit, elle avait au moins accompli une bonne matinée de travail. Thea se lava les mains et nettoya ses pinceaux. L'odeur âcre de la térébenthine la fit grimacer, et elle se frotta les yeux pour apaiser leur picotement.

De la cuisine, Thea appela les Millport pour proposer à Caro et à ses petits d'aller déjeuner à la cafétéria du coin. Mais Drake venait de commencer sa sieste, et Raleigh avait invité un petit camarade de jeux. Le problème de l'existence à trois vitesses que menait Caro, c'était qu'il lui restait très peu de temps à consacrer à ses propres camarades de jeux.

Contemplant le téléphone, Thea se demanda qui d'autre elle pouvait appeler. Elle n'avait pas envie d'être seule. Le souvenir de l'acteur assassiné ne cessait de resurgir dans ses pensées.

Mais elle avait très peu d'amis. Il était stupéfiant de constater à quel point quelques coups du sort pouvaient dépouiller votre vie. A la mort de Justin, nombre de leurs soi-disant amis s'étaient prudemment éloignés, comme si la jeune femme portait quelque infection invisible, comme si la souffrance et la mort pouvaient se révéler contagieuses. Après le meurtre de Simon, la plupart des autres avaient suivi leur exemple. Thea était devenue une étrangère. Incompréhensible. Dangereuse. Dont seuls les individus imprudemment courageux, téméraires ou curieux osaient s'approcher.

La mère de Thea et les Millport, au moins, ne l'avaient jamais abandonnée. De solides épaules sur lesquelles elle pouvait s'appuyer. Sans doute devait-elle s'estimer heureuse qu'il lui en restât autant.

A tout hasard, elle composa le numéro de Brook Hollow et demanda Billie. La compagnie de l'infirmière joviale manquait à Thea. A l'époque de son internement, le réconfort et les encouragements de Billie avaient été d'une efficacité supérieure aux traitements plus orthodoxes de la clinique. Le simple fait d'entendre sa voix donna un coup de fouet à Thea.

– Salut, ma grande. Comment est-ce que ça va ?

– Comme ci comme ça, Billie. Je me demandais si je pouvais vous enlever pour un déjeuner digne de ce nom. Vous seriez mon invitée.

– J'aimerais bien... Mais le docteur Forman nous rend visite demain avec quelques pontes du ministère de la Santé. Elle a laissé une liste de consignes longue comme le bras. Elle exige que je boucle l'équivalent de deux semaines de travail d'ici à ce soir, ou alors...

Thea ne connaissait que trop bien les exigences et les ordres déraisonnables du docteur Forman.

– Je suis désolée, Billie. Ça n'a pas l'air drôle.

L'infirmière soupira.

– Mes pieds ne s'amusent pas, je peux vous l'assurer. Et puis il y a toute la pagaille qu'a causée l'affaire de Vita...

– Quelle affaire ?

– Vous n'êtes pas au courant ? J'aurais imaginé qu'on entendait les vociférations du docteur Forman jusqu'au Canada. Dans sa caboche fêlée, Vita Negrone a brusquement décidé de nous fausser compagnie. Le docteur Forman a fait appel à la gendarmerie et tout le tremblement, mais aucune trace de Vita. On dirait qu'elle s'est tout simplement volatilisée.

Se souvenant de la démentielle litanie de Vita, Thea frissonna. *J'vais te hacher... Te jeter dans les toilettes...*

Comme si elle lisait dans ses pensées, Billie se mit à rire.

– Heureusement, chien qui aboie ne mord pas !

– J'espère, Billie. Je vous verrai une autre fois, alors.

– Et si je faisais un saut samedi matin, avant d'aller rendre visite à mes parents ? Ils habitent à Bridgeport, vous savez. Je passe tout près de chez vous en m'y rendant.

– Ce serait merveilleux.

Lorsque Thea raccrocha, ses pensées se tournèrent vers un problème plus immédiat. Six mois de repas insipides à basses calories et à faible teneur en sel lui avaient donné une folle envie de dévorer un hot dog assaisonné à outrance et agrémenté de cornichons. Cette seule pensée la faisait saliver. Pour aujourd'hui, cette nourriture décadente serait une compagnie amplement suffisante.

Thea jeta sa veste en jean sur ses épaules et alla chercher son sac à main sur le plan de travail de la cuisine. Elle avait déjà ouvert la porte lorsque le téléphone sonna de nouveau ; son instinct lui dicta de ne pas en faire cas, mais elle ignora l'avertissement.

Les premiers mots du message la pétrifièrent. Quand elle eut décroché, il lui demanda s'il pouvait passer la voir dans quelques minutes. Rien de très important, assura-t-il. Simplement, il était dans le voisinage et avait envie de lui dire bonjour. Mais à sa voix tendue, elle devina qu'il y avait anguille sous roche.

D'un ton morose, Thea déclara qu'elle n'était pas occupée. A la sensation de faim avait succédé un pressentiment morbide. Reposant son sac à main, elle s'assit devant la table pour l'attendre.

14

Au volant de sa voiture, Biederman pénétra dans le centre commercial de Compo Acres et déposa Passerelli devant la pâtisserie.

– Tu as bien dit un bagel au chocolat ?

– Oui, Vince.

– Tu es sûr, Danny ? C'est la première fois que j'entends parler d'un bagel au chocolat.

Biederman fronça délibérément les sourcils.

– Est-ce que tu essaies de me dire que tu en sais plus que moi sur les bagels ?

– Non, mais...

– Mais rien. Je m'en remets à toi pour ce qui est de la cuisine italienne, et tu ne joues pas aux experts en bagels. D'accord ?

Passerelli haussa les épaules.

– D'accord.

– S'ils n'ont plus de bagels au chocolat, va jusque chez *Gold's*. S'ils n'en ont pas non plus, retourne à la pâtisserie et commande-m'en une douzaine, surgelés, pour demain. Je file à la poste acheter des timbres.

– Tu es sûr que tu ne veux pas m'attendre ? Cela ne prendra qu'une seconde.

– Oui, j'en suis sûr. Ferme la portière, Vince. A tout à l'heure.

Démarrant, Biederman quitta le centre commercial avant que son partenaire ait pu élever d'autres objections. La dernière chose dont il avait besoin, c'était bien de compagnie.

Alors qu'il louvoyait entre les files de voiture sur Post

Road, il considéra la meilleure tactique d'approche. Il s'était engagé dans une entreprise périlleuse, et la seule façon de procéder était de s'armer d'une extrême prudence.

Cinq minutes plus tard, il frappait à sa porte. Vêtue d'un jean et d'un chemisier trop grand, Thea Harper était encore plus séduisante que dans son souvenir. Grands yeux pailletés de cuivre, cascade de cheveux dans laquelle il aurait pu se noyer. Visage de mannequin. Silhouette de danseuse.

– Bonjour, inspecteur.

– Mrs. Harper, j'espère que tout va bien.

L'air soucieux, elle le conduisit au salon.

– Eh bien, moi aussi.

Il prit place sur le canapé de teinte abricot. Elle s'assit face à lui, dans un fauteuil en cuir. La pièce était chaleureuse et attrayante. Baignée de lumière. Une multitude de petites touches ajoutaient à la perfection des lieux : photographies de famille, toiles signées par l'artiste de la maison, tapis orientaux aux couleurs passées, plantes au feuillage aussi délicat que de la dentelle dans des jarres en porcelaine. S'adossant aux coussins rembourrés, Biederman essaya vainement de détendre l'atmosphère.

– Ça doit être agréable d'être revenue chez vous, hasarda-t-il.

– D'une manière générale, oui.

– Brook Hollow ne semblait pas trop invivable.

– En effet.

– Il fait frais, aujourd'hui. On dirait que l'automne est arrivé.

Elle expira profondément.

– Ecoutez, inspecteur, j'ai l'impression que vous n'êtes pas venu pour bavarder. Si vous avez quelque chose à me dire, dites-le-moi.

Biederman se pencha en avant et joignit ses mains.

– Simplement, que je suis de votre côté.

– De mon côté de quoi ?

Il se racla la gorge. La jeune femme ne lui simplifiait pas les choses.

– S'il se produisait quoi que ce soit... Si vous aviez besoin de quoi que ce soit, vous pouvez faire appel à moi. Je veux que vous fassiez appel à moi.

Il griffonna son numéro personnel au dos de sa carte de visite, et la lui tendit.

– N'importe quand.

Elle y jeta un coup d'œil, puis leva la tête pour rencontrer son regard.

– A vous entendre, il semblerait que je vais avoir des problèmes.

– Je n'ai pas dit ça, Mrs. Harper. Mais s'il y en a, je suis là. Voilà tout.

Elle le dévisageait d'un air suspicieux.

– Essayez-vous de me dire que je peux faire confiance au gentil policier de mon quartier ?

– A ce policier-ci, oui.

Elle le fixait d'un regard insistant, s'efforçant de déchiffrer ses pensées.

– J'ai appris cela à la maternelle il y a bien longtemps, inspecteur. Quelle est la suite du message ?

– C'est tout.

– Comment se fait-il que je ne vous croie pas ?

– S'il vous plaît, n'insistez pas, Mrs. Harper. Je n'ai rien d'autre à vous dire.

– Je suis une adulte, inspecteur. Vous n'avez pas besoin d'édulcorer les faits.

– Ce n'est pas le cas. Je veux simplement que vous sachiez que vous aurez un allié, si vous êtes amenée à en avoir besoin.

– Mais vous n'avez aucune raison particulière de croire que ce sera le cas. Vous vous attendez vraiment que j'avale ça ?

– Dans ma famille, on est anxieux de nature. Vous pouvez l'attribuer à cela.

Elle semblait désireuse de l'interroger davantage ; mais après quelques secondes d'un silence pesant, à son grand soulagement, elle y renonça.

– Avez-vous déjeuné ? Je pourrais vous préparer un sandwich...

– Merci. Malheureusement, il faut que je me sauve. Est-ce que je pourrai repasser de temps à autre ?

– Bien entendu.

Elle l'accompagna jusqu'à la porte et lui tendit la main d'un geste gracieux. Biederman la serra un bref instant. La lâcha à regrets.

– Ecoutez... Je n'essaie pas de vous effrayer, Mrs. Harper. Il ne se passera sans doute rien. Comme je vous l'ai dit, je suis inquiet de nature.

La carte de visite de Biederman se trouvait dans la main gauche de la jeune femme. Elle y jeta un bref coup d'œil.

– Daniel. C'est un joli prénom.
– Merci.
– Est-ce que ce n'est pas Daniel que l'on a jeté aux lions et qui s'en est tiré sans une égratignure ?
– En effet. Ce type avait bien de la chance que quelqu'un veille sur lui.
Elle esquissa un sourire mélancolique.
– Il aurait eu encore plus de chance s'il n'avait pas eu besoin qu'on le protège.
Biederman n'avait rien à redire à cela. Mais dans la profession qu'il exerçait, on apprenait à s'accommoder de la réalité.
– Ça m'a fait plaisir de vous revoir, Mrs. Harper.
– Moi aussi, inspecteur. J'apprécie votre sollicitude. Vraiment.
Alors qu'il démarrait, Biederman aperçut une femme qui l'observait derrière ce qui semblait être la fenêtre d'un salon. Elle avait les yeux fixes, écarquillés. Son visage était zébré par les meneaux de la fenêtre et en partie occulté par le combiné du téléphone portable qu'elle tenait tout contre ses lèvres. Biederman connaissait bien ce genre d'individus. Sherlock Holmes en jupons. Le rêve des enquêteurs, le cauchemar des voisins. Sur la boîte aux lettres figurait le nom de Rossner.
Alors qu'il roulait sur Imperial en direction de Post Road, un hybride de Chevrolet au moteur gonflé se mit à talonner de près son véhicule. Biederman reconnut le petit futé qui était au volant. L'adolescent se trouvait dans les petits papiers de chacun, et avait accumulé une collection phénoménale de cartons rouges : absentéisme scolaire, larcins, conduite en état d'ivresse, voies de fait. Biederman était allé lui rendre visite un ou deux ans auparavant, quand sa plus proche voisine avait déposé plainte. Bien que cette dernière n'eût aucune preuve, elle affirmait qu'il était à l'origine de l'épidémie de bombes artisanales qui sévissait depuis peu dans les boîtes aux lettres du quartier.
Biederman n'avait rien pu prouver lui non plus, bien qu'il ait passé quelques heures à cuisiner l'adolescent, s'efforçant de fissurer la façade en titane que celui-ci lui opposait. Biederman avait inspecté les lieux où vivait le gosse et vérifié ses antécédents. Il n'en avait retiré qu'un pitoyable portrait de famille et une certaine compassion pour le suspect.

Le pauvre gosse avait eu un père alcoolique et violent, et sa mère, une pauvre femme effacée, était contrainte de s'occuper d'une crèche durant la journée et d'être serveuse le soir et le week-end pour payer les factures. Un autre enfant, une fillette, était morte à l'âge de sept ans dans des circonstances douteuses, mais qui n'avaient jamais été tirées au clair. Faute de preuve, le médecin légiste avait décrété qu'il s'agissait d'une mort accidentelle. D'après ce qu'avait pu en juger Biederman, le fait que cet enfant-ci ait survécu était aussi un effet du hasard. Personne n'avait réellement élevé l'adolescent. Il était plus exact de dire qu'on l'avait planté et laissé croître à sa guise, comme une mauvaise herbe.

Environ deux ans plus tôt, le gosse avait ajouté des tentatives de suicide à son répertoire d'autodestruction. Il s'agissait pour l'instant de simples tentatives : poignets tailladés, ingestion massive de somnifères.

Biederman ne pouvait s'empêcher de continuer de plaindre l'adolescent. Ce dernier n'avait aucun passé, et rien de prometteur à l'horizon. Il avait laissé tomber le lycée. Aucun emploi permanent, aucune famille qui se souciât de lui, aucune trace d'un quelconque ami. Non que l'adolescent fît quoi que ce soit pour susciter l'affection de ses tiers.

A l'approche de Biederman, le feu situé au croisement de Post Road vira au rouge. Il freina en douceur, essayant de donner au petit crétin le temps de ralentir, mais sans succès. Bandant ses muscles, il sentit les véhicules entrer en collision et entendit le crissement de la tôle froissée.

Descendant de voiture, il alla examiner les dégâts. La voiture de l'adolescent était intacte, à l'exception d'un léger creux sur le pare-chocs avant. Le liquide qui s'écoulait goutte à goutte sous le châssis de la Chevrolet ne provenait sans doute pas d'une fuite provoquée par la collision. Mais le pare-chocs arrière de la Toyota de Biederman avait essuyé un violent choc. Le pot d'échappement était éventré, un feu arrière pulvérisé et le sol alentour, jonché d'une pluie d'éclats de verre.

Repoussant à coups de pied les décombres sur le côté de la route, Biederman songea au rapport qu'il allait lui falloir remplir en trois exemplaires. Il réfléchit au temps qu'il perdrait avec son fichu agent d'assurance. Il pensa au savon qu'allait lui passer Buck Delavan, toujours à la recherche d'un prétexte pour le houspiller. Ajoutant l'une à l'autre toutes ces contrariétés, Biederman s'efforça d'éveiller en lui un raisonnable sentiment de colère envers le gosse. Mais en vain. La vie était trop courte, le monde trop grand et chaotique.

Quelque chose lui dit que son énergie était en train de s'émousser.

D'un air fanfaron, l'adolescent s'extirpa de sa voiture bariolée. Il considéra Biederman d'un regard revêche.

– Tu as pilé, mec.

– Permis et carte grise, s'il vous plaît.

– Vous êtes flic ?

Il plissa ses yeux de braise.

– Ouais, c'est ça. Je me souviens de vous. Merde.

– Et moi aussi, je me souviens de vous, Mr. Connable. Maintenant, voyons un peu le permis et la carte grise.

Avec une lenteur exaspérante, le gosse examina les dégâts, puis fit claquer sa langue et se dirigea vers son tas de boue, où il farfouilla un peu partout avant de dénicher les papiers.

Biederman les examina. Par miracle, le permis était encore en cours de validité. La carte grise avait expiré six mois plus tôt.

Il les lui tendit.

– Faites-la renouveler. Arrêtez de coller aux pare-chocs des voitures, et faites vérifier cette fuite. On dirait que c'est l'huile des freins.

Lorsque l'adolescent reprit ses esprits, Biederman s'apprêtait à monter dans sa voiture.

– Vous n'allez pas me mettre une contravention ?

– Non.

– Et pourquoi ?

– Je ne crois pas que ça arrangerait les choses, et vous ?

Le gosse avait l'air troublé, déconcerté. Comme un simple gosse. Cela encouragea Biederman à poursuivre :

– Vous n'allez certainement pas m'écouter, Connable, mais je vais quand même vous dire ceci. Si je pensais que le fait de vous botter le train allait vous remettre dans le droit chemin, je m'en chargerais avec plaisir. Mais en ce qui vous concerne, je suis convaincu que ce sera inefficace tant que vous ne serez pas prêt. Si c'est le cas un jour, faites-le-moi savoir.

– Comme si vous en aviez quelque chose à fiche !

Le gosse renifla et regagna sa voiture avec l'arrogance d'un paon qui fait la roue.

Biederman esquissa un geste d'impuissance et suivit son exemple.

– Ravi de vous avoir embouti, marmonna-t-il en s'engageant dans Post Road.

Il trouva Passerelli où il l'avait laissé, un sachet de boulangerie à la main et une expression triomphale. Après être monté dans la voiture, il déposa son paquet à ses pieds et se mit à énumérer sur ses doigts :

– Ils font des bagels aux graines de sésame et de pavot, au son, à l'oignon, à l'ail, au sel, à la farine complète, aux raisins, au seigle noir et nature. Pas au chocolat. Ils n'en ont jamais fait au chocolat. Et ils n'en feront jamais.

– Tu as essayé l'autre magasin ?

– Ils n'ont jamais entendu parler de bagels au chocolat. Ils m'ont dit que c'était probablement infect.

Biederman secoua la tête d'un air morose.

– Et on ose dire que cette ville est raffinée ! Merci d'avoir essayé, Vinnie. Allez, je t'offre à déjeuner.

15

Après le départ de l'inspecteur, Thea essaya de se plonger à nouveau dans les illustrations de Sophie. Mais elle ne parvenait pas à se concentrer. Rien de tel que des avertissements équivoques pour vous rendre nerveux. Elle ne mettait pas en doute les bonnes intentions de l'inspecteur Biederman. Il lui avait toujours fait l'impression d'un chic type, respectable et attentif aux autres. Débordant de sollicitude. Mais la visite du flic lui avait donné le sentiment d'être un lièvre à l'ouverture de la chasse.

Elle savait exactement ce qu'aurait dit sa mère dans une telle situation : *Lorsque tu vois les busards voler en cercle, Checker, poursuis ton chemin*.

Elle avait une multitude de courses à faire : pourquoi ne pas s'en occuper maintenant... Mais la vieille Volvo se montra capricieuse ; l'allumage refusait de fonctionner. Le matin précédent, il avait bien fallu dix minutes pour ressusciter sa vieille carcasse.

Durant le séjour de Thea à Brook Hollow, Drew et Caro avaient chauffé le moteur de temps à autre. Toutes les deux semaines, Amber faisait prudemment le tour du pâté de maisons au volant de la vieille voiture. Mais le break, qui avait été acheté d'occasion plus de dix ans auparavant avec la première commission substantielle de Thea, était habitué à davantage d'égards.

Lorsque Justin et elle avaient acheté la voiture, ils l'avaient surnommée « Bessie » en souvenir du poney que Thea montait au ranch lorsqu'elle était enfant. Justin et Thea s'étaient toujours scrupuleusement occupés de l'entretien mécanique et de l'apparence de la voiture. Après toutes ces années de bons et loyaux services, raisonnaient-ils, Bessie avait bien mérité qu'on la dorlote.

Après la mort de Justin, Thea avait fait de son mieux pour perpétuer la tradition. Mais il y avait bien longtemps que la pauvre Bessie aurait dû subir une révision et une vidange. Sa superbe carrosserie bleu nuit était ternie par la boue, la poussière et les éclaboussures qui s'y accumulaient depuis six mois, et la toux saccadée qui retentissait sous le capot lui évoquait une sérieuse bronchite.

– Allez, ma fille ! s'exclama-t-elle. Tu peux y arriver.

De nouveau, elle enfonça la pédale de l'accélérateur et la relâcha en proférant des mots d'encouragement enjôleurs. En désespoir de cause, elle fit claquer sa langue, un aiguillon qui avait toujours fonctionné avec le poney. Une dernière vigoureuse poussée sur la pédale, et le moteur réticent démarra enfin.

Soulagée, Thea administra une petite tape au tableau de bord poussiéreux.

– Brave fille !

Alors qu'elle faisait marche arrière dans l'allée, elle aperçut une ombre se faufilant de l'autre côté de la rue, à côté de chez les Millport. Encore Harlan Vernon. Elle en était certaine. Submergée de fureur, elle résolut de prendre le gredin en flagrant délit et de le faire arrêter. Enfonçant la pédale de l'accélérateur, elle dirigea Bessie vers la demeure de ses amis.

Alors qu'elle approchait, elle aperçut l'ombre rôdant furtivement derrière la haie de Caro. S'engageant dans leur allée, elle chercha la Vermine du regard. Mais à l'instant où Bessie gravissait l'allée de gravier, Thea, à la place, aperçut sur sa trajectoire le petit Raleigh qui faisait du tricycle.

Ecrasant la pédale des freins, elle immobilisa la voiture dans un crissement de pneus à une trentaine de centimètres du bambin stupéfait. Un bref instant plus tard, le visage du petit garçon se chiffonna, et il se mit à hurler comme une sirène d'ambulance. Tremblant de tous ses membres, Thea sortit du véhicule et serra le bambin en larmes contre sa poitrine.

Caro se précipita à l'extérieur.

– Mais qu'est-ce qui se passe, enfin ?

– Je suis vraiment désolée, balbutia Thea. Je croyais

avoir de nouveau aperçu ce journaliste en train de m'espionner. J'ai presque renversé Raleigh, Caro. Mon Dieu ! Mais qu'est-ce qui ne va pas chez moi ?

Doucement, Caro prit le petit garçon des bras tremblants de Thea.

– Là, là... Tout va bien, mon bébé. Tu n'as rien.

Elle posa son regard serein sur Thea.

– Il n'y a pas de mal. Tu peux respirer, ma chérie.

– Si tu savais comme je suis désolée, Caro !

– Il n'y a pas de quoi. Une tasse de thé ?

– Je n'ai pas le temps. J'ai une foule de choses à faire.

– A plus tard, alors. Fais au revoir, Raleigh chéri. Arrête de hurler, et envoie un gros baiser à Mrs. Harper.

– Tu es sûre qu'il va bien ?

– Il va parfaitement bien. N'est-ce pas, chéri ?

– Ha'pe' pa'tir au'voir, clama l'enfant avec colère.

– Allons, chéri. Ce n'est pas très gentil.

– Ce n'est pas grave, intervint Thea. Il a toutes les raisons d'être fâché. Je suis désolée de t'avoir fait peur, mon canard.

– Ha'pe pa'tir, ordonna Raleigh, pointant un doigt potelé vers la voiture.

Le cœur tambourinant dans sa poitrine, Thea s'éloigna au volant de la voiture. Elle énuméra mentalement la liste des tâches qu'elle devait accomplir. En premier lieu, elle partit nettoyer Bessie au garage, qui en émergea humide et brillante. Puis elle se rendit à un magasin de fournitures d'art à prix réduit situé à Norwalk, sur la Route 7, où elle acheta du fixatif pour les illustrations de Sophie et un classeur destiné à présenter l'album lorsque celui-ci serait achevé.

Enfin, elle s'en retourna vers le centre-ville de Westport. Elle s'arrêta à l'épicerie italienne pour acheter du pain frais, de la mozarella et de la sauce maison, de la ricotta et des lasagnes pour le repas du soir. Gabby ne lui avait pas dit qui elle avait invité, mais Thea savait qu'il s'agissait soit d'Opal, soit de Jasmine, peut-être même des deux. Les trois filles avaient toujours été les meilleures amies du monde, et le séjour de Gabby chez les Millport pendant l'absence de Thea en avait fait un trio inséparable.

La vision du petit Raleigh sur son tricycle ne cessait de surgir dans son esprit. La voiture fonçant dans la direction de l'enfant. *Mais le petit va bien, Thea. Cesse donc d'y penser.*

Afin de fêter leur projet de roman, Thea s'arrêta au *Baskin & Robbins* du quartier et acheta un gâteau glacé pour le dessert. Elle observa l'adolescent boutonneux, derrière le comptoir, décorer le gâteau avec le message qu'elle lui avait dicté : « Joyeux anniversaire, Sophie ! »

Quittant le glacier, elle traversa Post Road afin de se rendre dans sa boutique préférée. Chez *Artifax*, on trouvait un merveilleux bric-à-brac de jouets destinés aux enfants comme aux adultes, de gadgets et d'accessoires au design original. Le petit magasin était l'un de ces endroits où la tentation est grande et où l'on entre à ses risques et périls – financièrement parlant. Lorsqu'elle y passait avec Gabby, Thea subissait invariablement mille câlineries destinées à la convaincre d'acheter ceci et cela, suivies d'une bouderie prolongée. Mais aujourd'hui, Thea ne souhaitait rien davantage que de faire plaisir à sa fille en lui offrant un cadeau totalement frivole. Après ce qu'avait subi la fillette, il semblait parfaitement normal de la gâter plus que de raison.

Une clochette retentit lorsqu'elle entra. Le vendeur, un jeune homme mince que Thea ne reconnut pas, se tenait à l'arrière de l'étroite boutique en compagnie de deux clientes d'âge mûr vêtues de survêtements. Il lui jeta un regard blasé, puis se consacra de nouveau à ses clientes.

Enchantée d'avoir le temps de regarder autour d'elle, Thea étudia les présentoirs entassés les uns contre les autres. Montres, gadgets pour la cuisine, objets en cristal, jeux de construction. Bientôt, elle s'interrogeait avec enthousiasme : Allait-elle acheter à Gabby le porte-monnaie en faux léopard et le sac à main assorti, la montre Titi et Gros-Minet avec un bracelet parsemé de pois, le prisme qui projetait un arc-en-ciel parfait, ou bien tous ces objets réunis ?

Elle réfléchissait et ajoutait impulsivement d'autres objets à la liste lorsqu'elle perçut les murmures émanant des trois personnes qui se trouvaient au fond du magasin.

– *Je n'arrive pas à croire qu'elle soit déjà sortie.*

– *Je pensais qu'ils l'avaient gardée pour de bon.*

– *Les folles comme elle devraient rester enfermées.*

– *Je n'aimerais pas qu'elle s'approche de mon gamin. Ça, c'est sûr.*

Le visage de Thea s'enflamma. Elle jeta les articles dans une corbeille et se précipita hors de la boutique.

Inspirant l'air avec avidité, elle traversa en courant la rue encombrée de véhicules pour rejoindre sa voiture. Une camionnette roulant à vive allure manqua de la renverser ; le conducteur la gratifia de furieux coups de klaxon et d'injures hurlées à pleins poumons. Brûlant de fuir l'humiliation qu'elle venait de subir, elle ouvrit en hâte la portière de la voiture, se réfugia à l'intérieur et enferma le monde au-dehors.

Elle avait le sentiment que son crâne allait exploser. Elle se cramponna au volant, s'efforçant de refouler le raz-de-marée d'affreux souvenirs qui déferlaient sur elle. Il avait déjà été difficile de supporter l'invasion des journalistes et les gros titres sordides ; les commérages de la petite ville s'étaient révélés pires encore. Où qu'elle aille, les rumeurs l'avaient poursuivie comme une nuée d'oiseaux l'assaillant à coups de bec.

Avant même l'ouverture du procès, elle avait été condamnée à purger la peine la plus pénible qui fût. Sa ville était devenue un endroit hostile, un champ de mines chargées de regards assassins et de commentaires cruels. Thea avait pris à tâche de se cuirasser, mais quelques-unes des offensives avaient ricoché et blessé son innocente petite fille. Avec un pincement au cœur, elle se remémora le chagrin de l'enfant et sa stupéfaction noyée de larmes lorsqu'une mère avait éloigné sa fille d'elle en hurlant, comme si Gabby était atteinte de la peste.

Pourquoi est-ce que la dame est fâchée contre moi, maman ? Qu'est-ce que j'ai fait ?

Très vite, il leur était devenu impossible d'aller où que ce soit. Par la faute d'inconnus hostiles, Thea s'était retrouvée prisonnière dans sa propre maison. Ils avaient détruit la tranquillité de Gabby et les derniers vestiges de l'innocence heureuse de l'enfant.

Quand est-ce que cela finirait ? Gabby et elle n'avaient-elles pas suffisamment souffert ? Pourquoi ne pouvait-on pas les laisser tranquilles, sa fille et elle ?

Submergée de fureur, Thea caressa l'idée de détruire ces ignobles individus jusqu'au dernier. Elle brûlait du désir d'arracher leurs larynx malveillants, de trancher les doigts accusateurs tendus vers elle.

Mais alors, elle deviendrait exactement ce qu'ils l'accusaient d'être.

Arrête, Thea. Tu ne peux pas capituler devant leur cruauté, leur bêtise.

Progressivement, son souffle précipité se calma. Elle avait espéré que les choses seraient différentes après son séjour à Brook Hollow; mais de toute évidence, une absence de six mois n'était pas un remède suffisant contre l'intolérance. Il était absurde d'avoir espéré qu'un tel miracle puisse se produire. Apparemment, les cervelles les plus minuscules jouissaient de la mémoire la plus longue.

Lorsqu'elle se trouvait à la clinique, elle était protégée, tenue à distance de la cruelle réalité. Mais la politique de l'autruche n'était pas la réponse à ses problèmes.

Pas plus que la fuite. A plusieurs reprises, Thea avait envisagé de déménager et d'essayer de retrouver l'anonymat qu'elle avait perdu. Mais le meurtre de Simon avait fait les gros titres de tous les journaux du pays, voire du monde entier. Nulle part elle n'échapperait aux cruels faisceaux des projecteurs. De toute façon, son foyer se trouvait ici, en un lieu qu'elle avait partagé avec Justin. Gabby et elle y avaient leurs racines, et peu importait que celles-ci fussent rongées de mildiou.

Et il n'y avait pas que des aspects négatifs, raisonna Thea. Elle avait sa fille, quelques précieux amis et sa liberté. Il allait simplement falloir que Gabby et elle trouvent le moyen de faire abstraction de la méchanceté d'autrui, et se concentrent strictement sur ce qui était important.

Chassant l'incident de ses pensées, elle prit la résolution de s'attaquer à la longue liste de corvées qu'elle avait négligées. Après les six mois qui venaient de s'écouler, elle avait pris énormément de retard.

La voiture devait subir une révision pour l'hiver. Gabby aurait dû passer depuis longtemps quelques visites de routine : pédiatre, dentiste, ophtalmologue. Il fallait que Thea engage quelqu'un pour nettoyer les gouttières et repeindre les encadrements de portes et de fenêtres. La révision annuelle du système d'alarme de l'atelier aurait déjà dû avoir lieu. Etant donné que Thea utilisait pour son travail des produits solvants inflammables, la compagnie d'assurance avait exigé qu'elle procède à l'installation d'un détecteur d'incendie et d'extincteurs automatiques avant d'accepter d'assurer ses toiles.

Il y avait également les corvées traditionnelles de

l'automne : ratisser les feuilles, nettoyer et installer les fenêtres à double vitrage. Elle devait également faire approvisionner l'appentis à bois et appeler le ramoneur.

Le docteur Forman lui avait recommandé d'être active, d'occuper chaque minute de son temps. La boue qui la cernait de toutes parts n'attendait qu'un moment de faiblesse pour s'infiltrer.

Lorsque Justin était sur son lit de mort, elle lui avait promis de prendre soin d'elle-même et de Gabby, et de faire en sorte qu'elles soient heureuses malgré son absence. Après sa mort, Thea s'était reposée sur cette promesse pour ne pas s'effondrer, et patauger à travers les marais du chagrin jusqu'à la terre ferme.

Elle était parvenue à survivre à cette époque-là, alors que cela semblait impossible. Elle le ferait de nouveau.

Et elle allait s'y mettre sur-le-champ.

16

Gabby tenait la batte. C'était le dernier lancer de balle ; les Champions des Mots menaient les Rois du Scrabble cinq à trois. Opal était en seconde base, Jeff Chartier en troisième. Si Gabby parvenait à marquer le point, elle pouvait faire basculer le score.

– Je tente, déclara-t-elle à Mr. Perry.

De plus en plus nerveuse, elle le regarda consulter la liste de vocabulaire des mots correspondant à la quatrième base.

Une tension soutenue régnait dans la salle de classe. S'ils remportaient cette victoire, les Champions des Mots seraient proclamés vainqueurs du championnat de pizza-party tant convoité. Si le point revenait aux Rois du Scrabble, ces derniers reprendraient place dans la mêlée. Deux des meilleurs joueurs de l'équipe adverse avaient la varicelle et c'était l'occasion rêvée, pour l'équipe de la fillette, de reprendre la tête de la compétition.

Gabby observa les mouvements exagérés des lèvres de Mr. Perry lorsque celui-ci prononça le mot choisi.

– Stupeur !

– Stupeur, S-T-U-P-E-U-R, épela-t-elle.

Mais la suite s'avérait plus difficile. Il fallait en donner la définition. Stupeur. Stupeur...

Les écoliers commençaient à trépigner.

– Elle ne sait pas, Mr. Perry. Elle est hors jeu !

– Premier essai, s'exclama d'un ton railleur Mark Opler, qui se trouvait dans le camp des Champions des Mots.

– Tais-toi, Mark, ordonna Opal. Allez, Gabby ! Tu peux y arriver !

– Ga-bby, Ga-bby !

Ses équipières l'encourageaient, faisaient monter la pression.

Gabby avait une vague idée de ce que signifiait le mot, mais le trac précipitait les battements de son cœur. Plusieurs idées luttaient dans son esprit pour obtenir sa préférence. Gabby décida d'utiliser le principe de base de sa mère : Toujours s'en tenir à son premier choix.

Elle regarda Mr. Perry et inspira profondément.

– Stupeur veut dire dans une sorte d'état second. Avoir l'impression d'être dépassé par les choses.

– Le point est marqué ! s'exclama Mr. Perry. Joli coup, Gabby. Félicitations, les Rois du Scrabble. Egalité entre les deux équipes.

A petites foulées, Gabby passa derrière Jeff et Opal, frôlant du bout du pied chacune des bases qu'indiquait un marque-page. De retour dans son équipe, elle savoura les compliments enthousiastes de ses équipières.

– Bravo, Gabby !

– Joli coup, Gabs.

– Super, ma vieille !

Gabby avait le sentiment d'être gonflée à l'hélium. Le plus beau fut le sourire dont la gratifia Mr. Perry en lui adressant le signe de la victoire. Cette journée se déroulait encore mieux qu'elle n'avait osé l'espérer.

Puis il y eut un devoir de mathématiques. Mr. Perry rédigea les énoncés des problèmes au tableau. Il s'agissait surtout de révisions : multiplications à trois chiffres, divisions avec une virgule. Gabby sentit un autre 20 sur 20 pointer à l'horizon.

Elle avait résolu la première série de problèmes lorsque l'interphone se mit à grésiller. Miss Nardino jappa à travers le haut-parleur :

– Mr. Perry ? Pourriez-vous envoyer immédiatement Gabrielle Harper au bureau, s'il vous plaît ?

L'instituteur adressa un signe de tête à Gabby.

– Vas-y. Tu finiras ton devoir un autre fois.

Gabby se sentit glacée jusqu'à la moelle des os. Il s'était sans doute passé quelque chose de terrible. L'année précédente, Julie Morris avait été convoquée dans le bureau du principal pendant le cours de gym. Son père était mort d'une crise cardiaque.

Peut-être sa mère avait-elle eu un accident ?

Et si – pire encore – sa mère avait rechuté ? La veille au soir, lorsqu'elle était revenue de l'atelier, elle était dans un état effroyable et semblait totalement désorientée. Plongée dans une sorte de *stupeur*, songea Gabby, se remémorant l'expression de distance qui voilait le regard de sa mère.

L'esprit de Gabby débordait d'affreuses éventualités. Mais elle revenait toujours à la plus terrifiante d'entre elles : la maladie de sa mère. L'idée que le drame puisse se reproduire lui procurait un violent sentiment de terreur. Gabby songea au sénateur Gallatin gisant sur le sol, dans la pénombre. Elle se souvint de ses yeux écarquillés et vides, de la flaque de sang noirâtre qui s'élargissait sous sa tête. Elle se souvint de la puanteur d'animal effrayé qui s'en dégageait, et le cœur lui monta aux lèvres. Enfonçant de toutes ses forces ses ongles dans sa paume, elle tâcha de chasser cette vision.

– Gabby ?

Mr. Perry la dévisageait d'un air interrogateur. Tout le monde s'était retourné et la fixait du regard.

– J'y vais, souffla-t-elle.

Sa voix sonnait faux. Consciente des regards qui pesaient sur elle, Gabby se redressa, saisit le laissez-passer rose que lui tendait Mr. Perry, et quitta la salle.

Le couloir était vide. Ses pas résonnaient sur les dalles noir et blanc, et le bruit de sa respiration résonnait dans ses oreilles.

Lorsqu'elle entra dans le bureau, Miss Nardino travaillait sur son ordinateur. Penchée au-dessus du clavier, la vieille sorcière scrutait l'écran à travers ses épaisses lunettes à monture noire.

– Vous m'avez appelée ? interrogea Gabby.

Pour toute réponse, la secrétaire plissa les lèvres et leva un doigt pour lui imposer silence. Gabby remarqua la peau flasque et marbrée du dos de sa main. On aurait dit un vieux hamac.

L'attente était insupportable.

– Nous avons un devoir de mathématiques, hasarda la fillette. Alors si vous n'avez pas besoin de moi...

– Bon, bon.

Le visage de Miss Nardino se crispa, reflétant une vive irritation.

– Nom et salle de classe ?

– Gabrielle Harper. Salle 137.

Méchante vieille sorcière. Elle connaissait parfaitement le nom de Gabby et sa salle de classe, comme elle connaissait chacun des occupants de l'école tout entière. Rien ne lui échappait ; elle entendait le plus infime des sons qui s'y produisaient, jusqu'aux rots et aux hoquets. Mais son passe-temps favori était de torturer les écoliers en les contraignant à patienter et à se ronger les sangs. Amber disait que c'était sans doute la raison qui l'avait incitée à travailler dans une école.

– Vous m'avez fait appeler il y a une minute, lui rappela Gabby, partagée entre la crainte et l'impatience. A l'interphone.

La vieille femme fourragea dans la pile de papiers qui encombrait son bureau. Un instant plus tard, elle lut l'un d'eux en le tenant à bout de bras.

– Gabby Harper, tu as rendez-vous chez le dentiste. Tu dois attendre à l'extérieur qu'on vienne te chercher.

Gabby sentit une vague de soulagement déferler sur elle. Non qu'elle adorât aller chez le dentiste...

– Tout de suite ?

– Non, mardi prochain ! aboya la secrétaire. Bien sûr, tout de suite. Allez, va à l'endroit où tu es censée attendre et laisse-moi finir ce rapport.

D'un geste, elle chassa la fillette ; Gabby, ivre de joie, s'envola littéralement du bureau, traversa le hall d'entrée et sortit dans la rue.

Le froid était vif, et un soleil aveuglant rayonnait haut dans le ciel. Mettant la main en visière au-dessus de ses yeux, Gabby parcourut la rue du regard à la recherche de la voiture de sa mère. Mais Bessie n'était pas encore arrivée. Une luxueuse voiture noire remonta la rue et ralentit en passant devant l'école. On aurait dit la limousine qui avait apporté la lettre à sa mère. Plissant les yeux, Gabby essaya d'apercevoir le chauffeur, mais les vitres teintées l'empêchèrent de le distinguer.

Donnant des coups de pied dans les monticules de feuilles qui jonchaient l'allée, elle se dirigea en flânant vers la rue. Sa mère allait arriver d'un moment à l'autre. Comment se faisait-il qu'elle ne soit pas déjà là ?

Un bref instant plus tard, le ronflement d'un moteur répondit à sa question. Gabby plissa les paupières dans l'aveuglante lumière du soleil, s'attendant à voir la vieille Bessie tourner à l'angle de la rue.

Mais la voiture qui apparut n'était pas celle de sa mère.

Il baissa la vitre et la regarda avec un étrange sourire. On aurait dit qu'il avait inondé ses cheveux d'huile de salade. Un brillant bleu scintillait au lobe de son oreille gauche.

– Monte, dit-il.

– Je ne peux pas. J'attends ma mère.

Il se mit à rire.

– Mais non, mon lapin. C'est moi que tu attends.

– Mais...

Ses protestations moururent sur ses lèvres lorsqu'il porta un récepteur imaginaire à son oreille et adopta une intonation féminine :

– Allô ? Mrs. Harper à l'appareil. Il faut que je vienne chercher ma fille Gabrielle, qui a rendez-vous chez le dentiste. Pourriez-vous lui dire de m'attendre à l'extérieur de l'école, s'il vous plaît ?

Gabby recula de quelques pas.

– Tu n'aurais pas dû faire ça, Dylan. Je retourne en classe.

– Tu ne peux pas. J'ai téléphoné seulement parce que j'ai aperçu les petits ânes qui t'ennuyaient l'autre jour. Ils se dirigent par ici.

– Alors, pourquoi est-ce que tu ne peux pas t'occuper d'eux comme la dernière fois ?

– Parce que le petit Adelman a cafté, voilà pourquoi. Si je me mêle encore une fois de ses affaires, sa vieille mère a promis de m'envoyer les flics.

Dylan Connable alluma une cigarette, et souffla un panache de fumée à travers la vitre baissée.

– Allez, monte. Je t'emmène d'ici avant qu'ils n'arrivent.

– Je ne peux pas. J'aurais des ennuis.

Il exhala un rond de fumée.

– On appelle ça de la légitime défense, fillette. Personne ne pourrait te demander de rester plantée ici en attendant que ces imbéciles viennent te harceler.

Gabby restait immobile, indécise. Elle n'avait pas envie de se retrouver en compagnie de Dylan, mais la perspective d'une autre prise de bec avec les garçons de Greens Farms ne lui souriait guère.

– Dépêche-toi. Ils vont arriver d'une minute à l'autre.

Cédant à son insistance, Gabby monta dans la voiture.

Lorsqu'il reprit la parole, ils avaient déjà parcouru plusieurs pâtés de maisons sur East Avenue.

– C'est une bonne chose que nous ayons un peu de temps à tuer. Je voudrais te montrer quelque chose.

Au souvenir de la souris morte, Gabby eut un mouvement de recul.

– Est-ce que ça vient d'une de tes boîtes à chaussures ?

– Non.

– Qu'est-ce que c'est, alors ?

– Un peu de patience et tu verras.

Ils dépassèrent l'intersection où East Avenue croisait la départementale menant au comté de Merritt ; puis East Avenue se fondit dans Main Street. La voiture de Dylan roulait à tombeau ouvert sur la route sinueuse. Ballottée d'un côté et de l'autre, Gabby s'arc-bouta en calant ses pieds sur le plancher et se cramponna à la poignée de la portière.

Par bonheur, il ralentit enfin au moment où ils passaient devant le cimetière. Un large édifice de ciment était érigé à l'extrémité du terrain. Dylan gara la voiture non loin et le lui désigna en tendant le bras.

– C'est un mausolée. T'en avais déjà vu ?

Gabby entreprit de se fondre dans son siège. Quand elle était petite, elle croyait que les pierres tombales des cimetières étaient les morts eux-mêmes qui s'étaient métamorphosés en roc. Autrefois, elle frémissait en songeant que son père était ainsi désormais, une dalle de pierre avec son nom et sa date de naissance gravés en travers de la poitrine. A présent, bien sûr, elle savait ce qu'il en était ; mais la simple pensée d'un cimetière suffisait à lui donner la chair de poule.

– Un mot-sot-quoi ?

Elle s'efforçait de donner à sa voix une intonation de bravoure.

– Un mausolée. C'est quand on enterre les gens audessus du sol. Certaines personnes n'aiment pas l'idée que leur cadavre soit fourré deux mètres sous terre ou balancé dans un four crématoire. La vérité, c'est qu'un corps n'est rien d'autre que de l'eau, de l'air et un tas d'autres saloperies. Le tout ne vaudrait pas plus de quatre-vingt-cinq dollars si on pouvait en isoler les composants et les vendre à une entreprise de produits chimiques. Mais puisque c'est impossible, un cadavre ne vaut pas tripette.

– Très bien. J'ai vu ce que tu voulais me montrer.

– Il ne s'agit pas de ça. Il y a beaucoup beaucoup mieux.

Dylan démarra.

– Pour un mausolée aussi chic que celui-là – je suppose qu'ils ajouteront un revêtement de granit, une clôture décorative et des aménagements paysagers –, l'emplacement se monte sans doute à cent mille dollars. Plus la maintenance, bien sûr. L'entretien se chiffre probablement à cinq mille dollars par an, minimum. Et ça augmente chaque fois qu'un membre de la famille passe l'arme à gauche. C'est plutôt crétin, tu ne trouves pas ?

– J'imagine.

En fait, Gabby ne savait que penser. D'une manière générale, elle refusait obstinément de laisser des idées aussi morbides traverser son esprit.

Mais Dylan semblait captivé.

– Le problème, c'est que la majorité des gens n'arrivent pas à séparer ce qui compte réellement, à savoir le moi et la conscience, de ce tas de bidoche qu'on appelle le corps. Tous ces os, cette chair, ces ligaments et ces organes, c'est simplement un emballage. Tu comprends ce que je veux dire ?

Gabby se refusait à admettre son ignorance ; mais tout ce qui avait trait au corps humain demeurait un mystère à ses yeux.

– C'est juste un emballage, répéta-t-elle docilement.

– Ouais. Et après la mort, l'emballage n'est rien d'autre qu'un détritus parfaitement inutile. Imagine-toi un peu à quel point certaines personnes sont idiotes. C'est comme si tu dépensais cent mille dollars pour construire un endroit très chic où tu pourrais te débarrasser de tes épluchures de pommes de terre et de ton pain rassis !

– Ça m'a l'air plutôt bête, reconnut-elle.

Mais la vision du sénateur Gallatin gisant mort sur le plancher du salon s'imposa brusquement à son esprit. Juste un emballage, se répéta-t-elle intérieurement, dans l'espoir de réprimer la terreur qui l'envahissait.

Dylan changea sa cigarette de main et lui tapota le bras.

– Tu commences à comprendre, fillette. Je savais bien que tu saisirais.

Il tourna à l'intersection de Main Street et de Post

Road. Gabby espéra qu'il avait changé d'avis et décidé de la ramener directement chez elle.

Mais alors qu'ils approchaient du croisement de Main Street et d'Imperial, il lui lança un regard rusé.

– On y est presque. Ferme les yeux.

– Pourquoi ?

– Parce que je veux te faire une surprise, voilà pourquoi. Fais-moi confiance.

Gabby était loin d'avoir confiance en lui, mais il lui sembla qu'ils en auraient plus vite fini si elle s'exécutait. La vieille voiture franchit un dos-d'âne, poursuivit sa route quelques instants, puis s'immobilisa.

– Garde les yeux fermés. Je vais te guider, déclara Dylan.

Il expira lentement. Elle sentit la fumée qui s'échappait de ses lèvres.

Il la guida en la tenant par les épaules. Le fait d'être privée de vue rendait Gabby maladroite, et elle avançait prudemment. Son pied écrasa une branche morte, et elle ouvrit instinctivement les yeux.

– Tu n'as pas le droit de regarder !

Elle s'empressa de refermer les yeux. La fureur qui transparaissait dans la voix de Dylan l'effrayait. Prenant soin de ne pas entrouvrir les paupières, elle se concentra sur les sensations qu'elle éprouvait. Le souffle du vent. Le bruissement des feuilles tombées à terre. Une odeur de fumée de bois. Trois marches. Grincement d'une charnière rouillée ; ils avaient pénétré à l'intérieur d'un bâtiment.

Ses pieds foulèrent une matière spongieuse et douce. Une épaisse moquette. Les doigts de Dylan s'enfoncèrent dans son épaule alors qu'ils tournaient à gauche une première fois, puis une deuxième aussitôt après.

– Là-dedans, murmura-t-il d'une voix rauque. Ne fais pas de bruit.

Une autre porte s'ouvrit ; Dylan la poussa à l'intérieur d'une pièce. Crispée par l'attente, Gabby forçait ses paupières frémissantes à demeurer closes. Des étincelles dansaient follement dans les ténèbres. Elle sentit une odeur de renfermé, perçut le son étouffé de voix assourdies par une cloison. C'étaient des voix d'adultes, graves et désagréables. Mais Gabby ne parvenait pas à comprendre ce qu'elles disaient.

– Encore quelques pas, chuchota Dylan. Très bien. On y est.

Gabby ouvrit les yeux. Il fallut une seconde pour que son regard s'ajuste aux objets alentour.

Dylan eut un geste courtois.

– Gabrielle Harper, j'aimerais te présenter l'ancien emballage de feu Elwin Brock.

Clignant des paupières, elle aperçut un vieil homme étendu sur la table métallique disposée au centre de la pièce. Il avait une épaisse barbe blanche, et des cheveux blanc-jaune semblables au pelage d'un chien sale. Son visage était rosâtre comme s'il avait reçu un méchant coup de soleil. Il était vêtu d'un costume sombre à rayures et d'une chemise blanche.

– Allez, approche-toi. Tu peux le toucher, si tu veux, déclara Dylan.

– Non. Il faut que nous partions d'ici.

La voix de Gabby s'était muée en piaulement.

Dylan laissa échapper un petit rire.

– Ne t'en fais pas, tu ne risques pas de le réveiller. Il est mort.

Une sensation de peur parcourut l'échine de Gabby. Se raidissant, elle recula de quelques pas.

– Je m'en vais d'ici.

– Allons, calme-toi. Ce n'est rien du tout. Juste une boîte vide. Un détritus. Tu ne vois donc pas ?

Soudain, elle se précipita en direction de la porte. Avant que Dylan ait pu l'arrêter, elle parcourait à toutes jambes un couloir plongé dans l'obscurité. Son cœur battait à tout rompre, sa respiration s'échappait de sa gorge par saccades brèves et douloureuses. D'un geste fébrile, elle ouvrit la porte. Une fois dehors, elle pourrait respirer de nouveau.

Mais elle se retrouva dans une pièce où régnait un profond silence, calfeutrée d'une épaisse moquette rouge vif et de lourdes tentures sombres. Dans l'angle, un autre homme au visage rosâtre était étendu dans une boîte de bois lustrée. A son côté se trouvaient un homme plus jeune et une femme en larmes. Un homme de grande taille, à la chevelure grise et bouffante, les regardait.

Lorsque Gabby entra en haletant, l'homme au casque de cheveux gris se tourna vers elle. Son visage se durcit.

– Mais enfin, que faites-vous ici, jeune demoiselle ? Qui êtes-vous ?

A pas de géant, il s'approcha de Gabby. Saisie de terreur, elle s'enfuit. Elle courut le long du couloir plongé dans l'ombre jusqu'à la porte située à son extrémité. Dylan attendait à l'extérieur.

Fronçant les sourcils, il enserra son poignet dans un douloureux étau.

– Allez viens, petite sotte. Je t'emmène d'ici.

Sur ses talons, Gabby courut jusqu'à la voiture. Elle ne cessait de jeter des coups d'œil en direction du bâtiment ; terrorisée, elle s'attendait à tout instant à voir l'homme aux cheveux gris en surgir, et se lancer à leur poursuite. La porte qu'elle venait de franchir était l'entrée de service du dépôt mortuaire. C'était certainement un crime d'y entrer si l'on n'était pas mort et qu'on n'y avait pas été invité par un défunt.

La voiture sortit du parking en cahotant et remonta la rue à vive allure. Lorsqu'ils furent à une distance respectable du dépôt mortuaire, Dylan ficha une cigarette entre ses lèvres.

– Tu as tout gâché, s'exclama-t-il d'un ton irrité. Bravo !

– Tu n'aurais pas dû m'emmener là. Je ne veux pas regarder des gens morts !

– Ce ne sont pas des gens, fillette. Ce sont des boîtes vides. Des tas de détritus. Des morceaux de viande pourrissante. C'est justement ce que je voulais te montrer.

Gabby sentit des larmes lui picoter les yeux.

– Ça m'est égal. Laisse-moi tranquille !

– Je ne peux pas te laisser tranquille. C'est la seule façon de te faire comprendre ce qui s'est passé avec ton père et le sénateur. J'ai connu ça, moi aussi, mon ange. Je comprends, crois-moi.

A présent les larmes coulaient librement sur les joues de Gabby, et la douleur l'envahissait par vagues successives. Elle ne comprenait pas. Pourquoi fallait-il que les gens meurent ? Pourquoi ne pouvait-elle avoir un père, comme les autres enfants ? Pourquoi Mr. Gallatin n'avait-il pas empêché sa mère de lui faire mal lorsqu'elle était devenue folle de rage ? Il était beaucoup plus grand et fort qu'elle !

C'était injuste. Elle s'était toujours appliquée à être sage. Mais il ne cessait de lui arriver des choses abominables. Est-ce que Dieu ne s'en apercevait pas ? Est-ce que ça lui était égal ?

Dans un crissement de pneus, la voiture s'arrêta au

coin d'une rue. Inopinément, Dylan se pencha vers elle et la serra doucement dans ses bras, l'enveloppant d'une odeur de tabac.

– C'est dur, je sais. Mais je suis là pour que les choses soient plus faciles. C'est pour cette raison que je suis venu, fillette. Tu as besoin de quelqu'un comme moi, qui sache vraiment ce qu'il en est.

Il lui effleura les cheveux.

– Il faut que tu me croies, fillette. Il faut que tu acceptes ce que je te dis. C'est la seule solution.

Il lui frottait le dos en cercles, d'un geste lent. Sa main était chaude et apaisante. Lentement, l'angoisse qui étreignait la fillette reflua. Gabby avait terriblement sommeil. Elle avait le sentiment qu'un liquide brûlant et sirupeux s'écoulait dans ses membres. Se redressant, Dylan essuya ses larmes à l'aide du pan de son tee-shirt.

– Tu réfléchiras à ce que je t'ai dit ?

Gabby hocha la tête. Elle souhaitait désespérément comprendre. Tout cela était si difficile. Si douloureux et déconcertant.

– La prochaine fois, je sais que tu seras prête, mon ange. Rentre chez toi, maintenant. Je reviendrai bientôt te chercher.

JOURNAL INTIME
26 septembre

Longtemps, les affreux souvenirs se sont tapis en moi à l'insu de ma conscience, comme une maladie qui incube. Mais de furtifs échos ont recommencé à apparaître l'année dernière, quand j'ai découvert toute l'étendue de sa trahison.

Alors que j'étais en train de vaquer à mes tâches quotidiennes, le souvenir de ses doigts grossiers sur ma peau nue d'enfant s'imposait soudain à mon esprit. Ou bien, au beau milieu d'une journée de travail lorsque, grisée, ma créativité à son apogée, j'étais brusquement interrompue par la sensation, refluant du plus profond de ma mémoire, de mon frêle corps de fillette sur ses genoux.

Il appelait cela notre jeu à nous. Pour y jouer, il nous fallait attendre d'être complètement seuls, de ne pas courir le risque d'être découverts. Alors, il devait m'emmener jusqu'à ce qu'il appelait « L'Endroit secret ». C'était là qu'il travaillait toute la journée, environné par une puanteur animale, plongé dans des tâches physiques répugnantes. Mais la nuit, les lieux étaient métamorphosés. Désertés. Ses outils projetaient des ombres inquiétantes sur le plancher. L'air devenait lourd, immobile. Seul retentissait le tic-tac d'une pendule. On aurait dit les battements d'un cœur brisé.

Notre jeu était soumis à des règles strictes. Chaque fois, avant de commencer, nous devions éteindre toutes les lumières et faire le serment de ne jamais rien dévoiler à quiconque. Durant les premiers instants, pour vaincre ma peur puérile du noir, je recherchais la sensation de ses bras velus qui m'encerclaient et pesaient lourdement sur moi. Je m'installais sur ses larges cuisses où les démons n'oseraient me saisir et m'emporter.

Pendant quelques instants, j'y puisais un sentiment de réconfort. Chaque fois, je parvenais à me convaincre que cette nuit-là serait différente. Qu'elle ne recélerait aucun danger. Cette fois-ci, me disais-je, il se contentera de me chanter une chanson, ou de me raconter une histoire.

Mais bientôt je sentais la chose dure qui pointait et s'agitait sous moi. Les doigts caressants se muaient en pistons brutaux qui me propulsaient de haut en bas. Sa respiration devenait si rauque, si inégale, qu'il pouvait à peine parler.

Lorsque j'essayais de me dégager, il m'immobilisait. C'est simplement une petite poupée dans ma poche, *chuchotait-il d'une voix sifflante.* Reste tranquille !

Les poussées devenaient de plus en plus rapides. La douleur était immense, terrible. Si je criais, il serrait mon bras jusqu'à en chasser le sang et appuyait la paume de sa main sur mes lèvres, si fort que mes dents en restaient douloureuses pendant des jours.

J'ai appris à ne pas crier.

J'ai appris à laisser un corps insensible sur ses genoux, dans l'endroit secret, et à m'en aller ailleurs, dans un lieu agréable et ensoleillé où il y avait de la musique, où le chat était lové en ronronnant sur le rebord de la fenêtre, où ma mère remuait la soupe de pois cassés odorante devant la cuisinière.

J'ai appris à m'isoler jusqu'à l'instant où il appuyait ses lèvres contre ma nuque, signe que le jeu était fini.

J'ai appris à me débarrasser de ces affreux instants en les décollant de ma conscience comme des pansements souillés, en les jetant dans la boîte à ordures de mon esprit, où ils ne pouvaient plus me blesser ni m'affecter.

Mais il m'a été impossible de m'en débarrasser une bonne fois pour toutes. Il n'y a qu'un seul moyen de parvenir à cette purification intégrale. Et à présent que j'ai enfin découvert la méthode, la façon de procéder, j'ai parcouru la moitié du chemin qui mènera à l'élimination de cet homme.

17

Thea ne pouvait s'empêcher de lire et de relire l'article du journal traitant de l'enquête relative au meurtre de Brandon Lee Payton. Jusque-là, la police n'avait appréhendé aucun suspect. L'admiratrice qui avait poursuivi le jeune acteur et l'avait ouvertement menacé disposait d'un alibi irréfutable pour la journée du meurtre. Un détachement de police avait été tout spécialement créé ; on avait lancé un appel à témoins assorti d'une récompense, ce qui avait suscité un flot de pistes. Mais le crime sanguinaire n'était pas éclairci.

Entendant Gabby entrer, Thea s'empressa de replier le journal et le déposa à côté d'elle.

– Bonjour, ma chérie ! s'exclama-t-elle d'un ton allègre.

– Bonjour.

L'humeur de Gabby se modifiait à une allure stupéfiante, comme les capricieux systèmes climatiques des Grandes Prairies. Le matin même, la fillette s'était envolée pour l'école sur un courant d'air ascendant ; cet après-midi, elle en revenait en pleine dépression atmosphérique. Son visage était crispé, sa voix tendue par l'inquiétude.

Thea essaya de l'attirer hors de sa coquille ; mais l'enfant se réfugia immédiatement dans sa chambre. Elle prétendait avoir une montagne de devoirs à faire, mais son cartable resta dans le vestibule, à l'endroit où elle l'avait laissé tomber en arrivant.

Elle a envie d'être seule, songea Thea. Il n'y a rien de mal à cela.

Mais si elle se trompait ?

Devait-elle monter à l'étage et insister pour que la petite fille lui confie les sentiments qui l'oppressaient ? Ou était-il préférable de respecter le désir de l'enfant qui, de toute évidence, souhaitait se morfondre dans sa solitude ?

Et pourquoi ces choix lui semblaient-ils si cornéliens ?

Thea se demanda quand elle avait commencé à mettre son instinct de mère en doute. Elle avait pourtant bien le droit de commettre son lot d'erreurs maternelles sans se tourmenter ainsi. Dans le doute, elle résolut à contrecœur de laisser la fillette tranquille.

Lorsque Gabby refit surface deux heures plus tard, Thea était occupée à préparer la sauce des pâtes devant la cuisinière. Elle utilisait l'un des précieux secrets culinaires que lui avait transmis Caro Millport des années plus tôt : verser le contenu d'une boîte de sauce achetée en magasin dans une casserole, remuer puis jeter la boîte. Les méthodes culinaires de Caro convenaient parfaitement à Thea. Au ranch, sa mère préparait tout de A à Z, ce qui prenait un temps considérable. De l'avis d'Ellie, pour obtenir un poulet rôti, il fallait commencer par l'œuf.

– Salut, maman.

– Te voilà, ma chérie. Mais tu es ravissante !

Le visage de Gabby était rose et fraîchement lavé, et ses cheveux humides retombaient en gracieuses vrilles sur ses épaules. Elle avait troqué les vêtements qu'elle portait à l'école contre son caleçon imprimé préféré, et l'ample pull rose que les Millport lui avaient offert pour son anniversaire. Thea aperçut un soupçon de bleu sur ses paupières et huma une odorante bouffée de son eau de toilette favorite.

– C'est une grande occasion ? demanda-t-elle.

– Non. J'avais transpiré à la gym et j'ai pris une autre douche, voilà tout.

La fillette jeta un coup d'œil dans la cocotte.

– Est-ce qu'il y a de la salade ?

– De la salade, du pain, des lasagnes, un gâteau glacé pour le désert. Est-ce que ça ira ?

Gabby fronça les sourcils.

– On ne devrait pas manger d'abord quelque chose ? Un *nord-d'œuvre* ?

Thea réprima un sourire.

– De quel genre de hors-d'œuvre as-tu envie ?
– Peut-être un cocktail de crevettes ?
– Certainement pas. Ne t'en fais pas, ma chérie. Je te promets que personne ne quittera cette maison l'estomac vide. De plus, les jumelles ne sont pas vraiment ce qu'on pourrait appeler de grosses mangeuses.
– Je n'ai pas invité Opal et Jazzy.
– Qui, alors ?
– Quelqu'un que tu ne connais pas encore.
Gabby regarda les sets de table que Thea avait déjà installés dans la cuisine.
– On ne pourrait pas dîner dans la salle à manger ?
– D'accord. Si tu mets la table, les festivités pourront avoir lieu là-bas.
– Génial ! Je m'en occupe pendant que tu montes t'habiller. Pourquoi est-ce que tu ne mettrais pas ta robe bleue et tes escarpins avec les talons hauts ?
Thea était à bout de patience.
– Ecoute. Je comprends que tu veuilles impressionner ton invité, mais ça devient ridicule. Je n'ai pas l'intention de déployer des efforts vestimentaires, pas plus que de faire appel à un traiteur ou d'engager un quatuor à cordes. La discussion est close.
– Mais...
La sonnette de la porte d'entrée retentit, coupant court aux protestations de la fillette. Gabby se précipita hors de la cuisine pour accueillir son invité d'honneur. Thea remua la sauce une dernière fois, puis s'en prit à la salade pour dissiper son irritation. Elle n'était pas prête à affronter une adolescente en herbe. Tôt ou tard, elle le savait, Gabby jugerait que sa mère n'était pas à la hauteur et aurait honte d'elle, mais le plus tard serait le mieux.
Elle contempla son reflet dans la porte vitrée du four. Rien d'étrange ou d'anormal, pour autant qu'elle pût en juger. Son visage et ses cheveux n'avaient rien de particulier. Tenue vestimentaire décontractée. Le chemisier n'était pas plus maculé de peinture ou de fusain qu'à l'ordinaire. Le jeune dignitaire qui les honorait de sa visite allait simplement devoir l'accepter telle qu'elle était. De même que sa fille.
– Maman ?
Gabby était de retour, son invité sur les talons. Avant de se retourner, Thea aperçut brièvement leur reflet

dans la porte du four. Il s'agissait sans doute d'une nouvelle espèce d'écolier.

– Maman, j'aimerais te présenter mon instituteur. Mr. Perry, voici ma mère.

– Appelez-moi Max.

Il la gratifia d'un sourire éblouissant.

– C'est gentil à vous de m'avoir invité à dîner, Mrs. Harper.

Elle lança un regard sévère à Gabby ; mais la fillette, l'air innocent, l'évitait obstinément.

– Appelez-moi Thea.

Elle savait exactement ce que sa mère aurait dit dans une telle situation : *Lorsque tu es prise au piège, ne bronche pas, ma chérie. Si tu essaies de te débattre, tu ne réussiras qu'à t'enfoncer plus profondément encore.*

Gabby les entraîna jusqu'au salon et installa Thea et l'instituteur dans deux fauteuils situés côte à côte.

– Vous deux, vous restez là et vous discutez. Je reviens tout de suite ! s'exclama la fillette.

Un large sourire aux lèvres, elle sortit de la pièce en gambadant.

Max Perry rompit le silence gêné.

– Gabby est une petite fille merveilleuse. Très intelligente.

– Merci.

– Et elle a du talent. Elle est douée pour l'écriture et elle déborde d'imagination. J'essaie de l'encourager.

Voilà qui expliquait les soudaines ambitions littéraires de Gabby. Le physique de l'instituteur justifiait en grande partie le zèle excessif de la fillette : Max Perry avait des yeux expressifs, de profondes fossettes, une bouche superbe. Et bien charpenté aussi, d'après ce qu'avait pu observer Thea. Toutes les qualités requises pour faire un bourreau des cœurs.

Il lui adressa un sourire.

– Je suis convaincu qu'un talent comme celui de Gabby mériterait d'être développé. Si vous n'y voyez pas d'inconvénient, j'aimerais travailler avec elle. En quelque sorte comme un mentor.

– On dirait que vous le faites déjà.

– Lorsque j'en ai l'occasion, oui. Mais ce n'est pas facile de lui consacrer l'attention qu'elle mérite alors qu'il y a une trentaine d'autres élèves dans la classe.

– Alors, vous parlez de cours particuliers ?

– Non, pas vraiment.

Max Perry secoua la tête.

– Je n'envisage rien de formel et je ne veux absolument pas être payé. J'aimerais simplement que vous me permettiez de passer une ou deux fois par semaine, au moment où cela vous arrange. Et peut-être d'emmener Gabby assister de temps en temps à une lecture ou une signature à la bibliothèque.

Cela semblait trop beau pour être vrai.

– Et pourquoi est-ce que vous auriez envie de vous donner tant de mal ?

Si sa voix trahissait des soupçons, Max Perry les ignora poliment.

– Parce que je pense que Gabby recèle énormément de promesses et j'aimerais qu'elle les exploite, répondit-il avec conviction. De façon tout à fait égoïste, c'est le genre d'enfant avec qui j'aime travailler, la raison pour laquelle je suis devenu instituteur. Il n'y a pas beaucoup d'élèves qui répondent à l'enseignement comme le fait Gabby. Bien sûr, si cette idée vous met mal à l'aise...

C'était un peu le cas, en effet, bien que Thea n'eût aucune envie d'en admettre la véritable raison. Max Perry ne lui inspirait pas de véritable inquiétude. Il semblait s'agir d'un homme digne de confiance, qui vouait à Gabby un réel intérêt. Mais Thea avait conscience du fossé qui s'élargissait entre sa fille et elle, et n'avait pas envie que cet homme excessivement charmant et attirant le creuse davantage.

Gabby entra dans la pièce d'un pas vif, portant cérémonieusement une assiettée de légumes crus. Tranches de poivrons, rondelles de concombres, bâtonnets de carottes. La fillette avait même pensé à éplucher les carottes et à nettoyer la terre qui recouvrait les céleris. Au centre de l'assiette se trouvait une petite coupe remplie d'une substance blanche et mousseuse. C'était la première fois que Thea voyait des crudités servies avec de la crème Chantilly.

– Est-ce que vous aimeriez en prendre un, Mr. Perry ?

Gabby affichait une courtoisie recherchée.

– Merci. Ça m'a l'air délicieux.

Il choisit une tige de céleri sur le bord de l'assiette et la mâcha en manifestant un plaisir exagéré.

– Maman pourrait vous préparer un cocktail, suggéra la fillette. Nous avons du vin, du whisky, et cette boisson verte que maman aime. Comment est-ce que ça s'appelle déjà, maman ?

– Non, merci, dit-il.

Gabby lui proposa de nouveau le plateau. L'enfant rayonnait. Rien de tel qu'une adoration aveugle pour corriger les manières et amener un éclat rosé aux joues.

Refoulant un puéril sentiment de jalousie, Thea se força à considérer avec partialité cet instituteur dévoué qui offrait une telle opportunité à sa fille. Au cours du dîner, les dernières traces de méfiance s'évaporèrent. Il était difficile de ne pas apprécier cet homme. Il était chaleureux, drôle et agréable à regarder. Accommodant, également. Refusant de se cantonner au rôle de l'invité, il s'intégra spontanément au déroulement du service, apportant les plats, débarrassant les assiettes et lavant la vaisselle. Lorsque la dernière casserole échoua sur l'égouttoir, le sentiment de mesquine jalousie qu'éprouvait Thea était définitivement vaincu.

Max Perry consulta sa montre.

– Je crois que je ferais mieux de filer. Merci pour le dîner, mesdames. C'est le meilleur repas que j'aie mangé depuis des semaines.

– Revenez quand vous voulez, déclara Thea, surprise par sa propre sincérité.

– A demain, Mr. Perry ! s'exclama Gabby. Deux victoires de plus, et ce sont les Rois du Scrabble qui gagneront la pizza-party, hein ?

– Exact.

Parvenu près de la porte, il s'arrêta et se retourna en direction de Thea.

– Vous me direz quelle est votre décision concernant le sujet dont nous avons discuté, n'est-ce pas ?

– J'ai déjà pris ma décision. C'est d'accord.

– Qu'est-ce qui est d'accord ? demanda Gabby. Quel sujet ?

– Mr. Perry aimerait venir ici de temps en temps et t'aider à écrire ton roman. Est-ce que cela te plairait ?

Gabby roula les yeux, proche de la pâmoison.

– Si ça me plairait ? Vous parlez sérieusement, Mr. Perry ?

– Absolument. En fait, il y a un auteur que tu aimerais beaucoup, je crois, et qui vient faire une conférence à la bibliothèque samedi après-midi. Je serais enchanté que tu viennes avec moi. En fait, je serais enchanté que vous veniez toutes les deux.

– On peut, maman ?

La fillette semblait en état d'ébullition.

– J'imagine que oui. Bonne nuit, Max. Je suis enchantée d'avoir fait votre connaissance.

Le sourire de l'instituteur dégageait un incontestable magnétisme.

– Moi aussi, Thea. J'attends samedi avec une grande impatience.

Après avoir refermé la porte, Thea s'aperçut que le joli minois de sa fille reflétait une expression de pur ravissement. Si seulement l'existence de la fillette avait pu recéler en permanence un tel émerveillement, une telle impatience... Mais, comme disait la mère de Thea, la vie c'était ce qui se passait pendant qu'on tirait des plans sur la comète.

L'année qui venait de s'écouler avait appris à Thea à ne rien espérer de l'existence, et surtout pas qu'elle se déroule comme elle l'aurait espéré. Elle se demandait s'il lui serait un jour possible de croire de nouveau en quelque chose ou en quelqu'un.

Y compris en elle-même.

18

Deux fois par semaine au minimum, Passerelli invitait Biederman à dîner chez lui. Biederman détestait froisser les sentiments de son collègue, mais la cuisine de sa femme était un véritable châtiment, ses gosses d'affreuses têtes à claques, et la compagnie de Vinnie cinq ou six jours par semaine lui suffisait amplement.

– Gina aimerait vraiment beaucoup que tu viennes, Danny. Elle a prévu de cuisiner des saucisses aux poivrons.

Brûlures d'estomac avec une touche d'aérophagie.

– Merci, Vince, mais je suis pris ce soir.

En effet, il avait des projets pour toute la soirée. A peine aurait-il fini de dîner avec Tom Brokaw [1] que les Sox et les Yankees se joindraient à lui au salon.

Passerelli était tout sourires.

– T'as un rendez-vous galant, Danny ? Sans blague ?

– Est-ce que je plaisanterais au sujet d'une chose pareille ?

– C'est merveilleux. Je dois avouer qu'on s'inquiétait un peu, Gina et moi. Ça fait, voyons... deux ans que tu es divorcé ?

– Trois ans mardi prochain, à quatre heures dix – heure d'été. A peu de choses près.

– C'est ça, trois ans. Et tu as eu, voyons... une poignée de rendez-vous galants ?

En fait, il y en avait eu plus d'une dizaine, qui avaient

1. Présentateur du journal télévisé du soir. *(N.d.T.)*

été organisés par des amis bien intentionnés ou s'étaient révélés de trompeurs feux de paille.

– Je vais parfaitement bien, Vinnie. Dis à Gina qu'elle peut ranger son chapelet et arrêter d'allumer des cierges.

A dire vrai, le mariage de Biederman lui avait laissé un arrière-goût amer vis-à-vis des femmes. Sans doute était-ce lié à la strychnine dont son ex-femme saupoudrait ses céréales tous les matins.

En fait, songeait Biederman, il était compréhensible qu'Elaine se soit lassée de lui. Il avait obstinément refusé de devenir le magnat de la navigation internationale, l'homme d'affaires tout-puissant ou le grandiose malfrat dont elle rêvait. Lorsque l'épouse de Biederman avait fait le serment de s'unir à lui « pour le meilleur », elle était sincère. Mais lorsque s'était dessinée une carrière de flic et un permanent « pour le pire », Elaine avait fait la seule chose qu'elle jugeât raisonnable et l'avait quitté pour un avocat prospère qui vivait quelques rues plus loin.

– Et mardi prochain, alors ? insista Passerelli. Mardi, c'est le parmigiana d'aubergine.

Un filet d'éponge sauté à la poêle, dans une sauce parfumée à l'essence. La spécialité de Gina.

– Je ne manquerai ça pour rien au monde, Vince. Mais laisse-moi d'abord voir comment les choses vont se dérouler ce soir. D'accord ?

Passerelli haussa les épaules et fit démarrer son minivan, avant de rouler vers la sortie du parking. Biederman s'apprêtait à l'imiter lorsque Buck Delavan se précipita vers lui à travers l'aire de stationnement.

– Hé, Danny, attendez !

L'inspecteur-chef, congestionné et hors d'haleine, était loin d'être en grande forme.

– Que se passe-t-il, Buck ?

Un halètement. Puis l'inspecteur-chef souffla :

– Ça fait longtemps qu'on n'a pas eu l'occasion de faire une virée ensemble, mon petit Danny. Vous avez le temps d'aller boire une bière ?

En réalité, cela ne s'était jamais produit. Delavan n'était pas du genre à se lier avec le menu fretin. La curiosité de Biederman en fut suffisamment aiguisée pour qu'il éprouve une soif soudaine.

– Bien sûr, Buck. Montez.

Ils se rendirent chez *Mario*, l'un des restaurants italiens les plus fréquentés de Westport, situé en face de la gare. Dès qu'ils entrèrent dans le bar grouillant de monde, Delavan s'esquiva pour saluer avec effusion la foule des hommes d'affaires et des politiciens de la région. Biederman resta à l'écart, et se divertit grâce aux deux avantages discutables que lui conférait sa taille : observer les dépôts de poussière au sommet des objets et étudier les procédés créatifs dont usaient les hommes pour dissimuler leur calvitie naissante à l'aide de leurs dernières mèches.

Delavan s'en revint avec une chope glacée de la production maison et la tendit à Biederman.

– A la tienne, Etienne ! s'exclama-t-il.

Exactement ce que Biederman craignait.

– *L'chaim.*

Delavan plongea le nez dans sa chope. Il en émergea avec une moustache de mousse et un soupir de plaisir.

– Vous savez quoi, Danny ? J'ai toujours eu un faible pour vous.

Si c'était le cas, il s'était bien gardé de divulguer son secret.

– Vraiment ?

– Il y a déjà longtemps, quand vous n'étiez encore qu'un jeunot, j'avais remarqué que vous aviez quelque chose de spécial.

L'inspecteur-chef avait un petit quelque chose de spécial, lui aussi. Et Biederman était bien résolu à ne pas chercher à savoir quoi, de peur d'y laisser des plumes.

– Qu'est-ce que vous attendez de moi, Buck ?

– Je veux savoir pourquoi vous n'avez pas encore fait ce que j'attendais de vous, Danny. Passerelli est un incapable mais j'en espérais fichtrement plus de votre part. Je vous avais dit que je voulais la peau de la veuve Harper. Et vite.

– Je ne peux pas trouver ce qui n'existe pas, chef. Je ne peux pas le trouver et je ne le trouverai pas.

Delavan abattit sa main sur la nuque de Biederman. On aurait dit qu'il s'apprêtait à broyer un moustique.

– Un garçon malin comme vous... éduqué dans les meilleures universités... Je parierais que votre père est médecin ou avocat. Je me trompe ?

– Non, mon père tient un atelier d'encadrement de tableaux. Il m'a supplié de reprendre l'affaire familiale.

– Et on n'est pas la moitié d'un imbécile, hein ? Futé

comme pas deux. C'est pour ça que je sais que vous n'allez pas me laisser tomber. Je n'ai peut-être pas été suffisamment clair, mon petit Danny. Je ne dormirai pas sur mes deux oreilles tant que cette femme ne sera pas enfermée à double tour comme elle aurait déjà dû l'être.

– Pourquoi est-ce que vous y tenez tant, Buck ?

Biederman posa cette question empoisonnée avec toute l'innocente bienveillance dont il était capable.

– Vous n'avez pas besoin de raisons, inspecteur. N'oublions pas qui travaille pour qui. Je donne les ordres ; vous les exécutez.

– Très bien. Si Thea Harper fait quoi que ce soit d'illégal, je n'hésiterai pas à l'arrêter.

Delavan eut un ricanement ironique.

– Vous l'appelez *Thea*, à présent ? Depuis quand en êtes-vous à vous appeler par vos prénoms, cette criminelle et vous ? Pas très professionnel, si vous voulez mon avis.

– Je fais mon boulot. chef. Et je continuerai à le faire.

– Ça dépendra de votre prestation, inspecteur. Comme je vous l'ai dit, les temps sont durs. Le navire est sur le point de couler, et la dernière chose que nous pouvons nous permettre, c'est bien de nous cramponner à une planche pourrie.

Il était arrivé à Biederman d'être menacé par des chiens enragés avec davantage de subtilité. Mais dans le cas présent, il y avait bien plus en jeu que son modeste gagne-pain.

Lorsque Biederman avait choisi cette profession, ses parents, une fois la surprise passée, avaient âprement combattu sa décision. Ils auraient préféré le voir employé de bureau dans un quelconque service, y compris celui de répression des fraudes ou de l'escroquerie. Aux yeux de sa femme, la carrière de Biederman représentait un crime digne du châtiment suprême : l'exécution par un conseiller fiscal. Biederman lui-même se serait trouvé bien en peine d'expliquer l'attirance qu'exerçait sur lui la police. Il avait ça dans la peau, tout simplement. Comme sa mère avait coutume de le dire, il était inutile d'essayer de comprendre.

Ses parents adoraient lui réciter la litanie des chances qu'il avait laissées échapper. Il aurait pu passer son diplôme à Brown avec les félicitations du jury. Puis une maîtrise en psychiatrie et biochimie. Membre de la fraternité universitaire. Propositions de bourses. « Tu aurais pu être quelqu'un, Daniel », se plaisaient-ils à répéter, comme si s'enrôler dans la police équivalait à régler la circulation.

Delavan descendit le reste de sa bière et, d'un revers de sa grosse main, essuya la mousse qui recouvrait ses lèvres.

– Mais je n'ai pas besoin de vous raconter tout ça, mon garçon. Vous savez bien ce que c'est.

Biederman savait aussi qu'il était préférable de ne pas donner à l'inspecteur-chef la corde pour le pendre, et il opta pour une approche plus subtile :

– Chouette costume, Buck. Il a dû vous coûter une sacrée somme.

Le sourire de Delavan était un rictus forcé.

– Qu'est-ce que je peux dire, Danny ? Ma petite femme aime que je m'habille avec classe. Elle a des goûts de luxe alors qu'elle a épousé un homme avec un salaire de prolétaire. Heureusement que son père est là.

Ainsi, le nouveau train de vie de Delavan se justifiait par la présence d'un beau-père fortuné. Ou bien s'agissait-il d'une explication commode destinée à camoufler la vérité ?

Delavan jeta un billet de dix dollars sur le comptoir et entraîna Biederman vers la porte. Une fois dans la rue, l'inspecteur-chef s'arrêta. Il arborait une expression de profonde sincérité.

– Je sais bien que vous pensez que j'agis de façon déraisonnable, mon petit Danny, mais ça fait longtemps que je suis dans le métier. Bien plus longtemps que vous. Vous pensez que je me livre à une sorte de vendetta personnelle contre Harper ; mais je sais qu'elle va nous créer des ennuis. Je le sens. Si on ne la met pas hors d'état de nuire, elle va régler son compte à un autre type. Souvenez-vous de ce que je vous dis.

– Et de quoi doit-on l'inculper, chef ? De vous flanquer la chair de poule ?

– S'il se passe quelque chose, c'est vous qui porterez le chapeau, Danny. Si vous ne contribuez pas à son arrestation, vous pourriez tout aussi bien signer l'arrêt de mort d'un innocent.

– Pourquoi moi, Buck ? Vous avez un commissariat plein de types qui n'aimeraient rien tant que de participer à une jolie chasse aux sorcières et d'en brûler une sur le bûcher.

– Comme ma sainte mère le répétait toujours, mon petit Danny : « Parce que je l'ai dit. » Parce que je sais ce que je fais et comment je veux que ce soit fait. Parce que c'est mon boulot de veiller à l'ordre public, que cette femme est dangereuse, et que c'est vous que j'ai choisi pour la mettre hors d'état de nuire. Point final.

– Mais je ne suis pas d'accord avec vous, chef. Et le tribunal ne l'était pas non plus. Thea Harper a été jugée par un jury dont les membres l'ont déclarée non coupable. Elle a mérité le droit de vivre en paix.

La seule réponse de Delavan fut une brève salve d'applaudissements. Trois claquements sonores. Lents et hargneux.

– Jolie plaidoirie, maître. Très pertinente. Malheureusement, on a beau les retourner dans tous les sens, des foutaises resteront toujours des foutaises !

L'inspecteur-chef plissa les yeux.

– Vous en faites une affaire personnelle, n'est-ce pas, Danny ? Vous avez le béguin pour cette femme... Pourquoi ne m'en suis-je pas aperçu plus tôt ?

– J'ai à faire ce soir, Buck. Alors, si cela ne vous dérange pas...

Delavan souffla pour exprimer son mépris.

– Dans notre métier, quand un homme se met à réfléchir avec sa queue, c'est bien plus que stupide, Danny. C'est dangereux. Je...

Biederman l'interrompit :

– Si vous voulez, je peux vous déposer au poste.

– Je retrouverai ma route, inspecteur. Vous feriez mieux de vous préoccuper de la vôtre.

Biederman regarda son chef rebrousser chemin en direction du restaurant. Les derniers mots de Delavan étaient restés imprimés dans sa peau. Se pouvait-il vraiment que Biederman laissât ses sentiments pour Thea Harper obscurcir son jugement ? Ou bien la remarque troublante du chef n'était-elle que le fait d'un simple hasard ?

Quoi qu'il en soit, Biederman s'était déjà plongé dans cette affaire bien plus profondément qu'il ne l'aurait souhaité. Et il avait le pressentiment qu'il était loin d'en avoir touché le fond.

19

Dans l'aube grise et silencieuse, la plage de Westport était déserte. Comme ils en étaient convenus, ils se retrouvèrent derrière le vaste terrain de jeux et s'éloignèrent côte à côte, foulant avec difficulté le sable jonché de détritus. Sans un mot, les deux femmes s'installèrent sur un vieux banc usé, face au rivage du détroit voilé de brume de Long Island. Des mouettes volaient en cercles au-dessus de leur tête, poussant des cris perçants. Il soufflait un vent froid et humide. Les rouleaux qui s'écrasaient sur la plage projetaient une écume glacée. Frissonnant, il s'assit à côté d'elles et se recroquevilla dans sa légère veste de jean.

– J'espère que les choses progressent de façon satisfaisante, déclara la vieille femme.

Sa fille ne prononçait jamais le moindre mot. Elle se contentait de suivre sa mère comme un fantôme aux contours indistincts.

– Absolument, Mrs. Gallatin. Elles avancent bon train.

– Quand pensez-vous obtenir mes informations ?

Vêtue d'un manteau noir à capuchon, elle ressemblait à un vautour. Elle ne le regardait pas. Elle n'avait jamais un regard pour lui.

– C'est difficile à dire. Je m'y emploie. Je fais de mon mieux.

– Je vous ai prévenu ; je ne suis pas d'une nature très patiente.

– Je comprends. Cela devrait bientôt aboutir. D'un jour à l'autre.

Il lui décocha un regard furtif. Le capuchon masquait la majeure partie de son visage, mais le peu qu'il apercevait était empreint d'une expression dure et sévère. Pourtant, c'était sa fille qui le troublait le plus. Bon sang, pourquoi ne disait-elle jamais rien ? On aurait dit une bombe à retardement, se réservant pour la grande explosion finale.

– Dites-moi ce que vous avez découvert jusqu'ici. N'omettez rien, ordonna la vieille femme.

Il lui présenta l'intégralité de son rapport, étoffant chaque détail pour y ajouter du poids. Dès le premier jour, la vieille femme lui avait fait clairement comprendre qu'elle comptait se rétribuer amplement pour les services qu'elle lui avait rendus – sans y avoir été nullement conviée.

C'était une chance qu'il sache délayer un récit. Il parvenait à muer de simples hypothèses en des certitudes parfaitement crédibles. A ponctuer la narration des coups de théâtre et des transitions qui ajoutaient le piment nécessaire. A l'entendre, on aurait pensé qu'il allait effectivement aboutir à quelque chose. Il était impossible de deviner qu'il n'avait rien obtenu de significatif malgré sa duplicité et ses tromperies, hormis la culpabilité grandissante qui le rongeait.

Il n'avait rien à reprocher à Thea Harper, aucune raison de souhaiter son anéantissement. Bien au contraire.

A dire vrai, il en avait plus qu'assez. Lily Gallatin était une vieille teigne. Elle s'imaginait que le monde lui appartenait, y compris les maigres parcelles de terrain qui n'étaient pas enregistrées au nom de sa famille. Elle traitait les gens comme de vieux Kleenex. La vieille bique ne daignait même pas l'appeler par son nom. Elle lui donnait l'impression d'être insignifiant, dénué d'importance. Toute cette affaire le diminuait – ce qui, bien sûr, était loin de ce à quoi il s'était attendu.

Lorsque la vieille chouette l'avait pris sous son aile brodée d'or, il avait été transporté de joie à l'idée de sa bonne fortune. Tout ce qu'il aurait à faire, c'était de découvrir quelques preuves compromettantes, de déterrer quelques pelletées d'ordures sans conséquence, et la riche Mrs. Gallatin le sortirait d'un sale bourbier judiciaire.

A l'insu de la vieille femme, il projetait de tirer jusqu'au dernier centime possible de cette précieuse relation. Le fait d'être en contact avec les Gallatin, même lorsque cela s'accompagnait de tant de restrictions et d'humiliations, était un privilège inestimable. Son passeport pour la gloire.

Et il était bien temps.

Les années qui venaient de s'écouler lui avaient réservé plus de pétards mouillés qu'il n'en méritait. A d'innombrables reprises, il avait été ignoré, incompris. Sans que ce soit sa faute, une série de projets mirifiques s'étaient évanouis en fumée. Et finalement, des experts en la matière l'avaient fait plonger.

A ce moment-là, il ignorait qui aurait bien pu lui venir en aide. Sa famille l'avait étiqueté comme un irrécupérable bon à rien et l'avait chassé de ses rangs.

Mais au plus sombre de la situation, alors qu'il était emprisonné pour une durée indéfinie dans une cellule sordide, l'avocate de la vieille Mrs. Gallatin s'était matérialisée tel un bon génie pour l'aider à prendre la poudre d'escampette. Tout d'abord stupéfait, il avait été ensuite transporté de joie. Le destin changeait de cours, il le sentait. Jamais il ne lui serait venu à l'esprit qu'il s'agissait peut-être de la mauvaise direction.

– Je la surveille étroitement, acheva-t-il. Et je sens bien qu'elle file un mauvais coton. Elle est très nerveuse.

– Je veux que le meurtre de mon fils soit vengé. Je peux vous assurer que le bien-être émotionnel de Mrs. Harper ne m'intéresse pas le moins du monde.

– Je comprends, Mrs. Gallatin. Mais je ne suis plus très loin du but. Vraiment.

L'intonation désespérée de sa voix lui arracha un tressaillement.

– Je l'espère bien. Je n'aime pas du tout que l'on me déçoive.

Au point où il en était arrivé, la seule chose qui l'intéressât était de prendre le large ; mais cette option ne figurait pas dans le menu. Les gens de cette trempe, riches et célèbres, obtenaient ce qu'ils voulaient, et qui ils voulaient. S'il ne satisfaisait pas aux attentes des Gallatin, ces derniers pouvaient le réduire à néant d'un simple coup de téléphone.

– Vous ne serez pas déçue, affirma-t-il, souhaitant que cela soit vrai.

– Je le serai si cette affaire n'est pas résolue rapidement et de façon à me procurer satisfaction. Je veux recevoir de vos nouvelles au début de la semaine prochaine.

Elle se leva, imitée par sa fille, et s'éloigna sans un mot. Se tournant face à l'étendue d'eau écumante, il leur laissa amplement le temps de disparaître dans leur Bentley.

Lorsque le rugissement du moteur se fut estompé, il se leva. La tête courbée sous le poids d'un dilemme, il se dirigea vers le parking. Thea lui faisait l'impression d'une femme sympathique et respectable qui ne méritait pas qu'on s'attaque à elle. Pas plus que sa fillette. La pauvre petite avait déjà suffisamment souffert de la mort de son père et du reste. Il n'était peut-être qu'un monstre d'égoïsme, mais il n'avait aucun désir de faire le moindre mal à cette enfant.

Mais les Gallatin étaient semblables à un raz-de-marée, réduisant les vestiges de ses rêves de château de sable en un amas détrempé et vulnérable.

Il fallait qu'il songe d'abord à ses propres intérêts.

20

Billie frictionna ses pieds enflés et les hissa sur l'une des chaises de cuisine de Thea. Ses chevilles maltraitées ressemblaient à deux rouleaux de pâte gonflée.

– Le docteur Forman n'aura pas besoin de se déguiser pour Halloween. C'est moi qui vous le dis, ronchonna l'infirmière.

– Je suis navrée qu'elle vous cause tant de tracas, dit Thea.

– Il ne s'agit pas seulement de moi, ma fille. Elle passe son temps à nous rendre la vie impossible. J'ai bien envie de rendre mon tablier. Si vous voulez mon avis, c'est tout le personnel qui devrait rendre son tablier. En fait, je ne crois pas que la doc pourrait se supporter elle-même si elle y était obligée.

Thea était outrée de tant d'injustice. C'était grâce à Billie que la clinique pouvait fonctionner. En cas de crise ou de situation épineuse, il était toujours possible de faire appel à l'infirmière au grand cœur. Elle savait comment apaiser un patient pris de folie, rasséréner un parent bouleversé ou calmer un bureaucrate en ébullition. Nul ne savait aussi bien que Billie retrouver un important formulaire qui s'était égaré ou combler les lacunes d'un rapport incomplet. Diplomate-née, elle gérait les inévitables conflits entre les membres du personnel afin que chacun finisse par joindre ses efforts. Sans Billie, il était impossible d'imaginer que la clinique puisse fonctionner et, *a fortiori*, de façon harmonieuse.

Mais depuis que le docteur Forman avait été nommée directrice médicale de Brook Hollow deux ans auparavant, elle ignorait superbement l'extraordinaire contribution de l'infirmière.

Le docteur Forman ne savait même pas ce que signifiait le concept de gratitude ou d'encouragement. Sa méthode de gestion du travail était celle d'un presse-citron : tirer le maximum de jus de ses employés avant de se débarrasser de leur écorce. Dans le meilleur des cas, elle saluait un travail exceptionnel par une royale indifférence.

– Faites ce qui vous semble préférable, Billie. Si elle vous rend la vie impossible...

– ... Je ne la laisserai pas faire, voilà tout. Si cette femme a un problème, qu'elle le résolve elle-même.

L'infirmière but une longue gorgée de café. Les quatre cuillerées de sucre l'apaisèrent instantanément. La tension de Billie se relâcha, et ses épaules s'affaissèrent.

– Bravo ! s'exclama Thea. Sans vous, Brook Hollow s'effondrerait brique par brique.

– J'aimerais bien que le docteur Forman voie les choses sous cet angle. À l'entendre, on croirait que je suis responsable de tous les ennuis qui s'abattent sur la clinique. Elle me reproche même la fuite de Vita Negrone.

– Ils ne l'ont pas encore retrouvée ?

L'évasion de Vita Negrone rendait le monde plus incertain encore.

– Ils vont la retrouver, ma grande. Il leur reste encore quelques recoins à explorer. La vieille Vita va refaire surface.

De nouveau, un sourire éclaira les yeux de l'infirmière. Déglutissant avec bruit, elle but une autre gorgée.

– Et vous ? Comment est-ce que ça va ?

Thea avait résolu d'offrir un visage solide et stoïque, mais Billie savait appuyer le doigt sur les endroits sensibles.

– Ça va. Avec des hauts et des bas.

– Les hauts, vous pouvez vous en occuper seule. Peut-être y a-t-il un ou deux des bas pour lesquels je pourrais vous aider.

– J'en doute, Billie. Et si nous parlions de quelque chose de plus agréable ?

– Quand j'ai envie de quelque chose d'agréable, je vais voir un film de Walt Disney. A présent, allez-y. Dites-moi ce que vous avez sur le cœur, ma fille.

Thea s'exécuta. Peut-être avait-elle eu tort d'essayer

de reprendre sa place dans cette ville. Elle raconta à Billie la remarque venimeuse de Glenda Rossner lors de la fête célébrant son retour et les commentaires des clientes du magasin. Elle lui parla du harcèlement permanent que lui infligeaient les journalistes. Harlan la Vermine était le plus vil individu que la terre ait jamais porté. Il ne cessait de laisser message après message sur son répondeur et l'épiait sans relâche. Thea frissonna au souvenir de la façon dont elle avait failli renverser le petit Raleigh Millport, tant elle désirait se débarrasser de l'odieux individu.

Et il n'abandonnait jamais. Le matin même, elle était certaine de l'avoir vu rôder devant son atelier, même s'il était parvenu à s'esquiver avant qu'elle ait pu le prendre sur le fait. Mais il était loin d'être la seule nuisance qu'elle eût à subir. Comme une épidémie ayant germé dans une décharge d'ordures, la nouvelle de sa sortie de clinique s'était répandue parmi les autres vermines des journaux à sensations. Chaque fois qu'elle vérifiait son répondeur, le voyant lumineux clignotait frénétiquement. Et la majorité des messages provenaient de journalistes avides de ragots.

Moi, je raconterai votre version de l'histoire, Thea. Et je peux vous assurer que vous y trouverez votre compte.

Appelez-moi, Mrs. Harper. Je vous promets que nous vous consacrerons la une.

Peut-être serait-il préférable qu'elle et Gabby s'enfuient comme des malfaiteurs souhaitant commencer une nouvelle vie, recourant à la chirurgie esthétique et endossant une nouvelle identité.

Thea lui confia ses inquiétudes au sujet de Gabby. Et si les horreurs passées avaient blessé la petite fille de façon irréversible ? Pour quelle autre raison une fillette serait-elle aussi morose et irritable ? Pourquoi s'entourerait-elle d'autant de secrets ? Que dissimulait-elle... ou essayait de fuir ? Comment Thea pouvait-elle espérer venir en aide à sa fille alors qu'elle-même était aussi équilibrée d'un point de vue émotionnel ?

Thea avait demandé au docteur Forman s'il était souhaitable que Gabby suive une thérapie ; mais après avoir discuté à plusieurs reprises avec la fillette, la psychiatre avait conclu qu'il n'était pas nécessaire d'entreprendre un traitement. L'enfant se portait bien, en dépit d'un contexte défavorable, avait-elle affirmé. Les changements qu'observait Thea n'étaient que les premiers nuages annonçant les orages de l'adolescence.

Thea soupira profondément.

– Je ne sais pas quoi penser, Billie. Tout cela est peut-être le fruit de mon imagination. Le docteur Forman estime que je réagis d'une façon excessive à un comportement de préadolescente tout à fait ordinaire.

– Cette femme connaît son métier, il faut au moins l'admettre. Si elle affirme que la petite se porte comme un charme, je la crois sur parole.

– Je suppose que vous avez raison. Mais c'est si difficile de voir ma petite fille s'éloigner de moi, se transformer en étrangère ! Pourquoi est-ce que les choses ne peuvent pas redevenir telles qu'elles étaient, Billie ? Pourquoi faut-il que tout soit aussi pénible ?

Heureusement que Gabby était partie une heure plus tôt rendre visite aux jumelles, songea Thea en reprenant son souffle.

Mais Billie était l'oreille idéale ; elle écoutait patiemment les angoisses que ressassait Thea et lui prodiguait les paroles de soutien et de compréhension dont la jeune femme avait besoin. Il n'y avait personne avec qui Thea pouvait se laisser aller ainsi, pas même Caro. Piquer une crise de nerfs auprès de Caro Millport faisait l'effet d'essayer de déclencher un ouragan dans un lagon tropical.

– Si seulement je pouvais avoir une bonne nuit de sommeil ! soupira Thea. Quand je ne fais pas des cauchemars, je suis trop stressée pour m'endormir.

Elle ne put se résoudre à confier à l'infirmière combien le meurtre de Brandon Lee Payton la préoccupait. Thea recueillait toutes les bribes d'informations concernant l'assassinat et se posait inlassablement les mêmes terrifiantes questions. Comment avait-elle su qu'il y avait un serpent sur les lieux du crime ? Qu'étaient devenues les heures qui s'étaient volatilisées ?

– Allons, murmura Billie d'un ton apaisant. Il faudra attendre un peu pour que la vie reprenne son cours. J'ai l'impression que vous êtes bien trop dure envers vous-même.

– Peut-être... Mais j'ai tellement envie de me faire pardonner de Gabby, de réparer ce qu'elle a dû subir ! Elle a tant souffert, Billie... Ce n'est pas juste !

– La seule chose que vous puissiez faire, c'est de donner de l'amour à cette petite. Et Dieu sait que vous vous y appliquez.

Thea laissa échapper un soupir.

– On dirait que ce n'est pas suffisant.

– Bien sûr que si, ma chérie. C'est l'essentiel. Vous verrez. J'ai bien observé votre fille ; elle a plus de ressources que vous ne l'imaginez. Je dois reconnaître que je suis d'accord avec le docteur Forman. Gabby sortira de tout cela indemne. Vous verrez.

– Je l'espère.

– Ecoutez ce que la vieille Billie vous dit : Ce soir, avant d'aller vous coucher, vous vous préparerez une bonne tasse de lait bien chaud avec une cuillère de sucre et une grande rasade de cognac.

Thea ne put retenir un sourire.

– Qu'est-ce que c'est ? Un châtiment destiné à me punir de ma crise de nerfs ?

– Pas du tout.

Billie secoua la tête avec véhémence.

– C'est un vieux remède de famille. Je vous garantis qu'il vous fera dormir comme une souche. Après une bonne nuit de sommeil, les choses vous apparaîtront sous un jour bien meilleur.

– Très bien. Je vais essayer.

– Mais oui. En attendant, je ferais mieux de filer. Si j'arrive avec deux minutes de retard, mes vieux parents vont appeler tous les hôpitaux et lâcher les chiens.

Dix minutes après le départ de Billie, Gabby fit son apparition avec l'air de sortir tout droit d'un institut de beauté. Ses ongles étaient vernis en rose, sa chevelure coiffée dans un style de femme fatale, une mèche plongeant sur l'œil, une autre fixée sur la tempe à l'aide d'un peigne raffiné. Elle portait une jupe courte en skaï et un pull-over turquoise que lui avait prêtés Opal ou Jasmine ; des collants et des souliers noirs, et un double rang de perles noires complétaient sa tenue.

Thea laissa échapper un sifflement admiratif.

– Mon Dieu, mais tu pourrais décorer un gâteau d'anniversaire !

– Ah oui ? Je devrais me changer, alors ?

– C'est un compliment, ma chérie. Je voulais dire que tu es superbe.

Les joues de l'enfant rosirent.

– Et toi, comment est-ce que tu vas t'habiller ?
– Tu veux dire pour la grande sortie à la bibliothèque avec Mr. Perry ?
– Oui. Dis, maman, tu ne vas pas y aller comme ça ?
Voyant l'expression horrifiée de l'enfant, Thea en déduisit que son vieux survêtement gris aux manches coupées et aux genoux déchirés était inacceptable. Elle ne discuta pas, bien qu'à son avis sa tenue eût quelque chose de très distingué : la haute couture d'Alcatraz.
– Est-ce que tu aurais moins honte de moi si je portais mon caleçon noir et un pull ?
– Avec quelles chaussures ?
– Quelles chaussures est-ce que vous m'autorisez à porter, mon capitaine ?
– Ce serait bien que tu mettes tes bottines avec les talons aiguilles. Et ta ceinture avec une boucle en argent. Et les boucles d'oreilles en forme de pendentifs ; celles en argent, avec le truc brillant noir et bleu.
– Ça s'appelle des émaux.
– Oui, celles-là. Et un bracelet en argent.
Thea ne put s'empêcher de sourire.
– Je n'ai pas de bracelet en argent.
– Amber en a un. Je vais lui demander si je peux l'emprunter.
– Ce n'est pas nécessaire. Vraiment. Je te promets d'être présentable avec mes propres affaires.
Gabby la regarda d'un air soupçonneux.
– Très bien, mais tu ferais mieux d'aller te préparer. Mr. Perry va bientôt arriver.
Bientôt signifiait dans presque deux heures, mais Thea céda aux exigences de sa fille et se dirigea vers l'escalier. Quinze minutes plus tard, elle réapparut dans la cuisine pour se plier à l'inspection et au passage en revue des troupes.
Gabby la jaugea avec grand sérieux.
– Tu es jolie, déclara-t-elle d'un ton solennel.
– Tu veux dire que ça va ? Dieu soit loué !
La fillette fronça les sourcils.
– Mais tu as oublié ton rouge à lèvres et le machin pour les yeux.
– Je ne mets pas de machin pour les yeux, ma chérie. Tout ce que tu me verras jamais porter, c'est un peu de brillant à lèvres et de fard à joues.
L'enfant laissa échapper un bruyant soupir.

– D'accord, maman. Mais ce serait vraiment bien si tu pouvais te maquiller comme à l'institut de beauté...

Le laps de temps qui les séparait de l'arrivée de Max Perry s'écoula comme le compte à rebours précédant une explosion nucléaire. Gabby était en proie à une impatience fiévreuse. Elle refusa de toucher à son déjeuner de crainte de tacher ses vêtements et conserva la raideur d'un mannequin afin de ne pas les froisser. Thea lui proposa plusieurs occupations pour la distraire, mais le regard de Gabby ne quitta pas la pendule.

– Ce n'est pas comme ça que tu feras passer le temps plus vite, chérie. Marmite surveillée ne bout jamais.

– Mais c'est juste un proverbe, maman. Tu n'es pas supposée croire que c'est vrai !

Lorsque, enfin, la sonnette retentit, Thea éprouva un sentiment de soulagement et laissa volontiers à Max Perry les rênes de l'enthousiasme débridé de Gabby. Et l'instituteur s'en tira de main de maître ; à peine fut-il entré dans le vestibule que la fillette se transforma en héroïne d'un roman de la comtesse de Ségur.

Cet homme était un véritable magicien.

Le reste de la journée s'écoula sans fausse note. En présence de son instituteur, Gabby était une enfant modèle : intelligente, bien élevée et radieuse. Elle fut ravie que Mr. Perry la présente à l'écrivain après la conférence de la bibliothèque. Il s'agissait de l'auteur d'une dizaine d'ouvrages destinés aux préadolescents, dénommée Madge Salner.

Les yeux bruns et doux, les cheveux blond-roux retenus par un serre-tête, elle avait un visage rond et un corps potelé qui empêchaient de déterminer son âge avec précision. Max lui demanda de dédicacer son dernier livre : « A Gabby, une collègue écrivain. » Apparemment, il la connaissait de longue date, bien qu'il semblât peu désireux d'expliquer quelle était la nature exacte de leur relation.

Après la conférence, ils se rendirent à une fête foraine. Gabby s'était suffisamment décontractée pour participer au concours de pêche des pommes flottant sur l'eau et se faire grimer le visage. Elle succomba même à la tentation d'un hamburger et d'une pomme d'amour. Pour couronner le tout, Max gagna un panda qui louchait ; s'inclinant avec galanterie, il l'offrit à Gabby.

– Oh, merci beaucoup ! Il est merveilleux ! Je vais l'appeler Perry, comme vous.

Gabby serra l'ours si fort que Thea craignit que la pauvre bête n'en perde son rembourrage.

Avec une rapidité stupéfiante, le soir tomba. Max insista pour les inviter à dîner au *Sole e Luna*, un restaurant italien en vogue situé près du théâtre de Westport. Bien que les visites à la bibliothèque et à la fête foraine se fussent déroulées sans anicroches, Thea hésitait encore à se montrer dans un lieu public ; mais elle finit par céder au charme persuasif de Max et aux supplications de Gabby.

Elle n'eut pas à le regretter. La cuisine était délicieuse, l'ambiance animée, et elle n'aurait pu rêver d'une compagnie plus agréable : Max Perry était doué d'un sourire contagieux et d'un merveilleux sens de l'humour. Gabby était totalement sous le charme. Thea devait reconnaître qu'elle passait une soirée merveilleuse, elle aussi. S'il y avait des regards indiscrets ou des commérages dans la salle de restaurant bondée, elle ne les remarqua pas ; elle ne les remarqua pas, et se rendit compte que cela ne lui importait pas le moins du monde.

Peut-être le bonheur était-il semblable à l'art de faire de la bicyclette, quelque chose dont on demeurait capable même si l'on ne s'y était pas essayé depuis longtemps. Thea s'aventura à imaginer ce sentiment la visitant plus souvent. Se divertir, voir le merveilleux éclat du bonheur dans les yeux de sa fille...

Durant un instant qui lui réchauffa le cœur, Thea entrevit un mince rayon d'espoir au loin. Pouvait-elle se risquer à croire qu'il indiquait la fin du long tunnel ?

TROISIÈME PARTIE

21

– Alden Gaithwaite, tu es un fichu tricheur ! Un tricheur et un vantard !

Gaithwaite ravala son sourire et prit un air innocent.

– Qu'est-ce que ça veut dire, Blossom ? Serait-il possible que ma chère moitié soit mauvaise perdante ?

– Perdante ? Mon œil ! Si tu crois que je ne t'ai pas vu prendre cette reine sous le jeu de cartes... Je suis peut-être vieille, mais je ne suis pas toquée ! Et je n'ai pas l'intention de te supporter une minute de plus.

Serrant les mâchoires, cette tête de pioche de Blossom Price empoigna son sac de toile et enfila un imperméable par-dessus sa robe à fleurs. Sur le seuil de l'appartement, elle s'arrêta pour lui lancer une dernière pique :

– En ce qui me concerne, à partir d'aujourd'hui, tu joueras tout seul, Alden Gaithwaite. Si tu t'ennuies, tu pourras toujours te consoler avec tes trophées d'arnaqueur !

– Tu ne parles pas sérieusement, ma chérie. Allons, viens m'embrasser et faisons la paix.

Gaithwaite ouvrit grands les bras et pencha la tête sur l'épaule comme un chiot plein d'espoir.

– Alors là, tu peux toujours courir ! Je n'arrive pas à croire que j'ai gaspillé les plus belles années de ma vie avec un vieux tricheur. Bon débarras ! J'enverrai quelqu'un chercher mes affaires.

La porte claqua et les bottes doublées de mouton de Blossom martelèrent à grand bruit le sol du hall d'entrée.

Gaithwaite put enfin cesser de réprimer le sourire qui flottait à la commissure de ses lèvres. Cela faisait trente ans que Blossom et lui vivaient dans ce que certains appelaient le péché. Au cours de ces trente années, elle l'avait quitté sur un coup de colère au moins deux fois par semaine, plus souvent lorsque c'était la pleine lune ou qu'elle avait ses règles.

Non qu'il y eût vraiment des moments plus sereins.

On ne s'ennuyait jamais avec cette femme-là. Gaithwaite laissa échapper un petit rire et se réjouit de sa bonne fortune.

Empli de tendresse, il se remémora la bonne demi-douzaine de fois où Blossom et lui avaient envisagé d'officialiser leur relation. A une ou deux reprises, ils avaient même failli arriver jusqu'à l'autel. Mais le mauvais caractère de Blossom s'était toujours manifesté à la dernière minute : prétextant une quelconque objection, elle remettait à chaque fois leur union en question. C'était pourquoi Alden et sa petite femme ne faisaient pas partie de la même famille – tout au moins au sens légal et religieux du terme. Mais au fond du cœur d'Alden, Blossom était la personne dont il se sentait le plus proche et qu'il chérissait le plus tendrement.

Il lui était impossible d'envisager l'existence sans elle, sans ses explosions de colère et son caractère grincheux. Blossom était sa meilleure amie et son soutien le plus ferme. C'était grâce à Blossom qu'il avait survécu quand, des années plus tôt, l'usine avait fermé ses portes et qu'Alden avait été licencié de l'entreprise qu'il servait fidèlement depuis qu'il avait été remercié de la marine, après la Seconde Guerre mondiale.

Dix ans auparavant, quand Alden avait subi un infarctus, Blossom s'était occupée de lui, le cajolant et le houspillant jusqu'à ce qu'il retrouve la santé. Plus tard, elle l'avait convaincu d'abandonner son emploi de veilleur de nuit au centre commercial, qui le tuait plus sûrement encore que sa tension élevée et ses artères bouchées.

Gaithwaite n'avait jamais envisagé de prendre sa retraite. Mais comme l'avait prédit Blossom, il avait trouvé un sentiment de sérénité et de plaisir inégalé chez lui, dans le quartier où il était devenu une sorte de grand-père pour les légions de gosses livrés à eux-mêmes.

« Pépé Alden », l'appelaient-ils lorsqu'ils passaient pour quémander son aide avec leurs contusions, leurs devoirs, leurs jouets cassés et toute leur panoplie de misères enfantines. Gaithwaite s'était découvert une affinité naturelle avec les gosses de tous âges et, en retour, ils le submergeaient d'affection et de respect. La reconnaissance publique qui s'était ensuivie avait été une gratification totalement inattendue, quoique bienvenue.

Quelques années plus tôt, Alden s'était vu décerner le titre des « Mille Points de Lumière » de l'ancien président Bush. Apparemment, le vieux George ne s'était pas offensé du fait que Gaithwaite ait été démocrate toute sa vie ; ou peut-être quelqu'un, dans le service administratif s'occupant des « Points de Lumière », avait-il simplement omis de le remarquer.

Quoi qu'il en soit, Gaithwaite avait pris grand plaisir à l'intérêt qui lui était soudain manifesté. Sa bobine était apparue sur la une du *Connecticut Post*. Il avait été invité à s'exprimer à la radio dans *The Fairfield Exchange*.

Mais l'expérience la plus exaltante avait été, et de loin, l'article publié dans l'un des numéros de *People* de juillet dernier. Sans doute s'agissait-il d'une semaine où l'actualité n'était pas très chargée, avait songé Alden. Toujours est-il qu'il avait eu la chance d'être cité dans un article intitulé « Que font-ils aujourd'hui ? » concernant les bénévoles distingués par l'ancien président.

Blossom ne dévoilait pas aisément ses sentiments, mais Alden avait décelé une lueur d'orgueil dans son regard lorsqu'elle avait découvert sa photographie et l'article concernant le « pépé Alden » bien-aimé à la page 72 du magazine. Sa douce moitié s'était empressée d'aller les faire encadrer comme s'il s'agissait d'un diplôme d'Harvard ou de la tête empaillée d'un vieux cerf.

Gaithwaite se renversa dans sa chaise, noua ses mains striées de veines derrière sa nuque et contempla ses petits trésors favoris – après Blossom, bien sûr. Il y avait le certificat du « Point de Lumière » signé de la main même de l'ancien président ; l'article encadré de *People* et la photographie figurant en première page du *Connecticut Post* étaient accrochés côte à côte sur le mur. Mais son souvenir préféré était, et de loin, la photographie qui le représentait entouré de tous les gosses du quartier ; elle avait été prise lors de la fête qu'ils avaient organisée à l'occasion de la remise du prix du « Point de Lumière ».

Je suis un vieux bonhomme chanceux, songea Alden en laissant échapper un soupir de satisfaction. *J'ai près de moi tous mes petits-fils d'adoption et ma tendre moitié... Et je me sens plus fringant que je ne l'ai jamais été depuis des années.*

Blossom n'avait certes pas ronchonné lorsqu'il s'était faufilé jusqu'à elle, la nuit dernière, pour une petite galipette. On n'était même pas samedi soir, songea Gaithwaite avec une bouffée d'orgueil. Sans doute l'effet de ces nouvelles vitamines.

Le générique de *Tonight Show* défilait sur l'écran. Brusquement, Gaithwaite s'aperçut qu'il était onze heures et demie. Blossom aurait dû être rentrée depuis longtemps.

Se redressant avec difficulté, il se dirigea vers la fenêtre et jeta un regard dans la rue. Une camionnette passa à vive allure, tous phares allumés. Un matou traversa la rue comme une flèche. Aucune trace de Blossom à l'horizon. Nom d'une pipe, où était-elle passée ? Qu'est-ce qu'elle pouvait bien faire à une heure pareille ?

Elle essayait de le torturer, c'est tout. Après trente ans de vie commune, Alden la connaissait trop bien pour se faire du mauvais sang. C'était une manipulatrice-née, aucun doute là-dessus.

Eh bien, cette fois-ci, il allait la battre à son propre jeu. Lorsqu'elle serait fatiguée de bouder et qu'elle reviendrait, il ne serait pas en train de l'attendre comme un pauvre ballot transi d'amour, ainsi qu'il le faisait d'ordinaire. Blossom en ferait une jaunisse lorsqu'elle trouverait l'appartement plongé dans l'obscurité et lui confortablement installé au lit, ronflant comme s'il ne se souciait pas le moins du monde de son absence !

Jubilant à l'idée du tour malicieux qu'il s'apprêtait à lui jouer, Gaithwaite se brossa les dents et glissa sa vieille carcasse sous les couvertures. Il avait prévu de faire semblant de dormir et de surprendre Blossom lorsqu'elle rentrerait enfin ; mais il sombra immédiatement dans le sommeil.

Plus tard, il s'éveilla en entendant la porte de l'appartement s'ouvrir en grinçant. Encore à moitié endormi il entendit Blossom se déplacer en trébuchant dans le salon obscur.

Elle laissa échapper un juron. La pauvre petite avait dû s'écorcher les jambes. Mais Gaithwaite résista au désir de courir auprès d'elle comme elle s'y attendait sans doute.

Il resta étendu face au mur, les paupières closes, la respiration lente et régulière. Qu'elle s'interroge, pour une fois. Que ce soit elle qui fasse les premiers pas. S'il ne lui rivait pas son clou, Blossom s'empresserait de rendre les trente années qui se profilaient à l'horizon plus pénibles encore que les dernières.

Non que cela lui déplût vraiment...

Mais c'était agréable de mener la danse, pour une fois. Blossom ne cessait de lui jouer des tours. Avec elle, il dansait constamment comme une goutte d'huile dans une poêle surchauffée. *Reste sur tes positions, mon vieux « Point de Lumière ». Ne la laisse pas gagner cette manche-là.*

Gaithwaite imagina combien sa tendre moitié devait être furieuse. Il l'entendait farfouiller dans la cuisine. Sans doute était-elle en train de se gaver de sucreries pour se calmer les nerfs, songea-t-il. Eh bien, cette fois-ci, il n'allait pas s'empresser d'aller lui rappeler quel mal elle aurait à digérer ces aliments trop riches. Si elle avait envie de souffrir de l'estomac, cela la regardait.

Bien. Elle se dirigeait vers la chambre. Recroquevillé sur lui-même, Gaithwaite simula de lents ronflements. Allez, Blossom. Pique-moi une de ces colères dont tu as le secret.

Et il ne fut pas déçu. Gaithwaite entendit sa démarche se faire plus rapide alors qu'elle approchait du lit, furieuse. Sans doute allait-il subir une séance de torture. Blossom connaissait tous les endroits sensibles de son corps et n'éprouvait aucun remords à le chatouiller. Il se tendit mais continua à feindre le sommeil.

Il fit semblant de dormir, jusqu'à l'instant où il sentit la lame du couteau se planter dans sa chair. La douleur s'accrut, se mua en une tension blanche, absolue, au milieu de sa colonne vertébrale. Dans un dernier sursaut, il tenta de lutter mais l'effort était au-dessus de ses forces. Il sentit les lèvres de Blossom se poser sur sa nuque. Etrange...

Mais sa tendre moitié n'avait jamais eu un caractère facile ou prévisible. Cela faisait partie de son charme. Il aurait voulu le lui dire, mais ses lèvres ne réagissaient pas aux signaux que son esprit leur envoyait frénétiquement. C'est trop dur, ma chérie, songea-t-il avec un long soupir de renoncement. Tu as gagné.

Et Alden Gaithwaite sombra dans un dernier sommeil.

22

Appuyée sur son bureau, Gabby regardait la maison des Millport de l'autre côté de la rue, attendant que la lumière s'allume dans la chambre des jumelles. Il était déjà sept heures cinq. Drake et Raleigh étaient debout à six heures au plus tard. Ces bébés étaient plus bruyants qu'une sirène de voiture ; comment se pouvait-il qu'Opal et Jasmine dorment encore ?

La veille, Gabby avait juré de leur rendre visite à la première heure afin de leur livrer un récit détaillé de l'incroyable journée qu'elle avait passée avec Mr. Perry. Opal avait failli s'évanouir lorsque Gabby avait téléphoné, en fin d'après-midi, pour leur annoncer que l'instituteur les invitait à dîner, sa mère et elle. Jasmine avait supplié Gabby de dérober un souvenir au restaurant, quelque chose que Mr. Perry aurait touché ou, mieux encore, dont il se serait servi pour manger.

Gabby avait guetté l'occasion de glisser un quignon de pain dans sa poche alors qu'il discutait avec sa mère d'une exposition ayant lieu dans un musée de New York, mais le courage lui avait manqué. Au moment où ils allaient quitter le restaurant, tandis que sa mère était aux toilettes et que Mr. Perry était allé chercher leurs manteaux, elle aurait pu glisser la serviette qu'il avait utilisée dans son sac à main, mais le risque d'être découverte et l'humiliation qui en aurait découlé l'en avaient dissuadée. Enfin, sur le comptoir de la réception, à l'endroit où se trouvait le téléphone, Gabby avait aperçu une pochette d'allumettes portant le nom du restaurant et avait essayé de s'en emparer. Mais sa mère l'avait surprise et avait elle-même empoché les allumettes. Par chance, elle s'était contentée de sanctionner l'incident d'un regard furieux. L'espace d'un terrible instant, Gabby avait eu peur de se faire gronder devant l'instituteur.

Dommage. La pochette d'allumettes aurait incroyablement impressionné Opal et Jasmine. Ce matin, Gabby avait même envisagé d'essayer de la prendre dans la poche de veste de sa mère, juste le temps de la montrer aux jumelles. Mais si sa mère la surprenait, ce serait la fin des haricots.

Enfin, elle pouvait exhiber Perry le panda et leur montrer fièrement l'endroit où Mr. Perry l'avait embrassée, sur la joue gauche, pour lui souhaiter bonne nuit. Il avait des lèvres agréables et sèches, déclarerait-elle, forte de son expérience. Et il faisait précisément le bruit de baiser qu'il fallait ; pas un claquement énorme comme Mr. Millport, et pas non plus un coup de tampon silencieux comme le petit Drake.

Mr. Perry n'avait pas embrassé sa mère pour lui souhaiter bonne nuit ; mais sur le pas de la porte, il lui avait pris la main et avait plongé son regard dans ses yeux, comme le font les couples dans les films lorsqu'ils sont sur le point de tomber profondément amoureux.

Tout marchait comme sur des roulettes.

La veille, pendant que les jumelles aidaient Gabby à se préparer pour la sortie à la bibliothèque, les trois fillettes avaient tenu un conciliabule au sujet du mariage. Opal était partisane d'une cérémonie traditionnelle se déroulant un samedi soir, avec de nombreux placeurs et une longue colonne de demoiselles d'honneur vêtues de rose vif. Jasmine préférait l'idée d'une réception dans le jardin des Millport, comme celle qu'elle avait vue au printemps dernier dans *Les Feux de l'amour*, alors qu'elle se rétablissait d'une grippe.

Gabby était prête à étudier toutes ces suggestions ; mais pour sa part, elle imaginait une cérémonie informelle à la maison, probablement dans le salon. Rien de trop sophistiqué. En ce qui la concernait, elle limiterait volontiers la liste des invités aux Millport, aux proches amis et à la famille de Mr. Perry, et à ses propres grands-parents. Mrs. Millport s'occuperait de la décoration et, pour le dîner, ils pourraient commander des plats chinois au restaurant *Le Pavillon du panda*. Tout ce qui avait trait aux pandas avait acquis une importance considérable depuis que Mr. Perry lui avait offert la peluche.

Enfin, une faible lueur rose teinta la fenêtre des jumelles. Cela faisait des heures que Gabby était habillée et prête à sortir. Alors qu'elle se dirigeait fébrilement vers la porte, elle glissa un regard dans la chambre de sa mère. Celle-ci était encore endormie. C'était contraire à ses habitudes ; elle se levait toujours à l'heure de la traite, même si les vaches se trouvaient désormais à des milliers de kilomètres de distance.

Peut-être l'agitation éprouvée en la compagnie de Mr. Perry l'avait-elle épuisée. Gabby, pour sa part, était restée éveillée presque toute la nuit, surexcitée. Mais sa mère avait bien le droit de réagir comme elle l'entendait.

Au rez-de-chaussée, Gabby avala un verre de jus d'orange et fixa un mot à la porte du réfrigérateur. Il était hors de question qu'elle attende que sa mère se réveille. Elle avait déjà largement épuisé la ration de patience qui lui était allouée pour la journée.

Sans faire de bruit, elle se glissa à l'extérieur et s'éloigna dans l'allée. L'automne avait lancé une offensive durant la nuit, brodant Linden Street de dentelles jaune foncé, brun-roux, orange et pourpre. Quelques-unes des haies étaient devenues cramoisies, d'autres étaient ornées de baies orange sombre et d'un enchevêtrement de feuilles mortes.

Le souffle de Gabby dessinait des panaches de buée dans l'air, et elle croisa les bras sur la poitrine pour se protéger du froid. Elle avait enfilé la jupe noire et le pull bleu-vert qu'elle portait la veille au soir pour le dîner. Lorsqu'elle avait reniflé le pull ce matin-là, elle y avait détecté une trace de l'eau de Cologne acidulée de Mr. Perry. Elle n'avait pas enfilé son manteau, de peur que le parfum de l'instituteur ne s'évanouisse avant que les jumelles n'aient pu en inspirer une bouffée.

Un filet de fumée s'échappait de la cheminée des Rossner. Gabby aperçut Mme Langue-de-Vipère en personne, déjà occupée à épier par la fenêtre. Au loin, on entendait le ronronnement d'un appareil à aspirer les feuilles mortes, et le rugissement d'une tronçonneuse. Impatiente de se retrouver dans la cuisine tiède et confortable des Millport, Gabby accéléra le pas.

Elle brûlait d'envie de tout raconter aux jumelles. Gabby avait conservé l'intégralité de la journée de la veille enregistrée dans sa mémoire comme une vidéocassette : la conférence de l'auteur à la bibliothèque, la fête foraine, le dîner italien... et l'instant incroyable, après leur retour à la maison, où Mr. Perry avait demandé s'il pouvait passer mardi soir après l'école pour aider Gabby à écrire son roman.

Cette journée avait été si extraordinaire qu'elle avait peine à croire qu'il ne s'agissait pas d'un rêve. Elle était si occupée à se remémorer les merveilleuses attentions de Mr. Perry qu'elle ne remarqua pas les frémissements qui agitaient la haie bordant le jardin des Millport. Elle ne s'aperçut absolument de rien, jusqu'au moment où il bondit de derrière les arbustes et lui agrippa le poignet.

– Laissez-moi ! s'écria-t-elle d'une voix perçante.

Son cœur se lança dans une course effrénée. Luttant pour se libérer, Gabby se retourna et se retrouva face à face avec Dylan Connable, un rictus moqueur sur son visage.

– Bon, bon... Maintenant tais-toi, d'accord ? Tu as envie de réveiller tout le quartier ?

– Qu'est-ce que tu fais là ?

– Je t'attendais, fillette. Je savais que tu passerais par là.

– Comment est-ce que tu pouvais le savoir ? lança-t-elle d'un ton de défi.

– Je suis ton ange gardien. Je suis né pour te protéger. C'est mon but dans la vie. Ma vocation.

– Pourquoi ?

– Parce que je te connais bien, voilà pourquoi. D'une certaine manière, on est exactement pareils, toi et moi.

Gabby frissonna. Dylan semblait être partout à la fois, une ombre inquiétante dont elle ne pouvait se libérer.

– Je ne peux pas rester là. Je dois aller voir mes copines.

Il alluma une cigarette, en abritant la flamme au creux de sa paume. Puis il jeta l'allumette sur le trottoir.

– Tu ne pourras pas te dérober éternellement, mon ange. Tu as envie que je t'apporte les réponses, tu le sais bien. Tu as besoin de ces réponses.

– J'ai froid, Dylan.

Il se planta en face d'elle, l'empêchant de passer.

– Je sais ce que tu ressens, mon ange. Dans ma vie aussi, il y a eu des morts.

– De quoi est-ce que tu parles ?

– Mon père. Et ma petite sœur. Elle avait exactement ton âge.
– Qu'est-ce qui lui est arrivé ?
– Elle est morte.
– Je veux dire, est-ce qu'elle était malade ?
Les morts étaient des vieillards comme le barbu des pompes funèbres, ou au moins des adultes comme son père et le sénateur Gallatin.
– Je ne peux pas en parler ici. Viens faire un tour avec moi, et je te raconterai tout. Je te dévoilerai mon secret favori, le plus important de tous.
Dylan avait la même expression curieuse dans le regard que le jour où il l'avait emmenée voir le répugnant cadavre.
– Je t'ai déjà dit que je ne pouvais pas, protesta Gabby.
– Bien sûr que tu peux. Allons, viens. Ma voiture est garée au coin de la rue.
– Mes copines m'attendent.
Elle essaya de le contourner, mais il lui bloqua le passage. Gabby était sûre qu'il voulait encore lui montrer quelque chose d'horrible. Peut-être même le cadavre de sa sœur. Un sentiment d'angoisse l'étreignit.
– Ça suffit, Dylan. Laisse-moi passer !
– Tôt ou tard, il faudra que tu regardes les choses en face, fillette. La mort fait partie du processus naturel de la vie. Elle est simple et naturelle. Il faut l'accueillir à bras ouverts, comme un vieil ami, et non la craindre. Viens avec moi. Cette fois-ci, je t'expliquerai tout, je te le promets.
– Arrête !
Gabby était à bout de nerfs. Elle ne voulait plus jamais avoir affaire à Dylan et à ses discours morbides. Elle ne voulait plus jamais le revoir.
– Laisse-moi tranquille ! LAISSE-MOI TRANQUILLE !
Soudain, Drew Millport surgit hors de sa maison, chargeant dans leur direction tel un taureau de combat.
– Qu'est-ce qui se passe ici ?
Dylan leva les mains, et recula de quelques pas.
– Rien du tout. J'étais sur le point de m'en aller...
– Un peu que tu étais sur le point de t'en aller, petit voyou.
Le visage empreint d'anxiété, Mr. Drew se tourna en direction de Gabby.

– Tu vas bien, ma chérie ? Qu'est-ce qu'il t'a fait ?

Gabby lut une prière dans les yeux de Dylan. La plupart du temps, Mr. Millport était un gros ours débonnaire ; mais il pouvait également faire preuve de férocité, surtout lorsque l'un des enfants était en danger.

– Rien, Mr. Millport. Il était simplement en train de me parler.

– Tu es sûre ?

– J'en suis sûre.

Dylan l'avait peut-être embêtée, mais ce n'était pas une raison pour qu'on le déchire en mille morceaux.

– Alors va-t'en, ordonna Mr. Millport d'un ton dur. Et que je ne t'attrape plus à traîner par ici.

– Bon, d'accord. Je fiche le camp.

Dylan décocha à Gabby un regard qu'elle ne sut comment interpréter.

Mr. Millport fronça les sourcils.

– Entre, ma chérie. Tu ne devrais pas traîner dehors sans ton manteau par un froid pareil.

– Je croyais qu'il faisait plus chaud, murmura-t-elle sans conviction.

Parvenue à la porte, elle jeta un coup d'œil furtif vers la rue. Dylan avait disparu.

Mais soudain, elle aperçut sa tête surgissant au-dessus de la haie. Il articula quelques mots et s'éclipsa de nouveau avant que Mr. Millport ait eu le temps de se retourner.

Bientôt, les membres chaleureux et volubiles de la famille Millport et leur affectueuse ménagerie se pressaient autour de Gabby. Après quelques bises rapides, les jumelles entraînèrent la fillette dans leur chambre. Alors que cette dernière se lançait dans le récit des événements de la veille, elle s'efforça de chasser l'affreux Dylan Connable de son esprit.

Malheureusement, elle avait pu lire sur ses lèvres lorsqu'il était apparu derrière les buissons. Et elle ne pouvait savourer pleinement cet instant tant attendu ; pas en sachant ce qui l'attendait.

23

Lorsque Thea s'éveilla en sursaut, elle eut peine à croire qu'il était presque dix heures. Parcourue de frissons, elle se pelotonna sous les couvertures. Pourquoi avait-elle si froid ? Le remède contre l'insomnie de Billie avait fonctionné au-delà de toute espérance. La veille au soir, juste après que Gabby fut allée se coucher à neuf heures, Thea avait bu un bol de lait, qu'elle avait sucré et arrosé de cognac suivant les indications de l'infirmière. Dix minutes plus tard, elle dormait comme une souche. Et bien qu'elle se soit couchée ridiculement tôt, elle avait trouvé moyen de s'éveiller bien plus tard qu'elle ne l'avait jamais fait.

De son enfance au ranch, elle avait gardé l'habitude de se lever avant l'aube. Selon ses parents, seuls les malades imaginaires et les invalides dormaient après cinq heures du matin. Après six heures, le nombre se limitait aux morts ou aux agonisants.

Malgré ces treize heures de sommeil, elle se sentait encore inexplicablement fatiguée. Lorsqu'elle s'arracha aux draps, ses bras et ses jambes lui donnèrent l'impression d'être mous et pesants comme des sacs de ciment humide. Un affreux mal de tête rôdait sous son crâne. C'était étrange. Thea souffrait rarement de migraines, et c'était la deuxième en l'espace de quelques jours.

Tremblant sous l'effet d'un froid qui la transperçait jusqu'aux os, elle s'enveloppa dans une robe de chambre en laine. Elle farfouilla dans la penderie sans pouvoir trouver ses pantoufles. Sans doute les avait-elle oubliées sous la table de la cuisine, comme d'habitude.

Au rez-de-chaussée, elle découvrit un mot de l'écriture enfantine de Gabby, fixé au réfrigérateur à l'aide d'un aimant. La fillette était allée chez les Millport. Sans doute Caro avait-elle des réceptions à organiser ce matin-là ; les jumelles et Gabby adoraient l'aider, surtout dans la perspective mirobolante d'un salaire de vingt-cinq *cents* de l'heure.

Après avoir enfilé rapidement ses vêtements, Thea décida de rattraper le temps perdu. Elle dévora une ration de lasagnes froides, fit passer son cachet anti-épileptique à l'aide d'un verre de jus d'orange, et se dirigea vers le salon. Lorsqu'elle jeta un regard derrière elle, elle aperçut les empreintes noires qu'elle avait laissées sur le sol de la cuisine. Ses pieds étaient sales.

Combien de fois t'ai-je dit de ne pas te promener pieds nus, Checker ? Si tu attrapes le tétanos, ne viens pas te plaindre !

Songeant à sa mère, Thea décrocha le téléphone.

– Salut, maman ! Comment va ?

– Le train-train quotidien, ma chérie. Et toi ?

– Ça va.

Thea ne voyait aucune raison d'évoquer les doutes qui l'assaillaient de plus en plus fréquemment, et ses incursions terrifiantes dans la quatrième dimension. Elle n'avait rien à voir avec la mort de cet acteur. Absolument rien.

– Pas de nouvelles de qui-tu-sais ?

– Tu veux parler de Walter Martin ? Non, maman. Et je ne m'attends pas à en recevoir.

– Non, bien sûr. Tu vois toujours les choses du bon côté, ma chérie. C'est pour ça que tu attires les gens comme le miel les abeilles... Tu devrais avoir les oreilles qui sifflent, tellement on a parlé de toi jeudi soir, à la loterie. « Et comment va ton adorable fille, Ellie ? Dis-lui qu'on pense bien à elle, qu'on espère qu'elle va bien... »

– C'est gentil, maman.

– Tu te souviens de l'époque où tu as été élue « La fille la plus populaire du campus » en classe de terminale, Checker ? Tu es comme ça depuis que tu es un bout de chou.

Les mots de sa mère réchauffèrent le cœur de Thea. Toute la durée du drame, Ellie était demeurée une alliée indéfectible. Pas une seule fois Thea n'avait lu sur le visage de sa mère l'expression insoutenable de la méfiance.

– Si j'ai le don de séduire les gens, j'en ai hérité tout naturellement, maman. Tu serais capable de convaincre un crocodile de t'offrir sa peau pour te faire un sac à main.

Ellie gloussa de rire.

– Allons, Checker. Inutile de raconter des balivernes à une vieille femme !

– Vieille, mon œil... Et comment va papa ?

– Avec des hauts et des bas. Tu sais comment il est.

Thea le savait mieux que sa mère ne pourrait jamais l'imaginer.

– Tu n'as pas trop de problèmes avec lui ?

– Mais non, ma chérie. Quand il commence à grogner, je lui lance un os pour qu'il s'y fasse les dents. Comme je dis toujours, c'est la meilleure chose à faire quand on a des crocs aussi pointus.

– Tu as raison. A bientôt, maman.

– A très bientôt, Checker. Embrasse Gabby pour moi.

S'installant à la table du salon, Thea se prépara à entreprendre l'illustration suivante. Il s'agissait du croquis dépeignant Willy Dillon et le serpent plongés dans une conversation intime concernant la famille à problèmes du garçon. C'était la scène cruciale grâce à laquelle l'adolescent, plus tard, sauverait Sophie de l'incendie.

En quelques traits rapides, Thea esquissa l'illustration. Mais lorsque vint le moment de l'étoffer, elle resta en panne. A quelle distance Sophie et Willy devaient-ils être l'un de l'autre ? Assis ou debout ? Fallait-il que d'autres consommateurs se trouvent à portée d'oreille ? A quel moment de la journée leur rencontre avait-elle lieu ? Willy était-il plus grand que Sophie, et si oui, à quel point ?

Alors qu'elle s'efforçait de résoudre ces questions, Thea comprit brusquement ce dont il s'agissait. Une autre vision insistait pour attirer son attention. Mettant Sophie de côté, elle s'attaqua à une feuille vierge du carnet de croquis et laissa le crayon courir sur la page.

En quelques traits rudimentaires, Thea esquissa une pyramide d'individus. Elle pensa tout d'abord leur donner les visages des membres de l'équipe de pom-pom girls d'Amber. Mais alors qu'elle dessinait, elle se rendit bientôt compte que ce qu'elle visualisait n'avait rien à voir avec la gymnastique.

Au centre de la pyramide se trouvait un vieil homme ratatiné, aux yeux gris et espiègles. Ce personnage central était entouré par des dizaines d'enfants qui s'inclinaient vers lui, telles des plantes à la recherche de lumière. Des regards emplis d'adoration étaient fixés sur lui. Des petites mains cherchaient à le toucher.

En réponse, le vieillard irradiait des ondes de tendresse et de chaleur. Son front creusé de rides et sa peau marbrée de taches brunes étaient étrangement lumineux. Son visage reflétait l'humour et la gentillesse. Thea se sentit attirée par ce personnage foncièrement séduisant. Le vieil homme incarnait l'image d'un père parfait ; un père fort et bienveillant, auquel auraient été épargnés les défauts et la complexité propres à l'être humain.

La pyramide était en elle-même une structure ancienne et fascinante, sujette à de multiples interprétations. Le vieil homme pouvait symboliser l'arbre ayant donné naissance aux fruits, la fontaine prodiguant nourriture et sagesse, le Dieu suprême entouré de ses créatures. Ses mains noueuses, posées sur les épaules des deux enfants les plus proches, représentaient la puissance et la cohésion assurant l'unité de la pyramide et des différents éléments qui la composaient.

A la base de la construction, les enfants situés loin du vieil homme étaient reliés à lui par une chaîne lâche de mains tendues. Sous le crayon de Thea, le vieillard acquit progressivement une dimension et une texture plus importantes que la multitude de ses petits admirateurs. Malgré les liens puissants qui l'unissaient aux enfants, la plus grande profondeur du personnage et les détails de ses traits le définissaient comme une entité complète, indépendante.

Fiévreusement absorbée dans son travail, Thea saisit la clef suspendue à un crochet près de la porte de la cuisine et s'en alla poursuivre son travail dans l'atelier. Elle déposa un arc-en-ciel de gouache sur la palette longtemps négligée. Utilisant le dessin comme modèle, elle reproduisit rapidement la pyramide humaine en utilisant de la terre de Sienne délayée dans l'eau. Le tableau se matérialisa au fur et à mesure qu'elle détaillait et égayait le visage du vieil homme à l'aide de légères touches de couleur. Puis elle travailla de l'intérieur vers l'extérieur, peignant les silhouettes et les visages des enfants. Chaque personnage lui semblait avoir une identité propre. Elle n'avait pas besoin de s'interrompre pour s'interroger sur l'arc d'une mâchoire, la courbe d'une épaule. Jamais encore elle n'avait inclus autant de personnages dans un unique tableau ; pourtant, elle n'avait aucune difficulté à se représenter chacun d'eux jusque dans ses moindres détails.

Le téléphone sonna. Pru Whittaker, agent artistique dans l'âme, devait avoir perçu les coups de pinceau : Thea entendit sa voix après le signal sonore du répondeur. Elle décida de ne pas décrocher. Pru n'aurait certainement pas voulu interrompre une œuvre en plein accomplissement, surtout lorsque celle-ci progressait avec une telle rapidité et de façon aussi satisfaisante.

Thea était incapable de se souvenir de la dernière occasion où elle s'était ainsi absorbée dans une toile. Elle avait fini par se dire qu'elle avait perdu la capacité de s'immerger dans son travail.

Comme à l'ordinaire, la mère de Thea disposait d'un proverbe qui s'appliquait à la situation : *Tu vois, Checker ? On n'est jamais sûr avant d'être sûr.*

L'agent artistique était encore en pleine conversation avec le répondeur. Pru faisait partie de ces gens qui se sentent aussi à l'aise avec les machines qu'avec les humains. Peut-être même davantage.

« Alors voilà le plus important, Thea. La galerie a toujours très envie de faire cette exposition ; il vous suffit de peindre une demi-douzaine de toiles *fabuleuses*. Nous pourrons y ajouter des tableaux appartenant à des collections privées, mais il faut que nous ayons un nombre raisonnable de nouvelles œuvres. »

Thea pensait que le sermon allait s'arrêter là, mais l'agent artistique se contentait de reprendre son souffle.

« Ecoutez, je sais bien que vous n'avez nullement envie de me parler, ma chère, mais je ne vous permettrai pas de m'éviter éternellement alors que votre avenir est en jeu. Ce que vous entendez là, c'est la chance qui frappe à votre porte. Il faut lui ouvrir – maintenant ! Rappelez-moi très vite. Bisous. Au revoir. »

– Bisous toi-même, murmura Thea en entendant cliqueter le répondeur qui rembobinait l'interminable message de l'agent artistique. Prépare-toi à une bonne surprise...

Étudiant le tableau du regard, Thea devina que Pru Whittaker serait proche de l'extase. C'était une œuvre excellente. « Importante », la qualifierait Pru de sa voix nasillarde et sophistiquée. Peu de gens auraient deviné que l'agent artistique était née dans le Lower East Side, et qu'elle avait décroché dans les rues de Bensonhurst un diplôme de forte en gueule.

Un personnage tout à fait étonnant.

Thea esquissa un sourire. Pru avait raison. L'exposition valait bien quelques efforts, d'autant plus que la première toile essentielle était bien entamée. Un ou deux jours à ce rythme-là, et le tableau serait achevé.

Alors qu'elle reculait de quelques pas pour étudier son œuvre, Thea s'aperçut que la lumière baignant l'atelier avait changé de tonalité. L'éclatante clarté matinale avait laissé place aux lueurs tamisées, bronze et étain, du crépuscule.

C'était impossible !

Consultant la pendule, Thea s'aperçut, à sa grande stupeur, qu'elle avait peint sans discontinuer pendant près de huit heures. Au moins, elle savait précisément comment ce laps de temps s'était évanoui. Avec fierté, elle contempla le visage bienveillant du vieil homme et celui des enfants qui l'entouraient.

Pas mal du tout, Checker. On dirait que tu n'as pas complètement perdu la main, après tout.

Thea nettoya ses pinceaux et les mit à tremper. Imbibant de térébenthine un bouchon de papier, elle fit disparaître le plus gros de la peinture qui tachait ses mains. Comme à l'habitude, le puissant diluant la fit larmoyer. Jetant à la poubelle le papier dégageant une odeur âcre, elle décida de s'accommoder des dernières taches de peinture et des pigments de couleur incrustés sous ses ongles. Après avoir passé si longtemps loin de son chevalet, leurs retrouvailles lui procuraient un vif plaisir.

Reprenant contact avec la réalité, Thea s'aperçut qu'elle avait l'estomac dans les talons. Quelques lasagnes et un cachet ne représentaient pas une pitance suffisante pour toute une journée. De retour dans la maison, elle explora le réfrigérateur et apaisa sa faim avec une tartine de pain beurrée et une généreuse tranche de gâteau glacé. De toute évidence, elle était encore en rébellion ouverte contre le diététicien totalitariste de Brook Hollow. Mais après une journée si productive, Thea était d'avis qu'elle avait bien mérité double ration de calories.

En revanche, elle ne méritait pas la médaille d'or de

mère modèle. Gabby se trouvait encore chez les Millport. Après avoir été durant six mois membre honoraire de la famille, la fillette allait devoir réapprendre quelles étaient les limites convenables d'une simple visite. Caro ne verrait aucun inconvénient à ce que son toit abrite un ou deux enfants de plus, mais elle avait déjà prodigué à Gabby plus d'hospitalité qu'il n'était raisonnable. Thea décida que pour une fois, ce serait elle qui inviterait les Millport à dîner. Elle décrocha le téléphone.

Ce fut Amber qui répondit. Les Millport avaient le double appel, et Thea eut la nette impression qu'elle dérangeait l'adolescente au beau milieu d'un coup de fil crucial.

– Je ne vais pas te déranger longtemps, Amber. Pourrais-tu dire à Gabby de rentrer à la maison, s'il te plaît ?

– Gabby ?

– Oui, ma chérie. Tu sais bien, une petite fille mince, avec une épaisse tignasse. Cette Gabby-là.

– Mais Gabby n'est pas ici, Mrs. Harper.

Comme à l'ordinaire, Thea tiqua en entendant cette formule de politesse. Elle aurait préféré que les enfants Millport, qu'elle considérait presque comme des membres de sa famille, l'appellent par son prénom, mais Caro et Drew étaient très attachés aux vieilles traditions sudistes en la matière.

– Elle devrait arriver d'un instant à l'autre, alors ?

– Il y a des heures que Gabby est partie, madame. Avant le déjeuner.

– Est-ce qu'elle a accompagné ta mère quelque part ?

– Non. Maman et papa sont partis depuis un moment faire des courses au centre commercial. Pour autant que je sache, quand Gabby est partie d'ici, elle avait l'intention de rentrer directement.

La gorge de Thea se serra. *Ne panique pas. Réfléchis !*

– Gabby n'est pas ici, Amber. Pourrais-tu aller poser la question aux jumelles ? Elles savent peut-être où elle est allée.

Il y avait certainement une explication toute simple. Gabby devait être allée jouer chez l'un des enfants du quartier ; ce ne serait pas la première fois qu'elle négligeait de prévenir.

Amber revint en ligne.

– Je leur ai posé la question, Mrs. Harper. Elles ne savent pas où Gabby peut être. Vous voulez que je prenne la voiture et que j'essaie de la retrouver ?

– Non, je vais m'en occuper moi-même. Demande aux filles de passer quelques coups de fil. S'il y a du nouveau ou si elles ont une idée, laissez un message sur mon répondeur. D'accord ?

– Sans faute, Mrs. Harper. Vous pensez que nous devrions appeler la police ?

– Non. Pas encore.

Un sentiment de frayeur comprimait la gorge de Thea. Et si quelqu'un avait blessé Gabby ? Et si on l'avait kidnappée ? Et si l'un des journalistes qui rôdaient dans les parages l'avait enlevée ? Thea imagina sa fille terrifiée, enfermée dans une pièce avec un étranger résolu à lui soutirer des informations sur le drame.

Ou pire encore.

O Seigneur. Je vous en prie, faites que rien n'arrive à mon enfant !

– Je vais la retrouver, souffla Thea.

– D'accord, Mrs. Harper. Tenez-nous au courant.

Thea chercha les clefs de sa voiture dans son sac à main. Elle se précipita jusqu'au garage, s'installa au volant et appuya sur l'accélérateur. Le vieux moteur toussa puis se tut.

– Allons, Bessie... Tu ne peux pas me laisser tomber maintenant. Il faut ramener Gabby à la maison !

Exerçant des pressions répétées sur l'accélérateur, Thea fit redémarrer le moteur. Mais lorsqu'elle passa en marche arrière, il eut un raté, puis cala.

Prise de colère, Thea décocha un violent coup de poing sur le volant. *Doucement, Thea. Ce n'est pas ainsi que tu vas retrouver Gabby.* Après avoir lentement compté jusqu'à dix, elle tourna de nouveau la clef de contact. Cette fois-ci, le moteur démarra. Thea s'obligea à attendre une minute de plus, laissant ainsi à Bessie le temps de se réchauffer.

Elle passa la marche arrière et recula dans l'étroite allée pavée. Elle s'apprêtait à s'engager dans Linden Street quand elle aperçut la fillette qui remontait la rue d'un pas lent. Sans même prendre le temps de couper le moteur, Thea serra le frein à main et se précipita vers elle.

– Gabby, Dieu soit loué... Est-ce que tu vas bien ? Mais où étais-tu donc ?

– Chez les Millport. Je t'avais laissé un mot.

– J'ai appelé les Millport. Amber m'a dit que tu étais partie depuis des heures.

La fillette baissa les yeux.

– Je suis allée me promener.

Thea l'agrippa par les épaules.

– Arrête, Gabby ! Arrête de me mentir !

– Tu ne me crois jamais. Pourquoi tu ne me laisses pas tranquille ?

La voix de l'enfant vacilla et se brisa. Se dégageant de l'étreinte de sa mère, elle se précipita vers la maison.

Thea s'élança à ses trousses et la rattrapa au moment où elle ouvrait la porte d'entrée. Elle prit la fillette dans ses bras, et la serra très fort contre sa poitrine.

– Ça ne peut plus durer, Gabby ! Il faut que tu me dises ce qui ne va pas !

La petite fille s'efforçait de se dégager.

– Je ne te lâcherai pas, Gabby. Je t'aime trop pour accepter que tu m'ignores plus longtemps.

La fillette fondit en larmes. La serrant dans ses bras, Thea essaya de la consoler.

– Qu'est-ce qu'il y a, ma chérie ? Comment est-ce que je peux t'aider ? S'il te plaît, dis-le-moi.

Secouée par les sanglots, l'enfant pouvait à peine parler. Enfin, les mots s'échappèrent de ses lèvres en bribes entrecoupées :

– Ne-meurs-pas, ma-man !... S'il-te-plaît, ne-meurs-pas !...

– Chut. Bien sûr que non. Je n'ai pas l'intention de mourir avant très, très longtemps.

– Mais papa est mort ! Et le sénateur Gallatin aussi ! Tout le monde meurt. Tu ne peux pas l'empêcher.

– C'est vrai, ma chérie. Mais la plupart des gens vivent très, très vieux.

La fillette tremblait de tout son corps. Thea resserra son étreinte, humant le parfum des cheveux de sa fille, souffrant de ne pouvoir apaiser sa terreur.

– J'ai si peur, maman !

– Je sais. C'est effrayant de penser que tu pourrais te retrouver seule au monde. Mais ça n'arrivera pas, Gabby. Je serai là, à tes côtés.

– Mais si tu tombais de nouveau malade et qu'il faille que tu retournes à l'hôpital ?

– Ça n'arrivera pas.

– Tu le promets ?

– Croix de bois, croix de fer.

Relâchant son étreinte, Thea traça un x invisible sur sa poitrine et brandit deux doigts en guise de serment.

– Et maintenant, peux-tu enfin me dire où tu as passé la journée ?

– Je me suis promenée, c'est tout. J'ai réfléchi.

– C'est vrai ?

– Vrai.

Une simple promenade méditative était loin de justifier une absence de six heures, mais Thea décida de ne pas insister davantage. Peut-être était-ce un juste retour des choses après toutes les disparitions qu'elle avait infligées à ses parents quand elle était enfant.

Où penses-tu que cette gamine soit allée se fourrer cette fois-ci, Hugh ? Pourrais-tu aller jeter un œil sur elle ?

Gabby était saine et sauve. C'était l'essentiel.

– Il faut que tu me promettes de ne plus te sauver comme ça, ma chérie. Il faut que je sache où tu es, tu comprends ?

Gabby fit le serment à son tour, dessinant un x sur sa poitrine et levant deux doigts.

– Croix de bois, croix de fer, déclara-t-elle avec solennité.

Un halètement poussif provint de la route : la Volvo protestait d'être ainsi abandonnée. Convaincue que tout était rentré dans l'ordre, Thea rangea la vieille Bessie au garage, puis suivit sa fille à l'intérieur.

24

Le lundi matin, Passerelli était toujours d'humeur loquace. Après avoir passé un week-end à supporter l'incessant bavardage de sa femme et le tapage infernal de ses gosses, Vince aspirait à une conversation enfin digne de ce nom.

– Hé, Danny, tu as regardé le match hier ?

– Non.

– Samedi, alors ? Tu as pu regarder les Rangers ?

– Non, Vince. J'étais occupé.

Passerelli fit claquer sa langue.

– Il y a eu un enchaînement absolument incroyable après la mi-temps. LaMouche a passé le ballon à Deroguerre, Maitland a donné un grand coup de coude en pleine figure à Chartier, et ça a été une pagaille monstre ! J'ai dénombré deux nez cassés, une épaule disloquée, cinq contusions sérieuses et au moins un bras cassé. C'était merveilleux, Danny ! Absolument épatant !

– On dirait, en effet.

– A ce moment-là alors, je change de chaîne, et... es-tu prêt pour une coïncidence absolument incroyable ?

– Je suppose que oui.

– HBO diffusait *Animal House*, mon film préféré. Tu l'as vu ?

– Oui.

– Je l'ai vu dix-sept fois, déclara Passerelli avec orgueil. Qui dit mieux...

Biederman inspira profondément.

– En fait, ça ne me dit trop rien.

– Qu'est-ce que tu as, aujourd'hui, Danny ? Tu es de mauvaise humeur ou quoi ?

– Tout va bien, Vince. Je suis en pleine forme.

De fait, c'était loin d'être le cas. Biederman avait passé la plus grande partie du week-end à se disputer avec lui-même, et il en était sorti perdant.

La seule chose raisonnable à faire consistait à entrer dans le jeu de Delavan. Il lui suffirait de prétendre vouloir piéger Thea Harper, et il pourrait probablement échapper à la tempête qui menaçait à l'horizon.

Mais trop de questions demeuraient sans réponse. D'une manière ou d'une autre, Biederman devait parvenir à établir une distinction entre les sentiments confus que lui inspirait la plus célèbre femme de Westport et la réalité.

Malheureusement, il n'allait pas être facile de mener une enquête officieuse sur cette affaire. Les agressions, enlèvements et homicides commis sur des membres de l'administration fédérale étaient du ressort du FBI. Dès que le cadavre gisant dans le salon de Thea Harper avait été identifié comme étant celui du sénateur Simon Gallatin, les agents du FBI s'étaient empressés de prendre les rênes de l'enquête.

En temps normal, les fédéraux appréciaient – ou du moins toléraient – que les autorités locales collaborent à l'enquête ; mais Buck Delavan ne s'embarrassait pas de diplomatie et ne supportait pas ce qu'il considérait comme une intrusion sur ses plates-bandes. En un temps record, l'inspecteur-chef était parvenu à s'aliéner les agents spéciaux dépêchés par l'antenne du FBI de Bridgeport.

– Quel dommage que le FBI ait aussi mauvaise réputation ! s'était exclamé Buck en les accueillant. On dit que ça signifie Fichue Bande d'Imbéciles. Ça doit vous faire rager, les gars, non ?

L'agent en charge de la mission se nommait Robert Szathmary. Buck avait cimenté leurs mauvaises relations en l'affligeant d'un sobriquet qui ne pouvait manquer de l'exaspérer.

– Alors, agent Mary, avait-il dit. Vous vous imaginez que vos boy-scouts peuvent faire mieux que mes hommes ? C'est vraiment ce que vous pensez ?

Par la suite, le public avait reçu davantage d'informations sur le meurtre de Gallatin que les forces de l'ordre de Westport.

Mais après dix ans de métier, Biederman savait comment se déroulait une affaire judiciaire. L'accusation proposait une version des événements, qu'elle étayait avec des témoignages d'experts et des preuves. La défense prenait le contre-pied avec un autre scénario et les informations correspondantes. Tout ce qui n'intéressait pas l'un ou l'autre des deux camps était ignoré, abandonné ou négligé. S'il souhaitait découvrir la vérité, Biederman allait devoir explorer les profondeurs de ce trou noir.

Et il allait devoir le faire en solo. Ni l'accusation ni la défense ne montreraient beaucoup d'enthousiasme à l'idée de lui fournir des éléments qu'elles avaient volontairement occultés ou supprimés de leurs dossiers. La majorité des parties concernées préféraient, et de loin, sceller définitivement une affaire jugée. La justice n'était jamais aussi infaillible qu'elle aurait dû l'être. Chaque fois qu'un verdict était rendu et appliqué, les hommes de loi laissaient échapper un soupir collectif de soulagement, avant de s'attaquer laborieusement à l'affaire suivante dans le défilé incessant des procès.

Comme si tout cela n'était pas suffisamment difficile, Biederman allait devoir procéder à ses excavations en conservant un profil bas. Si Delavan s'apercevait qu'il fouinait dans l'affaire Gallatin, il s'empresserait de l'embrocher et de le faire rôtir avant d'envoyer une lettre de licenciement à sa dépouille.

– Alors, tu en as envie ou non ? insistait Passerelli.

– Si j'ai envie de quoi ?

– D'un beignet ! Bon sang, Danny, ça fait trois fois que je te pose la question. Qu'est-ce que tu as, ce matin ?

– Rien, Vince. Tu as envie d'un beignet, allons manger un beignet !

D'un coup de volant, Passerelli s'engagea dans le centre commercial de Compo Acres. L'esprit ailleurs, Biederman escorta son partenaire, comme l'exigeaient ses fonctions, dans l'antre périlleux de l'épicerie *Gold's*. De graves périls se dissimulaient dans les huches de la boulangerie. Le rayon charcuterie était un champ de mines où menaçaient les faux pas. A lui seul, le rayon fromages était suffisant pour envoyer sur le chemin de la damnation les hommes dotés d'un gros appétit et d'une faible volonté.

Bien qu'il eût des motifs plus graves d'inquiétude, Biederman ne pouvait, en toute bonne conscience, laisser Vince livré à lui-même. L'année précédente, Passerelli pesait largement cent quinze kilos. Si la cuisine de sa femme n'avait été aussi infâme, son poids aurait pu être plus élevé encore.

Sur les recommandations de son médecin, Vince avait entrepris un régime. Cela lui avait coûté six mois d'angoisse, mais les kilos superflus avait fini par fondre. A présent, Dieu merci, Passerelli était revenu à une alimentation normale. Il avait cessé de pleurnicher toute la journée, jour après jour : « Ah là là, Danny, si tu savais ce que je donnerais pour un hamburger/une assiette de spaghettis/une tranche de gâteau au fromage/une portion de salami/un morceau de fromage... » Si Vince reprenait le poids qu'il avait perdu, ce serait Biederman qui souffrirait réellement des affres d'un autre régime.

Passerelli dévorait les beignets du regard, comme s'il s'était agi d'une file de danseuses aux seins nus.

– Les beignets à la crème ont l'air excellent, tu ne crois pas, Danny ? Et regarde un peu ces beignets au citron...

– Un seul, Vince, choisis.

– Et si je prenais deux ou trois petits gâteaux comme ceux-là ? Ils sont tout petits.

– Oui, mais pas toi. Bon, décide-toi, d'accord ?

Le visage de Passerelli se tendit, et il serra les poings pour mieux se concentrer. En temps ordinaire, Biederman était un homme patient, mais il était submergé de fatigue et de frustration.

– Plouf, plouf, pic et pic et...

– Allez, Vince. Choisis, jeta Biederman d'un ton cinglant.

– Bon, bon, d'accord ! Pas la peine de t'énerver. Je vais en prendre un à la confiture de framboise.

La blonde qui se trouvait de l'autre côté du comptoir tendit la main vers l'un des gâteaux saupoudrés de sucre.

– Pas celui-là ! s'exclama Vince. J'ai l'impression que celui sur sa gauche est plus gros.

En proie à des désirs de meurtre, Biederman se dirigea vers l'entrée du magasin et commanda un grand café noir. Passerelli le rejoignit quelques minutes plus tard, la moustache rouge et poisseuse et un large sourire sur le visage.

– Tu ne manges rien, Danny ?

– Non, Vince. Ça va très bien comme ça.

Passerelli administra un petit coup de poing sur l'épaule de Biederman.

– Détends-toi, fiston. Je ne sais pas de qui il s'agit, mais je serais prêt à parier qu'elle ne mérite pas que tu te mettes dans un état pareil.

Serrant les dents, Biederman garda le silence. Qu'il l'ait fait intentionnellement ou non, son collègue avait touché un point sensible. Biederman éprouvait des sentiments excessifs pour Thea Harper. Il aurait été mieux avisé avant de s'engager sur cette voie-là, d'autant plus qu'elle était à sens unique et parsemée d'embûches.

Il aurait été mieux avisé pour une multitude de choses, songea Biederman avec morosité. Mais il n'était pas de ceux qui hésitaient lorsque le destin lui donnait l'occasion de faire une erreur stupide et potentiellement dangereuse. C'était les yeux grands ouverts qu'il avait épousé Elaine la traîtresse, et sans une seconde d'hésitation qu'il avait choisi l'existence ingrate de ramasseur d'ordures en uniforme.

La vie était sans doute trop courte pour accomplir bien des choses, songea Biederman. Mais elle était bien trop longue pour qu'on puisse espérer atteindre la perfection.

25

Pour une fois, la voiture démarra sans se faire prier, et sur l'autoroute du Connecticut, la circulation qui d'ordinaire était difficile se révéla fluide. Lorsque Thea arriva à Landmark Towers, elle avait vingt minutes d'avance sur l'heure du rendez-vous fixé par le docteur Forman.

Un instant, elle envisagea de se rendre rapidement au centre commercial de Stamford afin d'acheter quelques vêtements pour Gabby. La fillette serait bientôt trop grande pour sa garde-robe. Mais si quelque chose la retardait, Thea risquait d'être en retard pour sa séance de thérapie. Le reproche sévère avec lequel le docteur Forman ne manquerait pas d'accueillir cette impardonnable infraction poussa Thea tout droit vers l'ascenseur.

Entrant dans la salle d'attente, elle entendit aussitôt la tirade tonitruante en provenance du cabinet. C'était la patiente volubile qui, la semaine précédente, avait eu rendez-vous avant Thea.

Refrénant un sentiment de culpabilité, Thea prit place dans le fauteuil adossé à la cloison mitoyenne. En tendant l'oreille, elle parvenait à percevoir quelques mots de la diatribe de la patiente. Sa voix était semblable à un coup de fouet, son intonation un curieux mélange d'accent d'Europe de l'Est et du gratin de la société américaine.

– L'ordure !... ce qu'il faisait... je ne peux même pas en parler !

Thea s'imagina une femme de haute taille, théâtrale, vêtue d'une longue jupe, un turban drapé autour du front. Elle visualisa avec clarté l'image d'un porte-cigarettes ouvragé, glissé entre les doigts gracieux de la femme, et de pendants en argent oscillant à ses lobes d'oreilles.

– Je serais capable de le *tuer* de mes propres mains ! Je pourrais lacérer sa chair et ne pas en éprouver le *moindre* regret !

Elle prononçait « touer » et « moindle », mais la traduction conservait toute sa fureur intacte.

La patiente volubile s'appelait sans doute quelque chose comme Mme Veruschka, décida Thea. Elle appartenait à une lignée descendant d'un prince russe détrôné. Elle imagina Mme Veruschka tenant en laisse un grand chien aristocratique. Sans doute un lévrier afghan, qui portait un collier orné de bijoux et se déplaçait d'une démarche hautaine.

– Je ne pense qu'à le tuer. Mes rêves sont baignés de son sang !

Thea ne parvenait pas à déchiffrer les réponses du docteur Forman, prononcées d'une voix basse et calme. Mais la psychiatre opposait un ferme contrepoint à l'hystérie croissante de la patiente.

– Il mérite de périr ! De périr et de pourrir en enfer pour ce qu'il m'a fait !

De nouveau, la psychiatre prononça quelques mots inaudibles. Mais sa réponse empreinte de pondération ne parvint pas à apaiser la rage folle de la patiente.

– Il m'a volé mon enfance, mon innocence ! Je sens encore le contact répugnant de ses mains sur mon corps, de ses gros doigts qui rampaient sur moi comme des vers !

Les déclamations de la patiente étaient entrecoupées de plaintes angoissées. Ses cris se répercutaient dans le crâne de Thea comme le fracas d'un gong oriental.

Alors que la litanie se poursuivait, Thea traversa la pièce d'un pas rapide et s'installa dans un fauteuil situé près de la porte menant au vestibule. Elle ne voulait pas donner l'impression d'écouter aux portes. Le faire, c'était bien suffisant.

Enfin, la forcenée se calmait. D'une voix posée, le docteur Forman intervint de nouveau dans la discussion. Désirant se distancer de ce remue-ménage, Thea parcourut du regard la salle d'attente pour y trouver de la lecture.

Le porte-revues contenait seulement de vieux exemplaires de magazines publiés à seule fin de faire mourir leurs lecteurs d'ennui. Dans la salle d'attente du cabinet de Brook Hollow, le docteur Forman avait mis des distractions tout aussi passionnantes à la disposition des patients. Billie insinuait qu'il s'agissait d'une subtile forme de torture, mais Thea n'était pas d'accord : à ses yeux, cette tactique n'avait rien de subtil.

Parcourant la pièce d'un regard plein d'espoir, Thea aperçut une couverture de papier glacé dépassant du fauteuil voisin. Lorsqu'elle s'en fut emparée, elle constata avec ravissement qu'il s'agissait d'une photographie de Lady Di, illustrant le numéro de *People* de la semaine. Il ne faisait aucun doute qu'un patient compatissant avait abandonné le magazine sur les lieux. Jamais le docteur Forman n'aurait daigné être associée à une lecture aussi frivole.

Tant pis pour elle, songea Thea en dépliant la revue sur ses genoux. Rien de tel que de futiles commérages pour éloigner vos pensées des vicissitudes de l'existence. Ce n'était pas un hasard si, à Brook Hollow, *People* et *Us* circulaient de main en main avec un tel enthousiasme. Les malades considéraient les ragots croustillants comme une drogue de choix.

Thea se plongea dans la lecture du magazine. Elle parcourut d'un regard rapide le courrier des lecteurs, ainsi que les rubriques littéraires, cinématographiques, musicales, et les programmes télévisés. Puis ce fut au tour de la livraison hebdomadaire de ragots concernant Buckingham Palace, les dernières vedettes en vogue d'Hollywood et les spéculations concernant mariages, ruptures et documents secrets dérobés à leurs propriétaires.

Leur succédaient des articles traitant des mésaventures du genre humain : une petite fille âgée de cinq ans, originaire de l'Ohio, avait subi la greffe de six organes ; un centenaire de Boston était professeur d'aérobic à plein temps ; un adolescent vivant dans l'Oklahoma avait fait pousser une tomate de quarante-cinq kilos, dont la ressemblance avec un porc frappé d'apoplexie était fort curieuse.

Feuilletant rapidement le magazine, Thea se plongea dans un article consacré à un psychobiologiste canadien qui avait élaboré un traitement médical à l'intention des criminels violents. Le médicament avait été testé sur la population carcérale d'Ottawa et du Manitoba et s'était révélé, semblait-il, capable de réduire le taux de récidive et les comportements antisociaux.

C'était fascinant.

Se pouvait-il qu'il existât une pilule magique pour Walter Martin ? Si un remède pouvait stabiliser son comportement erratique, l'une des prières de Thea serait exaucée. Malgré les milliers de kilomètres qui les séparaient, Walter flottait au-dessus de son existence tel un nuage toxique. Elle le ressentait toujours comme une vague menace.

Peut-être un traitement médical pourrait-il rendre Walter inoffensif. Les derniers événements de son existence avaient grandement accru le respect qu'éprouvait Thea vis-à-vis de la pharmacopée. Désormais, même pour un million de dollars, elle ne se serait pas risquée à faire l'impasse sur son cachet quotidien de carbamazepine.

La porte du cabinet s'ouvrit.

– Bonjour, Thea. Entrez.

Le docteur Forman était aussi guindée qu'à l'ordinaire et semblait totalement indifférente à la harangue de Mme Veruschka. Un chemisier noir orné d'une collerette austère rehaussait son teint de porcelaine. Les plis de la jupe qui lui frôlait le genou étaient alignés au garde-à-vous tels des soldats de plomb. Il n'était pas un cheveu décoiffé, pas une minuscule peluche, qui déparât ce tableau parfait.

Reposant la revue à l'envers sur un fauteuil, Thea lissa les genoux usés de son jean favori et suivit la psychiatre à l'intérieur du cabinet. Cette fois encore, Mme Veruschka s'était éclipsée par la porte de service. Sans doute était-ce aussi bien ; la réalité aurait sans doute été à mille lieues de la représentation mélodramatique que Thea se faisait de la patiente.

Posant une paire de lunettes à monture dorée sur son nez, le docteur Forman ouvrit le dossier de Thea et feuilleta les notes qu'elle avait prises au cours des rendez-vous précédents. Elle surprit Thea en amorçant elle-même la séance.

– Lors de notre dernière discussion, nous avions évoqué le fait que vous deviez vous remettre au travail. Comment les choses se sont-elles déroulées depuis lors ?

– En fait, très bien. Gabby et moi sommes en train d'écrire un album pour enfants. Et j'ai commencé une peinture à l'huile qui progresse de façon satisfaisante.

Le front de faux marbre de la psychiatre se plissa.

– Pas de problèmes, alors ?

– Quelques-uns, par-ci par-là. Rien que je ne sois capable de gérer.

– Par exemple ?

Thea s'était réjouie à l'idée de pouvoir faire état de plusieurs bonnes nouvelles, pour une fois. Elle n'avait nulle envie d'avouer l'obsession que lui procurait le meurtre de Brandon Lee Payton ou ses inquiétudes au sujet de Gabby, et de s'exposer à une volée d'avertissements et de propos déprimants du Docteur Pessimisme.

Réprimant un sourire sarcastique, elle déclara :

– Eh bien, la voiture ne marche pas très bien et le tuyau d'écoulement de la cuisine est percé. Ce genre de choses.

La psychiatre plissa exagérément son front.

– Rien d'autre ?

– C'est tout, dit Thea.

– Vous avez cessé de vous inquiéter à propos de Gabrielle, alors ?

– Gabby mène une campagne pour conquérir son indépendance, comme le ferait n'importe quelle préadolescente. Est-ce que ce n'est pas ainsi que vous l'avez défini la dernière fois ?

– Ah bon ?

Songeant que ce ne serait pas la meilleure façon de démontrer son remarquable équilibre émotionnel, Thea refréna le désir de gifler le médecin. Elle se contenta de répliquer :

– J'ai parfois le sentiment que vous dites certaines choses simplement pour me provoquer, docteur Forman.

– Vraiment ?

– Oui, vraiment.

– Pourquoi, selon vous, éprouvez-vous un tel sentiment d'hostilité à mon égard aujourd'hui, Thea ? interrogea le docteur Forman en inclinant la tête sur l'épaule.

– Je n'éprouve aucune hostilité à votre égard. Du moins, jusqu'à ce que vous commenciez à me houspiller.

– En quel sens avez-vous l'impression que je vous persécute, Thea ? Voilà qui est très intéressant.

Thea inspira calmement à plusieurs reprises. La psychiatre était experte dans l'art de vous faire tourner en bourrique. Si vous cédiez d'un pouce, elle vous rendait à demi folle.

– Je n'ai pas l'impression d'être persécutée. Et pour être sincère, je ne suis pas d'humeur à me torturer l'esprit ou à me ronger les sangs. Je me sens bien, docteur. Je me suis remise à peindre. Tout va bien. Je suis désolée si cela vous déçoit.

Le médecin émit un rire qui consistait en trois notes étonnamment musicales.

– Bien sûr que non, Thea. L'analyse est un processus fondé sur la découverte. Vous pouvez parfaitement procéder au rythme qui vous correspond.

– Si vous êtes en train d'insinuer que l'on n'évolue qu'à travers la souffrance et la douleur, je suis loin d'être d'accord. Le bien-être me convient parfaitement. Si le fait que je me sente mieux entrave votre soi-disant thérapie, je jette l'éponge.

A toi de savoir ce que tu as dans la tête, Checker. Certaines personnes n'hésiteraient pas à t'uriner dessus pour essayer ensuite de te convaincre qu'il pleut.

– Votre sentiment de colère est parfaitement normal, Thea. Le transfert négatif représente une phase naturelle du processus thérapeutique. Il faut que vous me rejetiez pour entreprendre de mettre fin à votre état de dépendance envers le médecin.

Les interminables secondes de silence qui s'égrenèrent n'apaisèrent nullement l'exaspération de Thea.

– Je n'aurais pas dû venir.

– Et pourquoi ?

– Je n'aurais pas dû, voilà tout. Ecoutez, docteur Forman, je ne me sens pas d'humeur à ce qu'on me démonte et qu'on recolle mes morceaux. En fait, je n'en ressens pas le besoin. Je suggère donc que nous nous séparions en bons termes.

La psychiatre plissa les lèvres.

– Je ne crois pas que ce soit recommandable, Thea.

– C'est votre opinion. La mienne, c'est que je dois me concentrer sur ma fille et mon travail pendant un certain temps. Je me suis suffisamment torturé les méninges.

– Je ne peux pas vous contraindre à poursuivre votre traitement, Thea. Mais je le recommande *fortement*. Vous n'êtes pas encore prête à l'interrompre.

Thea se leva.

– Je vous suis sincèrement reconnaissante pour tout ce que vous avez fait pour moi, docteur. Merci.

– Vous êtes en train de commettre une erreur.

– Je ne pense pas.
– Je ne vois pas l'intérêt d'en discuter davantage. Cependant, je ne peux vous maintenir sous traitement médical, à moins que vous ne consentiez à poursuivre vos examens sanguins et neurologiques.

Thea n'avait jamais eu l'intention de remettre son traitement en question. En dépit du diagnostic qu'elle lisait dans le regard du docteur Forman, elle n'avait pas perdu l'esprit.

– Bien sûr. J'ai rendez-vous à Brook Hollow jeudi matin pour la série d'examens habituelle. Je vous verrai à ce moment-là.

– Bien. Et quand vous changerez d'avis au sujet de votre thérapie, appelez-moi pour prendre rendez-vous.

Il n'échappa pas à l'attention de Thea que la psychiatre avait dit *quand*, et non pas *si*.

– Au revoir, docteur Forman.

Thea sortit du cabinet d'une démarche décidée et referma la porte derrière elle. Elle se sentait ivre de soulagement. Dans son esprit, les séances avec le docteur Forman ressemblaient à ces médicaments infects que l'on avale en guise de punition ou de pénitence. Elle n'en avait tiré de réel bénéfice que lorsqu'elles avaient évoqué le sentiment de culpabilité qu'inspirait encore à Thea la mort de Simon. Quant au reste, aux interrogations incessantes sur les relations qu'entretenait Thea avec sa famille, sur les traumatismes du passé, les angoisses de l'enfance, les attirances sexuelles et les perversions de la jeune femme, elles lui avaient donné le sentiment de subir une intervention chirurgicale qui n'était pas nécessaire. Les problèmes de Thea ne regardaient qu'elle. Elle n'avait aucunement envie de les partager – de partager quoi que ce soit, en fait – avec cette femme guindée, arrogante et imbue d'elle-même.

Alors qu'elle était en train de retraverser la salle d'attente, Thea aperçut l'exemplaire du magazine *People* qu'elle avait abandonné sur le fauteuil. Convaincue qu'il avait été laissé là par un patient, elle décida de se l'approprier. Peut-être le traitement médical destiné aux criminels pourrait-il se révéler utile pour Walter Martin. Dès son retour à la maison, Thea se débrouillerait pour entrer en contact avec le scientifique et obtenir davantage de renseignements. Si le nouveau traitement était d'un quelconque intérêt, elle en informerait la mère de Walter.

Dans le parking de Landmark Tower, elle retrouva Bessie prise en sandwich entre un minibus et une camionnette. Alors que Thea s'extirpait avec difficulté de ce mouchoir de poche, le moteur toussa et cala à six reprises. Thea sentit la colère l'envahir, mais grâce au souvenir de sa déclaration d'indépendance au docteur Forman, elle ne se laissa pas submerger par la fureur.

Cependant, sa sérénité se trouva de nouveau mise à l'épreuve sur l'autoroute. A peine eut-elle dépassé la première bretelle de sortie que le trafic s'immobilisa. Regardant aussi loin qu'elle le pouvait, Thea ne parvint pas à distinguer la source du problème. Aucun feu de signalisation, aucune pancarte indiquant des travaux. Elle n'apercevait qu'une muraille compacte de voitures s'étendant jusqu'à l'infini.

S'isolant des coups d'avertisseur stridents des autres prisonniers du bitume, Thea déploya sur le volant le magazine qu'elle avait dérobé dans la salle d'attente et parcourut distraitement les articles qu'elle n'avait pas encore lus.

Un homme originaire de l'Oregon, qui était devenu paraplégique à la suite d'un accident de cheval, parvenait de nouveau à marcher grâce à l'implantation d'un microprocesseur. Paul Jovarty, cinq ans, était l'heureux propriétaire d'une carte de Mickey Mantle extrêmement rare, que l'homme d'affaires en culottes courtes avait achetée pour vingt-cinq *cents* dans une kermesse de son quartier.

Autour de Thea, les coups d'avertisseur se faisaient plus bruyants, plus insistants. Jetant un coup d'œil à la jauge d'essence, la jeune femme remarqua que l'aiguille indiquait un réservoir à demi vide. Elle avait fait le plein vendredi et n'avait pas sorti Bessie depuis lors. Soit Bessie consommait plus d'essence qu'elle ne l'aurait dû, soit le pompiste l'avait grugée.

Ce n'est pas bien grave, Thea. Il n'y a vraiment pas de quoi en faire un drame.

Elle alluma la radio, espérant découvrir la cause de l'embouteillage. « C'étaient donc les nouvelles du trafic », déclara l'animateur avec un entrain exaspérant, avant de promettre un autre bilan de la circulation sur les routes, les ponts et les tunnels dans dix minutes.

Se replongeant dans le magazine, Thea parcourut distraitement le récit de Nancy Browne, une jeune femme adoptée qui avait retrouvé ses parents biologiques en entrant littéralement en collision avec eux sur une autoroute, alors qu'elle se trouvait au volant de sa nouvelle Dodge Omni. Avant ce curieux accident, elle les avait activement recherchés durant dix ans sans découvrir la moindre trace d'un quelconque membre de sa famille.

Belle histoire, songea Thea. Tout est bien qui finit bien.

La circulation reprenait progressivement. De temps à autre, Thea pouvait ôter son pied du frein et laisser Bessie avancer de quelques centimètres. Malgré tout, elle n'avait aucune chance d'accomplir une progression fulgurante dans l'immédiat. Feuilletant le magazine jusqu'à la rubrique « faire-part » située dans les dernières pages, Thea passa en revue la liste des mariages, des divorces, des naissances, des décès et des arrestations.

Un chanteur de rock venait d'épouser un top-model. Un acteur avait épousé une actrice deux fois divorcée de l'ex-mari de l'ex-femme de l'acteur. Un chanteur vieillissant avait eu des jumeaux-éprouvette avec une jeune danseuse. On avait arrêté pour usurpation d'identité un travesti qui se faisait passer pour Madonna.

Rien que de très banal.

Mais Thea se figea en apercevant une photographie située en bas de la colonne de droite. La terreur la submergea ; elle ne pouvait en croire ses yeux. C'était impossible. Son imagination devait être en train de lui jouer des tours.

Le conducteur qui se trouvait derrière elle appuyait frénétiquement sur son klaxon. Le bouchon s'était résorbé, et les deux files qui les entouraient roulaient à une vitesse normale. Seule Thea obstruait encore la route.

Elle lâcha le magazine et appuya sur la pédale de l'accélérateur. Concentrant son attention sur la route, elle s'efforça de s'accrocher à une réalité dont le contrôle lui échappait. Il fallait qu'elle rentre chez elle, qu'elle réfléchisse, qu'elle découvre ce qui était être en train de se produire.

Quelque chose menaçait de la réduire à néant. Et elle devait trouver le moyen d'empêcher cela.

26

La vieille teigne refusait de le lâcher d'une semelle. La veille au soir, à deux reprises, et encore une fois ce matin à la première heure, elle lui avait dépêché son avocate, qui avait réitéré les mêmes avertissements : Débrouillez-vous pour obtenir des résultats, et vite. Débrouillez-vous pour obtenir des résultats, *ou sinon...*

Il aurait gaspillé sa salive à essayer de la raisonner. Lily Gallatin s'imaginait être le nombril du monde. La vieille chouette pensait être en mesure de modifier l'orbite de la Terre d'un simple claquement de ses doigts arthritiques. Tout devait être conforme à ses désirs, et sur-le-champ.

Elle le rendait nerveux à le harceler de la sorte, encore et encore. Toute cette affaire l'irritait comme une crise d'urticaire géante.

Suffit. Il était temps de prendre la tangente.

Toute la matinée, il avait attendu l'instant de sa pause. Bien décidé à mettre fin au calvaire, il se dirigea d'un pas énergique vers la cabine téléphonique la plus proche et composa le numéro de l'avocate.

– Rodbury, Carswell & Bar, gazouilla la réceptionniste.

– Mrs. Rodbury, s'il vous plaît.

– De la part de qui ?

– Dites-lui que c'est Holmes. Mr. Sherlock Holmes.

Le silence se prolongea au-delà des limites de la courtoisie. Enfin, son interlocutrice parvint à surmonter la stupeur qui la rendait muette et répondit :

– Bien, Mr. Holmes. Ne quittez pas, s'il vous plaît.

Une bonne minute plus tard, la voix impérieuse de Cassie Rodbury retentit dans le combiné. Il imagina l'avocate vêtue d'un de ses tailleurs Chanel. Moue arrogante, lèvres pincées sous l'effet du mécontentement. Nez altier pointé vers le ciel.

– J'espère que vous allez m'annoncer de bonnes nouvelles ?

– Très juste, Mrs. Rodbury. Voici la bonne nouvelle : Je jette l'éponge. J'en ai par-dessus la tête.

– Pas question.

A présent, c'était son tour d'être complètement déconcerté. Pas question ? Nom d'un chien, qu'est-ce que c'était que cette réponse ?

– Ecoutez, j'ai fait du mieux que j'ai pu, mais il n'y a tout simplement pas moyen de satisfaire votre cliente. Si vous voulez davantage de résultats ou les obtenir plus rapidement, appelez Superman. En attendant, je me retire du jeu.

– Certainement pas, rétorqua Cassie Rodbury. Mrs. Gallatin vous a engagé. Pour des raisons évidentes, vous vous trouvez en position idéale pour obtenir ce que nous cherchons. Que cela vous plaise ou non, vous allez persévérer jusqu'à ce que nous vous disions d'arrêter.

Sans doute y avait-il un problème avec la ligne téléphonique. Une mauvaise réception. Un véritable cauchemar.

– Ecoutez-moi bien, ma bonne dame. Je ne suis pas votre esclave !... pas plus que celui de la vieille Gallatin ou de n'importe qui d'autre. Vous saisissez ?

L'avocate ne fut nullement émue par sa diatribe.

– Faites-nous un rapport complet demain avant la fermeture des bureaux. J'ai assuré à ma cliente que vous étiez sur le point d'obtenir les informations qui nous intéressent. Je vous suggère vivement de tout mettre en œuvre pour tenir cette promesse.

– Et dans le cas contraire ?

L'avocate se mit à rire.

– Très amusant.

– Comment se fait-il que je ne sois pas en train de m'esclaffer, alors ?

La bonne humeur de Cassie Rodbury s'évapora.

– Vous avez jusqu'à demain cinq heures. Faites en sorte que le rapport se trouve sur mon bureau à cette heure-là. Au revoir, monsieur.

Raccrochant violemment le combiné, il hésita entre crainte et fureur. Elles jouaient avec lui, s'amusaient de son impuissance. Comme un animal pris au piège. Regardez-le tourner en rond !

De l'autre côté du vestibule, une rousse potelée attendait impatiemment que le téléphone se libère. Tapant du pied sur le sol, elle lui envoya un regard de réprimande et fit claquer son chewing-gum avec une détonation semblable à un coup de semonce. Comme pour la narguer, il porta de nouveau le combiné à son oreille et glissa une autre pièce dans la fente.

Il éprouva un sentiment de soulagement en entendant la voix de Thea, mais déchanta rapidement lorsqu'il s'aperçut qu'il s'agissait du message enregistré sur la bande de son répondeur.

« Laissez un message après le signal sonore, et nous vous rappellerons dès que possible. »

Il reposa brusquement le combiné sur la fourche et se détourna. Devant l'expression dédaigneuse que reflétait le visage de la grosse femme, il résolut de sanctionner son attitude comme elle le méritait.

– Le téléphone est en dérangement, déclara-t-il.

Elle laissa échapper un soupir excédé, fit de nouveau claquer son chewing-gum et s'éloigna. Parfait. Il était encore capable de remporter une manche ou deux, à condition que les chances soient équitables.

Malheureusement, le jeu de Lily Gallatin comportait tous les atouts. Mais ce coup de fil avait fait germer une idée dans son esprit. S'il révélait à Thea ce qui se tramait, elle parviendrait peut-être à lui venir en aide. Elle pourrait lui communiquer suffisamment d'informations pour satisfaire la vieille femme, peut-être même pour les débarrasser l'un et l'autre de la vieille chouette.

C'était une excellente solution.

Bien sûr, Thea serait tout d'abord furieuse, mais elle se radoucirait lorsqu'elle comprendrait qu'il n'avait eu d'autre choix que d'accepter les conditions des Gallatin. En fait, il avait rendu service à la jeune femme. S'il était parvenu à se libérer de ses engagements, Lily Gallatin aurait chargé quelqu'un d'autre de sa sordide mission, quelqu'un qui ne se serait pas soucié le moins du monde de ce qui pouvait arriver à Thea ou à sa fille.

Par son intermédiaire, Thea aurait la chance de pouvoir monter un stratagème bien ficelé et sans danger.

Simple. Il se rendrait chez la jeune femme équipé d'un microphone, après s'être au préalable entendu avec elle pour qu'elle avoue avoir retrouvé le souvenir du meurtre. Elle pourrait raconter que l'amnésie liée à sa crise – ou la maladie imaginaire, quelle qu'elle soit, que son avocat avait concoctée pour le jury – avait disparu. Pour que cela soit plus convaincant, il lui demanderait de mentionner quelques détails croustillants concernant la mort du sénateur, qui auraient été prétendument dissimulés à la presse. Se remémorant les informations confidentielles qu'il était parvenu à soutirer à l'avocate, il songea à l'empreinte de rouge à lèvres que l'on avait trouvée sur la nuque rompue du cadavre.

Parfait.

Cela semblerait indiquer que Thea, en fin de compte, était consciente de ses actes lorsqu'elle avait assassiné le sénateur. Lily Gallatin avalerait l'appât et l'hameçon comme le vieux barracuda affamé qu'elle était.

Il serait bien loin lorsque la vieille chouette s'apercevrait que, d'un point de vue légal, cet aveu n'avait strictement aucune valeur. Il était juridiquement impossible de juger deux fois Thea pour le meurtre du sénateur. On ne pourrait pas non plus l'accuser de parjure, puisqu'elle avait dit la vérité au procès. En tout et pour tout, elle se retrouverait à la une des journaux dans le pire des cas.

Entre-temps, il s'installerait dans une autre ville sous une nouvelle identité. Les dernières années lui avaient au moins appris une chose : disparaître dans la nature. Une fois en sécurité, hors d'atteinte de la vieille teigne, il comptait bien profiter pleinement de l'opportunité que Lily Gallatin lui avait offerte à son insu. La vieille dame en aurait fait pipi dans ses culottes de satin si elle avait su comment il allait la punir de l'avoir fait sauter à travers ses maudits cerceaux.

La pause était terminée. Sifflotant, il regagna le poste que lui avaient assigné Mrs. Gallatin et son avocate. Bientôt, il serait très loin d'ici, définitivement libéré de cette exécrable mission.

Enfin, les choses apparaissaient sous un meilleur jour. Après son travail, il irait voir Thea Harper et mettrait un terme à ce gâchis.

27

Thea abandonna la voiture dans l'allée et se dirigea vers la maison d'un pas mal assuré. Après s'être débarrassée de son manteau, elle se précipita tout droit dans l'atelier. Elle disposa le magazine *People* sur son chevalet, à côté du tableau représentant le vieil homme et les enfants.

Incrédule, elle compara la toile presque achevée à la photographie qu'elle avait aperçue lorsqu'elle se trouvait sur l'autoroute. Leur construction était identique. Le cliché de *People* représentait la même pyramide humaine, au centre de laquelle se trouvait un vieil homme rabougri. La légende indiquait que la photographie était accrochée dans l'appartement du vieillard. Thea avait reproduit, trait pour trait, les visages de la photographie. Tout y était : les mains tendues des enfants, les bras du vieil homme qui les encerclaient, les expressions empreintes de confiance et d'adoration.

Comment est-ce possible ? Comment aurais-je pu peindre cette photographie, à moins de m'être trouvée dans l'appartement de ce pauvre homme et de l'y avoir vue ?

Submergée par une violente horreur, elle déchiffra la rubrique nécrologique qui accompagnait le cliché :

Alden « Pépé » Gaithwaite, qui a reçu l'an dernier le titre honorifique de Point de Lumière attribué par le président Bush pour son extraordinaire action vis-à-vis des jeunes de son quartier, a été retrouvé mort dimanche matin dans son appartement de Bridgeport, dans le

Connecticut. Gaithwaite a succombé aux multiples coups de couteau que lui a infligés un agresseur inconnu. Blossom Price, sa compagne de longue date, a été trouvée assassinée, elle aussi, dans le couloir menant à l'appartement que le couple partageait depuis trente ans.

La photographie était accompagnée de la légende suivante :

Ici, on peut voir Gaithwaite en des temps plus heureux, entouré de plusieurs des innombrables enfants qu'il parrainait et dont il prenait soin depuis une dizaine d'années. Cette photographie avait été offerte à Pépé par ses « enfants » après une fête destinée à célébrer le Point de lumière attribué à Gaithwaite.

Thea était en proie à un vertigineux sentiment d'appréhension. Le vieillard avait dû être assassiné dans la nuit de samedi à dimanche. Elle s'était trouvée en compagnie de Gabby et de Max Perry jusqu'à vingt et une heures, s'était endormie peu après et était restée au lit jusqu'à dix heures du matin, le lendemain.

A moins que...

La nuit de samedi représentait un espace vierge, vide de rêves. Elle se souvenait seulement avoir bu le cocktail soporifique de Billie et s'être réveillée honteusement tard le dimanche matin, l'estomac barbouillé et souffrant d'une terrible migraine. Elle se sentait épuisée, comme si elle avait passé la moitié de la nuit à arpenter les rues.

Et si c'était bel et bien le cas ?

Frissonnante, Thea se remémora d'autres incidents déconcertants. La jauge d'essence de Bessie, qui indiquait un réservoir à demi vide. Thea avait fait le plein vendredi après-midi. Elle ne s'était pas servie de la voiture depuis lors. Il se pouvait qu'il y eût un problème avec la jauge, ou qu'on l'eût grugée à la station-service. Mais il lui vint brusquement à l'esprit qu'elle avait peut-être gaspillé l'essence en roulant au beau milieu de la nuit dans une sorte d'état second.

Comment se fait-il que je ne me souvienne de rien ? Que m'arrive-t-il ?

L'essence qui s'était évaporée du réservoir n'était pas la seule énigme. Lorsqu'elle s'était enfin éveillée, le dimanche matin, elle avait eu inexplicablement froid. Il avait fallu des heures pour chasser ce froid glacial qui la pénétrait jusqu'à la moelle des os. Elle avait bu plusieurs tasses de thé chaud et superposé des vêtements les uns par-dessus les autres avant de pouvoir maîtriser les frissons qui la parcouraient. Elle ne se souvenait d'avoir eu aussi froid qu'en deux occasions : lorsqu'au ranch, adolescente rebelle, elle avait défié les éléments et s'était aventurée à l'extérieur sans son manteau, au plus froid de l'hiver; et durant les heures qui avaient suivi le meurtre de Simon Gallatin.

La maison était bien chauffée, les portes et les fenêtres doublées et calfeutrées afin de faire obstacle aux courants d'air. Après une nuit blottie sous son épais édredon de duvet, pourquoi se serait-elle éveillée en frissonnant ainsi ?

Se pouvait-il qu'elle ait quitté la maison durant la nuit, vêtue de sa seule chemise de nuit en coton ? Sans même enfiler de chaussures ? Elle songea à ses pieds sales, aux empreintes qu'elle avait laissées sur le carrelage de la cuisine dimanche matin.

Mon Dieu, non !

Son cœur battait à tout rompre. Un raid aérien n'aurait pu réveiller Gabby. Thea aurait fort bien pu se glisser au-dehors et rentrer quelques heures plus tard sans troubler le sommeil de l'enfant.

Alden Gaithwaite habitait Bridgeport, à seulement vingt minutes de voiture. Thea aurait eu amplement le temps d'effectuer l'aller-retour de chez elle jusqu'à l'appartement du vieillard pendant que la ville dormait du sommeil du juste. Après minuit, même Glenda Rossner mettait ses yeux et ses oreilles au repos.

Non ! Il était impossible que les choses se soient déroulées ainsi.

Thea ne connaissait pas Gaithwaite, pas plus que sa compagne. Il était absurde d'imaginer qu'elle eût pu se rendre dans son immeuble sans en avoir conscience et assassiner deux parfaits inconnus.

Totalement absurde.

Et le sang ? Si elle avait poignardé deux personnes, ses vêtements auraient dû en porter les traces macabres. Refrénant une grimace, elle se souvint du sang qui maculait ses mains et sa robe après la mort de Simon. Ses paumes en étaient poisseuses, l'étoffe de ses vêtements imbibée. Ses cheveux eux-mêmes étaient sales. La police ne l'avait pas laissée se laver ou changer de vêtements avant d'avoir pris des dizaines de clichés et prélevé des échantillons du sang séché de la victime, les scellant dans des sachets en plastique.

Puis elle avait passé une éternité sous une douche presque bouillante, s'efforçant d'éliminer le souvenir de la vue et de l'odeur du corps meurtri de Simon, de se sentir de nouveau propre – comme s'il était possible d'effacer l'empreinte d'une expérience aussi atroce.

Cela ne pouvait pas se reproduire. Cherchant désespérément à découvrir des preuves de son innocence, Thea monta quatre à quatre à l'étage. Fouillant dans le panier d'osier de la salle de bains, elle examina fiévreusement l'étoffe soyeuse de la chemise de nuit bleue qu'elle portait dans la nuit de samedi. Mais elle ne découvrit aucune tache, aucun signe de violence. Avec un soulagement sans borne, elle songea qu'il était impossible qu'elle ait pris une douche pour éliminer le sang qui souillait peut-être son corps ; si cela avait été le cas, ses pieds n'auraient pas été aussi poussiéreux. Elle les avait probablement salis lorsqu'elle s'était déplacée de pièce en pièce après le départ de Max Perry, remettant de l'ordre dans la maison. Il était fréquent qu'elle sorte la poubelle pieds nus. Cela résolvait donc cette pièce manquante du puzzle.

Mais où aurait-elle pu voir la photographie de Gaithwaite et des enfants ?

Se creusant la cervelle afin de trouver une explication cohérente, elle considéra la date à laquelle avait été publiée la rubrique nécrologique. L'article du magazine racontait qu'on n'avait pas découvert le meurtre d'Alden Gaithwaite et de sa compagne avant dimanche matin. On avait annoncé leur décès dans le numéro de *People* mis en vente le lundi. Il aurait été impossible de préparer l'article si rapidement si la photographie de Gaithwaite n'avait figuré dans les archives du magazine, sans doute à la suite d'un reportage publié précédemment.

Thea composa le numéro du magazine. Une standardiste communiqua son appel à l'un des rédacteurs-adjoints de la rubrique nécrologique. Thea prétendit être une voisine du défunt ; elle prétendit rédiger une nécrologie à la mémoire de Gaithwaite et désirer savoir si un article quelconque concernant « Pépé » était déjà paru dans *People*. Un jeune homme plein d'entrain lui demanda de patienter. Quelques instants plus tard, il était de retour au bout du fil.

– J'ai trouvé ce que vous cherchiez : le numéro du 13 juillet, page 25, dernière colonne, trois paragraphes concernant pépé Gaithwaite dans l'article intitulé « Que font-ils aujourd'hui ? » sur les bénévoles récompensés par Bush.

– Y avait-il une photo ?

– Oui. La même que celle qui illustre la rubrique nécrologique du numéro de cette semaine. C'est une chouette histoire. Dommage que le vieux soit mort de cette façon. Il ne méritait pas ça.

– Non. C'est vrai.

– Si vous me donnez votre nom et votre adresse, je pourrai vous envoyer une copie de l'article...

– Non, ce ne sera pas nécessaire. Merci.

Raccrochant, Thea s'efforça de se tranquilliser grâce à ce qu'elle venait d'apprendre. De toute évidence, elle avait dû lire le premier article concernant pépé Gaithwaite et les enfants de son quartier lorsqu'elle se trouvait à Brook Hollow; là-bas, chaque nouveau numéro de *People* circulait entre les patients qui le dévoraient dans leur impatience à recevoir des nouvelles du monde extérieur.

Mais cette explication, pour rassurante qu'elle fût, était loin d'élucider la foule de questions encore non résolues.

Qu'est-ce qui l'avait incitée à peindre cette toile le lendemain de la mort du vieillard ? Pourquoi cette photographie-là, des millions de revues qu'elle avait feuilletées pour se distraire à la clinique, était-elle restée gravée dans son esprit ? Et comment avait-elle pu la reproduire dans ses moindres détails, plus de deux mois après l'avoir contemplée ? Thea n'avait jamais été douée d'une mémoire un tant soit peu photographique. Son esprit avait davantage tendance à agir comme un filtre.

Il lui était impossible d'ignorer l'affreuse similitude entre les deux meurtres. En premier lieu, Brandon Lee Payton était assassiné, et Thea visualisait un serpent exactement semblable à celui qui avait été tué dans l'agression. Puis Alden Gaithwaite et Blossom Price étaient sauvagement assassinés; le lendemain, elle peignait la réplique fidèle d'une photographie accrochée sur un mur dans l'appartement de la victime.

Et si le traitement n'était pas efficace ? Lorsqu'elle était cloîtrée dans l'enceinte de Brook Hollow, tout allait bien. Mais le docteur Forman n'avait jamais ajusté la posologie en fonction des tensions et des pressions d'une vie normale.

Le pire, c'était de vivre dans l'ignorance, de perdre toute confiance en ses propres agissements. Les pulsions meurtrières se déclenchaient hors du champ d'action de sa conscience. Peut-être la créature qui se dissimulait au fond d'elle était-elle coupable d'un carnage sanguinolent, du meurtre d'innocents. Et peut-être n'en était-elle nullement consciente.

Cela s'était passé ainsi avec Simon. Si l'on n'avait pas découvert Thea sur les lieux du crime, les mains humides de sang, elle aurait toujours refusé de croire qu'elle l'avait assassiné. Aujourd'hui encore, une partie d'elle-même se rebellait contre cette idée. Alors on pouvait concevoir que le démon qui se trouvait en elle, la créature monstrueuse sur laquelle sa conscience n'avait aucune prise, était également responsable de ces victimes-là.

Arrête, Thea !

Il était bien inutile qu'elle joue le rôle du juge, du jury et du bourreau. L'ombre d'une preuve suffirait au reste du monde pour la condamner.

A cette pensée, Thea sentit le froid l'envahir. Cette fois-ci, ils la jetteraient derrière les barreaux comme un animal atteint de la rage. Après le verdict, son propre avocat lui avait confié que son acquittement représentait un magistral coup de chance. Peu de jurés auraient accepté de croire que Thea n'avait pas conscience de ses actes au moment du meurtre, d'autant plus qu'un nombre considérable d'experts avaient affirmé que c'était impossible. Trois importants témoins de la partie plaignante avaient réfuté l'assertion de la défense. Si Thea subissait un nouveau procès, l'accusation ferait indubitablement défiler à la barre des dizaines d'experts résolus à prouver sa culpabilité. Et cette fois-ci, ils y parviendraient.

Thea ne pouvait même pas tolérer l'éventualité d'un nouveau procès. Elle ne supporterait pas d'être de nouveau en proie au harcèlement de la presse. La campagne de coups de téléphone et de regards inquisiteurs qu'elle subissait actuellement n'était rien comparée à ce qu'Harlan la Vermine et ses compères lui avaient infligé avant qu'elle ne soit acquittée. Thea avait affreusement souffert des regards et des murmures qui se multipliaient sur son passage. Certes, il lui arrivait encore d'être victime d'une remarque cruelle ou d'un coup d'œil hostile, mais la majorité des gens focalisaient désormais leur attention sur des drames plus récents.

Et surtout, il fallait épargner Gabby. La fillette était terrifiée à l'idée que sa mère l'abandonne de nouveau. Thea lui avait promis de ne plus la quitter. Rien ne l'obligerait à rompre ce serment, si ce n'était une maladie incurable ou un accident mortel. Rien n'était plus important que la confiance et le bonheur de Gabby.

Tu n'es pas une meurtrière, Thea. Ce qui s'est passé avec Simon était un accident effroyable qui ne se reproduira jamais.

Les seuls liens qui l'unissaient aux meurtres de Payton et Gaithwaite n'étaient que ces quelques points d'interrogation troublants. Elle résolut de faire tout ce qui était en son pouvoir pour que les choses en restent là.

La sonnerie du téléphone retentit. Lorsque le répondeur se mit en route, Thea fut soulagée d'entendre la voix traînante de sa mère.

– Salut, Checker. Comment vas-tu, mon ange ?

Thea se força à adopter une intonation légère et joviale.

– Le train-train quotidien.

– Tu es sûre ? Tu as l'air d'être éreintée.

– J'étais en train de travailler, maman. Tu sais ce que c'est.

Sa mère s'interrompit un instant.

– J'étais en train de me dire que j'aimerais beaucoup vous voir, Gabby et toi. Et si je venais passer quelques jours dans l'Est ? Jimmy a dit qu'il s'occuperait volontiers de papa et du ranch.

Le frère de Thea avait son propre ranch près de Bozeman, dans le Montana. Il avait également un emprunt colossal à rembourser, un frêle bout de femme, et quatre gosses remuants et toujours affamés. Soustraire trois ou quatre jours aux contraintes accablantes de sa propre vie pour se consacrer à son père et au ranch serait bien plus problématique que la mère de Thea ne le laissait entendre.

– C'est hors de question, maman. Tu sais que j'aimerais beaucoup te voir, mais Jimmy et toi avez des responsabilités, l'un comme l'autre. Je me suis dit que Gabby et moi pourrions peut-être venir pour Thanksgiving. Qu'en penses-tu ?

– Tu es sûre que tu ne veux pas, Checker ? Un coup de main ne serait peut-être pas superflu. Quelques jours de repos te feraient énormément de bien.

– J'en suis sûre.

– Très bien, chérie. Mais si tu changes d'avis...

– Non, maman.

Deux heures et demie. Dans une heure, Gabby serait à la maison. D'ici là, il fallait que Thea reprenne ses esprits et recolle les morceaux d'un univers qui menaçait de se disloquer.

Quelques coups de brosse, une touche de brillant à lèvres et un sourire étudié suffirent à dissiper son expression troublée. A l'idée de ce qu'elle devait faire, son cœur se brisait. Mais elle n'avait pas d'autre solution.

Regagnant l'atelier, Thea appliqua un monticule de peinture noire sur sa palette. A l'aide d'un pinceau à la brosse épaisse, elle recouvrit la pyramide des visages radieux. Un à un, les enfants furent ensevelis sous des bandes de ténèbres. Son *chef-d'œuvre* se résuma à un fouillis où la laideur le disputait au désespoir. Très vite, il n'en resta rien, hormis le vieil homme qui en composait le centre. Thea promena le pinceau enduit de peinture noire sur son chaleureux visage.

Une boule de chagrin obstruait sa gorge, mais les larmes qui l'auraient soulagée refusaient de couler. Sa peine était semblable à un roc, froid et insensible.

Plus jamais, chuchota-t-elle. *Plus jamais, je vous en prie.*

La toile était réduite à un magma noirâtre. Thea disposa le tableau sacrifié à l'envers contre le mur de l'atelier, afin qu'il puisse sécher; puis elle le mettrait à l'extérieur pour que les éboueurs puissent l'emporter.

Emplissant une boîte de café vide de térébenthine, elle y plongea les pinceaux.

Comment les choses en étaient-elles arrivées là ? Un seul acte auquel sa volonté n'avait pris nulle part avait bouleversé sa vie. Son avenir avait été réduit à néant, le présent obscurci par des doutes et de terrifiantes absences.

Songeant à l'inébranlable optimisme de sa mère, elle parvint à surmonter son désespoir. *Lorsque tu as touché le fond, Checker, tu n'as d'autre solution que de remonter à la surface.*

En s'apitoyant sur elle-même, elle n'aboutirait à rien. Par un biais ou un autre, Thea devait découvrir les réponses aux questions qu'elle se posait. Par chance, elle devait subir un bilan de santé à Brook Hollow jeudi matin. Il y serait procédé à l'estimation du dosage du médicament dans son sang, à un électrocardiogramme, ainsi qu'à des examens neurologiques destinés à déceler la moindre résurgence d'activité épileptique. Si tout se révélait normal, Thea n'aurait plus à s'inquiéter d'une éventuelle rechute.

Dommage que l'examen ne puisse avoir lieu plus tôt. Mais si elle demandait que le rendez-vous soit avancé, on exigerait une explication. Elle n'avait d'autre solution que de prendre son mal en patience.

Entre-temps, elle s'emploierait à découvrir à quel stade en était l'enquête concernant les meurtres de Gaithwaite et de Brandon Lee Payton. A l'heure actuelle, la police devait avoir un suspect dans l'une, peut-être même les deux affaires criminelles. Ce serait la meilleure façon de dissiper ses doutes.

Se souvenant de l'aide que lui avait proposée l'inspecteur Biederman, Thea envisagea de l'appeler. Elle retrouva sa carte de visite à l'endroit où elle l'avait laissée, sur le plan de travail de la cuisine. Elle composa le numéro du poste de police, mais s'empressa de raccrocher dès la première sonnerie. Comment pourrait-elle justifier l'intérêt qu'elle portait à ces homicides ? En l'interrogeant, elle n'aboutirait qu'à diriger les soupçons sur elle.

Elle allait devoir trouver un autre biais pour se procurer ces informations. Elle pouvait consulter les journaux de la région, ou téléphoner aux autorités de Bridgeport et de Bedford en prétendant être journaliste. Elle aurait bien une idée.

Un soleil éclatant brillait dans le ciel. La journée automnale était empreinte d'une clarté sans pareille, comme un miroir bien poli. Regardant par la fenêtre de la cuisine, Thea contempla le magnifique tableau des feuillages de l'automne.

Des écureuils saisis de frénésie sautillaient en tous sens sur la pelouse. Des feuilles mortes voletaient dans le vent. Descendant du bus scolaire, un groupe de collégiens se dispersa dans la rue. Thea aperçut Jeff Goldblum, Robert Klaasens et Mike Rossner, un adolescent dégingandé. Lauren Rose et Arlene Pavony les suivaient à quelques mètres. Les enfants étaient jeunes, robustes, leurs joues rougies par le froid. Inspirant profondément, Thea s'abandonna au plaisir que lui procurait le spectacle du monde.

Les choses allaient s'arranger, se promit-elle. Elle allait reprendre le contrôle d'elle-même ; elle allait trouver un moyen de remettre de l'ordre dans son existence. Elle était toujours parvenue à maîtriser les aléas du destin, surtout lorsqu'elle y consacrait toute son énergie. Et c'était ce qu'il lui fallait faire, à présent.

Il n'est pas de montagne si immense que tu ne puisses en faire le tour; Checker.

A ce moment-là, elle entendit un bruit en provenance du trottoir. Et elle aperçut la vision cauchemardesque qui remontait l'allée.

28

Walter Martin avait vieilli de dix ans depuis qu'elle l'avait vu pour la dernière fois, trois ans plus tôt, lors d'une de ses visites dans l'Idaho. Son visage était marqué, ses traits taillés à coups de serpe, ses prunelles d'un noir terne, comme de l'anthracite. À contrecœur, elle lui ouvrit. Il exhalait une puanteur de sueur et de tabac froid.

– Qu'est-ce que tu fais là, Walter ? s'exclama-t-elle.

– C'est comme ça que tu accueilles ton premier amour, poupée ?

– Tu mériterais pire encore. Va-t'en, s'il te plaît.

D'un geste nerveux, il passa les doigts dans ses cheveux, qui avaient grand besoin d'une bonne coupe et d'un shampooing.

– Je viens de loin, ma chérie. Tu ne vas même pas me proposer d'entrer ? M'offrir un petit coup à boire ?

Thea s'aperçut qu'il frissonnait comme un drogué en manque, et une vague de répulsion la submergea. La maigreur de Walter indiquait qu'il devait en grande partie se contenter, pour toute nourriture, d'alcool et d'injections de drogues.

– Tu peux entrer le temps d'appeler chez toi et de dire à ta mère que tu vas bien, mais c'est tout. Je n'ai pas l'intention d'abriter un fugitif.

S'introduisant à l'intérieur, il déambula d'une pièce à l'autre, examinant le mobilier sans vergogne.

– On dirait que tu t'en es bien tirée, ma chérie. Le médecin que tu as épousé a dû te laisser un sacré paquet de fric à sa mort.

– Passe ce coup de fil, Walter.

Entrant dans le salon, il fit courir ses doigts sur la couverture indienne.

– Comment va ta fille ? Elle doit avoir, voyons... neuf ou dix ans ? Je suis sûr que je la reconnaîtrais à peine. Elle est encore à l'école ?

Gagnant la salle à manger, Walter s'empara de l'album de photographies et entreprit de le feuilleter ; mais Thea le lui arracha des mains. Elle ne voulait pas qu'il souille ses précieux souvenirs.

D'un geste de fausse soumission, Walter leva les bras au ciel.

– Ouah ! Vas-y doucement, ma fille. Méfie-toi de ne pas perdre ton sang-froid. La dernière fois que tu t'es laissé emporter, ton pauvre copain le sénateur s'est retrouvé au pays de ses ancêtres.

Thea refréna sa fureur. Elle ne désirait qu'une seule chose : en avoir fini avec lui.

– Qu'est-ce que tu veux, Walter ?

– Rien du tout, chérie. Je viens te rendre une petite visite, c'est tout. Cela faisait un sacré bout de temps.

– Je ne suis pas d'humeur à supporter tes petits jeux, Walter. Dis-moi pourquoi tu es venu et fiche le camp.

Il mordilla la cuticule d'un de ses ongles rongés jusqu'au sang.

– D'accord. Mais d'abord, sers-moi un petit coup à boire, tu veux bien ? Une bonne rasade de Jack Daniel's ne me ferait pas de mal. On se dessèche pas mal à courir les routes comme je le fais.

– Pas d'alcool. Tu es suffisamment pénible quand tu es à jeun.

Laissant échapper un soupir, il se jucha sur le bras du canapé et voûta ses épaules.

– En fait, j'aurais besoin que tu me rendes un tout petit service.

– N'y compte pas, Walter. Il est hors de question que je te donne de l'argent. Mais si tu es prêt à rentrer chez toi et à te livrer à la police, je t'achèterai un billet d'avion.

– Pourquoi est-ce que j'aurais envie de faire une chose pareille ?

– Parce que tu ne peux pas passer ta vie à fuir la justice, voilà pourquoi. Parce qu'il est temps de te reprendre et d'essayer de mener une existence décente, pour changer.

Il laissa échapper un rire dur et vulgaire

– Tu as lu trop de romans à l'eau de rose, ou quoi ?

– Rien ne dit qu'il soit impossible de changer, Walter.

– Ce sont des foutaises, et tu le sais. Je suis né pourri et je le serai encore quand mon heure viendra. C'est aussi simple que ça.

– Les choses pourraient être différentes.

Un sourire narquois tordit ses lèvres.

– Tu sais, Checker, ça m'a bien fait rire quand j'ai appris que tu avais trucidé ton ami, le gros ponte. Un sénateur des Etats-Unis, rien de moins. J'ai toujours su qu'on était pareils, toi et moi.

– Sors d'ici, Walter. Je n'ai plus rien à te dire.

Ses mots étaient semblables à des dards empoisonnés, et il visait à la perfection.

– Mais si, chérie. Tu peux dire que tu serais ravie d'aider ton vieux copain à s'en sortir. Surtout depuis que tu sais combien il est facile de se retrouver dans la mouise jusqu'au cou.

Il émit un sifflement étouffé.

– Un meurtre. Même moi, je ne suis jamais descendu aussi bas, poupée. Loin de là.

Thea sentit une bouffée de chaleur l'envahir.

– Je veux que tu t'en ailles, Walter.

Il se leva et se dirigea vers elle. La rage faisait luire ses prunelles. Involontairement, Thea recula d'un pas.

– J'ai dû mal entendre, jeta-t-il. T'es en train de me dire que tu ne vas même pas me rendre un petit service ? Je ne demande pas grand-chose, poupée. Ecoute-moi, au moins...

– Va-t'en ou j'appelle la police, Walter.

– Tu n'oserais pas.

– Attends un peu.

S'élançant hors du salon, elle se précipita vers le téléphone mural de la cuisine et composa le numéro du commissariat. Mais avant que la liaison ait pu être établie, Walter se dressa à côté d'elle et lui arracha le combiné des mains.

D'une force décuplée par la fureur, il projeta l'appareil contre le mur, abîmant la cloison et fêlant le téléphone. Emporté par son élan, il gifla Thea qui s'effondra au milieu de la pièce.

Le visage de la jeune femme était en feu ; elle était bouche bée de stupeur. Même lorsqu'il était en proie à une folie et à un désespoir extrêmes, Walter ne l'avait jamais frappée.

– Sors de cette maison ! ordonna-t-elle d'une voix blanche de colère.

– Allons, chérie... Je ne l'ai pas fait exprès, je te le jure. Je suis désolé, d'accord ? Et si on s'embrassait et qu'on faisait la paix ?

Avant qu'il ait esquissé un pas, Thea ouvrit d'une secousse le tiroir qui se trouvait derrière elle et en sortit le couteau à découper.

– Je parle sérieusement, Walter. Sors d'ici.

Un sourire moqueur retroussa de nouveau ses lèvres.

– Tu veux me faire la peau, poupée ? Ça te ferait plaisir ?

Thea s'obligea à braquer la pointe du couteau dans sa direction.

– Va-t'en tout de suite !

– Ça s'est passé comme ça, avec le sénateur ? Tu t'es laissé emporter jusqu'au moment où tu as perdu ton sang-froid ?

Thea resserra son étreinte sur le manche du couteau. Walter était dangereux. Il fallait qu'elle le chasse avant le retour de Gabby.

Le visage empreint d'une expression de défi, il la narguait.

– Allez, poupée... Montre-moi ton vrai visage... T'es rien d'autre qu'une traînée et une meurtrière, pas vrai ?

Le couteau tremblait dans la main de Thea. Elle brûlait d'envie de le jeter à terre, de mettre fin à cette scène cauchemardesque. Mais elle redoutait la façon dont il allait réagir si elle se rendait sans condition.

Un sourire mauvais aux lèvres, Walter avança d'un pas dans sa direction.

– Allez, frappe-moi. Si ça peut te faire plaisir, ma chérie... Poignarde-moi en plein cœur, qu'est-ce que tu attends ? Rien de plus facile.

Il s'était trop approché. La lame du couteau oscillait dangereusement près de son torse. Thea recula jusqu'à se retrouver acculée contre le placard. Elle essaya de jeter le couteau à terre, mais le ventre de Walter appuyait sur l'extrémité de la lame. Et il s'approchait toujours davantage.

– Arrête, Walter ! Ça suffit !

Exerçant une pression contre la pointe affûtée de la

lame, il éclata de rire. C'était un rire hystérique. La démence se peignait sur ses traits.

L'extrémité de la lame transperça le plastron de sa chemise. Horrifiée, Thea vit une gouttelette de sang filtrer à travers l'étoffe.

Le forcené essayait de s'empaler ! Thea n'avait aucun moyen de l'en empêcher. La poignée du couteau s'enfonçait dans son ventre, l'empêchant de respirer.

– C'est idiot, Walter. Ne fais pas ça !

Elle le sentit accentuer sa pression, vit l'auréole de sang s'élargir sur sa chemise.

– *Maman, non !*

Surpris par le hurlement de l'enfant, Walter se rejeta en arrière. Se dégageant, Thea se tourna vers l'évier et y jeta le couteau.

– Ne t'inquiète pas, Gabby, jeta-t-elle dans un souffle. C'est fini.

La fillette s'était mise à pleurnicher. Thea se dirigea vers elle pour la prendre dans ses bras, mais Gabby eut un mouvement de recul.

– Tu ne comprends pas, ma chérie ! Walter faisait l'imbécile, c'est tout !

Il s'avançait de nouveau vers elle, appuyant les doigts sur l'auréole rouge vif de sa chemise.

– Si, elle comprend très bien. N'est-ce pas, chérie ? Ta maman s'apprêtait à m'embrocher comme un cochon qu'on va faire cuire au barbecue. Ça n'est pas très gentil, si tu veux mon avis.

– Non, Gabby... Ne l'écoute pas ! Tu sais bien que Walter n'a pas toute sa tête.

– Mais je t'ai vue, maman ! s'écria la fillette.

Sa voix s'étrangla.

– Tu avais promis de ne pas retomber malade. Tu avais promis !

Gabby se précipita à l'étage en pleurant. Thea entendit la porte claquer.

Contournant Walter, Thea alla ramasser le combiné fêlé du téléphone, et composa le numéro du commissariat. Elle bouillait de fureur.

– Allô, la police ? Il faut que vous m'envoyiez immédiatement une patrouille. Il y a chez moi un homme du nom de Walter Martin, qui est sous le coup d'un mandat d'arrêt. J'habite au...

Walter se pencha vers elle et coupa la communication. Son haleine effleura l'oreille de Thea.

– Très bien, poupée. Tu as gagné. Je fiche le camp.

Elle reposa le combiné.

– Pas avant d'avoir dit la vérité à Gabby.

Cette fois-ci, le sourire de Walter eut quelque chose d'enfantin. Avec un serrement de cœur, Thea se souvint d'un homme beaucoup plus jeune, qui n'avait pas encore franchi la ligne de partage au-delà de laquelle nulle rédemption n'est possible.

– Bien sûr. Pourquoi pas ?

Se plantant au bas de l'escalier, il appela :

– Gabby ?... Ecoute ton vieux copain Walter, ma chérie. Ta maman et moi étions en train de nous amuser, voilà tout. Elle n'avait pas l'intention de me faire du mal.

Silence.

– Tu m'entends, ma puce ?

Un minuscule filet de voix s'éleva à l'étage supérieur.

– Mais j'ai vu le couteau ! Et tu saignais !

– C'était du faux sang, comme celui qu'ils utilisent dans les films. Je l'avais apporté pour vous faire une blague.

La porte de Gabby s'entrebâilla.

– C'est bien vrai ?

– C'est la vérité vraie, ma puce.

Il étendit les bras, l'air enjoué.

– Le vieux Walter se porte comme un charme, tu vois ? C'est juste que j'aime faire des farces, de temps en temps.

Gabby hésita.

– Est-ce que tu dors ici cette nuit ?

– J'ai bien peur que non. J'ai des affaires à régler à New York. Mais je passais par ici, et j'ai pensé que j'allais m'arrêter dire bonjour à deux bonnes copines.

– ... Bon.

– Alors, au revoir. Sois sage et obéis à ta maman, d'accord ?

– C'est promis. Au revoir, Walter.

Il se tourna vers Thea.

– Raccompagne-moi, tu veux bien, chérie ?

Thea sentait le regard vigilant de Gabby fixé sur elle. Il fallait que tout semble parfaitement normal.

– D'accord.

Une fois dans l'allée, Walter se tourna vers elle, le regard brillant de fureur.

– Je te ferai payer ça, poupée. Tu vas te mordre les doigts de m'avoir traité aussi mal.

– Tes menaces ne me font pas peur, Walter.

– Oh, mais ça viendra. Je vais m'en assurer. En fait, je me suis peut-être déjà arrangé pour que ta vie tourne au cauchemar, qui sait ?

L'éclat meurtrier qui luisait dans ses yeux arracha un frisson à Thea. Walter Martin était un expert lorsqu'il s'agissait de faire le malheur d'autrui.

– Au revoir, Martin.

Il lui adressa un signe en agitant les doigts.

– Souviens-toi de moi quand tout s'écroulera, Checker !

Thea rentra dans la maison, ferma la porte et croisa les bras sur sa poitrine pour réprimer le tremblement qui la secouait. La haine que lui vouait Walter lui restait en travers de la gorge. Jamais elle n'aurait imaginé devenir la cible de tant d'animosité : Walter, Mrs. Gallatin, tous ces inconnus courroucés qui s'érigeaient en juges. Si leurs souhaits avaient été des chevaux, elle aurait déjà été piétinée à mort.

Pour le moment, les coups de sabots ne lui avaient laissé que des cicatrices indélébiles.

29

En l'espace d'une seule nuit, une douzaine de canapés de cuir avaient disparu d'un magasin de meubles situé sur Post Road. Biederman et Passerelli avaient été chargés de l'enquête. Ils avaient consacré leur matinée à arpenter les salons en exposition, interrogeant les membres du personnel.

Le dernier employé figurant sur la liste de Biederman était un petit crétin arrogant du nom de Paul Garraty, qui travaillait au service des livraisons. Il s'agissait d'un individu au visage grêlé d'acné, aux gestes nerveux du mauvais boxeur. Son nez était un champignon rosâtre, son front constellé de cratères. C'était loin d'être un agréable spectacle.

Pendant les quinze premières minutes, Biederman et l'employé jouèrent au chat et à la souris. Garraty s'efforçait de camper le rôle de l'innocent et Biederman feignait d'être dupe, bien que le nigaud respirât la culpabilité à plein nez avec sa Rolex en or au poignet et sa ceinture à boucle d'argent autour de la taille.

Lorsque sa patience fut lassée, Biederman extirpa un reçu froissé de carte Visa de sa poche.

– Avant que nous ne perdions davantage de temps, Garraty, je vais aller droit au but. J'ai ici la copie de la facture d'une location de camion, établie à votre nom. Un grand camion. L'idéal pour transporter tous ces canapés et les dessous de table que vous avez empochés.

La sueur se mit à perler sur le front de Garraty.

– D'accord, d'accord. Et si je vous intéressais à l'affaire ?

– Et si je vous inculpais pour corruption de fonctionnaire ?

– Ne vous énervez pas. Il doit bien y avoir un moyen de régler ça...

– Bien sûr, Mr. Garraty, et voici comment : Je vais ranger ce reçu dans mon portefeuille et traîner votre sale bobine au poste.

Le visage de Garraty devint livide.

– Hé, c'est pas juste, mec, gémit-il.

– Libre à vous de porter plainte pour manque d'esprit sportif, répliqua Biederman avec affabilité en lui passant les menottes.

Lorsque Biederman et Passerelli déposèrent le voleur au commissariat, un policier à la réception leur apprit que leur emploi du temps de l'après-midi avait été modifié. L'inspecteur-chef Delavan les avait déchargés de l'affaire de détournement de fonds sur laquelle ils enquêtaient pour une opération « sécurité dans les bus scolaires » à l'école primaire de Coleytown.

Sacré vieux Buck. Ce type était un vrai prince, de ceux qui descendent d'un crapaud.

Pour Passerelli, cette mission représentait tout sauf une punition. Vince raffolait des enfants, et ces derniers le lui rendaient bien.

– C'est formidable, Danny. Tu ne trouves pas que c'est formidable ?

– C'est sensationnel, Vince.

Passerelli était aux anges.

– Attends un peu de voir ça, Danny ! On va pouvoir utiliser des maquettes de bus. Ils ont des clignotants, une portière automatique, un klaxon et tout ça. C'est vraiment chouette !

– Je sais, Vinnie. Je me retiens difficilement de sauter de joie.

Vince se rembrunit.

– Qu'est-ce qu'il y a, Danny ? Ça ne te plaît pas ?

– En fait, c'est exactement ce dont je rêvais. Seulement, il se trouve que j'avais espéré pouvoir régler deux ou trois choses aujourd'hui. Je suis un peu coincé...

– Eh bien, vas-y. Je peux m'occuper tout seul du programme de sécurité.

– Tu ferais ça pour moi ?

– Aucun problème.

– Mais on en aurait si l'inspecteur-chef le savait, Vince. Il faudra que ça reste entre nous.

– Je te reçois cinq sur cinq, collègue. Je n'en dirai pas un mot à Delavan.

Biederman administra un coup de poing affectueux au menton à fossette de Passerelli.

– Tu es un vrai pote, Vince. Je te revaudrai ça.

Le visage de Passerelli s'épanouit en un large sourire.

– Ça me fait plaisir, Danny. Sincèrement.

Biederman déposa Passerelli devant l'école, avec la promesse de revenir le chercher dans deux heures. Vince trottina vers l'entrée du bâtiment comme un chiot impatient. Biederman attendit que son collègue soit entré avant de démarrer et de prendre la direction de l'autoroute.

Deux heures. Avec un peu de chance, Biederman aurait amplement le temps de nouer les contacts nécessaires et d'être de retour avant que Buck Delavan n'ait eu vent de ses activités extraprofessionnelles.

Le centre-ville de New Haven était constitué d'un exaspérant labyrinthe de rues à sens unique, si bien que Biederman eut un mal fou à trouver le bâtiment officiel abritant l'antenne locale du FBI.

C'était une bâtisse imposante, qui avait été construite durant le mandat présidentiel de Carter. Il reflétait l'obsession que l'on manifestait à cette époque pour les économies d'énergie : aucune ouverture, aucune fenêtre. Rien n'ornait la morne façade, si ce n'était la plaque dédicaçant l'édifice hideux à un quelconque membre du Congrès mort depuis lors.

Les bureaux du FBI occupaient le cinquième et le sixième étages. Après avoir expliqué ce qu'il cherchait, Biederman se vit transférer rapidement de bureau en bureau. Personne ne semblait savoir que faire d'une requête concernant une affaire classée. L'agent spécial Vartuli l'envoya à l'agent Wolkowitz qui le transféra à Marcantonio, lequel s'en débarrassa chez Makowski qui, finalement, envoya Biederman à l'agent administratif responsable du département des dossiers archivés.

Sylvia London était une femme trapue, courtaude et dépourvue de cou. Agée d'une cinquantaine d'années, elle se comportait avec la sévérité et la pugnacité d'une bureaucrate qui a passé sa vie à un poste peu exaltant à faire respecter un règlement strict.

– Pourquoi est-ce que vous vous intéressez à l'affaire Gallatin, inspecteur ?

Sa voix avait le timbre grêle d'un mirliton.

– Simple curiosité. J'en connais les grandes lignes.

Mrs. London esquissa un sourire moqueur.

– Laissez-moi deviner... Vous connaissez un agent qui cherche à signer un contrat en vue de la publication d'un livre ? Ou peut-être du tournage d'un téléfilm ?

– Rien de tout cela. Je viens de vous le dire ; je suis curieux, c'est tout.

– Mais oui, bien sûr. Et moi, je suis la reine d'Angleterre.

– J'ai simplement besoin d'une heure ou deux. Dites-moi quand ce sera possible, et je reviendrai.

– Vous vous trouvez dans un bureau fédéral, inspecteur, pas dans un musée. Nous n'aimons pas beaucoup les curieux.

– Allons, Mrs. London. Je vous demande simplement de me rendre un petit service, entre collègues.

– Je vous ai parfaitement entendu, et vous avez entendu ma réponse. Pour être franche, les forces de police de Westport n'ont rien fait pour se rendre agréables dans ce service.

Biederman s'ingénia à découvrir un moyen de corruption efficace. London n'était pas le genre de femme à se laisser tourner la tête par une douzaine de roses ou un foulard en soie. Il songea à une belle boîte de biscuits pour chien ; mais avec la chance qu'il tenait, elle était probablement au régime.

En second lieu, il se rendit dans les bureaux de l'attorney fédéral. Le numéro 2 du service, un ancien officier de marine nommé Joe Kelley, avait dirigé la partie civile dans le procès de Thea Harper. Buck Delavan n'avait pas eu l'occasion de s'aliéner les avocats ; Biederman espérait donc recevoir un accueil moins glacial. Mais à la réception, on lui apprit que Kelley était en convalescence après avoir subi un pontage coronarien. Son assistante – une brunette d'une trentaine d'années nommée Penny Proctor – était ravissante, mais intraitable en ce qui concernait le protocole.

– Désolée, inspecteur. Pour tout ce qui concerne le dossier Harper, vous devrez vous adresser à Mr. Kelley.

– Mais vous venez de me dire qu'il serait absent pendant plusieurs semaines !

– Au moins un mois, précisa-t-elle. Sincèrement, j'aimerais vous aider, mais mon patron est très tatillon. Il déteste que l'on marche sur ses plates-bandes.

– Et si j'en parlais à Scarlotti ?

Biederman n'avait jamais rencontré l'attorney fédéral du Connecticut, mais ce dernier aimait tellement se répandre sur les ondes et à la une des journaux qu'on avait l'impression de le connaître.

– Vous pouvez lui poser la question, mais je suis prête à parier qu'il vous répondra exactement la même chose. Personne n'empiétera sur le territoire de Mr. Kelley, à moins que ce ne soit absolument nécessaire. Et en toute honnêteté, je ne vois pas quelle est l'urgence de la situation, étant donné que le dossier Harper est une affaire classée.

– J'ai simplement besoin de jeter un rapide coup d'œil au dossier, Ms. Proctor. Mr. Kelley n'aurait même pas besoin d'être mis au courant..., suggéra-t-il avec espoir.

– Croyez-moi, il le saurait.

Biederman chercha à déceler un signe de faiblesse dans le regard de Penny Proctor, mais en vain. Les yeux de la jeune femme lui rappelaient ceux de Thea ; mais presque tout, ces derniers temps, éveillait en lui son souvenir.

Ms. Proctor semblait éprouver une certaine compassion à son égard.

– Que cherchez-vous exactement, inspecteur ?

– Je ne sais pas encore. Mais je suis convaincu qu'un élément de ce dossier m'aiderait à résoudre une affaire en cours.

Elle plissa les paupières.

– D'après ce que j'ai cru comprendre, il s'agit d'une recherche informelle ?

– Exactement.

– Quelque chose qui vous tient tout particulièrement à cœur, inspecteur ?

– J'aimerais que justice soit faite et je pense que ça n'a pas été le cas. Si c'est là ce que vous appelez quelque chose qui me tient tout particulièrement à cœur, je dois plaider coupable.

Un sourire coquin s'inscrivit sur les lèvres de la jeune femme. Cela faisait longtemps que Biederman ne s'était retrouvé confronté à une telle situation mais, de toute évidence, elle lui faisait du charme.

– Avez-vous quelque chose de prévu ce soir ? demanda-t-elle.

– En fait, oui.

– Demain soir, alors ?
– Désolé. J'ai une semaine chargée.
Biederman résista à la tentation d'accepter sa proposition. C'était la première fois depuis des lustres qu'une femme lui faisait des avances. Celle-ci était mignonne, intelligente et sûre d'elle. Mais son carnet de bal était déjà surchargé de complications.
– Dommage.
Elle secoua la tête.
– Mon fiancé est employé ici. Dans ce bureau, les documents sont trop difficiles d'accès ; mais si je le lui demandais, je suis sûre que Warren accepterait que vous alliez consulter les dossiers après la fermeture des bureaux...
Le visage de Biederman s'enflamma.
– Ce serait merveilleux, Ms. Proctor. Si votre fiancé est d'accord, je me ferai un plaisir de modifier mes projets.
Elle réprima un sourire.
– Laissez-moi appeler Warren et voir quels sont ses horaires.
Biederman avait le sentiment d'être un parfait imbécile. Fringant d'impatience, il attendit pendant qu'elle organisait leur rendez-vous avec efficacité. Son chevalier servant n'était pas disponible ce soir-là mais il accepta de recevoir Biederman à l'antenne du FBI le lendemain, à vingt heures. Cet homme, qui répondait au nom de Bell, était sans doute le seul agent qui n'ait pas déjà eu l'occasion de claquer sa porte au nez de Biederman.
– Et voilà, déclara-t-elle en raccrochant.
– Merci mille fois, Ms. Proctor. Je vous suis infiniment reconnaissant.
Penny Proctor laissa enfin son sourire s'épanouir sur ses lèvres.
– Je ne me rappelle plus la dernière fois qu'un homme a cru que je lui faisais des avances, inspecteur. J'aurais pensé qu'un homme comme vous aurait évité de sauter sur une conclusion hâtive.
– Vous avez parfaitement raison, admit Biederman avec un sourire embarrassé. Et je suis sûr qu'un jour j'y arriverai.

30

Gabby enfouit son visage dans l'oreiller, enfonça ses ongles dans la paume de ses mains et s'efforça de chasser la vision macabre qui hantait son esprit.

Elle ne cessait de revoir sa mère brandissant le couteau à découper la dinde, et la chemise qu'on aurait dite ensanglantée de Walter Martin. Lorsqu'elle avait séjourné dans le ranch de son grand-père et de sa grand-mère, dans l'Idaho, Gabby avait entendu parler du fils d'Ada, Walter, et des sales draps dans lesquels il ne cessait de se fourrer. Lorsqu'elle était petite, Gabby pensait que l'adolescent dormait dans des draps souillés. A présent, elle savait que Walter était un délinquant, comme les hommes aux traits vindicatifs dont on diffusait le portrait dans l'émission *Les Criminels les plus recherchés d'Amérique*.

En dépit de cela, parce qu'elle connaissait Walter depuis toujours, il lui était difficile d'imaginer qu'il soit foncièrement mauvais. En temps normal, il semblait se comporter plus ou moins comme un adulte ordinaire. Mais si l'idée qu'il se faisait d'une farce se résumait à de fausses coupures et du ketchup, Gabby ne partageait pas son sens de l'humour.

La sauce tomate et le couteau rappelèrent à Gabby la chambre mortuaire de Dylan Connable. Elle avait beau s'efforcer d'oublier ce lieu sordide, ses pensées ne cessaient de l'y ramener. En fait, il s'agissait d'un placard que l'on avait entièrement vidé de son contenu. Le dimanche précédent, à sa sortie de chez les Millport, Dylan l'avait emmenée pour le lui montrer.

Gabby avait espéré que Dylan se lasserait de l'attendre et partirait. Mais lorsqu'elle avait quitté la maison de ses amis, il était encore dissimulé derrière le massif d'arbustes. A l'image d'une statue, Dylan semblait ne pas souffrir le moins du monde du froid ou des bourrasques de vent. Si Gabby avait décidé de dîner chez les jumelles ou d'y passer la nuit, il serait sans doute resté indéfiniment accroupi là.

Lorsque Gabby apercevait Dylan, son estomac se serrait. Elle ne savait jamais chaque fois quelle chose bizarre et malsaine Dylan avait l'intention de lui dire ou de lui montrer. Et lorsqu'il s'était mis une idée en tête, Gabby n'avait aucun moyen de lui résister. Si elle essayait, Dylan la talonnait comme l'un des chiens des Millport jusqu'à ce qu'elle accepte de se plier à ses exigences.

Il avait garé sa voiture au coin d'Imperial Street. Dès que Gabby eut refermé sa portière, Dylan fit ronfler le moteur et exécuta un demi-tour au beau milieu de la route en faisant hurler ses pneus. Bientôt, ils remontaient à toute allure la rue où habitait Dylan et s'engageaient dans l'allée de la maison.

– Qu'est-ce que c'est, cette fois-ci ? questionna Gabby.

– Je te l'ai dit, c'est le plus important de mes secrets. Le plus précieux.

– Et qu'est-ce que c'est, alors ?

– Je ne peux pas te l'expliquer, mon ange. Il va falloir que tu voies par toi-même.

Dylan jeta un coup d'œil à travers la lucarne du garage.

– Parfait. Elle est partie. Suis-moi.

– Ta mère n'est pas là ?

D'une certaine manière, Gabby se sentait davantage en sécurité lorsqu'elle savait que Mrs. Connable se trouvait à proximité, même si Dylan ne vivait pas à proprement parler à l'intérieur de la maison.

– Non. Elle est allée rendre visite à ma tante Jess et à mon oncle Eli, à Long Island. Elle va rentrer tard.

– Je ferais peut-être mieux de m'en aller, dans ce cas.

– Il faut qu'elle soit absente pour que je puisse te montrer ça, fillette. Ne t'en fais pas, je ne vais pas te mordre.

Tandis que Gabby restait près de la porte d'entrée,

Dylan pénétra à l'intérieur de la maison à travers l'une des fenêtres du salon. Un instant plus tard, elle entendit le cliquetis de la chaîne de sécurité, et la porte s'ouvrit. Irradiant de fierté, Dylan lui fit signe d'entrer.

– Tu n'as pas de clef ? demanda Gabby.

– J'en avais une, mais je l'ai perdue.

– Ils peuvent te faire un double à la quincaillerie.

Dylan laissa échapper un ricanement.

– Je ne l'ai pas perdue de cette façon-là. Ma vieille mère me l'a prise.

Gabby resta bouche bée sous l'effet de la surprise. Elle n'avait jamais entendu parler d'un parent qui aurait défendu à son enfant de rentrer à la maison. C'était probablement contraire à la loi.

– Mais pourquoi est-ce qu'elle aurait fait une chose pareille ?

– Oh, c'est une longue histoire, répliqua-t-il. Essuie tes pieds. Si elle s'aperçoit que je suis entré, elle va en faire une jaunisse.

Craintivement, Gabby le suivit jusqu'à l'extrémité d'un étroit couloir. Sur la gauche se trouvait le salon, sur la droite la salle à manger et une minuscule cuisine. Il flottait dans l'air une odeur de médicament, comme dans le cabinet d'un médecin. Les pièces étaient si bien rangées qu'il était difficile de croire que quelqu'un vivait là ; surtout quelqu'un qui était de la même famille qu'un garçon aussi souillon que Dylan. Songeant au désordre qui régnait dans sa voiture et aux monticules de déchets qui jonchaient sa chambre, Gabby crut deviner pourquoi sa mère lui avait interdit l'accès de la maison.

L'ancienne chambre de Dylan était au bout du couloir, derrière la cuisine. A l'image du reste de la maison, elle scintillait comme un sou neuf et dégageait une odeur de désinfectant. Le dessus-de-lit écossais hideux était assortit aux rideaux de la cuisine, et il y avait un tapis ovale au beau milieu du plancher ciré. Des posters de chanteurs de rock étaient punaisés au mur ; des livres pour enfants, rangés par ordre de grandeur, s'alignaient sur les étagères de la bibliothèque.

Promenant son regard autour d'elle, Gabby aperçut plusieurs volumes du *Club des Cinq*, une collection de romans à suspense d'Alfred Hitchcock et *Le Seigneur des Anneaux*. Si elle n'avait pas connu Dylan, Gabby se serait imaginé qu'un enfant comme les autres avait vécu dans cette chambre.

Au fond de la pièce était situé un placard fermé par un cadenas. Dylan se concentra un instant sur la combinaison, puis ouvrit la porte. Le cœur de Gabby s'emballa à la pensée de ce qui pouvait être dissimulé à l'intérieur. Mais même en faisant appel à son imagination la plus fantasque, elle n'aurait jamais pu en deviner le contenu.

L'intérieur du placard était tapissé de notes, de coupures de journaux, de dessins et de photographies. Stupéfaite, Gabby parcourut du regard cet étrange tableau. Un article du *Westport News* relatait la tentative de suicide avortée d'un adolescent dont le nom n'était pas mentionné. Une note, rédigée d'une écriture malhabile, portait les mots suivants : « C'est enfin terminé. Il était temps. Au revoir, le monde. On se reverra en enfer. » Sur une photographie, on voyait des poignets enveloppés d'épais bandages. Sur une autre, on distinguait les poignets après que les bandages en avaient été ôtés. Telle une ronde d'araignées, des agrafes maintenaient jointes les bords d'une vilaine coupure. Le regard de Gabby glissa des photographies aux poignets balafrés de cicatrices de Dylan, et elle ne put retenir un frisson.

– Ma chambre mortuaire, s'exclama-t-il avec fierté. Tout ce qui se trouve ici représente un tribut à mon décès imminent.

– Qu'est-ce que ça veut dire ?

Il lui administra une petite tape sur la tête.

– Ça veut dire que je vais bientôt mourir, fillette. Il ne me reste plus longtemps à vivre dans ce monde pourri.

– Pourquoi ? Tu es malade ?

– Pas au sens classique du terme. Il serait plus juste de dire que j'en ai assez. Je ne supporte plus cette misérable existence. Jamais elle ne m'a convenu.

– Tu veux dire que tu as l'intention de te tuer ?

Gabby savait ce qu'était le suicide, bien sûr, mais elle n'arrivait pas à croire que quelqu'un pouvait vraiment faire une chose pareille.

L'année précédente, les jumelles et elle-même avaient décidé de devenir sœurs de sang ; mais lorsque ça avait été au tour de Gabby de piquer son doigt avec l'épingle à nourrice, elle avait failli vomir. Elle n'avait même pas pu s'infliger une blessure aussi bénigne. Les jumelles avaient accepté de se contenter d'un trait de feutre rouge.

– On se tue à petit feu, fillette. Chacune des bouffées

d'air que nous inspirons nous rapproche de la dernière ; chaque mouvement abîme notre organisme. En ce moment même, alors que tu es immobile devant moi, complètement horrifiée, tu perds des millions de cellules. Le monde entier est recouvert par les résidus de notre pourrissement permanent. Même ma mère, toute ménagère zélée qu'elle soit, n'arrive pas à éliminer les cellules mortes au fur et à mesure.

Il promena un doigt sur l'appui de la fenêtre et lui montra une infime trace de poussière.

– Des déchets humains, déclara-t-il.

Gabby fronça le nez.

– C'est dégoûtant !

– Peut-être, mais c'est aussi la vérité, mon ange. Notre agonie commence à l'instant de notre naissance. Réfléchis. Les êtres vivants ont tous la mort en commun. J'ai simplement décidé de choisir le moment, le lieu et le procédé.

Gabby ne parvenait pas à détacher ses yeux des parois de la chambre mortuaire. Elle y remarqua des inscriptions décalquées sur des pierres tombales. Sur l'une d'elles se trouvaient les mots : « Sarah Lynn Connable, 1977-1983. Un ange de lumière que le Seigneur a rappelé en Son sein. Repose en paix. »

– Sarah Lynn était ta petite sœur ?

La tristesse réduisait la voix de Gabby à un murmure.

– *Est*, et non pas *était*. La mort ne fait que libérer l'esprit des individus prisonniers ici-bas. Sarah n'a pas cessé d'exister. Mon petit cœur s'est simplement vu épargner d'autres souffrances.

– Elle avait une maladie, c'est ce que tu veux dire ?

– Absolument pas. Sarah Lynn était merveilleuse. Intelligente, pleine de vie et adorable.

– Comment est-ce qu'elle est morte, alors ?

Dylan ne répondit pas. D'un regard sombre, il contemplait les mots qu'il avait décalqués sur la pierre tombale.

– Comment, Dylan ? insista Gabby.

– Sarah avait une paire de collants en dentelle qu'elle portait pour les grandes occasions, pour aller à l'église, ce genre de choses. Un jour, elle est rentrée en courant à la maison après l'anniversaire d'une copine. Elle a trébuché dans l'allée, et elle a déchiré ses beaux collants au niveau du genou.

– Et elle en est morte ?

Gabby déchirait continuellement ses collants. Elle n'avait jamais rien subi de plus grave qu'un genou écorché.

– Lorsque mon vieux s'en est aperçu, il a frappé Sarah avec une canne jusqu'à ce qu'elle arrête de respirer. L'enfant de salaud lui a fracturé le crâne en trois endroits et lui a cassé sept côtes.

La voix du jeune homme était calme, mais Gabby eut l'impression d'avoir reçu un coup de poing dans l'estomac.

– Lorsque je suis arrivé à la maison ce jour-là, ma mère tenait Sarah sur ses genoux et essayait de la convaincre de revenir parmi nous. Mais ma sœur était trop maligne pour ça. Elle se trouvait enfin en un lieu meilleur ; elle n'allait pas revenir pour recevoir d'autres corrections.

L'histoire de la sœur morte de Dylan hantait l'esprit de Gabby. Peut-être avait-il tout inventé. Il affirmait que son père n'était pas allé en prison parce qu'il avait contraint sa femme et son fils à mentir aux médecins et à la police. Ils avaient dû raconter que Sarah avait fait une chute dans les escaliers. Le vieil homme avait juré qu'il les tuerait, eux aussi, s'ils disaient la vérité. A cette époque, avait dit Dylan, il était encore assez bête pour que cette idée l'effraie.

Aujourd'hui, la mort ne lui faisait plus peur du tout. Il était aussi impatient de mourir que Gabby de fêter son prochain anniversaire.

Ils étaient restés dans la chambre mortuaire assez longtemps pour que Gabby ait le temps de lire chaque note, chaque article, et qu'elle puisse contempler chacune des horribles photographies punaisées au mur. Durant tout ce temps-là, elle s'était efforcée de convaincre Dylan qu'il avait tort de vouloir se tuer. La vie était une chose très importante, et on n'en avait qu'une.

Mais Dylan avait rétorqué qu'il n'avait aucune raison de souhaiter rester en vie. Lorsque Gabby avait remarqué qu'on allait le regretter, il avait répliqué amèrement qu'il n'avait pas de famille qui mérite ce nom, ni d'amis. Les quelques individus qu'il fréquentait de temps à autre ne s'apercevraient même pas de sa disparition.

Gabby avait tenté de le dissuader. N'avait-il pas envie de devenir adulte ? D'avoir une femme et des enfants ? Un emploi ?

Gabby brûlait d'impatience de devenir un écrivain célèbre et adulé, comme l'amie de Mr. Perry. Elle ferait le tour des États-Unis, distribuant des autographes et parlant de son œuvre. Un jour, il y aurait chez elle une pièce dont les murs seraient tapissés des livres qu'elle aurait écrits. *Sophie le Serpent* n'était qu'un début. Tout au fond d'elle-même, elle en avait la certitude.

Mais l'avenir n'avait aucune signification aux yeux de Dylan Connable. Il n'était qu'un bon à rien, avait-il affirmé à Gabby. Au fil du temps, avait-il prédit d'un ton morne, il ne ferait que devenir pire encore. Il valait bien mieux qu'il retire ses billes du jeu.

Lorsque Gabby avait eu fini d'examiner la chambre mortuaire, il était presque l'heure du dîner. Sa mère allait bientôt se mettre à sa recherche. A son grand soulagement, Dylan avait accepté de la laisser partir.

Sur le chemin du retour, Gabby avait encore essayé de dissuader le jeune homme.

– Mais tu as une amie, Dylan. Je suis là, moi.

Il avait esquissé un sourire mélancolique.

– C'est gentil de me dire ça, fillette. Ça signifie beaucoup pour moi.

– Tu ne vas pas te tuer, alors ?

– Oh, bien sûr que si. Mais je partirai avec un regret de moins.

La taie d'oreiller de Gabby était trempée par ses larmes. Gabby devait trouver un moyen d'empêcher Dylan de se taillader de nouveau les veines ou de s'infliger d'autres souffrances. Il y avait déjà eu trop de morts autour d'elle.

Sa mère gravissait les marches de l'escalier. Gabby refoula ses sanglots et enfouit son visage humide dans l'oreiller. La porte s'ouvrit, et elle sentit le regard attentif de sa mère se poser sur elle. Retenant son souffle, elle attendit qu'elle s'éloigne.

Enfin, la porte se referma sans bruit. Gabby retourna son oreiller du côté où l'étoffe était sèche et ferma les yeux. Elle pria de tout son cœur pour que Dylan aille mieux. Pour faire bon poids, elle ajouta une prière particulière destinée à sa mère, à la famille Millport, à l'oncle Jimmy, ainsi qu'à grand-père et grand-mère Sparks. Elle s'apprêtait à clore la liste de ses requêtes lorsqu'une pensée lui traversa l'esprit.

« Peut-être est-ce trop demander, Seigneur... », murmura-t-elle. « Mais si vous avez l'intention de m'envoyer un beau-père, Mr. Perry est sans conteste mon préféré. »

Réconfortée par l'idée qu'une puissance divine était informée des problèmes de Dylan, Gabby tira les couvertures jusqu'à son menton. Ses pensées glissèrent de Dylan à Sophie, et de Sophie à la bibliothèque dont elle imaginait les étagères remplies de ses livres – des livres connus dans le monde entier. Puis son esprit revint à une réalité plus immédiate.

Le lendemain, Mr. Perry viendrait après la classe. Gabby devait persuader sa mère de mettre son pull rouge et sa minijupe noire. Le rouge lui allait merveilleusement bien et la jupe mettait en valeur ses jambes, qui étaient vraiment superbes pour une femme de presque trente-cinq ans. Il était impossible que Mr. Perry ne le remarque pas.

Un sourire effleura les lèvres de Gabby. Songeant à leur mariage prochain, elle s'endormit.

31

Se relevant de la table d'examen, Thea ôta la dernière électrode fixée sur ses tempes et essuya les résidus du gel de fixation à l'aide d'une serviette en papier humide. Le docteur Forman, vêtue d'une blouse de laborantine et chaussée de lunettes sévères, se tenait de l'autre côté du cabinet de consultation de la section médicale de Brook Hollow. Elle était penchée au-dessus de l'épaisse liasse de graphiques de l'électroencéphalogramme de Thea et l'étudiait avec minutie.

S'approchant, Thea glissa un regard par-dessus l'épaule du médecin et contempla les rangées de lignes zigzaguant sur la feuille. Le tracé de ses ondes cérébrales évoquait les empreintes de roues qu'auraient laissées un groupe de voitures dérapant follement sur une route verglacée. Mais l'expérience avait appris à Thea que même l'électroencéphalogramme le plus normal semblait parfaitement chaotique.

Il n'y a aucun problème. Il faut qu'il n'y ait aucun problème.

Durant les dix derniers mois, tous les examens neurologiques auxquels elle s'était prêtée s'étaient révélés normaux. Plus ardemment que jamais, elle souhaitait s'entendre dire que rien n'avait changé, qu'elle était encore parfaitement consciente de ses actes et exempte de toute pulsion meurtrière.

Elle brûlait d'une impatience qui la prenait aux tripes comme une tenaille chauffée à blanc. *Dites-moi que je vais bien. Dites-moi que je n'ai aucun problème !*

Mais le docteur Forman continuait de scruter les graphiques. Ses lèvres dessinaient une moue pensive. L'ombre d'une ride quasi imperceptible obscurcissait son front pâle.

Cette attente sans fin était insoutenable.

– Alors ?

La psychiatre lui lança un regard réprobateur ; puis elle se consacra de nouveau à la lecture des résultats de l'examen, qu'elle parcourait avec une lenteur exaspérante. Inspirant profondément, Thea s'efforça de maîtriser une anxiété croissante.

Il était impossible de contraindre le médecin à se hâter. Thea ne pouvait évoquer la raison de son angoisse. Si le docteur Forman avait la moindre raison de soupçonner sa responsabilité dans un meurtre, la psychiatre serait tenue d'en informer les autorités.

Thea s'imagina se jetant dans l'engrenage d'un immense concasseur. Réduisant son existence à néant. Détruisant les dernières chances qu'elle et Gabby avaient encore de surmonter la mort de Simon Gallatin, et de mener une existence normale.

Repoussant une mèche de cheveux rebelle, le docteur Forman s'attaqua au feuillet du bas et griffonna de multiples annotations sur le long ruban de papier plié en accordéon. Elle s'interrompit un instant pour tailler son crayon avec le vieil appareil à manivelle installé près de la porte du cabinet ; elle en affûta la pointe avec un soin extrême et vida le réservoir du taille-crayon dans la poubelle avant de se consacrer de nouveau à ses annotations.

Thea s'efforça d'adopter un ton serein.

– Y a-t-il un problème, docteur Forman ?

Le sourcil de la psychiatre se souleva.

– Pourquoi ? Avez-vous une raison de suspecter que ce soit le cas ?

Les battements du cœur de Thea se précipitèrent.

– Non. Je me demandais simplement pourquoi cela vous prenait autant de temps.

En fait, les motifs d'inquiétude de la jeune femme la submergeaient littéralement. De considérables laps de temps s'étaient évanouis de son existence. Les scènes de deux crimes auxquels elle ne pouvait avoir assisté s'étaient frayé un chemin dans son esprit. Il s'était produit tant d'événements inexplicables qu'elle ignorait lequel devait l'inquiéter en premier.

Et si le médecin décelait une anomalie dans l'électroencéphalogramme ? Cela confirmerait-il que Thea était bel et bien coupable du crime de Brandon Lee Payton et des pauvres vieillards de Bridgeport comme elle le redoutait tant ?

Il devait y avoir un problème. Si les examens étaient normaux, pourquoi tant d'attente et de mystères ? En début de matinée, Thea avait subi un scanner et une prise de sang pour vérifier le dosage du médicament dans son sang. Officiellement, les techniciens du laboratoire n'étaient pas autorisés à lui communiquer les résultats des examens. Mais en règle générale, Al Yudis, qui lui faisait passer les scanners et Phil Edell, du service d'hématologie, laissaient discrètement entendre à Thea que tout allait bien. Un sourire. Un hochement de tête. Mais aujourd'hui, ils s'étaient l'un et l'autre montrés réservés.

Elle se souvint qu'Al était parti brusquement après le scanner. Il avait évoqué une urgence. Etait-ce un prétexte ?

Arrête, Thea. Cela ne t'apportera rien de tirer des conclusions hâtives.

Le téléphone sonna. Le docteur Forman décrocha et se lança dans une interminable discussion concernant le dossier médical d'un patient.

Ça suffit comme ça. Qu'on en finisse !

Mais à peine la psychiatre eut-elle raccroché que la sonnerie stridente du téléphone retentit de nouveau. Cette fois-ci, le médecin écouta un instant son interlocuteur, puis raccrocha sans prononcer un mot. Ses lèvres dessinaient une ligne mince.

– Je suis désolée, Thea. Je vais devoir m'absenter. Détendez-vous ; je reviendrai dans un petit moment.

Comment Thea aurait-elle bien pu se détendre ? Elle parvenait à peine à respirer. Elle fixa la pendule du regard durant l'intégralité des cinq minutes qui s'écoulèrent avant le retour de la psychiatre. C'était une pure torture. Elle aurait préféré qu'on lui retourne les pouces et qu'on lui inflige des décharges électriques.

Le docteur Forman consacra encore presque dix minutes à l'examen du graphique. Lorsqu'elle eut enfin fini, elle déposa la liasse de feuilles dans un casier métallique, glissa ses lunettes dans la poche de sa blouse de laborantine et croisa ses mains d'une blancheur d'ivoire.

– Dites-moi comment vous vous sentiez ces derniers temps, Thea. Avez-vous eu des symptômes inhabituels ?

– Pourquoi cette question ?
– Parce que je dois prendre en compte votre condition physique afin d'opérer un diagnostic. Ne soyez pas sur la défensive. Je suis votre médecin.
– Je ne suis pas sur la défensive ; je me demandais simplement pourquoi vous me posiez cette question. Y a-t-il un problème ?
Elle décela la tension dont était empreinte sa voix, et espéra que le docteur Forman ne s'en apercevrait pas. La psychiatre tira les feuillets du casier et hésita de nouveau longuement.
– J'ai bien peur de ne pouvoir vous répondre simplement par oui ou par non. Comme je vous l'ai expliqué un nombre incalculable de fois, le traitement de crises épileptiques implique l'équilibre délicat de plusieurs facteurs. Je vais devoir étudier le résultat de tous vos examens avant de vous dire ce qu'il en est.
– Mais pourquoi ? Qu'est-ce qu'il y a ?
– Peut-être rien. Patientez quelques jours, et je serai en mesure de vous fournir davantage d'informations concrètes.
Quelques jours ? Mais comment aurait-elle pu attendre aussi longtemps ?
– Ecoutez, docteur. Je comprends parfaitement que vous ayez besoin de temps pour parvenir à une certitude. Mais si vous pensez qu'il y a un problème, je voudrais en être informée. Sur-le-champ.
Le docteur Forman tapota la liasse de graphiques de la gomme de son crayon.
– Avez-vous souffert de vertiges ? De nausées ? De maux de tête ?
Prudence, Thea. Elle ne pouvait se permettre d'échouer à ce test-là. Elle songea aux terribles douleurs qui avaient succédé à ses moments d'absence. Le docteur Forman, qui connaissait les antécédents médicaux de Thea, savait que celle-ci n'avait jamais été sujette aux migraines. Elle ne devait pas ajouter de munitions à l'arsenal du médecin.
– Tout va très bien.
Le médecin regardait d'un air scrutateur.
– Aucune somnolence, confusion d'esprit ou modification de votre rythme de sommeil ?
– Non.
– Bon. Comme je vous l'ai dit, je prendrai tous ces élé-

ments en considération, et je vous contacterai dès que je serai parvenue à un résultat formel.

Thea ne supportait pas d'être congédiée de la sorte, abandonnée à la dérive dans un océan d'incertitude et de terreur.

– Et si vous découvrez une anomalie ?

O Seigneur, quelle voix stridente !

– Dans ce cas, nous étudierons les options qui s'offrent à nous.

– D'autres traitements, vous voulez dire ? De quelles options parlez-vous ?

Le masque glacial du médecin se transforma sous l'effet de l'irritation.

– Quand – et si – cela s'avère nécessaire, nous en discuterons en détail, Thea. A présent, si vous voulez bien m'excuser, j'ai d'autres patients à examiner.

La saluant d'un signe de tête, la psychiatre saisit son sac à main et son porte-documents, et quitta le cabinet. Ses talons martelèrent bruyamment le carrelage du couloir. Thea demeura immobile, écoutant le bruit décroître et s'évanouir.

Bouleversée, elle s'approcha du casier et observa les graphiques de l'électroencéphalogramme. Si seulement elle avait été capable de le déchiffrer elle-même... Mais seul un regard professionnel pouvait en interpréter les subtilités. Les ondes cérébrales étaient affectées par la plus infime variation de pensée, de stimuli externe et de positionnement. Le pic qui se hérissait follement au beau milieu du feuillet supérieur était peut-être l'indice d'une crise. Ou bien il pouvait s'agir d'une simple réaction à un bruit en provenance du couloir.

Tout à coup, Thea fut submergée par le désir désespéré de s'emparer de la liasse de graphiques et de les confier à un autre psychiatre ou à un neurologue qui pourrait en interpréter les résultats pour elle. Mais de quelle façon pourrait-elle justifier ce vol ?

Prends garde de ne jamais plonger avant de connaître la profondeur de l'eau, Checker.

Elle n'avait pas d'autre choix que d'attendre le diagnostic du docteur Forman. Thea essaya de se réconforter en considérant l'éventualité la plus favorable. Selon toute vraisemblance, la psychiatre lui téléphonerait d'ici un ou deux jours pour lui annoncer qu'il n'y avait pas le moindre problème. Tout cela était probablement dû à un pic bien innocent dans le tracé de l'encéphalogramme, auquel le médecin avait prêté une attention exagérée. Selon les termes mêmes du docteur Forman, ces choses-là étaient très subtiles et extrêmement subjectives.

Cependant, alors que Thea quittait le service médical, une autre hypothèse désagréable s'immisça dans son esprit. Peut-être n'y avait-il absolument rien d'inhabituel dans les résultats de l'examen. Se pouvait-il que l'attitude affectée par le médecin et l'attente qu'elle lui infligeait soient le fruit d'une tactique destinée à punir Thea d'avoir mis un terme à sa thérapie ?

A cette pensée, la jeune femme sentit la fureur l'envahir. Il n'était nul besoin de déployer un trésor d'imagination pour croire Maxine Forman capable d'agir sous l'effet de la rancune. Certes, c'était un excellent médecin ; mais aucun des diplômes accrochés au mur ne garantissait qu'il s'agisse d'un être humain digne de ce nom.

Thea était indignée, mais elle préférait de très loin ce sentiment à l'impuissance et aux lugubres pressentiments qu'elle éprouvait quelques instants plus tôt. S'immobilisant un instant sur le seuil de l'hôpital, elle décida impulsivement d'aller rendre visite à Billy. Après le docteur Forman, elle avait bien besoin d'un antidote.

D'une démarche rapide, elle longea les pièces familières en évitant tout contact avec les malades. Elle se sentait oppressée par les relents de renfermé et de désespoir qui se dégageaient des lieux. Elle avait franchi la moitié du couloir lorsque Mrs. Argersinger se précipita hors de la salle de télévision, brandissant son sempiternel parapluie.

– A terre, fillette ! Mettez vos miches à l'abri, et plus vite que ça !

Lorsqu'elle eut dépassé les chambres, Thea frappa à la porte de la salle réservée au personnel et jeta un coup d'œil à l'intérieur. L'infirmière était tassée dans un fauteuil, le menton reposant sur son opulente poitrine, et émettait de bruyants ronflements.

La pauvre Billie semblait épuisée. Répugnant à la déranger, Thea ressortit à pas de loup et referma lentement la porte derrière elle. Mais la charnière laissa échapper un couinement semblable à celui d'un porcelet qu'on égorge.

– Qui est là ? Que se passe-t-il ?

Thea réprima une grimace et glissa de nouveau la tête à l'intérieur de la pièce.

– Désolée, Billie. Je n'avais pas l'intention de vous réveiller.

L'infirmière eut un geste de la main.

– Je ne dormais pas, ma grande. Je me reposais simplement les yeux une minute. Entrez. Qu'est-ce qui vous amène ?

Entrant dans la salle, Thea prit place dans un fauteuil en face de celui de son amie. Les chevilles de Billie, posées en hauteur sur un pouf en skaï, semblaient en meilleur état que la fois précédente. Mais aujourd'hui c'était le visage de l'infirmière qui était bouffi et tuméfié.

– Je suis venue faire des examens.

– De quel genre ?

– La routine. Que se passe-t-il ? Vous avez l'air vannée.

Billie frotta ses yeux injectés de sang.

– Vita Negrone manque toujours à l'appel ; et maintenant, sa famille menace de nous intenter un procès. La police n'a pas réussi à retrouver sa trace, et le docteur Forman s'est mis en tête d'envoyer les membres du personnel à sa recherche. Au cours des deux dernières nuits, je n'ai pas eu plus de quatre heures de sommeil.

– C'est ridicule, Billie. Vous allez tomber malade.

– Pour tout vous dire, je le suis déjà. Ce qui est sûr, c'est que le docteur Forman me donne des boutons.

– Je n'ai aucune difficulté à comprendre ça !

Thea parut soucieuse.

– C'est étrange que l'on n'ait pas retrouvé Vita.

Etrange et troublant.

– Oh, elle finira bien par se montrer. Et vous, comment allez-vous ? On dirait que vous portez toute la misère du monde sur vos jolies épaules.

Thea était tentée de s'épancher auprès de l'infirmière, mais elle refréna ce désir. Elle ne pouvait confier les terribles doutes qui l'habitaient à personne, pas même à Billie.

– Le train-train quotidien, dit-elle, s'efforçant d'adopter le ton insouciant de sa mère.

Billie eut l'air sceptique, mais n'insista pas.

– Si vous avez besoin de moi, je suis là.

– Je sais, et je vous en suis reconnaissante. Croyez-moi.

L'infirmière consulta sa montre et se hissa sur ses pieds. Etouffant un bâillement, elle se massa les reins.

– C'est l'heure que j'y retourne. Mais restez et tenez-moi compagnie, si vous voulez. Pour dire la vérité, je regrette que vous ne soyez plus là.

– Vous me manquez aussi, Billie. Par contre, je ne regrette pas cet endroit le moins du monde. Je suis à ma place chez moi, avec Gabby. Pas ici !

Thea avait mis beaucoup plus d'emphase dans sa déclaration qu'elle n'en avait l'intention. Les yeux noirs de Billie s'écarquillèrent.

– Bien sûr, ma grande. Personne n'a dit le contraire, si ?

– Non. Je suis désolée. Je crois que je suis un peu sur les nerfs.

– Vous êtes sûre que vous ne voulez pas dire à la vieille Billie ce qui ne va pas ? On se sent tellement mieux lorsqu'on s'est libéré de ce qu'on a sur le cœur.

– Je vous l'ai déjà raconté samedi, Billie. Le docteur Forman me rend nerveuse, voilà tout.

Bille hocha vigoureusement la tête.

– Bienvenue au club ! Ce médecin est pire qu'un sale moustique qu'on n'arriverait pas à écraser.

Thea refusa d'accompagner l'infirmière durant sa ronde ; elle avait le sentiment que les murs de l'hôpital se refermaient sur elle, la privant d'air.

Chez elle, elle pouvait se consacrer à son travail, s'occuper de sa fille et continuer à vivre. Ici, elle était réduite à être la patiente 53 967 : un étrange cas clinique de troubles neurologiques et de sévices infligés dans un état d'inconscience.

Il fallait que les examens soient négatifs. Elle devait être libérée à tout jamais de cet endroit.

Enfilant sa veste en jean, elle se hâta vers la réception. Une fois à l'extérieur, elle inspira avidement une goulée d'air et, traversant le parking d'un pas rapide, se dirigea vers la Volvo. Le ciel s'était assombri. Elle crut sentir une goutte de pluie.

JOURNAL INTIME
2 octobre

La dernière fois que cela s'est produit, j'avais onze ans ; mon corps était en train de subir une métamorphose stu-

péfiante. Durant l'été, j'avais grandi de quinze centimètres, et j'étais aussi maigre et dégingandée qu'un poulain nouveau-né.

Un jour, alors que je m'essuyais après avoir pris un bain, je découvris que de petits renflements, semblables à des piqûres d'abeille, avaient poussé sur ma poitrine. Lorsque je les montrai à ma mère, souhaitant m'entendre dire qu'il ne s'agissait pas d'une grave maladie, elle déclara d'un ton lugubre que j'allais bientôt devenir une femme. A en croire les propos inquiétants qu'elle me tint, cela s'accompagnerait de douleurs, de pertes de sang, et de la nécessité d'utiliser des objets humiliants semblables à ceux qu'elle dissimulait derrière la réserve de papier toilette, sous le lavabo de la salle de bains.

Au cours de mes explorations enfantines, j'avais découvert ces choses bizarres : d'épais rectangles parfumés et de minces torpilles de carton accrochées à des ficelles. Tout en l'écoutant, je tentai de m'imaginer disposant ces objets contre les parties intimes de mon corps, et je m'empourprai sous l'effet de la honte.

Les garçons allaient me traiter différemment, me prévint-elle. Il faudrait que je sois en permanence sur mes gardes. Les hommes étaient mus par des instincts primaires et violents. Ils n'hésitaient pas à abuser d'une fille gentille, docile ou ignorante.

Je ne lui confiai pas que je le savais déjà. Je craignais qu'elle ne me demande qui me l'avait appris.

Pendant des jours, j'eus affreusement peur de mon père. Les transformations qui s'étaient opérées en moi allaient certainement décupler son ardeur. Mais lorsque, enfin, une nuit, il entra dans ma chambre et m'emmena dans l'endroit secret, il se produisit une chose stupéfiante.

Pendant un laps de temps interminable, il me dévisagea comme si j'étais une créature inconnue. Promenant sans douceur sa main sur ma poitrine, il sentit les renflements des piqûres d'abeille. Son visage grimaça de dégoût. Me forçant à descendre de ses genoux, il m'ordonna de disparaître.

Jamais plus il ne me toucha. Je le soupçonne de s'être attaqué à mon frère, qui était mon aîné de deux ans mais dont la silhouette était encore celle d'un enfant. Mon frère n'osa jamais en parler. Mais la lueur qui brillait dans ses yeux disparut comme une ampoule grillée, et il devint maussade et silencieux.

Mes plaies entamèrent leur processus de cicatrisation. J'éprouvais un sentiment de soulagement empreint de culpabilité. Progressivement, les atroces souvenirs se firent de plus en plus lointains. La souffrance s'estompa jusqu'à n'être plus qu'un élancement de douleur passager. Au fil du temps, je parvins à tisser autour de ces pensées malsaines une toile qui les dissimulait à ma conscience, et à les refouler dans les plus profondes oubliettes de mon esprit.

Cela aurait pu s'arrêter là. Mais mon père continuait à semer le malheur, annihilant toutes mes chances de sérénité, d'amour et de bonheur. Le mal se multiplie avec une rapidité stupéfiante. J'ai bien appris la leçon, quoique trop tard pour mon salut.

La source doit être supprimée, sous toutes ses formes. La dernière – qui est également la plus difficile – reste encore à vaincre.

32

Biederman était progressivement mis à l'écart. La veille, c'était le programme de sécurité dans les bus ; aujourd'hui, le standard. Il n'y avait rien en deçà, si ce n'était le service de la fourrière et l'enregistrement des chiens atteints de la rage.

Passerelli, assigné temporairement à faire équipe avec un inspecteur novice du nom d'Herb Sinkinson, compatissait du fond du cœur.

– Le standard ! Bon sang, je suis content que ça ne soit pas moi, Danny.

– Merci, Vince. Ça me fait vraiment plaisir.

– Désolé. Ce n'est pas ce que je voulais dire... Je voulais simplement dire que j'aurais horreur de passer toute la journée à répondre au téléphone devant ce bureau. Ça me tuerait probablement d'ennui.

– Je comprends, Vince. Chacun ses goûts... Personnellement, j'ai toujours rêvé d'être affecté au standard.

– Tu plaisantes !

– Est-ce que je plaisanterais au sujet d'une chose pareille ?

– Eh bien alors, c'est parfait.

Gloussant de rire, Passerelli abandonna son ami au standard et s'en fut à la recherche de son partenaire de fortune.

Le fauteuil de Biederman était bancal, avec un socle pivotant perclus d'arthrose. La housse de faux cuir avait l'aspect et la consistance d'une tranche de bœuf fumé. Biederman chaussa les écouteurs qui exhalaient une odeur de gel capillaire et balaya du regard son poste de commandes.

Lourde tâche.

Durant toute cette interminable journée, il allait faire office de lien entre le monde extérieur et le poste de police. Il lui incomberait la lourde responsabilité de transmettre les plaintes et de répondre aux appels à l'aide. Lorsque les citoyens modèles de Westport voudraient protester contre les embouteillages ou se plaindre du volume sonore de la chaîne stéréo de leurs voisins et de leurs disputes conjugales, il serait l'homme de la situation. *Idem* lorsque Minou escaladerait un poteau télégraphique ou que Fido prendrait la clef des champs. Biederman s'efforça de prendre conscience de l'ampleur de ses nouvelles responsabilités. Il se sentit totalement accablé.

Le standard était constellé de voyants lumineux et de numéros de postes. Une liste indiquant les numéros des membres du personnel, glissée dans une chemise de plastique jaune, se balançait au bout d'un lacet effrangé. La ligne directe de Delavan se trouvait tout en haut du répertoire. Poste 53. Biederman tapota les deux chiffres sur le clavier. Un *fa* aigu, suivi d'un *si* neutre. Cela réjouissait son oreille.

Un voyant lumineux se mit à clignoter sur le standard. Il s'agissait d'une femme qui souhaitait obtenir des informations sur le projet de construction d'un pont. Biederman transféra son appel sur le poste de Delavan. Puis ce fut au tour d'une petite fille qui voulait savoir si elle pouvait venir leur montrer les échantillons du papier d'emballage que sa classe vendait pour financer une excursion à Mystic Seaport. Encore Delavan.

Trois appels à la suite signalèrent qu'un fil télégraphique était tombé à terre sur Long Lots Road. Biederman les transféra tous à l'inspecteur-chef. Il fit de même lorsqu'un homme souhaita s'enquérir de la TVA pratiquée dans l'Etat du Connecticut pour les travaux de décoration d'intérieur, et qu'un autre l'interrogea sur la possibilité d'engager des policiers qui n'étaient pas en service pour régler la circulation lors d'une brocante de quartier. Après tout, Delavan était l'inspecteur-chef de la brigade. Qui était mieux qualifié que lui pour répondre à toutes ces requêtes déconcertantes ?

Le service de Biederman commençait à neuf heures. A

neuf heures trente, il était parvenu à pousser son supérieur à bout. Delavan fit irruption comme une furie dans le hall d'accueil et abattit son poing sur le bureau, envoyant une pile de messages voleter dans les airs.

– Je ne trouve pas ça drôle, Biederman. Arrêtez de faire sonner mon téléphone !

– Désolé, chef. Je suppose que je ne suis pas très doué.

– Dans ce cas, débrouillez-vous pour faire des progrès ! Ça fait partie de votre travail. Vous l'effectuez correctement, ou cette journée ne vous sera pas payée.

D'un ton volontairement neutre, Biederman répliqua :

– Sauf votre respect, chef, vous êtes un con.

Le visage de l'inspecteur-chef devint cramoisi.

– Je n'ai pas l'intention de supporter plus longtemps votre insolence, Biederman. Vous pouvez dès à présent vous considérer sous le coup d'un avertissement. Un autre dérapage, et vous rendez votre insigne.

Durant le reste de la matinée, Biederman obéit aux ordres de Delavan. Il transféra le flot incessant d'appels au service des relations publiques et des affaires internes. Westport était loin de constituer un haut lieu de la criminalité ; le délit le plus grave auquel il lui fallut répondre fut une plainte concernant le vol d'un sac à main et de deux boîtes de spaghettis dans une villa d'Old Road. Les soupçons pesaient sur la baby-sitter, bien que le coupable pût également être le laveur de carreaux, le peintre en bâtiment, la blanchisseuse ou la cuisinière.

« Le sac à main n'est pas neuf, mais il a une grande valeur sentimentale, insista son interlocutrice. »

Personnellement, Biederman aurait été davantage affecté par le vol des pâtes alimentaires ; mais il recopia consciencieusement les informations qu'elle lui fournissait et promit d'envoyer sur les lieux la première voiture de police disponible.

A midi, il fut remplacé l'espace de sa pause d'une demi-heure par un jeune homme du nom d'A. J. Tesler. Biederman consacra ce laps de temps à arpenter le parking où régnait une relative tranquillité. Après trois heures d'appels incessants, des clochettes tintinnabulaient dans son crâne, son oreille lui démangeait et sa mâchoire était raidie de crampes.

A midi trente, muni d'une cannette de Coca-Cola et d'une barre de Snickers, Biederman regagna son poste. L'après-midi s'écoula avec une lenteur insoutenable.

Durant les accalmies, Biederman se distrayait en inspectant le contenu de ses poches et en classant ses cartes de crédit par ordre d'importance de dettes.

A quatre heures, Biederman ne pouvait supporter de rester assis un instant de plus ; mais au moindre changement de position, le fauteuil se convulsait dangereusement.

De temps à autre, alors qu'il s'entretenait avec l'un des citoyens de Westport, la voix de Biederman gravissait une octave.

– Oui, madame. Nous allons vous envoyer quelqu'un tout de suite.

Encore une heure à tuer. La punition de l'inspecteur-chef commençait à obtenir l'effet désiré. Entre deux communications, Biederman méditait sur les péchés qu'il avait commis en s'insurgeant contre le pouvoir et les autorités supérieures. Il s'était ouvertement opposé aux ordres irrationnels de son chef. Il avait refusé d'élaborer un stratagème visant à faire inculper Thea Harper. Il avait eu l'audace de s'impliquer dans une cause aussi triviale que la défense des droits civiques d'une femme.

Cependant, il demeurait fermement convaincu que Thea méritait qu'il lui apporte son soutien et, si nécessaire, sa protection. S'il en perdait sa place, tant pis. Delavan tenait peut-être son avenir professionnel et la sécurité de son poste entre ses mains, mais Biederman refusait de leur sacrifier sa dignité.

Alors que l'aiguille de la pendule trottinait vers quatre heures trente, il dirigea ses pensées vers son rendez-vous imminent à l'antenne du FBI. Enfin, il allait pouvoir consulter les dossiers de l'affaire Gallatin. Il se trouvait nécessairement, quelque part dans la montagne de dépositions et de documents, un élément que l'on avait négligé et qui constituait la preuve de l'innocence de Thea Harper. S'il était bon juge de la nature humaine, cette femme n'était pas une meurtrière.

Le fait de songer à Thea apaisa sa nervosité. Il imagina ses yeux constellés de paillettes d'or, les reflets de sa chevelure. Il songea à son corps admirable, à la grâce et à l'élégance avec lesquelles elle se mouvait.

Un autre appel parvint au standard. Arraché à sa rêverie, Biederman décrocha. Il s'agissait d'un conducteur indigné qui avait endommagé les essieux de sa Porsche sur un nid-de-poule de North Street. La ville était responsable, vociférait-il. Il allait porter plainte, demander à des amis haut placés d'écrire des lettres et des articles incendiaires dans les journaux les plus prestigieux. Il allait faire en sorte que tous les responsables soient renvoyés !

Rien de tel qu'un petit accès d'hystérie pour dissiper la monotonie ambiante. Biederman prit allègrement note des doléances de son interlocuteur et lui conseilla d'en référer à l'ingénieur des travaux publics de la ville. Plus que quinze minutes à tirer.

A cinq heures moins dix, Passerelli et Sinkinson firent leur entrée. Sinkinson se dirigea vers les vestiaires ; Vince s'arrêta un instant près du bureau.

– Comment va, Danny ? Tu as passé une bonne journée ?

– Mais oui, Vince. Et toi ?

– Excellente. Herb et moi, on a fini par découvrir les relevés de banque du type soupçonné de détournement de fonds dans l'affaire Hawkins. Il a viré une somme d'argent sur son compte à chaque fois que la société faisait un retrait. Les dates et les heures coïncident parfaitement. Difficile de piéger quelqu'un plus en beauté, hein ?

Biederman esquissa un sourire forcé. C'était une enquête dont il s'était personnellement occupé. Il y avait travaillé durant trois semaines ; à présent, Vince et Sinkinson allaient en récolter les fruits.

– Je suis content pour toi, Vince.

– Merci. Ecoute, Danny, il faut que je file. J'ai invité Herb à dîner. Gina nous a préparé un poulet à la cacciatore. Tu es le bienvenu, si tu veux nous accompagner.

Le poulet de Gina était absolument infect. De délicats morceaux de pâte à papier, assaisonnés d'une sauce relevée à la salmonelle.

– Merci, Vince, mais j'ai à faire. A demain.

Un autre appel. Biederman se connecta avec la ligne dont le voyant lumineux clignotait.

– Police de Westport. Que puis-je faire pour vous ?

– Je suis l'inspecteur Ray Edwards, de Bedford, dans l'Etat de New York. Je voudrais m'entretenir avec un membre de la Criminelle.

Visiblement, il s'agissait d'une affaire sérieuse.

– Je suis l'inspecteur Dan Biederman. Dites-moi ce dont il s'agit.

Il y eut un instant de silence. Edwards était probablement en train de se demander ce qu'un type de la Criminelle fabriquait au standard. Judicieuse question.

– Voilà, inspecteur. J'enquête sur l'affaire Brandon Lee Payton.

– L'acteur ?

– Oui. La presse ne cesse de nous harceler au sujet de cette enquête. Nous y avons affecté la moitié de nos effectifs, sans résultat. Mais il y a quelques minutes, nous avons reçu un coup de téléphone étrange d'une femme qui se prétendait journaliste. Elle voulait savoir à quel stade en était l'enquête, si nous avions des suspects... ce genre de choses. Nous avons des raisons de croire que le coupable est une femme, et ce coup de fil nous a mis la puce à l'oreille ; nous avons donc localisé l'appel. Il provenait du central téléphonique de Westport.

Biederman savait que, théoriquement, il aurait dû en référer à Delavan. Mais cela irait à l'encontre des ordres de l'inspecteur-chef, qui avait exigé de ne plus être dérangé. Et quoi qu'il en soit, l'intérêt de Biederman était bien trop éveillé pour qu'il se dessaisisse de cette affaire.

– De quel numéro s'agit-il ? J'ai presque terminé ma journée. Je peux aisément le vérifier pour vous.

– Oui, merci. Le plus tôt serait le mieux. Nous ne pouvons pas perdre de temps à jouer au petit jeu des juridictions ; s'il s'agit de la coupable, il ne faut pas qu'elle prenne la fuite.

Biederman lui promit de rappeler les forces de police de Bedford dès que possible. Il recopia le numéro du correspondant anonyme sur une feuille de carnet et raccrocha, mal à l'aise. Le numéro lui semblait familier. Trop familier. Lorsque Biederman consulta l'annuaire, l'appréhension qui l'avait envahi se mua en réelle inquiétude.

Un autre voyant lumineux s'était mis à clignoter sur le standard. Ajustant de nouveau ses écouteurs, Biederman se brancha sur la ligne et répondit à l'appel.

33

Pourquoi sa mère se montrait-elle aussi insupportable ? Lorsque Gabby était rentrée de l'école, elle l'avait trouvée dans le salon, serrant le vieil album de photographies entre ses bras, le regard lointain fixé sur le mur. Son visage était blême et moite de sueur.

Quand Gabby lui avait demandé ce qui n'allait pas, elle avait assuré qu'elle n'était pas malade. Mais elle ne s'était pas comportée comme d'habitude ; elle n'avait pas proposé à Gabby de goûter, ne lui avait pas demandé comment s'était déroulée sa journée d'école. Sa mère donnait l'impression de se trouver à des milliers de kilomètres, comme si on avait volé son cerveau et qu'on l'avait expédié à Tahiti.

Pis encore, elle avait refusé de quitter son vieux chemisier et son jean usé et de se coiffer pour la visite de Mr. Perry ; pourtant, ses cheveux étaient tout crépus et emmêlés sur les côtés.

A quatre heures, lorsque l'instituteur était arrivé, elle lui avait à peine dit bonjour avant de s'éclipser, prétextant son travail pour se réfugier dans l'atelier. Depuis lors, Gabby surveillait la porte du regard, s'attendant que sa mère réapparaisse d'un instant à l'autre. Mais il était déjà cinq heures, et elle n'avait toujours pas donné signe de vie.

Mr. Perry consulta sa montre.

– Tu as fait du bon travail, Gabby. Je pense que ça suffit pour aujourd'hui.

– Oh non ! L'histoire est presque finie. Est-ce que

vous pourriez rester jusqu'à ce que j'aie terminé, s'il vous plaît ?

Il était tout simplement impensable qu'il s'en aille avant le retour de sa mère. Tôt ou tard, il faudrait qu'elle quitte son maudit atelier et qu'elle prépare le dîner.

Gabby craignait que le maître ne refuse ; mais il se contenta de lui poser une question relative à l'histoire.

– Très bien. Que fait Eleanor quand elle s'aperçoit que son amie Connie s'apprête à se noyer dans le détroit de Long Island ?

Gabby se contracta. Elle ne cessait de s'embourber dans cette partie du récit. Comment empêchait-on quelqu'un de se tuer ?

– Et si elle le disait à la police, et qu'ils aillent sur la plage pour empêcher Connie de se jeter à l'eau ?

– C'est une possibilité. Mais comment la police pourrait-elle surveiller la plage en permanence ?

– Eh bien... peut-être qu'Eleanor pourrait découvrir quand et où Connie a l'intention de se noyer, et comme ça elle pourrait le dire à la police ?

Mr. Perry hocha la tête.

– Ça pourrait convenir, dans la mesure où Connie s'est confiée à Eleanor.

– Eh bien, c'est sa meilleure copine.

Gabby ne dissimulait jamais rien à Opal ou à Jazzy, sauf le jour où Caity Cohane avait traité les jumelles de bêcheuses. Gabby ne voulait pas leur faire de la peine en leur répétant ça.

Gabby se pencha au-dessus de son cahier. Elle serra fort le stylo entre ses doigts.

Connie confia à son amie qu'elle allait se noyer à Compo Beach à cinq heures le samedi. Eleanor appela la police et leur demanda de l'en empêcher.

– Beau travail, mademoiselle l'Ecrivain. On dirait que nous nous approchons de la conclusion, déclara Mr. Perry.

Pas avant que sa mère ne réapparaisse.

– Non, attendez. Il faut que je *peaufine* ça.

Mr. Perry venait de lui apprendre ce mot. Les vrais écrivains ne cessaient de peaufiner leurs textes, avait-il affirmé. Ainsi, leur œuvre s'améliorait sans cesse.

– Ça me semble très bien.

– Non. Ça ne va pas. Je ne crois pas qu'Eleanor appellerait la police et qu'elle cafarderait sa meilleure copine. Elle ne voudrait pas que Connie se fasse gronder ni rien.

– Bon, qu'est-ce qu'elle ferait à la place ?

Gabby sentit que l'instituteur perdait patience. Sa voix devenait tranchante et tendue. Mais sa mère ne devait plus tarder.

– A votre avis, Mr. Perry, qu'est-ce qu'elle ferait ?

– C'est ton histoire, Gabby. Tu dois inventer la fin toi-même.

– Oh, je vais y arriver. Mais je ne sais pas grand-chose au sujet des gens qui veulent se donner la mort.

Avaient-ils tous des chambres mortuaires et des cicatrices semblables à de longs vers autour de leurs poignets ? Tenaient-ils tous des propos aussi étranges que Dylan Connable ?

Mr. Perry esquissa un sourire.

– Si un écrivain ignore quelque chose, il lui faut procéder à des recherches.

Devinant la perplexité de Gabby, il reprit :

– Ça veut dire qu'il faut que tu ailles te documenter à la bibliothèque par exemple, ou que tu en discutes avec un expert pour trouver les réponses aux questions que tu te poses. Il y a un numéro de SOS-Suicide à Westport. Je suis sûr que si tu leur téléphonais, ils te feraient quelques suggestions, et peut-être même t'enverraient-ils une brochure.

– Rechercher et peaufiner, répéta-t-elle en savourant ces mots.

Les tâches dont Mr. Perry la chargeait étaient presque aussi sérieuses que celles qu'Amber devait exécuter au lycée.

– D'accord. Je vais essayer tout de suite.

– Tu t'en occupes, et nous en parlerons demain.

Mr. Perry se levait et sortait ses clefs de voiture de sa poche.

– Oh non, attendez ! Peut-être qu'ils me donneront la réponse au téléphone, comme ça on pourra terminer l'histoire...

– Nous la terminerons la prochaine fois, Gabby. J'appellerai ta mère pour savoir quel jour lui convient.

A présent, il enfilait sa veste. Gabby avait envie de s'agripper à sa manche.

– Non, je vous assure, Mr. Perry. Il *faut* que je termine cette histoire aujourd'hui. Vous savez, je suis sûre que maman aimerait beaucoup que vous restiez dîner. Je vais aller lui demander.

Ignorant ses protestations, elle se précipita hors de la cuisine et s'engouffra dans l'atelier sans frapper. Des règles strictes lui défendaient d'ennuyer sa mère lorsque celle-ci peignait. A moins que Gabby ne soit malade, qu'elle se soit blessée ou que la maison soit en flammes, la fillette n'avait pas le droit de faire intrusion dans l'atelier. La peinture exigeait une grande concentration. L'irruption de Gabby pouvait faire déraper le pinceau de sa mère et gâcher le tableau tout entier. Mais aux yeux de Gabby, il s'agissait d'un cas d'extrême urgence.

Sa mère était au téléphone. Une illustration de l'album de Sophie se trouvait sur le chevalet. Elle représentait la scène où les adolescents prévenaient Sophie que Willy était un voyou, et lui conseillaient de lui interdire l'accès du restaurant-glacier. Pour Gabby, la toile était achevée et sèche. Pourquoi alors sa mère s'attardait-elle dans l'atelier au lieu d'aller rejoindre l'instituteur ?

Posant sa main sur le combiné, sa mère fronça les sourcils.

– Qu'est-ce qu'il y a, Gabby ?

– Est-ce que Mr. Perry peut rester dîner ?

– Pas ce soir. Une autre fois.

– Oh, s'il te plaît, s'il te plaît !

– J'ai dit non, Gabby. Maintenant va-t'en, je t'en prie. Tu sais très bien que tu ne dois pas venir ici lorsque je travaille.

– Mais tu ne travailles pas. Tu es simplement en train de parler dans ce fichu téléphone.

– Je t'ai dit de t'en aller.

Sa mère parlait d'une voix basse mais vibrante de colère. Gabby savait qu'elle s'exposait à de gros ennuis, mais elle ne pouvait s'en empêcher.

– Pourquoi es-tu si méchante avec Mr. Perry ? Il nous a invitées à dîner, et il m'a offert le livre et le panda...

– Je suis occupée. Nous en parlerons plus tard.

– Non, maman, *maintenant* ! Mr. Perry va s'en aller. Il faut que tu ailles lui demander de rester dîner.

– Tu connais les règles, Gabby. Nous en parlerons lorsque je serai sortie d'ici.

Sa mère porta le combiné à son oreille et recommença à parler. Gabby eut le sentiment d'être devenue invisible.

– Oui. Je suis en train de rédiger un article, et je voudrais savoir où en est l'enquête concernant le meurtre de Gaithwaite. Il n'y a personne à qui je puisse parler à cette heure-ci ? Très bien. Je rappellerai demain matin, après neuf heures. Pouvez-vous m'épeler son nom ?

Gabby bouillait d'impatience. Dès que sa mère eut reposé le combiné, elle lui saisit la main et l'entraîna vers la maison.

– Je t'ai dit « une autre fois », Gabby. Je ne suis pas d'humeur à recevoir un invité ce soir.

– Allez, demande-lui ! On pourra commander de la cuisine chinoise...

Mais la cuisine était déserte. Mr. Perry avait laissé un mot sur le plan de travail :

Chère Gabby, il faut que je file. A demain, à l'école. M.P.

Les larmes perlèrent dans les yeux de Gabby.

– Et voilà ! Ça ne va jamais marcher, maintenant. Il doit croire que tu le détestes !

– Mais enfin, *qu'est-ce* qui ne va jamais marcher ? De quoi est-ce que tu parles ?

– Mr. Perry et toi !... Tu lui plaisais vraiment, maman !... Ça se voyait !...

Un sourire éclaira le visage rembruni de sa mère.

– Je suis désolée de te décevoir, ma chérie, mais il n'y a rien entre Mr. Perry et moi. Il souhaite t'aider à écrire ton roman. C'est tout.

– Ce n'est pas vrai ! Il t'a regardée comme Miss Piggy regardait Kermit quand elle est tombée amoureuse de lui dans les *Muppet Show*. Je l'ai bien vu, maman, je t'assure ! Téléphone-lui et demande-lui de revenir. Je t'en prie !

Mais sa mère se contenta d'ouvrir la porte du réfrigérateur et d'en inspecter le contenu.

– De quoi as-tu envie pour dîner, Gabs ? Du poulet ou des pâtes ?

– Maman, c'est sérieux !

Le sourire de sa mère s'évanouit.

– Assieds-toi, chérie. Je vais essayer de t'expliquer quelque chose.

Gabby avait déjà entendu cette histoire des dizaines de fois : Sa mère était toujours amoureuse de son père, même s'il n'était plus en vie. Elle n'avait, prétendait-elle, nullement besoin d'un petit ami.

– Pour l'instant, je trouve qu'on est très bien toutes les deux, Gabby. De toute façon, on ne peut pas forcer ces choses-là. Quand c'est le moment, cela se produit, voilà tout.

– Alors, comment sais-tu que ça ne t'arrivera pas avec Mr. Perry ?

– Je ne crois pas, chérie.

– Mais tu n'en es pas absolument, complètement, tout à fait sûre. Pas vrai ?

– Pas à ce point-là, non.

– Parfait ! Est-ce qu'il peut venir dîner demain soir ?

Sa mère laissa échapper un soupir.

– Je te l'ai dit, je n'ai pas très envie d'avoir de la compagnie.

– S'il te plaît, maman. Il a été si gentil avec nous !

Sa mère était sur le point de céder ; Gabby reconnaissait les signes annonciateurs d'une capitulation.

– Je m'occuperai de mettre la table et de faire la vaisselle. Je préparerai même la salade !

Cette fois-ci, sa mère soupira avec résignation.

– Très bien. Tu peux lui demander s'il est disponible. Mais n'insiste pas trop.

Gabby brandit trois doigts.

– Croix de bois, croix de fer !...

Se délectant de sa victoire, Gabby se précipita à l'étage pour se laver les mains avant de passer à table. Après le dîner, elle téléphonerait à Amber pour solliciter ses conseils. Tous les garçons étaient éperdument amoureux d'Amber. Il y avait sans arrêt des milliers de lycéens et même d'étudiants qui lui téléphonaient, lui rendaient visite et l'invitaient à sortir. Mr. Millport traitait la plupart d'entre eux comme s'il s'était agi de moustiques, mais ils se contentaient d'essuyer ses rebuffades et repartaient à l'attaque de plus belle.

Amber savait s'y prendre, cela ne faisait aucun doute. Elle saurait exactement comment faire en sorte que « ça se produise » entre sa mère et Mr. Perry. Peut-être existait-il un philtre d'amour dont Gabby pourrait saupoudrer leur nourriture.

Enchantée par cette idée, Gabby dressa mentalement la liste de ce qu'il lui fallait faire. En premier lieu, elle devait consulter Amber. Ensuite, elle appellerait SOS-Suicide et demanderait comment s'y prendre pour empêcher un ami de se tuer. Elle affirmerait que c'était seulement pour l'histoire qu'elle écrivait, mais elle était sûre d'apprendre quelque chose qui lui permettrait de sauver Dylan.

Il y avait tant à faire ! Avant d'aller se coucher, elle devait choisir les habits qu'elle mettrait le lendemain et rédiger une invitation à dîner pour Mr. Perry. Elle décida de l'illustrer avec un portrait de Perry le Panda. Il fallait également qu'elle ait une sérieuse discussion avec sa mère sur ce que celle-ci comptait cuisiner et les vêtements qu'elle avait l'intention de porter. Après la façon dont sa mère s'était comportée et l'allure qu'elle avait cet après-midi, le dîner du lendemain devait être particulièrement réussi.

Gabby dévala les escaliers afin de trouver quelque chose à grignoter en attendant de passer à table. Mais un coup frappé à la porte l'arrêta tout net. Mr. Perry devait avoir changé d'avis, à moins qu'il n'ait oublié quelque chose, et il était revenu. C'était parfait !

Lorsqu'elle ouvrit la porte, une bourrasque s'engouffra dans la maison, accompagnée de gouttes de pluie. Sur le seuil se dressait un homme si grand que Gabby lui arrivait à peine à la taille. Jamais elle n'avait vu quelqu'un d'aussi grand, sauf dans *King Kong*.

Mais lorsqu'il déclina son identité et demanda à voir sa mère, Gabby réalisa que ce n'était pas la première fois qu'elle voyait ce géant. Et, tout comme la fois précédente, elle savait qu'il annonçait de graves ennuis.

34

Au volant de sa voiture, Biederman avait envisagé une dizaine de façons d'aborder le sujet. Il ne voulait pas lui assener un coup de massue, mais il n'y avait aucun moyen de prendre des gants. Qu'était-il supposé dire, nom d'un chien ?

Alors, il paraît que vous avez appelé la gendarmerie de Bedford au sujet du meurtre de Brandon Lee Payton ? De quoi s'agit-il, Mrs. Harper ? Vous êtes une admiratrice de Payton ? A moins qu'il ne s'agisse d'une simple curiosité morbide... Ou avez-vous une raison plus personnelle de vous intéresser à ce meurtre ?

Avant qu'il ne pousse plus loin sa réflexion, la fillette revint dans l'entrée en compagnie de sa mère. Même lorsqu'elle semblait morose et négligée, Thea Harper avait le don de l'impressionner.

– Je suis désolé de vous déranger..., commença-t-il avec maladresse.

Il sentait les yeux brillants de l'enfant braqués sur lui.

– ... Mais il y a quelque chose dont nous devons discuter.

Elle sembla comprendre immédiatement ce qui l'embarrassait et se tourna vers la fillette.

– Prends quelque chose à manger et va dans ta chambre, tu veux bien, ma chérie ?

La fillette blêmit.

– Qu'est-ce qui ne va pas, maman ? Pourquoi le policier est ici ? Est-ce qu'ils vont t'emmener ?

La frayeur qu'exprimait son regard émut Biederman.

– Oh, n'emmenez pas ma maman, s'il vous plaît !

– Tu n'as aucune raison de t'inquiéter, Gabby, lui promit Thea d'un ton calme. L'inspecteur Biederman est simplement venu regarder une de mes toiles.

– C'est bien vrai ?

Biederman put seulement hocher la tête. Le mensonge lui restait en travers de la gorge, à l'image de la situation.

Renonçant à son en-cas, Gabby gravit les escaliers. Toutes les deux ou trois marches, la fillette s'immobilisait pour les observer d'un œil méfiant. Thea attendit d'avoir entendu la porte de la chambre de l'enfant se refermer en claquant. Puis elle s'effaça devant Biederman et lui fit signe de prendre place sur le canapé. Son visage était livide.

– Que se passe-t-il, inspecteur ?

– Vous avez appelé la gendarmerie de Bedford pour les interroger sur le meurtre de Brandon Lee Payton. Ils ont localisé votre appel. Ils m'ont demandé de vérifier ce dont il retournait.

L'espace d'une seconde, une légère expression de surprise traversa son visage.

– Ils n'ont pas cru que vous étiez une journaliste, Mrs. Harper. Ils recherchent un suspect de sexe féminin.

– Que désirez-vous savoir exactement, inspecteur ?

– La raison de votre appel, pour commencer. Pourquoi vous intéressez-vous au meurtre de Payton ?

Elle soutint son regard.

– Je sais que ça peut sembler étrange, mais depuis le drame, je prête beaucoup plus d'attention à ce genre de chose.

– C'est compréhensible. Puis-je vous demander où vous étiez le jour où Payton a été tué ?

– C'était jeudi dernier, n'est-ce pas ?

– Oui.

Elle n'hésita qu'un bref instant.

– Ici. J'ai peint, je me suis occupée de Gabby. Comme à l'ordinaire.

– Votre fille n'était pas à l'école ?

– Pendant la majeure partie de la journée, si. Mais elle rentre un peu après trois heures.

La fillette devait avoir pris le bus scolaire sur les coups de huit heures, songea Biederman. Thea s'était donc retrouvée livrée à elle-même durant sept heures.

– Vous n'êtes pas sortie du tout ?

– Le matin, j'avais rendez-vous avec ma psychiatre.

Il prit note du nom du médecin. La séance représentait une heure de l'emploi du temps de Thea.

– Ensuite, vous êtes rentrée directement ?

– Peut-être ai-je fait une ou deux courses. Je ne m'en souviens plus très bien.

– La banque ? Le teinturier ? Le supermarché ? suggéra-t-il.

– Je me suis probablement arrêtée à l'épicerie italienne de Main Street. Et peut-être chez Baskin Robbins.

Cela représentait une autre heure, au grand maximum.

– Rien d'autre ?

– Il est possible que j'aie flâné dans un ou deux magasins de Post Road. J'avais envie d'acheter un cadeau à Gabby.

– Vous l'avez fait ?

Elle haussa les épaules.

– J'ai hésité entre plusieurs choses. Je n'ai pas réussi à me décider.

Biederman nota les noms des boutiques en question. Une autre heure ; il en restait quatre. Malheureusement, il s'agissait de celles dont l'importance était cruciale. Le médecin légiste avait fixé l'heure du meurtre entre midi et trois heures.

– Y a-t-il quelqu'un qui puisse témoigner du temps que vous avez passé chez vous ? Un voisin ? Un ouvrier, peut-être ?

– Non, pas que je sache. J'étais seule dans mon atelier.

– Et vous vous trouviez encore ici quand Gabby est rentrée ?

– Oui. Je fais en sorte d'être toujours là. Je n'aime pas l'idée qu'elle trouve la maison vide.

Biederman considéra la situation. Il avait passé tous les paramètres en revue, bien qu'il ne l'ait pas fait avec suffisamment de minutie pour éliminer la possibilité d'un éventuel mensonge, loin de là. Cependant, s'il ne fournissait pas une rapide conclusion aux flics de Bedford, Thea serait soumise à un interrogatoire rigoureux et pénible.

Biederman percevait la nervosité de Thea. Mais qui ne l'aurait pas été dans de telles circonstances ? La jeune femme avait passé un seul coup de fil malheureux, et avant qu'elle ait eu le temps de se retourner, la police faisait irruption chez elle et l'assaillait d'un feu nourri de questions. Il plongea son regard dans les yeux de Thea. Il y lut de l'intelligence, de la douceur, un peu de chagrin et, peut-être, une trace de peur. Mais ce n'étaient pas les yeux d'une meurtrière.

Thea Harper n'avait pas tué Brandon Lee Payton. Biederman en aurait mis sa tête à couper. C'était exactement ce qu'il s'apprêtait à faire.

Il se leva.

– Je crois que c'est une affaire réglée, alors. Je dirai à la police de Bedford qu'il s'agissait d'une fausse alerte. Navré de vous avoir dérangée.

– Ce n'est rien. Vous faites votre métier, voilà tout.

Il s'agissait de l'euphémisme du siècle. Quoi qu'il en soit, jamais l'avenir de ce prétendu métier n'avait été plus sérieusement compromis.

Répugnant à s'en aller, Biederman s'attarda sur le seuil.

– Est-ce que tout va comme vous voulez, Mrs. Harper ?

– Absolument.

Sa voix était ferme. Manifestement, elle était impatiente de mettre un terme à cette visite troublante.

– Mon offre tient toujours. Si vous avez besoin de quelque chose – de quoi que ce soit –, appelez-moi.

– Merci. Je n'hésiterai pas.

La voix de Thea ne s'était pas radoucie.

– Prenez soin de vous.

– Vous de même, inspecteur.

La pluie tombait plus dru. La tête ramassée dans les épaules pour échapper aux gifles humides du vent, Biederman courut jusqu'à sa voiture. Il prit la direction d'une station-service située sur Post Road, d'où il appela l'inspecteur Ray Edwards à la brigade de Bedford.

– J'ai discuté à l'instant avec votre fausse journaliste, Edwards. Il s'agissait d'une curieuse, voilà tout.

– Vous en êtes sûr ?

– Certain. Elle dispose d'un alibi pour l'heure du meurtre. Ce n'est pas votre suspecte.

– Zut ! J'espérais qu'on tenait enfin une piste.

– Je suis désolé, répliqua Biederman. Si je peux faire quoi que ce soit d'autre, n'hésitez pas à me contacter.

– D'accord, inspecteur. Merci pour le coup de main.

Il lui restait encore du temps à tuer avant son rendez-vous à l'antenne du FBI de New Haven. Biederman se gara devant une épicerie toute proche.

Alors qu'il parcourait la liste des sandwiches, il s'aperçut que son appétit lui avait faussé compagnie en même temps que son bon sens. Mais il avait tendance à réfléchir avec plus de clarté lorsqu'il avait l'estomac plein. Il commanda donc un sandwich de pain de seigle au pastrami, du chou, des galettes de pommes de terre et une boisson au céleri. Ce que sa mère appelait une nourriture requinquante.

Il mangea dans la voiture, au rythme des essuie-glaces qui balayaient le pare-brise. Tout en mâchant, il songea qu'il lui faudrait penser à entamer une nouvelle carrière si ses projets tournaient au vinaigre ou tombaient sous le nez de l'inspecteur-chef.

Après s'être forcé à avaler le maximum de son dîner, il prit la direction de l'autoroute. Le trafic était fluide, mais la conduite difficile. La pluie tombait à torrents et la visibilité était réduite à néant.

Biederman accrocha un gyrophare sur le toit de la voiture et déclencha sa sirène, ce qui dégagea immédiatement la route. Vingt minutes plus tard, il empruntait la bretelle de sortie de l'autoroute à New Haven et naviguait à travers le dédale de rues jusqu'au bâtiment du FBI.

L'agent Warren Bell l'attendait comme promis au cinquième étage. La description que Penny Proctor lui avait faite de son chevalier servant était loin de rendre justice à ce dernier. Ms. Proctor l'avait qualifié de bel homme costaud ; dire qu'il s'agissait d'un bunker doté d'oreilles aurait été plus proche de la vérité.

– C'est vous, Biederman ?

Sa voix n'était pas exactement un aboiement, mais n'en était pas éloignée.

– Oui. Vous devez être Warren Bell.

– Affirmatif. Penny m'a dit que vous vouliez jeter un œil sur le dossier Gallatin. Je l'ai dans mon bureau.

Biederman suivit l'agent jusqu'à une petite pièce aux murs dépourvus de fenêtres, située à l'extrémité du couloir. Les dossiers de l'affaire Gallatin, qui représentaient six épais cartons, étaient empilés à côté du bureau. Bell regarda la pendule.

– Je peux seulement vous donner deux heures. Il y a une ronde de surveillance à onze heures. Il faudra que nous soyons partis à ce moment-là.

– C'est fantastique, agent Bell. Je vous suis extrêmement reconnaissant.

– Oh, je ferais n'importe quoi pour Penny.

Le sourire énamouré du mastodonte lui donnait l'air d'un gorille transi d'amour.

Bell s'installa près de la porte. Biederman aurait préféré travailler en privé, mais il ne pouvait pas demander au type d'aller installer ses quartiers ailleurs. Après tout, c'était son bureau.

Refoulant un sentiment de gêne, Biederman commença à feuilleter les documents. Il s'agissait des rapports techniques habituels : examen de la scène du crime, rapports d'autopsie, relevé d'empreintes et d'indices. Deux des cartons contenaient les transcriptions de l'interrogatoire des témoins. On avait méthodiquement questionné chaque individu susceptible de savoir quoi que ce soit au sujet du crime : les amis de Thea Harper, sa famille, ses voisins ; les proches du sénateur Gallatin, ses subalternes et ses relations. Dans un autre carton se trouvait l'analyse des indices, effectuée par des experts travaillant pour le compte de l'accusation et de la défense.

Le temps passait rapidement. Revenant au premier carton, Biederman parcourut le rapport du médecin légiste. Nombre de menus détails le firent bâiller d'ennui. Il y avait là des pages et des pages de données abrutissantes incluant les conclusions du service de toxicologie, les analyses microscopiques et spectrographiques des tissus et des humeurs, l'état des organes internes, la rigidité cadavérique, et ainsi de suite.

La description que présentait le médecin légiste des blessures infligées au sénateur était très intéressante quoique difficile à avaler. Comment une femme aussi mince et frêle que Thea Harper pouvait-elle avoir brisé un crâne, réduit en miettes trois vertèbres cervicales. cassé un fémur, causé cette affreuse série de lacérations et de contusions, ainsi que les multiples fractures faciales à cause desquelles tout le côté gauche du visage de Simon Gallatin s'était affaissé ?

Biederman ne parvenait pas à relier la jeune femme au meurtre. L'image refusait de prendre corps dans son esprit, bien qu'il soit lui-même arrivé sur les lieux du crime quelques instants après la diffusion de l'appel radio. Biederman avait vu la scène de ses propres yeux. Thea Harper avait été arrêtée en flagrant délit de meurtre.

Et les techniciens du labo avaient trouvé une multitude de preuves venues enrichir le dossier de la partie plaignante. On avait relevé les empreintes de Thea Harper – et seulement les siennes – sur le trophée qui avait servi à assommer Gallatin. Les analyses ADN d'un cheveu retrouvé dans l'une des plaies de la victime avaient permis de déterminer qu'il appartenait à la jeune femme. On n'avait découvert aucun indice, aucun signe indiquant que quelqu'un d'autre s'était trouvé sur les lieux ce soir-là, hormis la fille de la suspecte.

C'était une affaire parfaitement claire, de celles qui s'inscrivent très bien dans le cadre d'un téléfilm mais ne se produisent presque jamais dans la réalité.

La quantité de documents était impressionnante. Il s'était écoulé près d'une heure, et Biederman n'avait pas encore épuisé le contenu du premier carton. Il jeta un regard d'envie en direction du photocopieur du couloir, ce qui n'échappa pas à l'agent Bell.

– Désolé, inspecteur. Je risquerais ma peau si je vous laissais sortir ces documents d'ici.

– Bien sûr. Je comprends.

Accélérant la cadence, Biederman feuilleta les dépositions des témoins. L'un des voisins de Thea Harper avait déclaré avoir aperçu la voiture du sénateur aux alentours de sept heures. Une voisine avait affirmé que la lumière de l'atelier était éteinte lorsqu'elle avait jeté un coup d'œil dans cette direction, vers six heures. Un grand nombre de témoins attestait que Thea était une mère consciencieuse, de tempérament agréable et de bonne composition. C'était bien regrettable que son mari soit mort si jeune, avaient ajouté plusieurs d'entre eux.

Les clichés de la scène du meurtre glacèrent le sang de Biederman. Les techniciens du labo avaient pris d'innombrables photographies en gros plan du cadavre, des mains ensanglantées de Thea, de ses vêtements souillés de lambeaux de chair. Les observant attentivement, Biederman crut déceler une étrangeté; mais les deux heures s'étaient presque écoulées. Il n'avait pas le temps de s'appesantir sur ce détail.

Levant les yeux, il remarqua que l'agent Bell avait disparu. Personne dans le couloir. En face du bureau, la photocopieuse avait été mise en route; le voyant lumineux semblait interpeller Biederman.

Onze heures moins vingt. Biederman s'empara du rapport du médecin légiste, de l'inventaire et des photographies de la scène du crime, de plusieurs dépositions des experts, de l'interrogatoire de Thea et des passages les plus importants de la retranscription du procès. Il introduisit rapidement ces documents dans la photocopieuse. Lorsque l'agent Bell fit sa réapparition en sifflotant bruyamment, quelques minutes avant onze heures, Biederman avait réuni une épaisse liasse de photocopies et les avait discrètement glissées sous son coupe-vent.

Bell regarda le renflement qui se devinait sous l'étoffe et hocha la tête d'un air approbateur.

– C'est l'heure, inspecteur.

– Merci, agent Bell. Je vous suis reconnaissant.

– De quoi ?

– De rien.

– Exactement.

Sur les talons du mastodonte, Biederman quitta le bâtiment et regagna la nuit pluvieuse. Sur le parking, après avoir échangé un signe de tête muet, chacun s'en alla de son côté.

QUATRIÈME PARTIE

35

– Maman ! Papa !...

Elle avait tant crié que sa gorge était à vif. Lindy Zesch hurlait de rage et martelait le matelas de ses poings.

Elle voulait que son père revienne lui lire une histoire. Elle voulait que sa mère s'asseye sur le rocking-chair à côté de son lit. Elle détestait être seule. Chaque fois que sa mère et son père quittaient la chambre, la veilleuse la terrifiait. Un méchant sourire aux lèvres, le vilain clown de plastique la regardait avec une expression cruelle, comme s'il attendait avec impatience qu'elle s'endorme. Dès qu'elle aurait plongé dans le sommeil, Lindy le savait, l'affreux clown projetait de se décrocher du mur et de la brûler de la tête aux pieds.

Désormais, elle avait toujours peur d'être brûlée. Lindy était terrorisée quand quelqu'un grattait une allumette ou allumait une cigarette. Elle ne pouvait supporter de se trouver à proximité de la gazinière. Même quand les brûleurs étaient éteints, les flammèches qui luisaient dans les profondeurs du four comme une rangée de dents cruelles la terrifiaient. Même le plus petit des feux pouvait grandir et grandir, jusqu'à être suffisamment haut et fort pour dévorer une maison tout entière.

Cela s'était produit sous ses yeux.

Son père et sa mère ne parlaient jamais de l'ancienne maison, mais Lindy s'en souvenait parfaitement. Il y avait dans sa chambre un mur tapissé de papier à motifs arc-en-ciel, ainsi qu'une épaisse couette à fanfreluche sur laquelle étaient aussi brodés des arcs-en-ciel. Les autres murs étaient peints de la couleur du soleil et le plafond était bleu comme un ciel d'été.

Fermant les yeux, Lindy se remémora son ancienne chambre et esquissa un sourire. C'était la plus belle de toutes les chambres.

Chaque jour, pendant que Lindy était à la maternelle, ses poupées préférées, assises sur son lit, attendaient son retour. Dès qu'elle avait fini de manger, Lindy se précipitait à l'étage, fermait la porte et racontait à Mollie, à Druselda, à Winnie et à Veronica ce qui lui était arrivé durant la journée. Les poupées riaient lorsqu'elle avait appris une nouvelle histoire drôle et se fâchaient lorsque Lindy leur racontait qu'un enfant l'avait bousculée, lui avait dit un gros mot ou avait refusé de partager les déguisements avec elle.

Les nouvelles poupées que sa mère lui avait achetées après l'incendie ne valaient rien. Elles ressemblaient fidèlement aux anciennes, mais elles refusaient de prêter attention à Lindy lorsque celle-ci leur parlait. Elles ne riaient pas, ne posaient pas de questions ni rien. Ces idiotes de poupées restaient plantées là, le regard fixé sur le mur.

Envahie d'un nouvel accès de colère, Lindy empoigna Bébé Cajoline par la cheville et la jeta à terre. Le soulier de cuir de la poupée se détacha et son bonnet de dentelles s'envola, mais Lindy ne s'en souciait pas.

– S'il te plaît, papa ! Maman ! J'ai faim ! Est-ce que je pourrais avoir un biscuit ? Juste un ?

Lindy se tut, prêtant l'oreille. Elle n'entendit aucun bruit de pas. Mais il fallait que ses parents viennent. Il fallait qu'ils la *sauvent*.

– J'ai mal au ventre, pleurnicha-t-elle. Il faut que j'aille faire pipi !

Sa mère et son père lui répétaient que la maison où ils vivaient jadis était très vieille, plus vieille même que grand-maman Ellen, et que l'installation électrique y était défectueuse. Ils affirmaient que cette nouvelle maison était construite de façon à ne jamais pouvoir prendre feu.

Mais Lindy n'était pas dupe. Juste après le déménagement, son père avait mis le feu à des déchets de matériaux de construction dans la cheminée, et ils s'étaient embrasés aussitôt. Lindy avait eu si peur des flammes qu'il avait fallu l'emmener chez grand-maman Gwen jusqu'à ce que le feu s'éteigne.

– S'il vous plaît ! *S'il vous plaît !*

A force de pleurer, elle se sentait brûlante et moite de transpiration. Se taisant pour reprendre son souffle, elle se souvint de ce que grand-maman Gwen lui avait dit ce jour-là.

Lorsqu'elle était petite, pas plus âgée que Lindy – ce qui était dur à imaginer –, grand-maman Gwen avait peur des fantômes. Ada, la mère de grand-maman, qui était morte à présent, avait montré à Gwen une danse magique qu'elle pouvait exécuter pour chasser les fantômes.

Grand-maman Gwen avait appris à Lindy les pas de danse, qui étaient très compliqués. Il fallait mettre un pied exactement devant l'autre, jeter deux fois son pied dans les airs, et faire la même chose avec l'autre. Puis on devait faire volte-face et recommencer. Selon grand-maman, c'était efficace sur les fantômes, et aussi sur les choses qui brûlaient.

Elle se laissa glisser sans bruit au bas du lit pour éviter que son père et sa mère la surprennent et se fâchent. Se concentrant, elle exécuta les pas de danse. La moquette chatouillait ses orteils ; elle positionna ses jambes en faisant très attention, donna les coups de pied, puis pivota afin de répéter les pas de danse face au mur. Lindy garda les yeux braqués sur le plafond pour ne pas voir la veilleuse-clown. Rien que d'y penser, elle avait des frissons.

Avait-elle donné le deuxième coup de pied dans la seconde partie ? Il fallait exécuter la danse de grand-maman Gwen à la perfection si Lindy voulait détruire le pouvoir du clown.

Elle fit volte-face, se retrouvant de nouveau devant la fenêtre, et recommença la danse depuis le début. Ce fut à ce moment-là qu'elle aperçut la dame.

– Qui...

Sa question mourut sur ses lèvres lorsque l'inconnue l'agrippa par le bras et plaqua une main sur sa bouche. Lindy ne pouvait prononcer un mot ; elle parvenait à peine à respirer.

Un grognement furieux s'échappait de la poitrine de la femme. D'un bras, elle maintint Lindy serrée contre elle, tandis qu'elle fouillait dans son immense sac.

Horrifiée, Lindy vit la dame inconnue en sortir un bidon jaune et plat, dont elle ôta le couvercle avant de projeter une giclée de liquide sur son matelas. Non !...

Elle ne voulait pas que son père et sa mère s'imaginent qu'elle avait fait pipi au lit comme un bébé. Se débattant entre les mains de l'inconnue, Lindy s'efforça vainement de protester.

Maintenant, le bidon était vide. L'odeur âcre qui s'échappait du matelas emplit de larmes les yeux de Lindy. Elle distinguait à peine ce que l'inconnue tenait à la main après avoir de nouveau fourragé dans son sac. Clignant des paupières pour chasser ses larmes, Lindy s'efforça de deviner ce dont il s'agissait. Un joli objet argenté surmonté d'une petite roue noire.

Un instant plus tard, l'inconnue fit tourner la roulette à l'aide de son pouce. Avec un crépitement sonore, l'objet cracha une langue de feu jaune. Terrifiée, Lindy se débattit de toutes ses forces. De sa gorge montait un cri étranglé.

La femme ricana avec méchanceté, ce qui décupla la panique de Lindy. La fillette essaya de se dégager, d'appeler au secours, mais elle était prisonnière des bras puissants de l'inconnue.

Tendant la main, la femme dirigea l'objet au-dessus du lit de Lindy. Les draps s'enflammèrent aussitôt. Les démons du feu sautillaient et dansaient sur le matelas. Les couvertures s'embrasèrent avec une détonation sourde. Sur le lit, les poupées commencèrent à fondre sous l'effet de la chaleur.

Haletante, Lindy ferma les yeux. Une chaleur intense l'enveloppait ; elle distinguait l'éclat des flammes à travers ses paupières closes. Des hurlements d'horreur retentissaient en elle.

Non ! Arrêtez ! Laissez-moi ! Je ne peux pas le supporter !

Mais la main de l'inconnue emprisonnait les cris dans sa gorge. Seules s'en échappaient des plaintes ténues. Lindy luttait pour retrouver son souffle. Elle respirait par saccades précipitées. L'incendie et la terreur lui donnaient le vertige ; ouvrant les yeux, elle vit la chambre tournoyer follement autour d'elle.

A ce moment-là, elle sentit les lèvres de la femme se presser sur sa nuque. C'était un baiser qui chatouillait, comme ceux que lui faisait parfois son père après l'avoir bordée. Peut-être qu'après, la dame allait éteindre le feu. Rassemblant toute sa volonté, Lindy pria pour que le lit cesse de brûler, et que l'inconnue la libère.

Mais le feu ne cessait de grandir, et la femme se mit à pousser Lindy vers le brasier. Lindy sentit la morsure cuisante des flammes qui bondissaient de-ci, de-là ; à présent, les esprits du feu étaient suffisamment près pour lécher ses cheveux, son front.

Inspirant une goulée d'air, Lindy tenta une dernière fois de pousser un cri et d'alerter ses parents. Mais avant d'avoir pu émettre un son, elle fut entraînée bien au-delà de la peur.

36

Biederman s'éveilla en sursaut. La tête reposant sur une macabre photographie en gros plan de la dépouille mutilée de Simon Gallatin, il avait sombré dans le sommeil.

Il jeta un coup d'œil à sa montre. Trois heures du matin. Depuis son incursion dans les bureaux du FBI, il tournait et retournait inlassablement les détails de l'affaire Gallatin dans son esprit. Il lui fallait acquérir une vision mentale parfaitement claire des circonstances entourant le meurtre du sénateur.

Frottant ses yeux embrumés, Biederman se plongea dans le récapitulatif de l'interrogatoire qu'avait subi Thea Harper lors de son arrivée à la prison. La jeune femme était incapable de se souvenir de ses agissements ou de les expliquer, et ne disposait pas du moindre argument pour étayer sa propre défense.

Elle se souvenait d'avoir travaillé sur un tableau dans son atelier en fin d'après-midi. Trois heures s'étaient volatilisées d'une manière inexplicable ; puis elle avait été brusquement ramenée à la réalité par les hurlements déchirants de sa fille. Se précipitant vers l'origine des cris, Thea avait découvert l'enfant près du corps ensanglanté de Simon Gallatin. Après avoir appelé les urgences, elle avait entraîné sa fille secouée de sanglots dans la pièce voisine. Pelotonnées l'une contre l'autre comme des naufragées sur un radeau, elles avaient attendu en silence, hébétées, qu'arrivent les secours.

De ses propres aveux, Thea n'avait touché à rien dans le salon en arrivant de l'atelier. Visiblement, Simon Gallatin était mort, et elle n'avait donc pas essayé d'arrêter l'hémorragie ou de le ramener à la vie. Elle avait aperçu le trophée bosselé et souillé de débris de chair sanguinolents qui se trouvait près du corps, mais elle affirmait avec obstination n'avoir pas manipulé l'arme du crime. Mue par son instinct, elle avait appelé sur-le-champ les urgences et avait éloigné sa fille de la scène macabre. En conséquence, la principale suspecte n'avait aucun moyen d'expliquer comment le sang du sénateur s'était retrouvé sur ses mains et ses vêtements. Elle n'avait invoqué aucune circonstance atténuante pour justifier le crime, telle qu'une légitime défense suite à une menace physique ou sexuelle. En fait, d'après les documents relatifs à l'enquête et au procès qu'avait lus Biederman, l'accusée était profondément déroutée par tous les éléments du meurtre, y compris la présence de Simon Gallatin chez elle.

Thea avait affirmé sans relâche qu'elle n'attendait pas le sénateur ce soir-là. A de multiples reprises, elle avait répété que Simon Gallatin ne lui rendait jamais visite à l'improviste. Il avait un emploi du temps fort chargé et le respectait scrupuleusement. Son agenda ne lui permettait pas de se livrer à des visites impromptues.

L'examen du carnet de rendez-vous de Thea et du calendrier qui se trouvait sur son bureau avait révélé qu'elle n'avait pas fixé rendez-vous à Gallatin le soir du meurtre. La secrétaire du sénateur n'en avait pas trouvé trace non plus.

Mais l'étude des dossiers informatiques de la compagnie de téléphone avait démontré qu'une communication de quarante secondes avait été établie entre le domicile de Thea Harper et le bureau de Gallatin à cinq heures trente-six cet après-midi-là. L'attorney fédéral instruisant l'affaire en avait évidemment conclu que l'accusée avait téléphoné à la victime dans le but de l'attirer chez elle. De l'avis de l'homme de loi, ce bref coup de fil prouvait qu'il y avait eu préméditation.

L'esprit de Biederman était embrumé sous l'effet de l'épuisement. Il se prépara une tasse de café instantané corsé et un muffin tartiné de confiture de fraises. La confiture sucrée et la première gorgée de café le remirent d'aplomb. Après la troisième tasse, ses méninges se mirent à fonctionner à une vitesse record. Tous les sens en alerte, il se plongea dans la transcription du procès.

Si l'on en croyait la reconstitution de la partie plaignante, Thea Harper avait téléphoné, puis était montée à l'étage afin de se préparer pour l'arrivée du sénateur. La baignoire était encore humide et maculée de mousse de savon lorsque les services du labo avaient inspecté la maison. Un sèche-cheveux et un assortiment de flacons de cosmétiques étaient alignés sur le lavabo de la salle de bains. Un déshabillé de dentelle noire reposait près de l'oreiller.

Les employés de Gallatin avaient confirmé que le sénateur avait quitté son bureau de Greenwich à six heures trente. Etant donné que le trafic était fluide et les conditions climatiques excellentes ce soir-là, il était sans doute arrivé chez Thea Harper aux environs de sept heures. De l'opinion du médecin légiste, le décès était probablement intervenu entre sept heures et quart et sept heures quarante-cinq, heure à laquelle la fillette avait quitté le domicile des voisins et avait découvert le corps.

Selon l'assistant de l'attorney fédéral en charge de l'affaire, ce qui s'était produit entre-temps, dans cet intervalle crucial de trente minutes, ne faisait pas le moindre doute. De toute évidence, l'accusée avait invité la victime à entrer. Puis elle lui avait offert le verre de vin qu'on avait découvert dans le contenu de l'estomac du cadavre lors de l'autopsie.

D'après le témoignage d'un œnologue appelé à déposer pour le compte de la partie civile, le vin était le même que le merlot de Californie bon marché que l'on avait trouvé dans le buffet de l'accusée. Etant donné la quantité qui manquait dans la bouteille et le faible taux d'alcoolémie de la victime, l'accusation avait affirmé que Thea Harper avait absorbé suffisamment de vin pour perdre tout contrôle.

L'avocat de la partie civile avait consciencieusement exploité cette possibilité durant sa plaidoirie. *Mesdames et messieurs, l'accusée a consommé les trois quarts d'une bouteille de vin. Puis, soutenue par l'alcool et en proie à une fureur aveugle, elle a sauvagement assassiné cet homme bon et talentueux qui consacrait son existence à son pays.*

Personne n'avait mesuré le taux d'alcoolémie de Thea Harper lors de son arrestation. Biederman soupçonnait cyniquement cet oubli d'avoir été volontaire. Devant la cour, une théorie dénuée de fondement était bien plus commode qu'un élément contradictoire.

A un moment ou un autre, Thea avait laissé Simon Gallatin installé sur le canapé du salon. Selon la version de l'accusation, elle s'était alors rendue dans la salle à manger; là, sur le manteau de cheminée, trônait un trophée de golf qu'avait jadis gagné son défunt mari.

Ramenant la lourde statuette dans le salon, elle l'avait abattue sur le crâne du sénateur. Le coup avait été suffisamment violent pour causer sa mort. Mais l'accusée ne s'était pas arrêtée là; elle avait encore frappé Simon Gallatin à six reprises avant que sa fureur ne s'assouvisse.

Puis elle avait regagné son atelier, sans doute dans l'intention de changer ses vêtements souillés et de laver ses mains maculées du sang du sénateur, avant de se débarrasser du corps.

Mais ce projet avait été contrecarré par le retour anticipé de sa fille. De l'avis de la partie plaignante, l'arrivée de Gabby avait contraint Thea à concocter la fable ridicule de l'amnésie.

La thèse de l'accusation était habile et ingénieuse et, pour autant que Biederman puisse en juger, totalement irréaliste.

Pour être honnête, il n'était pas non plus impressionné outre mesure par l'argumentation de la défense, qui affirmait que Thea avait commis le crime dans un état d'absence induit par une crise d'épilepsie. Hormis la psychiatre très convaincante qui en avait habilement persuadé les membres du jury, l'avocat de Thea n'avait étayé son argument d'aucun élément substantiel.

De multiples experts en matière d'épilepsie, témoignant pour le compte de l'accusation, avaient déclaré que les crises ne suscitaient pas de comportement violent. Un neurologue avait affirmé avec feu qu'en attribuant le meurtre de Gallatin à une crise d'épilepsie, on reviendrait peut-être de plusieurs siècles en arrière en ce qui concernait l'intolérance manifestée envers les épileptiques.

Contemplant de nouveau les photographies, Biederman remarqua la douceur des traits de Thea Harper. Une bouche sensible, des yeux francs. Cette jeune femme ne pouvait être l'auteur de ces blessures. Impossible. Il devait y avoir une autre explication à la mort de Simon Gallatin.

De chaque fibre de son être, Biederman était convaincu de l'innocence de Thea Harper. Et il lui faudrait payer très cher, il le savait, s'il se révélait que son instinct l'avait induit en erreur.

37

Thea appliqua une touche de peinture rose sur les pommettes de Sophie et assombrit les sourcils fantaisistes du serpent. Elle se consacrait à cette illustration depuis plusieurs heures mais Sophie semblait encore avoir désespérément besoin de vacances. Le pauvre serpent n'avait aucun entrain.

Cela s'appliquait également à Thea. Elle se sentait léthargique, le regard embué. La nuit précédente, après s'être couchée tôt et avoir sombré aussitôt dans le sommeil, elle s'était éveillée à une heure du matin, le cœur tambourinant dans la poitrine et le crâne serré dans un étau. Ne parvenant pas à se rendormir, elle avait passé le reste de la nuit à contempler le plafond. Alternativement, elle s'inquiétait pour son bilan de santé et énumérait la litanie de ses regrets, qui ne cessaient de croître.

Elle aurait voulu n'avoir jamais attiré l'attention de Simon Gallatin et de ses amis de la haute société. S'ils ne s'étaient jamais rencontrés, la vie de Thea, celle de Gabby et surtout celle de Simon suivraient encore paisiblement leur cours.

Elle aurait voulu n'avoir jamais quitté le ranch de ses parents et le précieux anonymat que conféraient plusieurs centaines d'acres de terre ardue et impitoyable. En grandissant, une agitation chronique s'était emparée d'elle, ainsi que le désir de gagner des terres plus vertes, plus belles. A présent, elle désirait ardemment retrouver ce silence et cette solitude.

Si seulement elle avait pu revenir vingt ans en arrière et se réfugier sous l'aile protectrice de sa mère ! Elle pouvait ajouter à sa liste le fait d'avoir grandi. Les enfants seraient bien moins pressés que s'écoulent les années s'ils en saisissaient pleinement les implications potentielles.

Qui aurait imaginé que la petite Thea Sparks, à l'esprit brillant, sensible et artistique, se retrouverait un jour submergée par une violence aveugle et une fureur vengeresse ?

Et qu'elle serait aussi stupide...

– Comment ai-je pu être assez bête pour interroger la police au sujet du meurtre de cet acteur ? demanda-t-elle au serpent.

Sophie conserva une attitude neutre et une expression d'extrême apathie.

– Cela n'arrivera plus, s'exclama Thea avec toute la conviction qu'elle put arracher à son esprit embrumé. C'est la dernière fois que tu me vois causer ma propre perte !

Si cette déclaration impressionna Sophie, elle se garda bien de le lui révéler.

– Tu verras ! Dorénavant, je vais me concentrer sur Gabby et mes tableaux, et garder la tête sur les épaules. Plus d'imagination délirante, plus de parlottes à tort et à travers.

Tu n'as nullement besoin de chercher les ennuis, Checker. Dieu sait qu'ils te trouveront bien tout seuls.

Laissant échapper un soupir, Thea se plongea avec ardeur dans son travail. L'illustration, qui représentait l'incendie se déclarant dans le restaurant-glacier de Sophie, commençait à prendre forme. Enfin, un sentiment d'angoisse approprié se lisait sur les traits du serpent. Thea dessina à l'arrière-plan les clients saisis de panique qui prenaient la fuite. Une foule de badauds stupéfaits s'assemblait dans la rue.

Pourtant, il manquait quelque chose au tableau. Reculant de quelques pas afin d'observer la toile, Thea décida d'accentuer la tension dramatique de la scène en situant l'incendie à la veille de la fête célébrant le premier anniversaire du restaurant-glacier. Convaincue que Gabby serait d'accord, elle décora la salle de ballons et de serpentins, et ajouta un clown doté d'un gros nez rouge à la foule qui bloquait la sortie.

Alors qu'elle peignait, ses pensées ne cessaient de dériver vers le téléphone. Pourquoi le docteur Forman n'appelait-elle pas ? Elle avait eu amplement le temps d'examiner ces maudits résultats d'examens. Thea était de plus en plus convaincue que l'attente qu'elle subissait était au moins partiellement destinée à la punir d'avoir mis fin à sa thérapie. Ou peut-être s'imaginait-elle que pousser les gens à la folie était un moyen astucieux de relancer la clientèle.

N'y pense pas, Thea. Ne lui fais pas ce plaisir.

Une fois satisfaite de l'illustration de Sophie, elle décida de passer les coups de fil qu'elle différait depuis des jours. Elle avait le double appel ; ainsi le docteur Forman pourrait-elle la joindre si un sursaut d'humanité la traversait soudain.

Par chance, son agent artistique était absente. Thea laissa un message sur le répondeur de Pru ; elle déclara que, bien qu'appréciant le fait que la galerie continuait de s'intéresser à son œuvre, elle doutait fort de pouvoir achever les nouvelles peintures à l'huile avant la fin du printemps ou le début de l'été. Cependant, elle était sur le point d'achever les illustrations d'un album pour enfants, dont Gabby était l'auteur. Thea était d'avis que le projet avait un potentiel commercial, et elle serait reconnaissante envers Pru si cette dernière pouvait se charger de transmettre le manuscrit aux éditeurs.

L'agent artistique aurait sans doute une explosion de fureur en apprenant comment Thea avait occupé ses journées. Mais une fois sa colère apaisée, les instincts de chasseresse de Pru la conduiraient certainement à s'atteler au projet du livre de Sophie.

L'appel suivant était destiné au ranch. Thea composa le numéro et sourit, s'imaginant déjà entendre l'exclamation chaleureuse de sa mère. Mais ce fut la voix chevrotante de son père qui retentit dans le combiné.

– Bonjour, papa.

– Qui êtes-vous ?

– C'est ta fille, Thea. Checker. Tu te souviens ?

La mémoire de son père fonctionnait avec irrégularité. En un sens, Thea n'estimait pas que cette défaillance fût particulièrement tragique. Il s'était déroulé dans son passé d'affreux incidents qu'elle aurait été ravie de pouvoir oublier. De fait, la voix de son père lui remit en mémoire ses souvenirs parmi les plus pénibles.

– Checker ? Bien sûr que je me souviens de toi. Tu me prépares à déjeuner, Checker ? Un sandwich au thon, voilà ce qui me plairait.

Elle entendit un bruit sourd à l'extrémité de la ligne. Un instant plus tard, le frère de Thea prit la parole.

– Salut, Checker. Que se passe-t-il ?

– Rien, Jimmy. Qu'est-ce que tu fais là ?

Il hésita un instant.

– Je suis juste venu dire bonjour aux parents en passant. Il y a une vente de bestiaux à Miracle Reservoir le week-end prochain. Apparemment, il s'agit d'un bon cheptel. Je me suis dit que j'allais acheter quelques têtes de bétail.

– Tu me passes maman ?

– Elle est allée faire les courses. Je lui dirai que tu as appelé. D'accord ?

– Parfait.

– Au revoir.

Curieux, songea Thea en raccrochant. Venir de l'Idaho pour une simple vente de bétail, c'était un long voyage. Peut-être Jimmy avait-il besoin d'une excuse pour rendre visite à ses parents. Il avait toujours été un bon fils. Prévenant.

Songeant de nouveau au docteur Forman, Thea fusilla le téléphone silencieux du regard. *Sonne, bon sang !*

Elle avait le droit de savoir ce que la psychiatre avait mis au jour, si tant est qu'elle eût trouvé quelque chose. N'importe quelle nouvelle aurait été préférable à cette insoutenable attente.

Elle décrocha le combiné, hésita une seconde, puis le reposa d'un geste ferme. Téléphoner c'était contre-indiqué. Si elle semblait trop anxieuse, la psychiatre s'interrogerait sur les motifs de sa crainte.

N'y pense plus, Thea. Quelques heures de plus ne te tueront pas.

Mais à la vitesse où son angoisse s'intensifiait, c'était peut-être précisément ce qui allait se produire. Le meurtre de Payton faisait encore les gros titres des journaux télévisés. Thea avait besoin de savoir qu'elle contrôlait parfaitement ses actes. Elle avait besoin d'être certaine de n'être pas impliquée dans ce crime-là, ou dans le meurtre sanguinaire du vieux couple de Bridgeport.

Composant le numéro du cabinet du médecin à Stamford, Thea prit la résolution de s'exprimer avec calme et désinvolture. Il était parfaitement légitime qu'un patient souhaite se voir communiquer les résultats de ses examens. Elle prétendrait simplement que le docteur Forman n'avait pas clairement spécifié laquelle d'entre les deux devait contacter l'autre.

Après la troisième sonnerie, Thea eut le sentiment déplaisant qu'il ne serait peut-être pas aussi aisé qu'elle l'avait espéré de joindre la psychiatre. Encore une sonnerie, et la tonalité du signal sonore se modifia. Un instant plus tard, la standardiste du service de messagerie vocale prit la communication.

– Service de messagerie vocale du docteur Forman. Que puis-je faire pour vous ?

– Je suis Thea Harper ; il faut que je m'entretienne avec le docteur Forman.

– S'agit-il d'une urgence ?

Elle remarqua que le combiné glissait dans sa main moite et répondit :

– En quelque sorte.

– Dans ce cas, c'est le docteur Boster qui assure la permanence. Vous pouvez le joindre au 968-3347.

– Non. Il faut que ce soit le docteur Forman.

A l'autre bout de la ligne, la voix adopta l'intonation condescendante d'une institutrice de maternelle.

– Je suis désolée. Ce matin, le docteur Forman participe à une conférence, et elle est occupée tout l'après-midi.

– Vous avez certainement un moyen de la joindre. J'ai une question à lui poser, cela ne prendra qu'une minute.

– Je suis sûre que le docteur Boster pourra vous aider.

– Non. Il faut que ce soit le docteur Forman.

La voix changea d'intonation.

– Ecoutez, mademoiselle. Je ne peux pas déranger le docteur chaque fois qu'un patient appelle pour lui soumettre un problème. Voyez-vous, le docteur Forman est une femme très occupée, très importante.

Thea dut rassembler tout son sang-froid pour ne pas lâcher bride à son irritation. Le sentiment de frustration qui l'habitait agissait tel un rouleau compresseur, étirant et durcissant chacun de ses mots.

– Quand pensez-vous qu'elle vous appellera ?

– Dans le courant de l'après-midi.

– Très bien. Lorsqu'elle téléphonera, veuillez avoir la gentillesse de lui dire que Thea Harper apprécierait énormément qu'elle veuille bien lui consacrer quelques minutes de son temps très précieux et très important.

Thea brûlait d'envie de jeter le téléphone par la fenêtre, mais cela n'aurait certainement pas résolu son problème. Du moins, pas pour très longtemps.

Elle devait maîtriser son angoisse. Elle dramatisait la situation de façon absurde. S'il y avait eu un quelconque problème avec le résultat des examens, le docteur Forman l'aurait certainement déjà contactée. Le médecin était peut-être une maniaque au cœur de pierre, mais il était inconcevable qu'elle mette en péril la santé de Thea – et sa précieuse réputation professionnelle – en taisant d'importantes informations.

Il était beaucoup plus logique de supposer que tout allait bien. Thea devait se raccrocher à cette pensée réconfortante jusqu'au moment où elle obtiendrait une réponse précise. Du moins, elle devait s'y efforcer.

Convaincue qu'une distraction s'imposait, elle se rendit chez les Millport. L'univers de Caro représentait une source de divertissement permanente, et cette visite-là ne fit pas exception à la règle. Raleigh avait atteint un nouveau stade de son apprentissage : chercher et détruire. Sous les yeux amusés de Thea, le bambin élaborait et testait un ensemble impressionnant d'hypothèses originales. Le parapluie rangé dans la corbeille du vestibule entrait-il dans l'oreille du bébé ? Etait-il possible de grimper sur le manteau de la cheminée en s'aidant de la table basse, puis d'exécuter un saut de l'ange sur le tisonnier ? Comment le plat supporterait-il une collision frontale avec la carafe de cristal ?

Caro suivait pas à pas l'équipe de démolition qu'incarnait à lui seul le bambin, déterminée à prévenir et à empêcher le désastre. Avec un calme inaltérable, elle intercepta le plat que Raleigh préparait au décollage.

– Cette assiette est très bien comme elle est, mon chou. Elle serait beaucoup moins pratique si elle était en mille morceaux.

Le petit Drake faisait ses dents, alternant hurlements furieux et mâchonnements frénétiques dignes d'un ours pris de folie. Caro déambulait en tenant l'enfant sous le bras comme un sac de pommes de terre, essayant simultanément de le réconforter et de neutraliser les attaques de son frère le kamikaze.

La jeune femme était stupéfiante. Rien n'avait le pouvoir de la troubler. Le bébé se raidit dans son étreinte et se mit à hurler, le visage déformé et écarlate.

– Allons, ma puce, roucoula Caro. Il faudra que nous t'apprenions quelques techniques de relaxation avant que ta prochaine molaire ne perce. Inspire une grande bouffée d'air, et tu verras comme tu te sentiras mieux.

En dépit de la compagnie agréable et du spectacle permanent, Thea ne cessait de diriger son regard vers la pendule. La pimbêche de la messagerie vocale avait déclaré que le docteur Forman ne téléphonerait pas avant midi. Thea voulait être disponible au cas où la psychiatre daignerait répondre à son message urgent.

Une fois chez elle, elle décida de commencer une autre illustration de Sophie. Etant donné l'état d'esprit dans lequel elle se trouvait, elle choisit de représenter la scène au cours de laquelle l'incendie du restaurant-glacier menaçait d'anéantir le serpent inconscient. Mais les yeux de la jeune femme ne cessaient de se tourner vers le téléphone. *Sonne, bon sang !*

Lorsque enfin la sonnerie retentit, elle sursauta avec une telle violence qu'elle renversa une tasse à café pleine de térébenthine. Les yeux larmoyants, elle se précipita vers le téléphone pour décrocher avant que le répondeur ne se mette en marche. Mais au lieu de la voix du docteur Forman, ce fut l'intonation graveleuse d'Harlan Vernon qui l'accueillit.

– Thea Harper ? Hal Vernon à l'appareil. Ecoutez, il faut que nous discutions. Que nous apprenions à mieux nous connaître. Et si je passais chez vous, disons à sept heures, et que je vous emmenais au restaurant ?

A l'abattoir aurait été plus proche de la vérité. Si elle disait ne serait-ce qu'un mot déplacé à cet imbécile, Thea Harper, l'Infâme Veuve-Noire de Westport, se retrouverait à la une des journaux.

– Je n'ai rien à vous dire, Mr. Vernon.

Thea raccrocha ; mais la Vermine n'était pas du genre à se satisfaire d'un refus. L'affreux casse-pieds rappela sept fois de suite à intervalles rapprochés. Serrant les dents, Thea laissa le répondeur remplir son office. Pendant ce temps, elle essuya la flaque de térébenthine avec des serviettes en papier qu'elle jeta à la poubelle. Puis elle reboucha le flacon pour empêcher les vapeurs âcres de s'en échapper. Une seule étincelle, et l'atelier pouvait s'enflammer tel le restaurant-glacier de Sophie. Avec un léger pincement de culpabilité, Thea réalisa qu'elle n'avait toujours pas téléphoné pour demander qu'on vienne contrôler le système d'alarme et d'extinction d'incendie. Elle s'en occuperait lundi à la première heure.

Enfin, la Vermine se lassa de la harceler, et le téléphone cessa de sonner.

Il était presque deux heures. Cela faisait quatre heures que Thea avait appelé le service de messagerie vocale. Le docteur Forman aurait bien pu trouver une seconde pour la rappeler ! Submergée par une nouvelle vague d'exaspération, Thea composa le numéro de la psychiatre. La même standardiste zélée décrocha.

– Service de messagerie vocale du docteur Forman ?

– Thea Harper à l'appareil. Le docteur Forman at-elle pris connaissance de mon message ?

– Oui, en effet.

– Avez-vous une idée de l'heure à laquelle je peux espérer recevoir son appel ?

– Je suis sûre qu'elle vous contactera bientôt, Mrs. Harper.

Avant que Thea ait pu demander quelle était la définition du mot *bientôt*, la communication fut interrompue.

Elle ne parvenait pas à travailler. Une multitude de possibilités désastreuses tournoyait dans son esprit. Et si elle était de nouveau la proie de pulsions ? Et si elle avait bel et bien assassiné ce vieux couple et l'acteur ? Un nœud coulant de mots terribles s'enroula autour de sa gorge. Emprisonnée à vie sans possibilité de liberté conditionnelle. Exécutée par injection de produits chimiques. Thea songea à la pauvre petite Gabby, réduite à être orpheline. Elle imagina l'existence de sa fille, qui toute sa vie souffrirait d'être associée au nom de sa mère.

Assez !

– Service de messagerie vocale du docteur Forman ?

– C'est encore Thea Harper. Quand puis-je espérer recevoir un appel du docteur Forman ?

Un soupir audible retentit à l'autre bout du fil.

– Le docteur Forman doit s'occuper d'un cas d'extrême urgence, Mrs. Harper. Je suis sûre qu'elle vous rappellera dès que cela lui sera possible.

Thea sentit son visage s'empourprer. Ce « cas d'extrême urgence » était sans doute un long déjeuner. Elle se représenta Maxine Forman dans un restaurant à la mode, régalant ses collègues d'histoires de toqués et se plaignant de l'insuffisance de ses tarifs exorbitants.

Réalisant qu'il n'y avait aucun moyen de hâter la réponse de la psychiatre, Thea raccrocha avec violence. Se dirigeant vers le chevalet, elle s'efforça de se consacrer à l'illustration de Sophie. Elle ajouta une flammèche menaçante à proximité du serpent inconscient et esquissa la silhouette de Willy Dillon, qui s'approchait du restaurant en feu. Elargissant les bouches et les yeux des badauds amassés dans la rue, elle intensifia leur expression de stupeur.

L'illustration était presque finie. Quelques images de plus, et l'album serait lui aussi achevé. Mais soudain, le projet tout entier semblait dérisoire, confinant au ridicule. Si Thea était redevenue la créature qui avait assassiné Simon Gallatin de sang-froid, elle n'avait aucun avenir.

Honte. Ostracisme. Châtiment.

Quelles en seraient les répercussions sur sa merveilleuse petite fille ? Gabby se sentirait abandonnée, trahie. La pauvre enfant consacrerait le reste de sa vie à s'efforcer de se laver de cette souillure. Thea en avait le cœur brisé.

Trois heures et quart. D'un instant à l'autre, Gabby descendrait du bus scolaire. Il n'y avait aucune raison de bouleverser la fillette tant que les pires craintes de Thea n'étaient pas devenues réalité.

Inspirant profondément, Thea nettoya ses pinceaux et se dirigea vers la fenêtre afin de guetter sa fille. Elle avait désespérément envie de passer des moments privilégiés avec l'enfant, d'y puiser un réconfort lui permettant d'oublier les sombres éventualités qui obscurcissaient leur avenir. Mais ce ne fut pas Gabby qui arriva la première.

38

Thea était stupéfaite.

– Maman ? Mais enfin, qu'est-ce que tu fais ici ?

Sa mère laissa échapper un petit rire.

– Cela tiendrait debout si je disais que j'étais dans le coin et que j'ai eu envie de passer ?

– Non, pas vraiment.

Thea se remémora le prétexte ridicule avec lequel son frère avait justifié sa présence dans l'Idaho. Thea aurait dû soupçonner aussitôt que Jimmy lui racontait des sornettes. Leur mère lui avait probablement fait jurer le secret.

Le sourire de sa mère s'effaça.

– Pour tout dire, au téléphone, tu ne m'as pas donné l'impression d'être dans ton assiette, Checker. Je me suis dit que j'allais te rendre visite quelques jours, et voir de mes propres yeux comment ça allait.

– Je t'avais dit que tout allait bien, maman. Mais quoi qu'il en soit, ça me fait plaisir que tu sois là.

Thea déposa la valise râpée de sa mère dans le vestibule et serra longuement Ellie dans ses bras. Son corps était demeuré aussi souple et nerveux que celui d'une jeune fille. Son visage à l'ossature solide, encadré d'un halo de cheveux grisonnants et mis en valeur par une paire de grosses lunettes en écaille, semblait tout aussi juvénile. Seule la lassitude que l'on lisait dans ses yeux bruns indiquait qu'Ellie Sparks approchait de la soixantaine.

– Comment s'est déroulé ton voyage ? demanda Thea.

– Tu sais ce que je pense des voyages, chérie. J'ai le sentiment d'avoir été passée à la moulinette.

– Pourquoi n'irais-tu pas te rafraîchir ? Gabby va rentrer de l'école d'une minute à l'autre.

Ellie gravit les escaliers d'un pas énergique. Se fiant à son expérience, Thea savait que sa mère se remettrait de son voyage en un temps record. Puis elle insisterait pour se mettre aussitôt à cuisiner, à raccommoder, à repasser et à astiquer. Ellie s'épanouissait en se consacrant à une succession ininterrompue de tâches ménagères. Elle avait aussi peu l'habitude de rester inactive que de voyager dans l'espace.

Sans doute était-ce aussi bien. Thea éprouvait une agitation croissante à l'approche des résultats de ses examens, et elle n'aurait pas beaucoup apprécié d'être observée en permanence.

– Salut, maman !

Thea n'avait pas entendu Gabby entrer.

– Bonjour, mon ange. Devine qui est ici ?

– Mr. Perry ?

– Non.

– Le Père Noël ?

– En octobre ?

Gabby haussa les épaules.

– Peut-être qu'il aime bien la couleur des feuilles en automne ?

Thea sourit.

– C'est grand-maman. Elle nous a fait une surprise.

Etrangement, l'enthousiasme de Gabby se dissipa.

– Comment ça se fait ?

– Elle avait envie de nous voir, c'est tout.

– C'est vrai ? Il n'y a aucun problème ?

– C'est bien vrai. Elle est en train de se débarbouiller à l'étage.

Rassurée, la petite fille gravit les marches à toutes jambes.

– Mamie ? Où est-ce que tu es ?

Thea entendit leurs voix excitées retentir à l'étage. Gabby et Ellie s'étaient toujours merveilleusement bien entendues. La compagnie de sa grand-mère éveillait les qualités, d'habitude cachées, de ménagère de la fillette, ainsi qu'une vague trace de petite campagnarde.

Comme Thea s'y attendait, sa mère descendit au rez-de-chaussée quelques minutes plus tard, et se dirigea tout droit vers le placard à balais de la cuisine. Puis, les bras chargés d'un véritable arsenal de produits d'entretien, d'éponges et de chiffons, elle gravit de nouveau les escaliers. Ellie avait coutume de commencer par le haut et de se frayer un chemin vers le bas. Au moment où elle achevait de désinfecter la cave, il s'était amoncelé suffisamment de poussière invisible et de crasse imaginaire dans le grenier pour justifier qu'elle recommence à briquer la maison de fond en comble. Après une visite de sa mère, la maison était si propre qu'elle en était méconnaissable.

Thea sourit. Par chance, le supermarché du coin n'était pas en rupture de stock de Javel ou d'ammoniaque.

A l'étage s'élevait la voix traînante, réconfortante, de sa mère. Thea sentit la douleur qui meurtrissait son cœur s'adoucir. Ellie avait toujours été le soutien le plus loyal de Thea. Peu importait la façon dont le reste du monde considérait la jeune femme, peu importait la violence des gros titres et des accusations, sa mère n'avait jamais affiché le moindre doute quant à la bonté et à l'innocence absolue de sa fille. Aux yeux d'Ellie, Thea demeurait la même. Lorsque plus rien ne parvenait à la réconforter, Thea s'était raccrochée de toutes ses forces à cette pensée.

Peut-être que l'arrivée d'Ellie représentait un signe de chance et que l'appel du docteur Forman lui apporterait de bonnes nouvelles.

Thea rêvait de fêter sa délivrance avec les deux personnes qu'elle chérissait le plus. C'était tout ce qu'elle désirait. Un mot favorable du médecin mettrait un terme à cet abominable cauchemar.

39

Alors que Biederman s'imaginait toucher le fond, Buck Delavan parvint à concocter une forme de torture plus diabolique encore que les précédentes.

S'occuper du standard téléphonique n'avait pas été une partie de plaisir, loin s'en fallait. Mais à présent, planté à l'angle de North Street et d'Easton Road en brandissant un panneau de stop, Biederman se surprenait à regretter amèrement le standard téléphonique.

Agent de la circulation affecté à la sortie des écoles.

Plus jamais Biederman ne sous-estimerait ces valeureux soldats. Essayez d'intercepter un écolier bien décidé à rattraper le ballon qui lui a échappé avant le passage du camion. Essayez de diriger un groupe de petits écervelés à travers un carrefour encombré, alors qu'ils se tordent de rire en se racontant la dernière blague qui circule dans les couloirs de l'école. Essayez de lutter contre une mère déterminée à utiliser son minivan comme un bélier afin de déposer sa petite princesse à l'école avant la dernière sonnerie.

Heureusement, le poste auquel on l'avait affecté n'avait pas que des inconvénients. Faire traverser les enfants ne prenait qu'une heure le matin, une autre au début et à la fin du déjeuner, et une dernière à la fermeture des classes. Entre-temps, l'enquête sur l'affaire Gallatin avait progressé.

Ce matin-là, il était allé rendre visite à Murray Masters dans la banlieue de Wilton. A l'époque où Biederman fréquentait l'académie de police de Meridan dix ans plus tôt, Masters, désormais retraité, y dispensait les cours sur les indices.

En ce temps-là, Biederman avait été stupéfait par le nombre et la qualité des informations que le professeur était capable d'extraire du plus infime indice. A en juger d'après la communication téléphonique qu'ils avaient eue la veille au soir, il était évident que Masters n'avait pas perdu la main. Non seulement Murray avait aussitôt identifié la voix de Biederman malgré les dix ans qui venaient de s'écouler mais, toujours d'après sa voix. il avait été capable d'évaluer toute l'ampleur de la situation.

– Inutile de m'en dire davantage, Daniel. Je dirais que votre appel concerne une enquête criminelle dans laquelle vous êtes impliqué de manière affective. Un béguin, peut-être ?

Biederman avait eu envie de demander à Masters s'il lui était possible de deviner aussi le poids de la jeune femme et la couleur de ses yeux. Mais le vieil homme s'apprêtait à aller faire un poker, et Biederman avait dû patienter jusqu'au lendemain matin.

La vétuste maison en pierre de Masters était environnée par la forêt de Wilton. L'intérieur reflétait la personnalité du vieil homme : l'esthétique n'y tenait qu'une faible place. Le mobilier était constitué de meubles en bois terne et de fauteuils en cuir râpés, entassés pêle-mêle. Une importante bibliothèque ainsi que des outils informatiques encombraient chaque centimètre carré de surface disponible, y compris les plans de travail de la cuisine. A l'inverse de la plupart de ses confrères appartenant à la génération « règle à calcul et crayon à la mine de plomb », Murray Masters n'était nullement impressionné par les ordinateurs, les modems, les fax, les CD-Rom, les scanners et les photocopieurs lasers. Ce que le vieil homme ignorait (peu de chose, en fait), il pouvait le découvrir en appuyant sur une simple touche.

Masters était vêtu d'un pantalon de velours d'un vert passé, d'une chemise en flanelle à carreaux bleue, et d'une veste couleur de boue séchée. Des lunettes à double foyer semblables à des aquariums agrandissaient ses yeux au regard pénétrant. Ses traits étaient taillés à coups de serpe, sa poignée de main vous broyait les doigts dans un étau. Des cheveux cotonneux auréolaient son crâne moucheté de taches brunes.

– Heureux de vous voir, Daniel. Entrez. Dites-moi de qui il s'agit, et de quoi on la soupçonne.

Droit au but. Le professeur n'avait jamais aimé gaspiller son temps en bavardages.

– Connaissez-vous les détails du meurtre Gallatin ? interrogea Biederman.

– Le sénateur ? Bien sûr.

Entre les épais sourcils de Masters, le triangle de rides s'accentua.

– La mort a été provoquée par un coup violent qui a comprimé l'hypothalamus. Si ma mémoire est bonne, l'affaire a été défendue par Luther Griscom. Il a axé sa ligne de défense sur l'état d'absence dans lequel se trouvait l'accusée suite à une crise d'épilepsie. En soi, Griscom n'est pas un excellent avocat, mais il ne recule jamais devant rien. Il parvient généralement à trouver un moyen, souvent tiré par les cheveux, pour faire acquitter ses clients.

Masters fixa son regard pénétrant sur Biederman.

– Alors il s'agit de ces longues boucles auburn et de ces intelligents yeux verts saupoudrés de paillettes d'or, n'est-ce pas ?

– Il n'y a rien entre Thea Harper et moi, professeur. Tout ceci est strictement professionnel.

– Pour autant que cette dame soit concernée, vous voulez dire. Ne me dites pas que vous n'aimeriez pas qu'il en soit autrement, Daniel ! C'est écrit sur votre visage en lettres majuscules.

– Soit. Je dois admettre qu'elle m'attire, mais il ne s'agit pas de cela.

– Très bien. Asseyez-vous, et expliquez-moi.

Sans rien omettre, Biederman lui raconta tout ce qu'il savait, ou qu'il soupçonnait. Masters n'était aucunement lié à Buck Delavan ou aux politiciens véreux qui influençaient sans doute le jugement de l'inspecteur-chef. Le vieil homme avait toujours été un solitaire. C'était un esprit indépendant, dont la passion essentielle était la quête de la vérité.

Durant près d'une heure, Masters se consacra à l'examen des éléments de l'affaire. Biederman garda le silence jusqu'à ce que le professeur ait fini de les étudier. Il attendit que le vieil homme levât les yeux de la liasse de documents pour voler à la défense de Thea.

– Cette femme n'est pas une meurtrière, professeur !

J'en suis sûr. Peu importe ce que la défense ou l'accusation ont affirmé; je ne crois pas qu'elle ait tué Simon Gallatin, crise d'épilepsie ou pas.

Masters hocha la tête.

– Je suis d'accord, Daniel.

– Vraiment ?

– Et les indices tendent également à indiquer que vous avez raison.

Alors que Biederman ouvrait grand ses oreilles, Masters l'interrogea sur le poids, la taille et la condition physique de Thea. Les réponses de Biederman confortèrent l'opinion que s'était forgée le professeur. D'après l'angle selon lequel le coup avait été assené, le meurtrier du sénateur était sans doute plus grand que Thea d'au moins cinq centimètres. Et bien qu'il ait pu s'agir d'une femme svelte, il aurait fallu qu'elle fût très musclée pour infliger les blessures décrites dans le rapport d'autopsie.

Se référant à la description de la fracture de la cuisse de Gallatin, il ajouta :

– Etant donné la masse et l'élasticité du fémur, ainsi que la taille et le poids de l'arme du crime, une fracture telle que celle-ci nécessite une force d'impact d'au moins vingt kilos. Je parierais que ce meurtrier s'entraîne de façon intensive depuis au moins deux ans. Il (ou elle) utilise des poids d'environ quinze kilos et parvient à soulever soixante-dix kilos. Je vous parle de muscles nettement dessinés, Daniel. De bras où les veines font saillie. Je n'en vois pas trace sur la photographie que l'on a prise de Mrs. Harper sur la scène du crime.

Biederman contempla le cliché.

– Dans ce cas, il s'agit nécessairement d'un coup monté...

– C'est également mon avis. Regardez la façon dont les taches de sang sont disséminées sur les mains et les vêtements de Mrs. Harper. Qu'est-ce qui cloche dans cette photographie, Daniel ?

Les rouages se mirent à tourner dans l'esprit de Biederman.

– Ses mains sont souillées de sang, mais l'équipe du labo n'a trouvé aucune preuve du fait qu'elle ait touché le cadavre.

– Très bien. Ensuite ?...

Biederman se replongea dans l'examen de la photographie. La stupeur et le désespoir que l'on lisait dans les yeux de Thea lui étaient insoutenables. De la terreur à l'état pur.

– Ensuite, à part les traînées de sang, ses vêtements sont propres. Aucune éclaboussure. Rien de l'effet Jasper Johns que l'on devrait obtenir en frappant quelqu'un avec un lourd trophée. Ses vêtements devraient être couverts de sang et de débris de chair.

– Excellent. Vous étiez l'un de mes meilleurs élèves. Je suis ravi de voir que vous avez su garder votre esprit aiguisé au meilleur de sa forme.

De fait, l'esprit de Biederman effectuait des bonds de grenouille affolée. Il ne serait pas aisé d'obtenir la réouverture de l'affaire Gallatin sur la simple foi d'un vieil homme et celle d'un flic rebelle. L'instruction de l'affaire Gallatin avait coûté des millions à l'Etat. Biederman allait avoir besoin de bien plus. D'une preuve solide comme le roc.

Le vieil homme réfléchissait plus vite que lui :

– J'aimerais vous aider davantage, Daniel. Mais je m'en vais aujourd'hui pour participer à une conférence à Amsterdam, puis chez ma sœur, à Paris, pendant un mois. C'est pour cela que je devais vous voir ce matin. En fait, je crois que mon taxi vient d'arriver.

Il se dirigea vers la fenêtre et jeta un regard au-dehors.

– Oui. Désolé. Il faut que je file.

Masters gagna sa chambre et en émergea avec une valise usée, un manteau de tweed et une casquette de base-ball.

– Je vous en prie, professeur... Ce dont je dispose n'est pas suffisant.

– Navré, Daniel. J'aimerais vous aider, mais je ne peux pas me permettre de rater cet avion. C'est moi qui prononce le discours d'ouverture de la cérémonie.

Biederman suivit le vieil homme jusqu'à la Lincoln garée dans l'allée.

– Avez-vous remarqué quoi que ce soit d'autre ? Quelque chose qui pourrait au moins m'orienter dans la bonne direction ?

Masters tendit sa valise au chauffeur et se glissa sur le siège arrière de la limousine.

– Si j'étais vous, je m'intéresserais de près aux indices. Le cheveu. Et le rouge à lèvres, Daniel. Tout particulièrement le rouge à lèvres.

Le chauffeur s'installa derrière le volant et fit tourner le moteur.

Biederman s'efforçait de suivre le tortueux cheminement de l'esprit du vieillard.

– Qu'est-ce que le rouge à lèvres a de particulier ?

On avait découvert sur la nuque du sénateur une minuscule traînée rose qui, après analyse, s'était révélée du rouge à lèvres. Il s'agissait d'une découverte stupéfiante, si l'on considérait l'étendue des dommages infligés par le trophée. Mais hormis cela, les enquêteurs ne l'avaient pas jugée particulièrement importante.

Alors que la longue voiture noire démarrait, un léger sourire effleura les lèvres de Masters.

– Réfléchissez, Daniel. A quoi cela vous fait-il penser quand un assassin donne un dernier baiser à sa victime ?

40

Lily Gallatin possédait un talent rare. Lorsque sa motivation était suffisante, la doyenne du clan politique le plus éminent du pays était capable d'étrangler quelqu'un sans même se servir de ses mains.

Quand elle avait téléphoné à Cassie Rodbury en début de matinée, la jeune femme avait immédiatement senti la forte pression des mains noueuses sur sa trachée artère. A présent, bien que l'avocate fût assise à trente centimètres de la vieille femme dans le salon baigné de soleil de la propriété des Gallatin, sa gorge était si compressée qu'elle avait de la peine à déglutir.

L'inquiétante présence de Marielle ne contribuait en rien à alléger l'atmosphère. Comme à l'ordinaire, la jeune femme était debout derrière sa mère, droite et silencieuse, le regard fixe.

A l'inverse de la glaciale réserve de Marielle, Lily Gallatin était habitée d'une rage palpable. Les yeux opalescents de la vieille femme lançaient des éclairs de fureur, et une veine sinueuse palpitait le long de son cou. Elle serrait et desserrait ses mains parcheminées, et l'imposante émeraude de sa bague lançait des éclairs froids et menaçants.

– Ma patience est à bout, Cassandra. A l'heure qu'il est, cette affaire devrait déjà être réglée. Pourquoi ne l'est-elle pas ?

– Ces choses-là prennent du temps, Mrs. Gallatin.

– Du temps ! éructa la vieille femme. Depuis le meurtre de Simon, voici un an, je passe mon temps à attendre une minuscule once de satisfaction. Je passe mon temps à chercher la sérénité que me procurerait le châtiment enfin infligé à la meurtrière de mon fils. Je veux que cette affaire aboutisse !

– Certainement. C'est ce que nous voulons tous, mais...

La pierre verte lança un nouvel éclat.

– Pas de *mais*, Cassandra ! Je veux obtenir des résultats. Si vous êtes incapable de me les fournir, je m'adresserai ailleurs. A Clemmons et McGrath, peut-être. Il s'agit d'un cabinet ambitieux, et qui a les dents longues. Je crains qu'un excès de confort n'ait émoussé votre combativité.

Le nœud coulant qui enserrait la gorge de Cassie se resserra d'un cran. Elle imagina la fin de sa carrière. La disparition de tout ce qui lui était cher.

– Non, Mrs. Gallatin. Absolument pas. Cette affaire va être réglée rapidement. Vous pouvez y compter.

– J'y compte bien, Cassandra. Je vous donne jusqu'au début de la semaine prochaine. Si entre-temps vous n'avez pu contraindre les individus que j'emploie à obtenir des résultats, je n'aurai pas d'autre solution que de m'adresser ailleurs.

Cassie Rodbury força les mots à franchir le douloureux goulet de sa gorge.

– Ce ne sera pas nécessaire, Mrs. Gallatin. Comme je vous l'ai dit...

Avec raideur, la vieille femme se leva. Son expression glaciale refroidissait l'air alentour.

– Les mots ne signifient rien à mes yeux, Cassandra. Seuls les résultats m'importent.

– Je comprends.

– Vraiment ? J'en doute. Le fait est que je ne reculerai devant rien pour venger comme il se doit le meurtre de mon fils. Vous le savez, je me suis assuré les services des individus qui sont le mieux à même d'y contribuer. Et vous préférez peut-être l'ignorer, mais j'ai également placé Mrs. Harper et sa fille sous surveillance. J'ai fait tout ce qui était en mon pouvoir, Cassandra. A présent, je vous demande d'amener cette affaire à une conclusion rapide et satisfaisante.

Cassie tâcha de dissimuler sa répugnance. Placer la fillette de Thea Harper sous surveillance ? Sa cliente devait avoir perdu la raison.

– Faites-moi confiance, Mrs. Gallatin. Je m'occuperai de tout.

Les yeux clairs de la vieille femme se vrillèrent dans les siens.

– C'est ce que nous verrons.

Impatiente d'échapper à la voix dure et haineuse, Cassie marmonna quelques mots d'adieu maladroits et s'éclipsa. Elle disposait de la fin de la semaine pour sauver la situation et éviter le désastre qui menaçait de réduire son existence à néant. Il n'y avait pas une minute à perdre.

41

Pour une fois, Gabby fut heureuse d'apercevoir le bolide noir de Dylan à la sortie de l'école. Elle n'avait nulle envie de prendre le bus, où il lui faudrait subir d'autres plaisanteries. Ces idiots de sa classe n'avaient pas arrêté de la taquiner depuis que Mr. Perry l'avait surprise en train de glisser un petit mot à Opal pendant le cours d'histoire. L'instituteur avait insisté pour que Gabby le lise à haute voix :

– Si c'est suffisamment important pour ne pas pouvoir attendre la fin de la classe, je crois que tu devrais nous le faire partager.

Gabby avait marmotté les mots en espérant que personne n'entendrait. Mais cet imbécile de Neil Lufkin en avait compris l'essentiel et s'était exclamé :

– Thea Harper et Max Perry sollicitent l'honneur de votre présence à leur mariage, le 1er juin à 18 heures, au 21 Linden Street. RSVP.

Gabby avait eu le sentiment qu'elle allait se liquéfier sous l'effet de l'humiliation. En fait, elle aurait *voulu* se liquéfier, s'écouler entre les lattes du parquet et disparaître. Sans l'expression de sympathie d'Opal, Gabby n'aurait sans doute pu survivre au reste de la journée. Même lorsque la sonnerie de la fin des classes avait retenti et que Mr. Perry l'avait appelée pour lui dire qu'il avait pris connaissance de sa lettre et serait ravi de venir dîner, Gabby n'avait pu se libérer du sentiment de honte qui l'oppressait. De fait, c'était encore pire à présent qu'il avait accepté l'invitation.

Et s'il en parle à maman? Je serai privée de sortie jusqu'à la fin de mes jours.

Elle dépassa la file d'écoliers qui attendaient le bus n° 7 d'une démarche décidée et monta dans la voiture de Dylan. Les mâchoires serrées, elle répondit au coup d'œil moqueur de Neil Lufkin par un regard de défi. Peut-être ce crétin croyait-il que Dylan était son petit ami. Imaginez un peu ! Elle a un petit ami suffisamment âgé pour *conduire* ! Neil Lufkin allait sûrement faire courir cette rumeur-là dans l'école. Ils se dépêcheraient d'oublier ce maudit petit mot. Du moins, les gosses l'oublieraient.

– Salut, mon ange. Tu en fais une drôle de tête ! s'exclama Dylan.

– Mais non.

– Pourquoi tu fais cette tête-là, alors ?

– J'ai dit que non, répliqua Gabby d'une voix cinglante. Et puis de toute façon, ce ne sont pas tes affaires.

Moqueur, il leva les mains en signe de capitulation.

– Hé, doucement, fillette ! J'espère que ça ne te dérange pas trop si je respire ? Je vais faire de mon mieux pour m'arrêter dès que possible.

Un silence pesant envahit la voiture alors qu'ils remontaient Easton Road sur toute sa longueur. Jetant un regard à Dylan, Gabby observa à la dérobée la tristesse que reflétait son visage. Et si elle lui avait fait tant de peine qu'il décidait vraiment de se tuer ?

– Excuse-moi, Dylan. Ce n'est pas ta faute.

– Qu'est-ce que c'est, alors ?

– Rien. N'y pense plus.

– Je peux faire quelque chose pour te remonter le moral, fillette ? T'acheter un soda ? Ou peut-être me tirer une balle dans la tête ?

– Arrête, Dylan ! Je déteste quand tu parles comme ça.

Il émit un claquement de langue.

– Où est passé ton sens de l'humour ? Tu l'as laissé en classe ou quoi ?

– Tu es sûr que tu plaisantais ?

– Absolument. Jamais je ne me tuerais avec un fusil. Ma vieille mère ne tolérerait pas les saletés que ça ferait.

Gabby se remémora la conversation qu'elle avait eue la veille au soir avec l'une des bénévoles de SOS-Suicide. Lorsque la fillette lui avait expliqué qu'il s'agissait d'un devoir scolaire, la jeune femme lui avait lu une liste de signes précurseurs et lui avait expliqué ce qu'il fallait faire si on les décelait chez un membre de sa famille ou un ami.

En premier lieu, il fallait toujours prendre au sérieux les paroles concernant le suicide. En second lieu, on devait inciter la personne à avoir recours à l'assistance d'un professionnel.

– Tu devrais aller voir un docteur, Dylan. Se tuer, ça ne résout rien du tout.

– Bien sûr que si. Ça résout absolument tout.

– C'est pas vrai.

– As-tu déjà entendu un mort se plaindre ?

– Bien sûr que non, mais...

– Alors !...

Il fallait également avertir les parents de la personne, son conjoint ou ses proches. Mais Gabby doutait que la mère de Dylan se fasse du souci pour lui. Mrs. Connable pouvait-elle réellement aimer son fils alors qu'elle ne le laissait même pas habiter chez elle ? Dylan n'était pas marié ; il n'était donc pas question d'épouse. Sa petite sœur était morte. Et pour autant que Gabby le sache, il n'avait aucun proche. Alors, à qui pouvait-elle en parler ?

Gabby éprouvait de la pitié pour lui, avant toute autre chose. De la pitié et de la crainte. Elle ne voulait pas qu'il avale des poignées de médicaments, qu'il se taillade de nouveau les veines ou qu'il inhale le gaz pestilentiel du tuyau d'échappement de sa voiture jusqu'à en avoir le visage violet. Même au cinéma, alors qu'elle savait qu'il s'agissait seulement de simulacres, Gabby devait cacher son visage dans ses mains.

Elle eut une vision de Dylan pendu par le cou, le visage livide. Elle le vit s'enfoncer dans l'océan jusqu'à ce que les vagues déferlent en rugissant au-dessus de lui.

Non, Dylan. Arrête !

L'été dernier, les Millport avaient emmené Gabby à Jones Beach. Là, une gigantesque vague l'avait renversée et s'était ruée par-dessus sa tête comme une locomotive lancée à toute vapeur. Lorsque enfin Gabby avait réussi à reprendre pied, ses poumons étaient en feu et une quinte de toux aussi tranchante qu'un couteau lui écorchait la gorge. Ça devait être affreux de périr de cette façon. La plupart des morts devaient être plus douloureuses que tout ce qu'on pouvait concevoir, plus douloureuses même qu'un vaccin.

Gabby réprima un frisson.

– Un médecin pourrait t'aider à être plus heureux, Dylan. Et alors, tu n'aurais plus envie de te tuer.

– Tu crois que c'est aussi simple que ça ? « Et voilà, Mr. Connable : Prenez deux de ces pilules du bonheur toutes les quatre heures et passez-moi un coup de fil la semaine prochaine. »

– Un psychiatre, je voulais dire.

Il alluma une cigarette et exhala la fumée par ses narines.

– Tu as déjà fait tomber un verre par terre ?

– Bien sûr.

– Alors tu sais que certaines choses sont trop abîmées pour qu'on les répare. Qu'elles sont trop abîmées, et que ça donnerait trop de mal.

Gabby avait épuisé tous les conseils de SOS-Suicide. Il ne lui restait plus qu'à espérer que Dylan gagne des millions au loto et parvienne à oublier l'idée du suicide. Ou peut-être tomberait-il passionnément amoureux d'une jeune fille qu'il déciderait d'épouser et de ne jamais quitter.

Ce qui lui remit à l'esprit ce maudit message. Il était tout simplement inimaginable que Mr. Perry y fasse allusion devant sa mère.

Je Vous en prie, Seigneur, si Vous faites en sorte que Mr. Perry oublie cette fausse invitation, je promets de ne plus jamais rien Vous demander.

– Alors, tu veux t'arrêter pour boire un soda ?

– Je ne peux pas, Dylan. Il faut que je rentre. Ma grand-mère est là et nous avons un invité ce soir.

Cette fois-ci, au moins, il ne discuta pas. Il ne lui imposa pas de détour par des chambres mortuaires, des cimetières ou des salons funéraires. Dylan la ramena tout droit chez elle. Le bus de Gabby se garait derrière eux au moment où le jeune homme s'arrêtait le long du trottoir pour la déposer à l'angle de Linden Street.

Empoignant prestement sa veste et son cartable, Gabby jeta de nouveau un coup d'œil à Dylan. Ses yeux ressemblaient à une pièce sombre et vide.

Une boule de chagrin s'était logée dans la gorge de la fillette. Personne ne méritait d'être aussi seul et malheureux. Ce n'était pas juste. Au moins, quand sa mère était à la clinique, Gabby avait pu compter sur Opal et Jasmine.

– Je t'en prie, ne fais pas ça, Dylan ! s'exclama-t-elle avec désespoir. Tu me manquerais beaucoup.

Il continua à regarder droit devant lui.

– Peut-être un jour ou deux, quand ce serait encore nouveau et intéressant... Mais après ça, je serais aussi loin de tes pensées que Madagascar.

– Je ne sais même pas ce que c'est que Mada-gaz-car !

– C'est bien ce que je disais.

– Je ne t'oublierai pas, Dylan. Tu ne me connais pas. Je me souviens encore de mon père, et il est mort alors que je n'étais qu'un bébé.

– Tu t'en souviens parce qu'on t'a montré des photos, qu'on t'a raconté des histoires et qu'on t'a parlé de lui, mon ange. Moi, je me fondrai dans le néant. Comme une bulle qui éclate. Fini. *Kaputt.*

– C'est pas vrai. De toute façon, tu m'as promis de m'aider à comprendre des choses, et je n'ai toujours pas compris.

– Tu comprendras quand le moment sera venu.

– Mais tu m'avais dit que tu avais été envoyé pour t'occuper de moi, tu te rappelles ? Sans toi, les garçons de Greens Farms seraient encore en train de m'embêter, de me rendre folle.

– Descends, ma douce. J'ai à faire.

Gabby détestait le quitter ainsi. Une douleur sourde se tapissait au fond de sa poitrine. Elle était sûre qu'il allait se produire quelque chose de terrible. Dylan avait l'intention d'essayer de se tuer très bientôt. Peut-être même ce jour-là.

Je Vous en prie, Seigneur. Aidez-moi à trouver un moyen de l'en empêcher.

Levant les yeux au ciel, elle se souvint avec un sentiment de culpabilité du marché qu'elle avait conclu avec Lui un peu plus tôt.

Seigneur, je sais bien que j'ai dit que je ne Vous demanderais plus jamais rien si Vous faisiez en sorte que Mr. Perry oublie le message. Mais ceci est vraiment important.

– Descends, ma douce.

Il fit démarrer le moteur, et se pencha au-dessus d'elle pour ouvrir sa portière.

– D'accord. Mais d'abord, il faut que tu me promettes de venir à ma soirée d'anniversaire.

– C'est quand ?

– Dimanche soir.

Elle espéra que Dylan ne remarquerait pas que ses joues s'empourpraient. Quand elle mentait, elle avait toujours le sentiment d'avoir le visage brûlant et d'être ridicule.

– J'essaierai.

– Non. Tu dois me le promettre.

– J'ai dit que je ferais de mon mieux.

– Ça n'est pas suffisant. Tu dois me le promettre !

Il se crispa sous l'effet de l'irritation.

– Ça suffit. Je te le promets. File, maintenant !

La voiture noire démarra sur les chapeaux de roues. Soulagée, Gabby s'engagea dans Linden Street. Deux jours la séparaient de dimanche. En l'espace de deux jours, les choses pouvaient s'arranger considérablement. Si le Seigneur avait pu l'aider à imaginer si rapidement cet anniversaire, songea-t-elle, il n'y avait pas de limite aux miracles qu'Il pouvait réaliser pour sauver Dylan.

42

Thea était en train de s'habiller pour le dîner lorsque sa mère se précipita dans la chambre, hors d'haleine.

– Quelqu'un est en train de fouiner dans le jardin, Checker ! Lorsque j'ai appelé, il a essayé de se cacher. Mais je suis sûre d'avoir entendu des bruits de pas. Peut-être devrais-tu appeler la police.

D'un pas rapide, Thea se dirigea vers la fenêtre et plongea son regard dans le jardin. Derrière le rideau de feuilles flamboyantes, elle aperçut les contours d'une silhouette. Il s'agissait d'un individu vêtu d'un long manteau noir et portant un chapeau à large bord.

S'empressant d'ouvrir la fenêtre, elle cria :

– Hé, vous, là-bas !

La silhouette hésita un bref instant, puis se remit en marche, tête baissée.

– Montrez-vous, espèce de lâche ! cria Thea.

L'intrus approchait de la haie de troènes au fond du jardin. Par-dessus ses sous-vêtements, Thea enfila un chemisier taché de peinture et glissa ses pieds dans ses pantoufles. Puis elle dévala les escaliers et, ouvrant la porte de la cuisine, se rua à l'extérieur.

Alors qu'elle faisait le tour de l'atelier, l'étranger se trouva un instant prisonnier de la haie. Mais avant que Thea ait pu le rattraper, les branchages de la haie s'écartèrent dans un grand craquement de bois brisé et la silhouette au manteau noir dévala Fielding Street.

Thea essaya de lui emboîter le pas, mais les branches touffues égratignèrent ses jambes nues et se plantèrent dans sa chemise de coton léger. Alors qu'elle luttait pour se libérer, son chemisier se déchira et une branche la gifla avec violence sur la joue. Quelques centimètres de plus, et son œil aurait reçu la douloureuse éraflure.

Lorsqu'elle chercha de nouveau l'intrus des yeux, elle l'aperçut qui s'engageait dans Imperial Street. Elle n'avait quasiment aucune chance de le rattraper.

La voix anxieuse de sa mère lui parvint de la fenêtre :

– Tout va bien, Checker ? Rentre, maintenant. Tu vas attraper la mort si tu restes dehors comme ça, à moitié nue !

Se dégageant de l'enchevêtrement des branchages de la haie, Thea laissa échapper un juron. Il s'agissait probablement encore de Harlan Vernon. Elle était sûre que cette vermine la suivait depuis des jours. Au moins cinq ou six fois depuis qu'elle avait quitté la clinique, elle avait vu son ombre rôder dans le voisinage ; mais il était toujours parvenu à s'éclipser avant qu'elle ait pu le prendre sur le fait. Lorsqu'elle y parviendrait, Thea lui montrerait en détail de quel bois la Veuve Noire de Westport se chauffait.

Si seulement elle parvenait à mettre la main sur cette petite ordure...

Alors que Thea regagnait la maison d'une démarche pesante, une pensée désagréable lui traversa l'esprit. Et s'il ne s'agissait pas de la Vermine ? Et si l'ombre qui lui empoisonnait l'existence était quelqu'un de plus malfaisant encore ? Elle songea à Vita Negrone, qui errait quelque part dans la nature sans qu'on sache ni ce qu'elle faisait ni quel était son état mental. Lorsque Vita avait su que Thea allait quitter Brook Hollow, elle avait été saisie d'un violent accès de jalousie. *Pourquoi elle et pas moi ? Toutes les deux, on est pareilles à l'intérieur. J'vais la couper en deux et vous montrer !*

Thea frissonna au souvenir des menaces que rabâchait la forcenée. *J'vais te découper en tranches, Thea Harper... t'éplucher comme un grain de raisin...*

Billie et les membres du personnel de Brook Hollow étaient convaincus qu'à présent Vita avait quitté le secteur. Les forces de police de la région avaient effectué de minutieuses recherches sans parvenir à retrouver sa trace. L'enquête menée par le personnel de Brook Hollow s'était révélée tout aussi stérile. On avait interrogé un nombre incalculable de gens et personne ne l'avait aperçue. Vita n'était pourtant pas le genre de femme qui passait inaperçue. D'une manière générale, on aurait tôt fait de remarquer une cinglée aux yeux exorbités qui déclamait toutes les méthodes créatives qu'elle projetait d'utiliser pour dépecer et écorcher ses semblables.

Thea acheva de s'habiller et mit la table pour le dîner. Alors qu'elle déposait la dernière cuillère sur la nappe, Max Perry appuya sur la sonnette.

Dès que le dîner fut servi, l'instituteur se mit en devoir d'exercer ses charmes sur la mère de Thea.

– La sauce est délicieuse ! s'exclama-t-il. Et le pain aussi !

– C'est maman qui a tout fait, déclara Thea.

D'un geste, Ellie refusa le compliment.

– Oh, j'ai juste préparé deux ou trois petites choses en vitesse.

– Dans ce cas, vous devez être particulièrement douée, Mrs. Sparks.

Max Perry la gratifia d'un sourire éblouissant. qui fit littéralement fondre Ellie.

– Allons, allons, murmura-t-elle en rougissant de plaisir.

– Reprenez-en, Mr. Perry.

Gabby était si impatiente de présenter la corbeille de pain à Max qu'elle renversa le verre du jeune homme. Du chianti se répandit sur la nappe blanche et dégoulina sur la moquette. Instinctivement, Max se rejeta en arrière, mais pas assez vite pour éviter que des gouttelettes rouges n'éclaboussent le devant de sa chemise blanche.

Thea laissa libre cours à sa fureur.

– Bon sang, Gabby, tu ne peux pas faire un peu attention !

– Je n'ai pas fait exprès, maman. C'est pas la peine de me parler comme ça.

Les lèvres de la fillette tremblaient. Son corps fluet s'était crispé sous les efforts qu'elle déployait pour ne pas pleurer.

Thea croisa le regard stupéfait de sa mère.

– Je suis désolée, mon ange, reprit-elle. Ne t'en fais pas, ce n'est pas grave.

Il était rare que Gabby épuise la réserve de patience de Thea, mais l'attente du coup de fil du docteur Forman avait mis les nerfs de la jeune femme en pelote.

Se repentant de son accès de colère, Thea épongea la

table, puis disposa une serviette propre par-dessus les traînées écarlates qui striaient la nappe. Avant qu'elle ait pu en faire davantage, Max alla chercher du bicarbonate de soude, qui effaça comme par magie les taches du tapis et les éclaboussures de sa chemise.

– C'est une astuce que j'ai apprise il y a quelques années, quand j'étais barman, expliqua-t-il.

– C'est pratique.

– Oui, c'est vraiment bon à savoir! s'exclama Ellie avec enthousiasme.

Thea avait envie de demander à Max s'il connaissait un remède similaire pour nettoyer les souillures indélébiles qu'un meurtre laisse sur l'âme de celui qui l'a commis. Connaissait-il un cataplasme miracle susceptible d'apaiser la terreur qu'inspirait à Thea l'idée d'une rechute ?

Mais pourquoi est-ce que le docteur Forman ne la rappelait pas ? Dans l'attente, les craintes de Thea se multipliaient, échappant à son contrôle. Durant toute la soirée, le cauchemar de la mort de Simon ne cessa de la hanter.

Revivant l'insoutenable épisode, elle entendait le hurlement des sirènes approcher. Elle croyait sentir les violents tremblements de Gabby et les plaintes que laissait échapper la fillette des profondeurs infernales de son incrédulité. Se souvenant de la morsure des menottes, Thea se crispa. L'éclat aveuglant des flashes. La foule et le brouhaha des curieux qui se pressaient autour d'elle. L'humiliation de la fouille corporelle. Le terrible claquement de la porte de la cellule.

Durant cette nuit-là et les mois qui avaient suivi, Thea s'était trouvée dans un état de choc qui avait effacé les détails les plus insoutenables de la scène. Mais à présent, rien ne la protégeait plus de la clarté macabre du tableau. Elle ne pouvait pas supporter ces hideux souvenirs. Il était inimaginable que le cauchemar soit en train de se reproduire.

– Je peux sortir de table ? Je suis fatiguée, murmura Gabby.

– Est-ce que ça va, mon cœur ?

Cela ne ressemblait pas à la fillette de demander à se coucher tôt, surtout en présence de sa grand-mère bien-aimée et de l'homme qu'elle idolâtrait.

– Oui. J'ai eu une longue journée, c'est tout.

– Très bien. Prépare-toi ; je monterai te border dans quelques minutes.

– Ce n'est pas la peine. Reste avec mamie et Mr. Perry.

– Et si je m'en occupais, ma chérie ? intervint Ellie. J'en serais vraiment ravie.

– D'accord, mamie. Je serai prête dans quelques minutes.

La pauvre Gabby semblait triste et apathique. Peut-être couvait-elle quelque chose. Sans doute un cas aigu de manque d'affection. Thea avait été si préoccupée qu'elle n'avait pas suffisamment prêté attention à sa fillette.

Elle éprouva de nouveau un sentiment de culpabilité. Avant la mort de Simon – dans une autre vie, semblait-il – Thea était une mère patiente, réfléchie et attentionnée. Pouvait-elle espérer redevenir un jour ce qu'elle était jadis ? Etait-il possible que les choses soient de nouveau comme avant ?

– Si cela ne te dérange pas, maman, j'aimerais que ce soit moi qui borde Gabby, déclara Thea.

– Mais bien sûr, Checker. Si vous voulez bien m'excuser, je crois que je vais aller au lit, moi aussi. Le décalage horaire m'a toute déboussolée.

Après avoir servi une tasse de café à Max et s'être excusée, Thea emboîta le pas à sa mère, avant de suivre le couloir jusqu'à la chambre de Gabby. La fillette s'était déjà pelotonnée sous les draps et avait éteint la lumière. S'asseyant au bord du matelas, Thea posa les lèvres sur le front de Gabby. Pas de fièvre.

– Tu es sûre que ça va, ma chérie ? Est-ce que tu voudrais me parler de quelque chose ?

– Tu devrais tenir compagnie à ton invité, maman.

– Mr. Perry se porte très bien. De toute façon, tu comptes davantage, répliqua Thea d'une voix ferme. Dis-moi ce qui ne va pas.

– Rien. J'ai sommeil, c'est tout.

– Tu es sûre ?

– Certaine.

– Absolument sûre ?

– Croix de bois, croix de fer.

Thea embrassa les joues veloutées de la fillette et tira les couvertures jusqu'à son menton.

– Bonne nuit, ma puce. Fais de beaux rêves.

– Tu ne devrais pas faire attendre Mr. Perry, maman. C'est impoli.

– Très bien, mademoiselle Bonnes-Manières. J'ai compris. J'y vais.

Max n'était plus assis à la table de la salle à manger. Personne dans la cuisine, non plus. Sans doute était-il allé aux toilettes.

Alors que Thea débarrassait les dernières assiettes du dîner, elle entendit un bruit dans le salon. C'était probablement Max. Traversant le vestibule pieds nus, elle eut la surprise de l'apercevoir en train d'inspecter l'intérieur d'un tiroir de la table basse. En l'entendant approcher, il fit volte-face, l'air tout aussi stupéfait.

– Je cherchais un dessous-de-verre, balbutia-t-il. Je ne voulais pas poser ça directement sur le bois.

Elle suivit son regard jusqu'au verre de cristal posé sur le buffet, à côté d'une bouteille de porto.

– J'espère que cela ne vous dérange pas que je me sois servi. Je pensais que vous alliez peut-être tarder à revenir.

– Bien sûr que non.

– Je vous en sers un ?

– A dire vrai, Max, je suis plutôt fatiguée, moi aussi. Peut-être Gabby et moi couvons-nous toutes les deux quelque chose.

Une expression préoccupée traversa son visage.

– Qu'est-ce que je peux faire pour vous aider ?

– Rien, je vous assure.

Elle se força à sourire.

– J'ai probablement surtout besoin d'une bonne nuit de sommeil.

– Ecoutez, cela ne me regarde pas, mais je vois bien que quelque chose vous tracasse. Si vous avez envie d'en parler, je suis là.

– Merci, Max. C'est gentil, mais je n'ai rien à dire. Le retour à la vie normale est plus compliqué que je ne l'escomptais. Aussi curieux que ça puisse sembler, les cliniques psychiatriques ont également des aspects positifs.

Il lui adressa un sourire empreint de compassion.

– Ça ne me semble pas curieux du tout. J'imagine aisément combien cela a dû être terrible. Après le verdict, vous étiez sans doute soulagée de pouvoir échapper aux flashes et aux micros.

– Et c'était loin d'être le pire.

– Je serais prêt à parier que la famille Gallatin n'a rien fait pour vous faciliter les choses.

Pari gagné.

– Ils ont perdu un être cher. Je ne peux leur en vouloir de me haïr. Mais j'aurais pu aisément me passer des inconnus. Et de la presse.

Les yeux de Max débordaient de compassion.

– C'est tout simplement ignoble, ce que les gens sont prêts à faire pour obtenir une histoire juteuse. Plus vous aspirez à un peu de temps et de solitude, et plus ils vous harcèlent.

– A vous entendre, on dirait que vous vous êtes déjà trouvé dans cette situation.

Il posa une main sur les siennes.

– Non. Mais aux informations télévisées, j'ai pu voir comment ils vous traitaient. Les micros et les caméras qui vous suivaient partout. Chaque détail monté en épingle. C'était un véritable cirque médiatique. J'en étais furieux. Cela peut sembler étrange, mais je me sentais proche de vous, Thea. Même alors.

Leurs regards se croisèrent, demeurèrent rivés l'un à l'autre. Max Perry était charmant, attentionné, intelligent, équilibré, attirant et disponible. Cela semblait bien trop beau pour être vrai. Mais Thea était irrésistiblement attirée vers cette image de rêve.

Personne, pas même Caro, n'avait été capable d'évoquer la mort de Simon et le cataclysme émotionnel qui s'était ensuivi d'une manière aussi franche, aussi directe. Il y avait en Max quelque chose de différent. Quelque chose que Thea ne parvenait pas à définir.

Elle était en train de s'y essayer lorsque soudain il rendit la situation plus complexe encore en l'attirant vers lui. Sa bouche semblait être un puits de velours tiède, sa langue cherchait la sienne. La pression de ses mains dans son dos lui donna le sentiment de se liquéfier.

Rassemblant les dernières forces qui lui restaient, Thea se dégagea.

– Max... Je ne suis pas prête.

– Très bien. Je comprends. Ne vous inquiétez pas. Je veux juste vous tenir un instant dans mes bras.

C'était tentant. Mais elle distinguait le danger d'une telle perspective. Cela faisait si longtemps que l'aiguillon du désir fermentait en elle.

Lâche la bride à un cheval sauvage, et tu ne sais pas où il t'emmènera, Checker.

La voix de Max était apaisante, réconfortante.

– Tout va bien, Thea. Les mauvais moments sont derrière vous, maintenant.

A ces mots, les pensées de Thea revinrent implacablement vers le coup de téléphone du docteur Forman. Tant qu'elle n'aurait pas pris connaissance du résultat des examens, elle ne pourrait être sûre que le cauchemar faisait bel et bien partie du passé.

Cela fut plus efficace qu'une douche froide. En l'espace de quelques secondes, Thea reprit le contrôle de ses sens. Il était hors de question qu'elle se lance dans une nouvelle relation avant d'être sûre de maîtriser parfaitement son existence. Ce ne serait juste ni pour l'un ni pour l'autre. Et il était fort possible que tout cela se solde par un autre désastre.

– Vous feriez mieux de partir, Max.

Il gardait les yeux plongés au fond des siens.

– Et si je vous promettais de ne plus m'approcher, et que nous nous contentions de discuter ?

Une autre tentation. Le jeune homme possédait un remarquable talent pour briser ses défenses et l'aider à trouver facilement les mots pour exprimer ses pensées.

Trop facilement.

C'en était dangereux.

– Une autre fois, Max. Je suis vraiment fatiguée.

Il n'insista pas. Thea l'accompagna jusqu'à la porte et tira les verrous derrière lui.

Il était déjà plus de dix heures. Le docteur Forman n'allait certainement plus appeler ce soir-là.

Qu'elle aille au diable. C'était une véritable torture !

Si tu as un problème, Checker, arrête d'y penser, et le problème disparaît.

Elle n'allait pas laisser l'angoisse la submerger. D'une manière ou d'une autre, elle réussirait à patienter jusqu'au lendemain matin. Elle envisagea d'absorber une rasade du remède soporifique miracle de Billie ; mais la dernière fois, il s'était révélé terriblement efficace. Un petit verre de la crème de menthe qui se trouvait dans le buffet serait sans doute suffisant.

Se dirigeant vers le salon, elle se remémora l'occasion pour laquelle Justin avait acheté la première bouteille de leur alcool préféré, ainsi qu'un assortiment d'autres digestifs destinés aux nombreuses réceptions qu'ils avaient prévu d'organiser. A l'époque, ils s'intéressaient l'un et l'autre aux arts du vin et de la table. Ils prenaient des cours de cuisine et assistaient à des dégustations de vin. Mais depuis la mort de Justin, elle éprouvait une réelle aversion pour la cuisine, hormis les recettes les plus simples.

C'était drôle, à quel point les choses pouvaient changer.

Enfin, pas réellement drôle.

Le verre de Max et le porto se trouvaient encore sur le buffet. Ouvrant la porte du placard du bas, elle glissa la bouteille dans le seul espace disponible, au fond. Ce faisant, elle fit s'élever un nuage de poussière. Depuis l'enterrement de Justin, Thea n'avait pas jeté un seul coup d'œil à la réserve de vin de son mari. Max avait dû jouer les détectives pour exhumer cette cache poussiéreuse.

Elle se versa un peu de liqueur de menthe dans un verre et éteignit les lumières. Alors qu'elle se dirigeait vers la porte du salon, elle aperçut le porte-documents de Max, appuyé contre le canapé. Thea n'était pas soupçonneuse de nature, mais la pensée qu'il l'avait peut-être volontairement oublié lui traversa fugitivement l'esprit.

Si c'était le cas, il aurait le mérite d'avoir essayé. Mais elle attendrait le matin pour lui téléphoner de venir le chercher. Il était peu probable qu'il corrige des copies ou prépare ses cours durant la nuit.

Dès sa plus tendre enfance, une fille de rancher apprend qu'il est préférable de ne pas réveiller l'eau qui dort.

43

Biederman se gara sur une place de parking vide au cœur du centre commercial de Westport, et s'aventura dans le salon de coiffure *L'Atelier du cheveu.* A l'entrée patientaient une douzaine de femmes assises sur des chaises en rotin, plongées dans des magazines de mode et de remise en forme. Plus loin, une rangée de bacs faisait face aux sièges où l'on coupait et coiffait les clientes. Les murs tapissés de miroirs reflétaient et multipliaient l'activité frénétique qui régnait dans la pièce.

Le mélange âcre de teintures, de sprays et de produits de soins chatouilla désagréablement les narines de Biederman. Se concentrant sur sa mission, il se dirigea vers la réception et patienta derrière une rousse au brushing impeccable, qui réglait une facture considérable à l'aide de sa carte Visa.

Une panoplie d'objets en vente étaient exposés dans les vitrines situées de part et d'autre de la caisse. Biederman identifia des barrettes, des peignes et des bandeaux. Il dut se contenter d'imaginer à quel usage étaient voués les autres.

Une brunette filiforme se tourna dans sa direction.

– Je peux vous aider ? ronronna-t-elle.

– Je m'appelle Dan Biederman. J'ai rendez-vous avec Mr. Thomas.

De l'extrémité d'un ongle long de cinq centimètres, elle chercha son nom sur le cahier de rendez-vous.

– Voilà, Mr. Biederman. Ce sera un balayage, ou un simple shampooing-coupe-brushing ?

Biederman s'empourpra.

– Ni l'un ni l'autre. Je veux juste lui parler.

– Une consultation, alors ?

– Exactement.

– Voici une blouse. Le vestiaire se trouve sur votre droite. Mr. Thomas vous recevra dans un instant.

Biederman refusa d'enfiler la blouse et se réfugia dans un coin de la salle d'attente. Dix minutes plus tard, une femme au teint pâle, à la chevelure rouge comme du sirop contre la toux, le précéda jusqu'à une petite salle privée située à l'arrière du salon. Elle portait une mini-jupe de cuir noir, un pull à col roulé noir et des cuissardes ornées de ferrures et de clous. Si c'était là l'emploi qu'elle occupait durant la journée, sans doute posait-elle la nuit pour la revue *Fais-moi mal*, songea Biederman.

L'assistante le fit asseoir dans un luxueux fauteuil inclinable rose et lui proposa un choix de boissons.

– Détendez-vous, ordonna-t-elle d'un ton brusque avant de s'éclipser en refermant la porte derrière elle.

Il s'écoula encore plusieurs minutes avant que Mr. Thomas n'entre en coup de vent dans la pièce. Il traînait dans son sillage un trio d'assistants empressés et un lourd parfum de lotion capillaire épicée de lavande.

Mr. Thomas fit rapidement le tour du fauteuil en scrutant la tête de Biederman.

– Je comprends pourquoi vous avez dit que c'était urgent... Il s'agit d'un sérieux cas de déshydratation. Ces petits follicules appellent à l'aide : « A moi, j'ai soif ! » Vous les entendez ? Et il faut absolument que nous nous occupions de votre couleur. Peut-être un rinçage au henné. Ou mieux encore, un balayage dans les tons dorés autour du visage.

Biederman leva les mains en signe de protestation.

– Suffit ! Je ne suis pas ici pour parler de moi. Je suis flic. J'ai besoin de votre opinion professionnelle pour l'enquête dont je suis en train de m'occuper.

Mr. Thomas émit un ricanement sarcastique.

– Ecoutez, je n'ai pas été dupe quand on m'a dit que le ministre de la Justice voulait que je prenne l'avion jusqu'à Washington pour aller lui faire un soin complet du cheveu, et je n'ai pas l'intention de gober votre histoire. Vous pouvez dire à mon farceur de copain, Jeff Leichter, que vous ne m'avez pas eu une seconde.

Delavan avait omis de confisquer l'insigne de Biederman. Lorsque Mr. Thomas l'examina, son rictus se mua en un large sourire laissant entrevoir ses dents du bonheur.

– Mon Dieu ! Ce serait un honneur de servir l'ordre et la loi en cette époque où règne une violence aussi affreuse... Que puis-je faire pour vous aider, inspecteur ?

Explorant les poches de son veston, Biederman en tira la photocopie de l'agrandissement du cheveu long et bouclé que l'on avait trouvé à l'intérieur d'une plaie de Gallatin. L'analyse qu'avait effectuée le pathologiste du FBI avait confirmé qu'il s'agissait bien d'un cheveu de Thea Harper. Du point de vue de l'accusation, ce cheveu représentait la preuve accablante de la culpabilité de la jeune femme. Étant donné la thèse qu'avait adoptée la défense – inconsciente de ses actes, donc non coupable –, l'avocat de Thea n'avait pas cherché à contester cette preuve. Il ne réfutait pas la culpabilité de Thea, seulement le fait qu'elle ait agi de sang-froid ou avec préméditation.

Fortement agrandi, le cheveu auburn ressemblait à un vers sinueux, pourvu d'une tête en forme de bulle. Le spécialiste du cuir chevelu disposa la feuille sur une visionneuse, et ses assistants s'attroupèrent derrière lui pour jeter un coup d'œil par-dessus son épaule.

– Cette photographie a été effectuée grâce à un micrographe polarisateur de lumière d'excellente qualité, déclara Thomas. Très bonne qualité de cheveu également. Diamètre de huit microns, absence de fractures dans la gaine de couleur du cheveu : je dirais que nous avons affaire à une jeune femme de race blanche qui n'a jamais subi de permanente ou de teinture. Elle utilise des shampooings doux et évite les températures excessivement froides ou chaudes. Un comportement judicieux. Il est rare de trouver aussi peu de dommages chez un adulte.

Rien de tout cela n'était susceptible de témoigner de l'innocence de Thea. Mais, songeant à Murray Masters, Biederman insista :

– Ce cheveu a été découvert sur un homme qui venait d'être assassiné. Apparemment, des examens ont démontré qu'il appartenait à la meurtrière. Est-il vraiment possible de le prouver sans qu'il subsiste le moindre doute ?

– Eh bien, la pathologie légiste n'est pas mon domaine, mais on en a beaucoup parlé récemment dans nos revues spécialisées. Aujourd'hui, les professionnels utilisent des tests ADN. Le nec plus ultra. A mon sens, l'analyse d'un cheveu est une méthode remarquablement fiable.

– Alors vous pensez, comme la partie plaignante, que ce cheveu a vraisemblablement été arraché durant l'agression ?

– Oh, non. Absolument pas.

– Mais je croyais que vous aviez dit...

Mr. Thomas désigna l'extrémité oblongue et translucide du vers.

– Vous voyez ça ? Le bulbe est rond et sain. C'est caractéristique d'un cheveu tombé durant la phase de repos d'un cycle de croissance. Si ce cheveu avait été arraché pendant la phase de croissance, le bulbe aurait été déformé par la tension infligée au follicule.

Biederman réfléchit un instant.

– Ainsi, selon vous, ce cheveu est tombé de façon naturelle, et il a atterri sur le cadavre ?

– Ça dépend.

Mr. Thomas fronça les sourcils.

– Combien de temps après le crime le micrographe a-t-il été pris ?

Biederman consulta la date qui figurait sur la photocopie.

– Le lendemain.

– Impossible qu'il soit tombé pendant le crime, dans ce cas. Il s'agit d'un bulbe de cheveu qui a été exposé à l'air pendant une semaine. Peut-être plus. Le spécimen est tout desséché, presque en aussi mauvais état que la paille qui vous tient lieu de tignasse, inspecteur.

– Vous en êtes certain ?

– Absolument. Et maintenant, si nous reparlions des traitements que je vous ai proposés ? En l'espace d'à peine quelques heures, vous auriez l'air d'un autre homme. Je vous le garantis.

– Désolé, mais je n'ai pas le temps.

Sur le chemin du retour, Biederman oscillait entre l'exaltation et l'indignation. Le meurtrier avait intentionnellement déposé le cheveu de Thea sur le cadavre de Gallatin. Il ne s'était pas contenté d'assassiner le sénateur dans la maison de Thea et d'asperger la jeune femme du sang de la victime. Il avait également déployé des efforts tout particuliers pour fournir à l'accusation un dossier en béton.

Heureusement, la défense s'était retranchée derrière la thèse de la crise d'épilepsie étayée par la psychiatre ; mais justice n'avait pas encore été faite.

Biederman ne disposait toujours pas de preuves suffisantes pour obtenir la réouverture du dossier. Puisque le meurtre s'était produit chez Thea, on pouvait raisonnablement juger insignifiante la découverte d'un de ses cheveux sur le cadavre. Biederman se frotta les paupières. Il manquait quelque chose. Probablement un cerveau en état de marche.

De retour chez lui, il se plongea dans les documents empilés sur le bureau de sa chambre. Si seulement ces feuillets pouvaient être aussi éloquents que sa chevelure longtemps négligée l'avait été aux yeux de Mr. Thomas !

Il avait besoin de Murray Masters. Ou, à défaut, il devait réfléchir avec la clarté d'esprit propre au professeur.

Il se remémora l'habileté avec laquelle Murray analysait jadis les éléments complexes d'une affaire, classant, séparant et rangeant les faits dans un ordre rationnel, à la grande admiration de ses étudiants. La perspicacité et l'intuition du professeur étaient légendaires. D'après le vieillard, un esprit aiguisé et persistant pouvait expliquer jusqu'aux cas les plus déroutants.

Comme Masters avait coutume de le dire, la logique était le plus performant de tous les instruments de l'enquêteur. Il semblait également qu'il était le premier à faiblir lorsque les sentiments étaient en jeu, ou qu'un supérieur enragé montrait les crocs.

Buck Delavan, songea Biederman. Que Dieu bénisse l'âme de cet homme, si tant est qu'il en ait une.

N'y pense pas, Danny. Concentre-toi sur ce que tu as à faire.

S'efforçant de suivre les méthodes du professeur, Biederman entreprit de dresser la liste des certitudes et des facteurs inconnus.

Une certitude : les taches de sang qui maculaient les mains et les vêtements de Thea ne pouvaient provenir du trophée qui avait pulvérisé le crâne du sénateur.

Une certitude : la force des coups et l'angle selon lequel ils avaient été administrés excluaient également l'éventualité que Thea fût coupable. C'était quelqu'un d'autre – un individu d'un mètre soixante-cinq, adepte de musculation – qui avait commis le meurtre de Gallatin.

A moins que...

Sur ce point précis, Biederman détecta un possible hiatus dans le raisonnement du professeur.

Et si le coupable n'avait pas infligé ces coups alors qu'il était dressé de toute sa taille ? Il pouvait s'agir d'un individu plus grand, qui se serait courbé pour contrebalancer le poids du trophée. On enseignait aux haltérophiles à plier les genoux afin de réduire les risques de problèmes de dos. Jamais un sportif expérimenté n'aurait soulevé un objet lourd en gardant les jambes raides.

S'accroupissant comme il l'aurait fait pour soulever une barre à disques, Biederman traça un trait sur le mur, juste au sommet de son crâne, à l'aide d'un crayon-feutre. Cela soustrayait douze centimètres à sa taille. Il était donc probable que le tueur mesurât un mètre soixante-quinze. Peut-être davantage. Etant donné les graves blessures qu'avait subies le sénateur, cela semblait plus probable. Il était difficile d'imaginer un homme de petite taille, ou même une femme dotée d'une grande force, infligeant de tels dégâts.

De toute façon, les femmes n'avaient pas pour habitude de tuer leurs victimes en les frappant. De manière générale, elles préféraient se servir d'armes plus délicates tels le poison ou les armes à feu – ou, comme l'avait fait son ex-femme, elles faisaient disparaître leur victime au profit d'un autre homme.

Heureusement, en ce qui concernait Elaine, justice avait été faite. Elle avait reçu ce qu'elle méritait. Vivre en sa seule et unique compagnie.

Concentre-toi sur ce que tu fais, Biederman.

S'efforçant de se débarrasser des sujets de distraction qui l'assaillaient, il secoua la tête comme un chien mouillé qui s'ébroue.

D'une manière ou d'une autre, le coupable s'était débrouillé pour attirer Simon Gallatin chez Thea ; il l'avait violemment frappé, puis avait abandonné sur les lieux les indices qui désigneraient Thea comme la suspecte idéale. Un vrai seigneur. Biederman aurait payé cher pour rencontrer le type en question et avoir une petite explication avec lui.

En outre, ce dernier avait fait en sorte d'effacer les souvenirs que Thea conservait des heures précédant le meurtre. Au moyen de produits chimiques ou d'une séance d'hypnose, songea Biederman. Il griffonna quelques mots en guise de pense-bête et dessina plusieurs points d'interrogation dans la marge. Il aurait été intéressant – quoique sans doute impossible – de déterminer quelle méthode avait été employée une année entière après les faits. De nouveau, il regretta que l'on n'ait pas fait subir à Thea des prélèvements sanguins au moment de l'arrestation. Cela aurait pu répondre à de multiples questions.

N'y pense plus, Daniel.

Faisant rouler sa tête sur ses épaules pour soulager la tension de sa nuque, il s'attaqua à la liste des facteurs inconnus. L'identité du véritable assassin figurait en tête du hit-parade. Biederman brûlait du désir de lui mettre la main au collet. Il voulait lui faire payer jusqu'à la dernière once de la souffrance qu'avait endurée Thea. Les fous meurtriers méritaient beaucoup de choses, mais certainement pas qu'une doublure les remplace à la barre.

Comment avait-on pu faire inculper Thea ainsi ? Et pourquoi Thea ?

Intéressante question.

Il se demanda si le coupable était en relation avec la jeune femme avant le crime, et ajouta cette question à sa liste. Un homme comme Simon Gallatin connaissait une foule de gens. N'importe lequel aurait pu tenir le rôle de bouc émissaire. Avait-on choisi Thea au hasard, ou s'était-il agi d'un choix délibéré ?

Biederman étudia les possibilités qui s'offraient à lui : une femme jalouse, un proche qui aurait désapprouvé la liaison du sénateur, un électeur furieux, un employé mécontent, un politicien mauvais perdant que Gallatin aurait battu lors d'une élection passée ? Une personnalité publique telle que Gallatin s'était nécessairement attiré un nombre considérable d'ennemis. Recenser ces derniers et découvrir lesquels ne tournaient pas rond représentait beaucoup trop de travail pour un homme qui enquêtait en solo.

Un instant, il envisagea de s'assurer l'aide d'un complice. Passerelli était le plus susceptible de répondre à ses attentes, mais plusieurs facteurs jouaient contre ce bon vieux Vince. D'une part, il était incapable de garder un secret; solliciter sa complicité dans cette enquête équivaudrait à punaiser un rapport détaillé au mur de la gendarmerie. En outre, les obligations familiales de Passerelli occupaient chaque minute de son temps libre. Lorsqu'il n'était pas en train d'assister à une partie de base-ball ou au ballet d'un de ses gosses, il nettoyait les gouttières ou ratissait son jardin.

Il était déjà presque une heure. L'énergie et les idées de Biederman commençaient à s'épuiser. Hormis un élancement de douleur derrière les paupières, il n'avait rien gagné à sacrifier ses heures de sommeil pour une affaire que la justice considérait comme officiellement close.

Soudain, la sonnette de la porte retentit. Biederman n'attendait personne ; surtout pas Buck Delavan en personne, frisant l'apoplexie.

– Chef ?

Delavan s'introduisit de force dans l'appartement.

– Je vous l'avais bien dit, Danny ! Je vous avais prévenu, mais vous n'avez pas écouté !

– De quoi s'agit-il ?

– Quand je vous disais de vous conformer aux instructions que vous receviez... de faire ce qu'on vous disait de faire, bon Dieu !

– Désolé, Buck. Je ne vous suis pas.

Les yeux du chef se plissèrent jusqu'à n'être plus que deux fentes menaçantes.

– En effet, Biederman. Vous ne suivez pas les ordres. Vous ne suivez pas les instructions. C'est bien ça, votre foutu problème : vous ne suivez pas.

– Laissez-moi deviner, Buck. J'ai l'impression que quelque chose vous contrarie.

– Vous avez foutrement raison, quelque chose me contrarie. Et ce quelque chose, c'est vous, espèce d'abruti de sale juif vaniteux !

S'efforçant de conserver son sang-froid, Biederman hocha la tête d'un air impassible.

– Ce n'était pas la peine de vous déplacer un samedi soir pour me prouver que vous êtes un antisémite imbécile et mesquin, Buck. Je le savais déjà.

Buck laissa échapper un petit rire vicieux.

– Vous croyez tout savoir, pas vrai, Danny ?

– En fait, non. J'ignore totalement ce qui me vaut le déplaisir de votre visite.

Sans cesser de ricaner, l'inspecteur-chef se mit à déambuler à travers la pièce.

– Ce matin, j'étais en train de prendre mon café... le

soleil brillait, et tout allait pour le mieux dans le meilleur des mondes... jusqu'au moment où j'ai demandé à ma femme comment s'était déroulée sa partie de canasta de la veille. Simplement histoire de bavarder, vous comprenez.

– Jusque-là, oui.

Delavan lui décocha un regard menaçant et recommença à arpenter la pièce.

– L'une de ses partenaires habituelles était au lit avec la grippe, et c'était sa belle-sœur qui la remplaçait. La belle-sœur en question travaille pour le bureau de l'attorney fédéral de Bridgeport ; lorsque mon épouse a déclaré que son mari était le chef de la police de Westport, elle s'est exclamée : « Quelle coïncidence ! » Il semblerait qu'un homme de grande taille, appartenant à ma brigade, soit allé les interroger sur l'affaire Gallatin et fourrer son grand tarin là où il n'avait rien à faire. C'est vous, n'est-ce pas, Danny ?

– Eh bien, je n'avais jamais pensé que mon nez était si grand que ça.

– Toujours à faire le malin, pas vrai, Danny ? aboya Delavan. Eh bien, cette fois-ci, vos petites plaisanteries vont vous coûter votre place. Amenez-moi votre arme et votre insigne. Si je dois supporter votre vue plus longtemps, je vais gerber.

Biederman ne voyait aucun moyen de se tirer d'affaire, et il se rendit compte qu'il n'en était pas troublé outre mesure. Après avoir supporté Delavan durant dix ans, il aspirait grandement à un répit. L'insigne était sur sa table de nuit, son 9 mm rangé dans le premier tiroir de sa commode. Il alla les chercher et les tendit à son supérieur.

– Si vous vous êtes imaginé que vos salades allaient aider la petite garce pour qui vous en pincez, vous vous êtes lourdement trompé, Danny. J'ai chargé des vrais flics de s'occuper de cette traînée, cette criminelle. Encore deux ou trois jours, et je vais la coincer.

Avec un ricanement d'adieu, Delavan s'en fut en claquant la porte. Dans le silence qui s'ensuivit, Biederman attendit d'éprouver un certain regret. Mais il s'aperçut qu'il était étrangement satisfait par la tournure qu'avaient prise les événements.

44

Thea déposa une petite quantité de peinture marron sur son pinceau, le redressa et projeta la peinture sur la toile. Elle répéta l'opération à plusieurs reprises, jusqu'à ce que le tableau installé sur le chevalet ressemble à la pente boueuse menant à un marais. C'était pourtant mieux, jugea-t-elle, que le gâchis qu'elle avait fait de l'illustration représentant Sophie sauvée de l'incendie. Lorsque Thea avait achevé la toile, tout laissait à penser que le pauvre reptile s'en serait peut-être mieux tiré en affrontant les flammes.

Toujours pas de nouvelles du docteur Forman au sujet du résultat des examens. En proie au désespoir, Thea avait attendu que sa mère soit plongée dans ses tâches ménagères pour tenter de joindre à deux reprises la psychiatre au téléphone. Chaque fois, c'était la réceptionniste idiote du service de messagerie vocale qui avait décroché. Sa voix était tranchante et sarcastique, comme si les appels de Thea représentaient une intrusion intolérable.

Vous travaillez dans un service de messagerie vocale. C'est votre travail de répondre au téléphone, bon sang !

– Je vous l'ai déjà dit, Mrs. Harper. Le docteur Forman n'est pas disponible en ce moment.

– Quand le sera-t-elle ?

– Je suis incapable de vous le dire.

– Pourriez-vous lui dire que j'attends son appel avec grande impatience ?

– Je suis sûre qu'elle le sait. Vous avez appelé *cinq* fois !

L'angoisse qu'éprouvait Thea avait été supplantée en grande partie par un sentiment de rage. A l'heure qu'il était, le médecin était forcément en possession du résultat des examens. Dans le cas contraire, le docteur Forman aurait dû appeler afin de justifier ce contretemps. De toute évidence, elle ne faisait que manifester son pouvoir ; la psychiatre lui démontrait ainsi que toutes les cartes étaient de son jeu et qu'elle n'hésiterait pas à punir un patient récalcitrant. Mais Thea n'était plus une vilaine petite fille. Et elle n'avait nullement l'intention de supporter sans broncher ce que Maxine Forman considérait comme une fessée.

A travers la fenêtre de l'atelier, Thea jeta un regard vers la maison et aperçut sa mère dans sa chambre. Ellie était entrée dans l'une de ses transes ménagères et s'attaquait aux grains de poussière récalcitrants avec un zèle presque religieux. Elle ne passerait pas à la pièce suivante tant que celle-ci n'aurait pas l'air d'être inhabitée.

Installant une nouvelle toile sur le chevalet, Thea esquissa de nouveau la scène du sauvetage. Cette fois-ci, elle s'efforçait de museler son irritation et de se concentrer.

Je ne vais pas laisser le docteur Forman me taper sur les nerfs. Sinon, elle aura gagné.

Mais, une fois encore, elle ne parvint pas à retrouver son rythme de travail. Ses doigts lui semblaient raides. Le pinceau était une brindille morte, la peinture terne et rebelle. Jadis, Thea était capable de s'oublier dans un tableau, de perdre tout contact avec la réalité et de ne faire plus qu'une avec le glissement gracieux du pinceau, le jeu capricieux des teintes et des nuances, l'apparition fascinante d'une vision qui émergeait du néant.

Mais de nouveau, Sophie commençait à ressembler davantage à une saucisse flasque qu'à un voluptueux serpent. Peut-être Thea était-elle perturbée par le souvenir de celui qui lui avait inspiré son personnage et qui ne cessait de hanter sa mémoire : cette vipère-diamant mutilée par l'assassin de Brandon Lee Payton. Comment était-ce possible, alors qu'elle n'avait fait qu'entendre parler de l'agression à la radio ?

Arrête, Thea. C'est une simple coïncidence.

Thea ne pouvait s'empêcher d'être troublée, distraite. Les flammes incarnaient les pics capricieux de son électroencéphalogramme. Les yeux de Willy ne cessaient de loucher. Le pauvre gosse avait plus l'air d'un ivrogne que d'un héros.

Irrécupérable.

Cette fois, elle imbiba un large pinceau de la térébenthine qui se trouvait dans le pot à café et s'acharna sur le tableau jusqu'à ce que les images hideuses se dissolvent en un liquide sombre et épais. Satisfaite, elle jeta la toile à la poubelle.

Sentant s'échapper de la poubelle les relents de la térébenthine qu'elle avait renversée la veille, elle replaça soigneusement le couvercle du baril. Des vapeurs aussi fortes que celles-ci n'attendaient qu'une étincelle pour s'enflammer. Les éboueurs passaient le lundi ; il faudrait qu'elle pense à mettre la poubelle dehors dimanche soir. Elle songea également que lundi, à la première heure, elle allait devoir prendre rendez-vous pour faire vérifier le système d'alarme et d'extinction d'incendie.

Déterminée à ne pas se laisser abattre, Thea disposa une autre toile sur le chevalet ; puis elle passa dix minutes à en contempler la surface vierge.

C'était sans espoir.

Il y avait peu de chance qu'elle parvienne à accomplir quoi que ce soit de productif ce jour-là. Du moins, pas avant d'avoir reçu l'appel du docteur Forman. Thea sortit de son atelier et se dirigea vers la maison. Elle trouva sa mère à l'étage, dans la chambre, repassant ses sous-vêtements.

– Ce n'est pas nécessaire, maman. Vraiment.

– Rien n'est jamais trop soigné, Checker.

– Et si tu soufflais un peu ? J'ai bien envie d'aller faire un tour.

– Peut-être plus tard, mon ange. Ce placard a le plus grand besoin d'être rangé, et je veux m'attaquer au désordre de l'atelier.

Thea avait l'esprit imprégné de vapeurs de térébenthine et d'éventualités lugubres. Elle décida d'aller se promener seule et d'essayer de s'éclaircir les idées.

L'ouragan Imogène, qui avait épanché le plus gros de sa fureur sur les côtes de Caroline du Sud, allait s'abattre sur la région dans le courant de la soirée. Dans l'accalmie précédant la tempête, l'atmosphère était calme, dans l'expectative.

Les pensées de Thea se tournèrent vers le ranch de ses parents, où elle avait vécu des moments semblables. Elle imagina les animaux poussés par leur instinct vers l'abri dérisoire de l'étable. Les chevaux, les moutons, les chiens de berger eux-mêmes décelaient l'approche des éléments en furie bien avant les services de la météorologie nationale. En grandissant, Thea avait appris à lire la crainte inscrite dans les yeux du bétail ; c'était un avertissement l'enjoignant à se calfeutrer et à faire le dos rond en attendant la tempête.

C'étaient ces yeux-là qu'elle avait aperçus dans le miroir, le matin même.

Gabby était partie depuis des heures afin d'aider Caro et les jumelles à préparer la réception d'une future mariée. Dès le retour de la fillette, décida Thea, elle ferait un bon feu et cuisinerait une soupe pour le dîner. Elle préparerait de la soupe de pois cassés, celle que préférait Gabby. Elle irait même jusqu'à suivre les instructions de sa mère : s'occuper de la préparation de A à Z – carottes, oignons, pois séchés, épices et bouillon – et laisser la soupière mijoter pendant des heures.

Plus tard, elles pourraient toutes trois se blottir devant le feu et jouer aux cartes, ou encore échanger des histoires. Gabby ne se lassait jamais d'entendre les récits du temps où elle était petite, en particulier si ces récits incluaient son père. Ellie pourrait y ajouter son propre répertoire d'histoires.

Soudain nostalgique, Thea se souvint de l'époque où Justin apprenait à Gabby à nager dans la pataugeoire de la piscine municipale. Elle revit la toute petite Gabby juchée sur les larges épaules de son père alors que, par une journée de juin accablante de chaleur, ils arpentaient tous trois le zoo du Bronx à la recherche d'une licorne rose. Elle se souvint également de leur séjour au ranch, le printemps précédant la mort de Justin. C'était la première fois que père et fille montaient à cheval ; très vite, Gabby s'était sentie aussi à l'aise que si elle était née sur une selle, tandis que Justin avait peine à dissimuler sa terreur.

– Où est le frein à main ? plaisantait-il avec nervosité.

– Cette vieille rosse n'a que deux positions, fiston : première et arrêt, lui avait assuré le père de Thea.

– Oh, non. Regardez... J'ai l'impression qu'elle va avancer !

Ellie s'était mise à rire.

– C'est facile de monter à cheval, Justin. Gardez simplement une jambe de chaque côté et la tête bien au milieu.

Thea était si profondément immergée dans ses rêveries qu'elle n'entendit pas Glenda Rossner approcher. La commère du quartier fit brusquement irruption derrière elle, la langue bien pendue comme à l'ordinaire.

– C'est vous, Thea ?

Avec réticence, Thea s'arrêta.

– Bonjour, Glenda.

– Ça va ? Vous avez une mine affreuse.

– C'est gentil de me dire ça.

Glenda fit claquer sa langue.

– Ma foi, ça ne m'étonne pas. S'il s'agissait de ma fille, je serais toute retournée, moi aussi.

– Comment ça, s'il s'agissait de votre fille ?

Glenda était en pilotage automatique ; elle prenait à peine le temps de respirer.

– La première fois que je les ai aperçus ensemble, je me suis dit que ce n'était probablement rien. Mais depuis plus d'une semaine, ils se voient tous les jours. Je dois dire que je ne laisserais même pas Mickey traîner avec ce gosse ; et Mickey est un *garçon*.

– Mais enfin, de quoi est-ce que vous parlez, Glenda ?

– Je parle de Dylan Connable et de Gabby.

– Gabby et qui ?

– Dylan Connable. Ecoutez, je sais que vous avez vécu des moments très difficiles, Thea. Et j'en suis vraiment navrée pour vous. Mais laisser votre fille traîner avec ce délinquant juvénile... Enfin, tout le monde sait qu'il est pourri jusqu'à la moelle des os. Il fait peur à regarder, il fume comme un pompier, il a laissé tomber le lycée depuis plusieurs années ; il ne vaut guère mieux qu'un clochard. Il a même essayé de se tuer deux ou trois fois. Je ne serais pas surprise d'apprendre qu'il se drogue par-dessus le marché.

– Je n'ai jamais entendu parler de lui, murmura Thea.

Mais bien qu'elle s'efforçât de ne pas prêter foi aux propos de la méchante commère, Thea sentit un frisson glacial la parcourir. Les mensonges et les disparitions de Gabby. L'attitude secrète de la fillette. Tout cela pouvait fort bien s'expliquer par une liaison avec quelqu'un que sa mère, elle le savait, lui interdirait de fréquenter.

Glenda observait Thea avec un mépris flagrant. De toute évidence, elle se réjouissait du trouble de la jeune femme.

– Il est grand temps que vous en entendiez parler, alors. Si vous n'y mettez pas un terme, il est impossible de prédire comment tout cela finira. Je veux dire, qu'est-ce qu'un garçon comme Dylan Connable, qui a dix-huit ans – peut-être dix-neuf – pourrait bien vouloir à une mignonne petite fille comme Gabby ?

– Je vais m'en occuper, Glenda. Au revoir.

Thea se détourna pour s'éloigner, mais Langue-de-Vipère avait encore quelques flèches à lui décocher.

– Si c'était ma fille, je la ferais examiner par un médecin, Thea. A notre époque, on ne sait jamais.

– Au revoir, Glenda.

– Les gosses ont besoin qu'on les surveille, Thea. Si vous ne gardez pas un œil sur eux, c'est que vous cherchez les ennuis.

Enfin, Thea parvint à s'esquiver. Alors qu'elle se hâtait en direction de chez elle, elle eut la sensation que son crâne allait exploser sous la pression de ces accusations insidieuses.

Malheureusement, tout concordait. Selon Glenda, le petit Connable était un fumeur invétéré. Cela expliquerait pourquoi Gabby était rentrée un jour empestant le tabac. Depuis que Thea avait quitté Brook Hollow, la fillette se montrait distante, secrète. Elle se réfugiait dans sa chambre. Disparaissait pendant des heures. Devenait brusquement soucieuse et morose, sans explication rationnelle.

Gabby avait même concocté un nom similaire pour le personnage louche de l'histoire de Sophie : Willy Dillon. Dylan Connable ?

Désespérément, Thea fouilla dans sa mémoire, mais ce nom n'évoquait rien pour elle. Comment cet adolescent s'était-il immiscé dans la vie de Gabby ? Et – comme Glenda l'avait exprimé si judicieusement – que lui voulait-il ?

Thea songea au jour où Gabby était rentrée vêtue d'habits étranges, trop grands, débraillés. Prenant conscience de ce que cela pouvait impliquer, elle sentit le sang se figer dans ses veines.

Mon Dieu, non. Il n'aurait pas pu abuser d'elle. Ce n'est encore qu'une enfant !

Sa gorge se serra. Elle avait éperdument envie de voir sa petite fille, de la protéger comme un oisillon tout juste éclos.

Je vous en prie, faites qu'il ne soit pas trop tard !

Par chance, Ellie était allée mettre de l'ordre dans l'atelier. A travers la vitre, Thea aperçut sa mère qui rangeait ses pinceaux. Peut-être toute cette histoire était-elle le fruit de l'esprit mesquin de Glenda Rossner. Thea ne voulait pas accabler sa mère avec des inquiétudes inutiles.

La carte de visite de l'inspecteur se trouvait sur la table de la cuisine. Il pourrait sans doute l'aider à découvrir la vérité. Elle composa le numéro du poste de police et inspira avec une lenteur mesurée.

– L'inspecteur Daniel Biederman, s'il vous plaît.

On lui demanda de patienter ; quelques instants plus tard, la voix cordiale du réceptionniste revint au bout du fil.

– Désolé, madame. Biederman n'est pas disponible. Est-ce que je peux vous aider ?

– C'est personnel. Puis-je lui laisser un message ?

Son interlocuteur s'éclaircit la gorge et adopta un murmure de conspirateur :

– Vous feriez mieux d'appeler Dan chez lui, madame. L'inspecteur est en congé.

En congé ?

– Pourriez-vous me communiquer son numéro personnel ?

– Je suis désolé, mais c'est contraire au règlement.

Le réceptionniste raccrocha avant qu'elle ait pu poser d'autres questions. Les espoirs de Thea s'évanouirent. Il était peu probable que le numéro personnel d'un policier figure dans l'annuaire. Biederman était le seul allié fiable de la jeune femme au sein des forces de police ; aux yeux des autres, elle était l'abominable Veuve Noire de Westport. Dangereuse. Démente.

Alors qu'elle reposait le combiné, elle laissa tomber par mégarde la carte de l'inspecteur sur le sol. Quand elle se pencha pour la ramasser, elle remarqua qu'il avait inscrit son numéro personnel au dos de la carte. Biederman décrocha à la seconde sonnerie.

– C'est Thea Harper. Je suis désolée de vous déranger chez vous, inspecteur...

– Vous ne me dérangez absolument pas.

– J'ai appelé le poste de police, mais on m'a dit que vous étiez en congé.

– C'est une façon comme une autre d'appeler cela.

– Vous allez bien ?

– Mais oui. Et vous ?

Elle hésita, s'efforçant de trouver ses mots.

– Vous m'avez dit que je devais vous appeler si j'avais besoin d'aide ; je crains que ce ne soit le cas.

– De quoi s'agit-il ?

– C'est compliqué... Cela me gêne vraiment de vous obliger à sortir de chez vous, mais ce serait plus facile de vous l'expliquer de vive voix.

– Aucun problème. Dans dix minutes, ça vous va ?

– Oui, si ce n'est que ma mère habite temporairement avec nous. Peut-être vaudrait-il mieux que nous nous donnions rendez-vous quelque part.

– Ce n'est pas nécessaire. Si votre mère pose des questions, vous pourrez lui dire que je suis le plombier.

– Vous êtes sûr ?

– Mais oui.

Thea était trop nerveuse pour s'asseoir et patienter. La vision de Gabby en compagnie d'un délinquant fumant sans arrêt ne cessait de l'obséder. Jamais Thea ne s'était considérée comme une criminelle ; mais l'idée que quelqu'un puisse faire du mal à Gabby éveillait en elle une rage meurtrière.

Alors qu'elle arpentait la maison comme une bête en cage, elle aperçut le porte-documents de Max Perry contre le canapé du salon. L'inspecteur était l'interlocuteur approprié en ce qui concernait Dylan Connable ; mais ce serait réconfortant de bénéficier également de l'oreille compatissante de Max.

Curieusement, elle n'avait pas souvenir de l'avoir entendu mentionner le lieu où il vivait. Les renseignements téléphoniques ne purent trouver aucun abonné du nom de Max ou M. Perry à Westport, ni dans l'une des villes avoisinantes. Si Thea souhaitait ardemment sa présence apaisante, elle craignait aussi que Max n'ait oublié l'endroit où il avait laissé son porte-documents. Elle l'imaginait en train de se creuser la cervelle, de s'inquiéter.

Saisissant le porte-documents, elle le posa sur le canapé. A la poignée, il n'y avait pas d'étiquette portant l'adresse de Max. Mal à l'aise, elle en déboucla les lanières. Elle répugnait à violer l'intimité de Max ; mais sans doute quelque chose, à l'intérieur, lui fournirait-il l'adresse ou le numéro de téléphone du jeune homme, ou du moins quelque indication lui permettant de le retrouver. Elle ne pensait pas que ce soit une bonne idée de charger Gabby de lui rendre la sacoche à l'école lundi. La fillette perdait systématiquement ce qu'on lui confiait.

Thea s'était attendu que le porte-documents contienne essentiellement du matériel d'enseignant : plans de leçons, devoirs, notes en provenance du bureau du principal. Mais à l'intérieur, soigneusement rangés, se trouvaient un magnétophone miniature, un calepin de sténo, des blocs-notes noircis de l'écriture de Max et une multitude de coupures de presse. Submergée par l'horreur, elle parcourut les titres atrocement familiers des articles de journaux :

GALLATIN ROUÉ DE COUPS JUSQU'À CE QUE MORT S'ENSUIVE

UNE HABITANTE DE WESTPORT INCULPÉE DE L'ASSASSINAT DU SÉNATEUR

LE PROCÈS DE LA VEUVE NOIRE DEVANT LA JUSTICE

LA THÈSE DE L'ÉPILEPSIE MÈNE À L'ACQUITTEMENT

L'estomac de Thea se noua. Elle feuilleta la liasse d'enveloppes glissées dans l'une des poches de la sacoche. Elles contenaient une relance de cotisation en provenance de l'association américaine des journalistes et des auteurs, une facture relative à une opération de recherche informatique et un prospectus annonçant une conférence de presse à venir.

Envahie d'une horreur grandissante, Thea aperçut le monogramme situé au dos de l'enveloppe suivante : il s'agissait des deux G entrelacés qu'elle avait vus sur la grille du domaine des Gallatin.

Elle sortit la feuille de papier à lettres pliée à l'intérieur de l'enveloppe. D'une écriture élégante et racée, il y était inscrit : *Veuillez trouvez ci-joint rémunération pour services rendus jusqu'au 30 décembre*. Le chèque avait disparu. De toute évidence, Max l'avait encaissé.

Thea, en proie à un sentiment d'incrédulité, formula l'inimaginable : Max Perry était un espion, un journaliste qui travaillait avec Lily Gallatin. D'une manière ou d'une autre, la mère de Simon s'était arrangée pour que Max remplace l'institutrice de Gabby. De toute évidence, ils avaient considéré qu'il s'agissait d'un moyen imparable pour permettre à Perry de s'infiltrer dans la vie de Thea et d'obtenir le plus d'informations possible.

Elle songea à l'intérêt qu'il avait simulé en prétendant vouloir aider Gabby à développer ses dons pour l'écriture. En esprit, elle revit ses attentions hypocrites vis-à-vis de la mère et de la fille ; les sourires, les flatteries, la compassion ; le contact de ses lèvres sur les siennes...

Espèce de sale menteur !

Soulevant le porte-documents, elle le projeta à travers la pièce. La sacoche s'abattit contre l'âtre de pierre, projetant un nuage de cendres dans les airs. Son contenu s'éparpilla sur le sol. Thea fut tentée de craquer une allumette et d'en enflammer les papiers ; mieux encore, c'était l'ordure elle-même qu'elle aurait aimé faire cuire au barbecue. Elle aurait voulu l'embrocher et le faire rôtir.

Soudain, elle fut prise de vertige. La pièce se mit à tournoyer autour d'elle. Se dirigeant en chancelant vers le canapé, Thea fut saisie de terreur. Que se passait-il ? Se pouvait-il qu'il s'agisse d'une nouvelle pulsion meurtrière ?

Inspirant une bouffée d'air, elle s'efforça d'éclaircir sa vision. Progressivement, les murs s'immobilisèrent et les objets cessèrent de se dédoubler.

Voilà qui était mieux.

Quelques minutes plus tard, la crise était passée. Encore secouée, elle se dirigea vers la cheminée et entreprit de nettoyer le désordre.

Alors qu'elle achevait de balayer les dernières cendres, la sonnette retentit. Jetant un coup d'œil par la fenêtre, Thea aperçut la Toyota de l'inspecteur garée le long du trottoir. Se dirigeant vers la porte, elle se peigna hâtivement à l'aide de ses doigts et pinça ses joues pour les rosir. Elle n'avait nullement envie que l'inspecteur ait d'elle la vision d'une folle furieuse.

La seule chose qui importât, pour l'heure, c'était d'empêcher ce délinquant, Dylan Connable, de nuire à Gabby. Les plaisirs plus égoïstes – tels que la castration et le démembrement de Mr. Perry, le traître – allaient devoir attendre.

45

Le bolide noir de Dylan Connable était garé à l'extrémité de l'allée. Lorsque Biederman frappa à la porte d'entrée principale, il n'obtint aucune réponse ; faisant rapidement le tour de la maison, il n'aperçut aucun signe de vie. Mais cela n'indiquait pas que le petit voyou n'était pas dissimulé à l'intérieur.

Biederman se souvint du jour où il était venu interroger Dylan au sujet des boîtes aux lettres piégées, deux ans plus tôt. Trente minutes avaient été nécessaires à Mrs. Connable pour convaincre le gosse de sortir de sa chambre. Même alors, l'adolescent était demeuré muet comme une tombe.

Martelant la porte du poing, Biederman lança en guise de sommation :

– Ouvrez la porte ou je vais l'enfoncer, Connable !

Toujours aucun bruit. Alors que Biederman regardait autour de lui, ses yeux furent attirés par une étroite fenêtre située au-dessus du garage. Il aperçut un rideau noir, au centre duquel on avait grossièrement peint une tête de mort. Cela ressemblait bien aux goûts macabres de Dylan.

Sans doute sa vieille mère l'avait-elle interdit de séjour dans la maison. C'était compréhensible.

Avant que le petit voyou ait une chance de détaler, Biederman se précipita vers le garage et gravit l'escalier quatre à quatre. Tout en reprenant son souffle, il tambourina à la porte.

– Je suis l'inspecteur Biederman, Connable. Ouvrez ! Je dois vous parler !

Toujours rien.

Biederman martela la porte avec une énergie accrue.

– Allons, Connable ! Je ne suis pas d'humeur à plaisanter !

Biederman, qui bouillonnait de fureur, savait parfaitement que le gosse se trouvait à l'intérieur. Il imaginait même le petit sourire imprimé sur la bobine de Connable. Il était temps d'enfoncer la porte et de chasser ce rictus arrogant de ses lèvres.

Bien sûr, il ne faisait plus partie des forces de police. Bien sûr, il n'avait pas de mandat. Mais depuis quand les créatures sauvages avaient-elles des droits civiques ?

– Ça suffit, Connable. Je vais entrer !

Essayant d'évaluer ce qu'il allait devoir affronter, Biederman manipula la poignée de porte. A sa grande surprise, elle tourna librement dans sa main et la porte s'ouvrit en grinçant.

A l'intérieur, la pièce était plongée dans l'obscurité. Des vêtements jonchaient le sol. Plissant les yeux, Biederman balaya du regard le mobilier de fortune. Une pile de boîtes à chaussures encombrait une table constituée d'une vieille porte posée en équilibre sur deux tréteaux. Un pouf et un tabouret de bar cassé faisaient office de sièges. Le lit se résumait à deux matelas miteux posés l'un sur l'autre. La salle de bains se composait de trois sanitaires à demi cachés par un paravent d'hôpital.

– Connable ?

Tâtonnant le long du mur, Biederman parvint à localiser l'interrupteur. Lorsqu'il appuya sur le bouton, la lumière éblouissante l'aveugla.

Bon sang, où était passé le gosse ? Se pouvait-il que le petit voyou soit embusqué quelque part ? Mû par un vieux réflexe, Biederman porta la main à l'emplacement de son arme. Mais ses doigts ne rencontrèrent que le vide. Maudissant Buck Delavan, Biederman jeta bon sens et prudence aux orties.

– Montrez-vous, Connable. Inutile de faire traîner les choses !

Lorsque ses yeux s'accoutumèrent à la lumière, il fouilla les monticules de détritus du regard. Du pied, il renversa plusieurs piles qui lui semblaient suffisamment grandes pour dissimuler un corps accroupi.

– Allons, Dylan. Laissez tomber ! Je sais que vous êtes là !

Biederman connaissait Connable. Un gosse comme lui aurait préféré se passer d'une de ses jambes plutôt que de s'aventurer à l'extérieur sans véhicule. Si la voiture était là, lui aussi.

– Ça suffit, Connable. Je suis en train de perdre patience !

Il ne restait que deux piles d'objets. Biederman les renversa d'un coup de pied, l'une après l'autre. Pas de Dylan.

Se dirigeant à pas de loup vers le paravent, il sentit la tension l'envahir. Le gosse était tout à fait capable de lui mijoter un tour de son invention. A l'époque actuelle, les armes faisaient un tabac auprès des délinquants juvéniles. Quelques semaines d'argent de poche suffisaient pour qu'un mouflet puisse décharger ses colères à travers le canon d'un .38.

Biederman était à portée de tir du paravent. Il apercevait les toilettes crasseuses, la moitié du lavabo sale et un pied de céramique. Il était possible que Connable soit accroupi derrière la baignoire, l'utilisant en guise de barricade. S'abritant la tête au creux d'un bras, Biederman s'élança et projeta le paravent.

Dylan Connable était étendu dans la baignoire ; mais l'adolescent n'était pas en train de prendre un bain. La peau du gosse avait adopté une nuance d'un gris maladif, et ses prunelles avaient l'aspect craquelé de la vieille porcelaine. Sur le sol, Biederman aperçut les flacons vides. Valium, Seconal, Halcyon et Darvon. Bon Dieu. Aucun moyen de savoir avec certitude combien de cachets le gosse avait absorbés ; mais à le voir et à entendre sa respiration inégale, il était évident qu'il en avait pris plus qu'assez.

Aucun téléphone dans la pièce. Biederman hissa l'adolescent inconscient sur ses épaules et dévala les escaliers. Avec des gestes maladroits, il étendit le corps inanimé de Dylan sur la banquette arrière de sa Toyota et s'installa derrière le volant. Accrochant un gyrophare sur le toit, il mit la sirène en route.

Durant le trajet, il encouragea sans relâche l'adolescent inconscient :

– Tiens bon, Dylan ! N'arrête pas de respirer... Tu vas y arriver, fiston... Encore quelques minutes, et on y sera. Respire, Dylan !

Evitant une voiture d'un coup de volant, Biederman

s'engagea dans l'allée de l'hôpital et se dirigea à toute allure vers l'entrée des urgences. Dans une course folle contre la montre, il ouvrit la portière arrière et sortit Dylan de la voiture.

Le gosse était aussi mou qu'un ballon empli d'eau. Son teint avait viré à un gris bleuâtre alarmant. Un filet de salive s'écoulait de la commissure de ses lèvres.

– Ne me claque pas entre les doigts, Dylan Connable. Respire, bon sang. Respire !

Quelques secondes plus tard, alertée par un appel diffusé sur les haut-parleurs, l'équipe des urgences fit son apparition. Trois médecins en blouse blanche poussant un chariot se hâtèrent d'emmener le gosse en direction du service de soins intensifs.

Biederman tenta de leur emboîter le pas, mais un agent de sécurité à la forte carrure le retint à la porte.

– Désolé, mon pote. Vous devez attendre ici.

Biederman jugea inutile de protester. Tout ce qu'il pouvait faire, c'était prier pour que Dylan survive, et cela ne nécessitait pas un siège au premier rang. Il s'aperçut alors qu'il souhaitait ardemment que Dylan se tire d'affaire. Tout bien considéré, il doutait fortement que les attentions du gosse pour la petite Harper aient eu quoi que ce soit de malsain. Certes, l'adolescent était un drôle d'oiseau. Dénué de toute jugeote. Mais Biederman ne pouvait imaginer qu'il fût le moins du monde vicieux. Jamais il n'avait jugé Dylan cruel ou agressif, à l'exception des impulsions destructrices que le gosse dirigeait contre lui-même.

Je te conseille vivement de t'en tirer, Dylan. Je veux que tu te rétablisses suffisamment pour que je puisse te tordre le cou.

Après l'une des plus longues heures de l'histoire du temps, une interne blonde apparut, un sourire las sur les lèvres, et lui adressa le signe de la victoire.

– Nous lui avons fait un lavage d'estomac et nous l'avons tiré d'affaire. Quelques jours de repos et d'observation, et il sera fin prêt pour rentrer à la maison. Vous êtes son père ?

– Je ne fais pas partie de la famille. Je passais par hasard et je l'ai découvert.

– Sacré coup de chance. Un peu plus tard, et il aurait été perdu.

– Je suis content que tout aille bien.

Elle ôta ses lunettes à la monture dorée et frotta l'arête de son nez.

– Je n'irais pas jusque-là. Ce jeune homme a besoin de soins psychiatriques à long terme et d'un encadrement rigoureux. D'après nos fichiers, il s'agit de sa troisième tentative.

– Je sais.

– Vous pensez que sa famille accepterait qu'il intègre un programme de traitement ?

– Il n'a plus que sa mère, et je n'ai pas l'impression qu'ils soient très proches.

Le médecin chaussa de nouveau ses lunettes.

– D'après ce que vous me dites, il pourrait s'agir d'un candidat potentiel pour notre nouveau programme. Nous venons d'ouvrir une unité de soins psychiatriques dans le service des adolescents. Elle s'adresse aux jeunes gens comme lui qui sont perturbés et ne reçoivent aucune aide familiale. L'équipe de soins leur prodigue un suivi psychiatrique sur une longue durée, un apprentissage professionnel et l'atmosphère chaleureuse dont ces gosses ont besoin.

Biederman songea au passé de Connable :

– Ce gosse n'est pas un ange, docteur.

– Tant mieux, parce qu'il ne s'agit pas d'un paradis, loin de là. Il n'est pas facile de se relever d'une dépression aussi grave. La route sera longue et il lui faudra travailler d'arrache-pied. J'irai lui rendre visite demain, pour voir comment il va et si ça l'intéresse.

– C'est parfait. Merci.

Biederman donna son numéro de téléphone au médecin et demanda qu'on le tienne informé. De la cabine publique située dans le hall d'accueil, il appela Thea pour lui faire part des dernières nouvelles. Elle lui sembla tendue comme la corde d'un arc, davantage même que lors de leur entrevue.

Il s'efforça de la rassurer. Le gosse avait énormément de problèmes, mais Biederman, en toute sincérité, ne pouvait imaginer qu'il fût du genre à s'attaquer aux petites filles.

Se dirigeant vers sa voiture, il se demanda s'il existait vraiment un moyen de remettre l'adolescent suicidaire sur le droit chemin.

En attendant, il avait du pain sur la planche. Thea méritait que son nom soit blanchi. Il était temps de démasquer le véritable coupable.

46

Il avait passé la matinée à errer sans but dans les rues du centre-ville, s'efforçant d'oublier l'extrême précarité de sa situation. Lorsqu'il regagna sa chambre, le voyant lumineux du téléphone clignotait. Il composa le numéro du standard ; Molly, la réceptionniste bien en chair, le mit en communication avec son service de messagerie vocale.

« Vous-avez-trois-messages », débita la voix électronique.

Son pouls s'accéléra. Trois messages ? Hormis l'avocate de la famille Gallatin, personne n'avait son numéro. Depuis qu'il était au service de la vieille femme, son univers se résumait à cela : une chambre d'hôtel miteuse surplombant la bretelle de sortie de l'autoroute, un emploi qu'il détestait et une mission qu'il haïssait plus encore. C'était une formule tout compris incluant un téléviseur à l'écran brouillé, un mauvais matelas et des parts de gâteau infect à volonté.

« Premier-message. »

Comme il s'y attendait, la voix cassante de l'avocate résonna, réfrigérante, dans l'écouteur.

« Cassandra Rodbury à l'appareil. Nous sommes samedi, et il est treize heures cinq minutes. Comme vous le savez, j'attendais votre rapport dans mon bureau hier, à dix-sept heures. En l'état actuel des choses, je n'ai d'autre alternative que de vous supposer incapable de remplir vos obligations. A moins que je ne reçoive de vos nouvelles lundi midi au plus tard, vous pouvez considérer que votre contrat est résilié. »

– C'est parfait, Mrs. Rodbury. C'est ce que je voulais depuis le début !

Il brandit le poing en signe de victoire. Enfin, une bonne nouvelle ! S'il avait su qu'il lui suffisait d'échouer, il aurait eu recours à cette échappatoire depuis longtemps.

« Deuxième-message », enchaîna la voix monocorde.

« Cassandra Rodbury de nouveau. J'ai omis de vous dire que notre employeur commun est très mécontent de la tournure qu'ont prise les événements. Elle souhaite que je vous informe qu'à moins que vous ne vous manifestiez avant lundi dernier délai, elle livrera certaines informations compromettantes aux autorités. »

Il soupira. Quelques années plus tôt, il avait passé six mois à Mexico, enquêtant sur une compagnie pharmaceutique américaine qui remplaçait les étiquettes de flacons de médicaments périmés ou de qualité inférieure pour les écouler de l'autre côté de la frontière.

Peu après son arrivée à Mexico, il avait rencontré une beauté locale du nom de Yolanda. Leur attirance avait été immédiate, épidermique. Après avoir rassemblé suffisamment d'informations pour confondre la compagnie pharmaceutique, il était rentré au pays convaincu que la femme de ses rêves le rejoindrait comme prévu quelques semaines plus tard.

Yolanda avait insisté pour l'accompagner à l'aéroport. Devant la porte d'embarquement, elle lui avait tendu un paquet enveloppé de papier-cadeau. Dans un anglais maladroit, elle lui avait timidement expliqué qu'il s'agissait d'un cadeau pour sa mère.

Il avait effectué le voyage retour sur un petit nuage. Mais au moment de passer le service des douanes de New York, il avait subi un atterrissage cuisant.

De fait, sa superbe Yolanda était employée par la fameuse compagnie pharmaceutique ; le « cadeau » : deux kilos de cocaïne de première qualité. Avant d'avoir eu le temps de dire ouf, il s'était retrouvé confronté à la perspective de purger une peine de prison allant de quinze ans à perpétuité, pour usage et trafic de la drogue.

L'un des flics qui l'avaient arrêté lui avait résumé les choses clairement : sa version des faits était à peu près aussi crédible qu'un billet de trois dollars. Redescendant enfin de son nuage rose, il avait rapidement pris conscience de la tournure qu'allaient prendre les événements. Quand les forces de l'ordre tenteraient de vérifier sa version des faits, il n'y aurait pas de Yolanda, pas d'histoire d'amour, pas la moindre once de preuve pour étayer ses protestations d'innocence. En revanche, il se trouverait un nombre considérable de témoins tout à fait disposés à démontrer son lien avec l'un des principaux cartels de drogue. A travers les barreaux d'acier, il avait regardé son prestigieux avenir s'envoler à tire-d'aile.

Mais après deux jours de prison, un gardien avait simplement ouvert la porte de la cellule et l'avait laissé sortir. Il avait d'abord pensé qu'il s'agissait d'un miracle, ou du moins d'un incroyable coup de chance. En fait, les éclaireurs de Lily Gallatin l'avaient tout simplement choisi pour une autre forme d'incarcération.

A l'instant même où il avait quitté sa cellule, il était devenu la marionnette de la vieille Mrs. Gallatin. Comment avait-il pu être assez bête pour imaginer qu'il reprendrait un jour le contrôle de sa vie ? Que cela lui plaise ou non, il allait devoir se plier aux désirs de la vieille chouette. Ce serait la tête de Thea ou la sienne. La vieille Gallatin était déterminée à venger le meurtre de son fils ; cela ne changerait rien qu'il rejoigne Thea sous la lame du couperet.

« Troisième-message », articula la voix mécanique.

« Max, c'est Thea. Le jeu est fini. Je sais qui vous êtes. Lundi, à la première heure, j'appellerai l'école de Gabby pour les en informer. Vous êtes sans conteste l'individu le plus méprisable que j'ai eu la malchance de rencontrer. J'espère que vous allez ramper à l'intérieur du trou dont vous êtes sorti et que vous y resterez. »

« Fin-du-dernier-message. »

Laissant échapper un grognement, Max Perry s'effondra sur le lit et couvrit ses yeux de son bras. S'il s'était attiré l'hostilité de Harper, comment pouvait-il espérer reconquérir les bonnes grâces de la vieille dame ?

Comment Thea avait-elle deviné ? Et pourquoi maintenant ?

Il se remémora chaque seconde des instants qu'ils avaient passés ensemble, la veille au soir. Le désir monta en lui lorsqu'il se souvint de la douceur fondante de ses lèvres et des courbes minces du corps pressé contre le sien. Elle était loin de le trouver méprisable, à ce moment-là !...

Alors, pourquoi avait-elle changé d'avis ?

Brusquement, la réponse s'imposa à son esprit. Une fouille frénétique de sa chambre et de sa voiture lui confirma qu'il avait commis un stupide faux pas : il avait oublié son porte-documents chez elle. La maudite sacoche débordait de preuves de sa véritable identité, et de ses motivations réelles.

S'effondrant de nouveau sur le lit, Max Perry fixa des yeux le plafond sale avec un sentiment de dégoût. Comment en était-il arrivé là ? Il avait été l'une des valeurs montantes du journalisme. Son avenir semblait sans limites.

A peine diplômé de l'école de journalisme de Columbia, il avait décroché un poste en or chez *Newsweek*. L'un des premiers dossiers sur lesquels il avait travaillé – le regard d'un faux adepte infiltré dans une secte religieuse militante de l'Oregon – avait failli recevoir le prix Pulitzer de l'année.

Par la suite, il avait été submergé de propositions. Le *New York Times, People, Vanity Fair, Chicago Tribune*, la chaîne *NBC*. Mais il les avait toutes refusées, convaincu qu'il était destiné à bouleverser l'ordre des choses et qu'il lui fallait pour cela être journaliste indépendant, libre de toute entrave. Max Perry couvrirait les événements cruciaux de la planète, tirerait le portrait des plus grands de ce monde. Il ne se laisserait pas museler par la susceptibilité des sponsors ou les magouilles de bureaux.

Mais il avait essuyé une succession de faux départs et d'impasses. L'état précaire de ses finances l'avait conduit à accepter nombre d'enquêtes de troisième zone. Il s'était retrouvé prisonnier du système même qu'il s'efforçait de fuir. Il n'était plus considéré comme un joueur de premier plan, et peu considéraient encore qu'il était dans la course.

Le reportage sur la compagnie pharmaceutique devait marquer son retour. Durant une année, il avait économisé sou à sou, rassemblant suffisamment d'argent pour voler de nouveau de ses propres ailes. Mais la cupidité d'une grande entreprise et une beauté latine à la langue fourchue l'avaient contraint à reboucher définitivement son stylo.

Il se souvint de ce que son père lui prédisait durant ses fréquents délires éthyliques.

Tu n'es rien, Max Perry. Et tu ne seras jamais rien.

– Tu avais raison, papa. Quel dommage que l'alcool t'ait tué avant que tu aies pu voir se réaliser les souhaits que tu nourrissais pour moi !

S'il ne se manifestait pas avant le lendemain, Lily Gallatin ferait en sorte que l'inculpation de trafic de drogue qui pesait sur lui soit relancée. Elle l'anéantirait. A l'avenir, ses seuls écrits seraient destinés au *Journal du pénitencier d'Etat de Danbury*. C'était fini. Il était un homme fini.

Soudain, une immense fureur l'étreignit.

– Non ! cria-t-il.

C'était sa dernière chance. Il ne pouvait pas la laisser échapper. Il n'y avait qu'un seul moyen de satisfaire Mrs. Gallatin et de se débarrasser définitivement de la vieille teigne.

Il devait sacrifier Thea Harper.

47

Ellie était en pleine frénésie ménagère. Elle s'y consacrait sans interruption depuis le début de la matinée, et avait à peine pris le temps d'engloutir un sandwich au fromage et une tasse de thé pour le déjeuner avant de regagner l'atelier. En temps ordinaire, Thea aurait essayé de convaincre sa mère de ralentir le rythme et de souffler un peu ; mais aujourd'hui, elle était heureuse qu'Ellie, préoccupée, ne s'aperçoive pas de la triste tournure qu'avaient prise les événements.

Le minivan de Caro se gara le long du trottoir. Regardant par la fenêtre, Thea entendit un chœur de voix haut perchées ; les jumelles disaient au revoir à Gabby et l'invitaient à revenir dans la soirée dormir chez elles. Un instant plus tard, la fillette trottina vers la maison, un sourire radieux aux lèvres. Elle avait dû passer une matinée agréable, songea Thea. Quel dommage qu'il lui faille gâcher l'après-midi de l'enfant !

Lorsqu'elle songea aux terribles nouvelles qu'elle allait devoir révéler à la fillette, elle sentit sa bouche se dessécher. Mais elle ne pouvait courir le risque de laisser quelqu'un d'autre dévoiler à Gabby la duplicité de son instituteur adulé ou la tentative de suicide de son ami clandestin. Dans cette ville, Thea l'avait appris à ses dépens, les rumeurs sordides se répandaient plus vite que le virus de la grippe. D'un instant à l'autre, le téléphone pouvait sonner ou une petite copine passer pour colporter les affreux commérages.

Apercevant l'expression troublée de Thea, la fillette se pétrifia.

– Qu'est-ce qui se passe, maman ?

Thea avait eu l'intention d'aborder progressivement les épineuses révélations, mais les antennes de l'enfant avaient aussitôt décelé sa détresse.

– Entre et viens t'asseoir, ma chérie. Il faut que nous parlions.

– Tu es retombée malade, c'est ça ? Tu m'avais promis, maman. Tu avais promis !

Thea s'empressa de serrer la fillette terrifiée dans ses bras et essuya les larmes qui ruisselaient sur ses joues.

– Chut. Il ne s'agit pas de ça. Entre, je vais t'expliquer.

Elle s'efforça d'adoucir le choc que ces nouvelles allaient provoquer chez Gabby. Brodant autant que possible, elle édulcora la trahison de Max Perry ; en fait, l'instituteur faisait un reportage pour un magazine, déclara-t-elle. A présent qu'il avait fini de rassembler les informations dont il avait besoin, il allait quitter la classe. De toute façon, le congé de maternité de Mrs. Carlisle allait bientôt s'achever.

Il fut plus malaisé d'adoucir les faits concernant Dylan Connable. A peine eut-elle prononcé le nom de l'adolescent que Gabby se crispa. Lorsque sa mère l'interrogea avec douceur, cherchant à déterminer la nature de leur relation, elle se heurta à un flot de mensonges et de protestations d'innocence.

– Je ne sais pas de quoi tu parles. Qui t'a raconté ces salades ?

– Arrête, Gabby. Mrs. Rossner t'a vue plusieurs fois avec Dylan. Ne t'inquiète pas, je ne suis pas fâchée. Je veux juste savoir comment tu l'as rencontré et ce que vous faisiez ensemble.

– Mrs. Rossner est une sale menteuse. Je la déteste ! Tout le monde la déteste !

Thea n'insista pas.

– Très bien. Tu m'en parleras quand tu en auras envie. Mais il faut que je te dise que Dylan a de très graves problèmes. Aujourd'hui, il a essayé de se tuer en avalant des médicaments.

Gabby pâlit.

– Il va bien, s'empressa d'ajouter Thea. On lui a fait un lavage d'estomac à l'hôpital. Il faut espérer qu'il acceptera d'intégrer le programme destiné aux adolescents en difficulté. S'il reçoit l'aide dont il a besoin, il peut guérir.

– Mais je lui avais dit que c'était mon anniversaire, et il avait promis..., murmura la fillette.

– Qu'est-ce que tu dis ?

– Rien. Est-ce que je peux aller dans ma chambre ?

De nouveau, la fillette battait en retraite, s'enfuyait loin d'elle. Thea aurait tant voulu que les choses soient comme avant, à l'époque où elle était la principale source de consolation de sa fille !

– Reste là, s'il te plaît, mon cœur. Je sais que tu es triste à cause de Mr. Perry et de ton ami Dylan. Il vaut bien mieux que nous en discutions ensemble.

Mais la fillette se déroba et se dirigea vers les escaliers. Thea entendit le bruit trop familier de la porte qui claquait à l'étage. Elle pouvait faire une croix sur les projets qu'elle avait élaborés pour une douillette soirée en famille. Elle aurait déjà bien de la chance si elle parvenait à attirer la fillette hors de sa chambre, sans même parler de la faire sortir de sa coquille.

Cherchant de quoi distraire ses pensées, Thea se rendit compte que depuis plusieurs jours elle délaissait le journal intime qu'elle avait ramené de l'hôpital. A Brook Hollow, les patients étaient fortement encouragés à s'y exprimer quotidiennement. L'écriture était censée leur permettre de conserver le fil de leurs idées et de leurs émotions.

S'attaquant à une feuille vierge, Thea laissa ses réflexions guider le stylo à travers la feuille. Elle n'avait nul secret pour son journal intime. Ici, le seul jugement qui importait était le sien.

JOURNAL INTIME
4 octobre

Jusqu'ici, la voie était dégagée. A trois reprises, j'ai affronté mon tortionnaire ; à trois reprises, je l'ai anéanti. La première fois, j'ai été exposée au regard hostile de la foule, et malgré tout, j'ai réussi à échapper à un châtiment trop sévère. Seule, la quatrième et dernière vengeance n'a pas encore été accomplie. Ces répugnants lambeaux de chair s'accrochent encore à leur pathétique existence. Mais selon toute vraisemblance, le combat s'achèvera bientôt.

Lorsque ce sera fini, je resterai libre et sans tache. La

mission sacrée dont je suis investie est d'une essence bien supérieure aux misérables agissements des hommes. Elle se situe bien au-delà de la justice, au-delà de notions aussi triviales que la culpabilité ou l'innocence, le bien ou le mal, le passé ou l'avenir.

J'ai été choisie pour accomplir cette purification. Je dois débarrasser le monde de la présence malfaisante de mon père, sous les myriades de formes qu'elle revêt.

J'écarterai tout ce qui me barrera la route. Je réduirai en cendres et en sang quiconque entravera mon chemin.

48

Muni du rapport des techniciens du labo, d'un agrandissement de la photographie et de l'analyse spectrographique de la trace de rouge à lèvres que l'on avait prélevée sur le cadavre de Simon Gallatin, Biederman se rendit au laboratoire du docteur Cyril Hammond.

Hammond, un biochimiste, était directeur du développement chez Lucy Glenn Cosmétiques, une petite entreprise basée à Stamford, spécialisée dans les fards et cosmétiques respectueux de l'environnement.

L'instigatrice de cette rencontre était la petite sœur de Biederman, Marna, dont le fils aîné, Greg, jouait au football dans l'équipe dont Hammond était l'entraîneur. Biederman était allé deux ou trois fois encourager l'équipe de son neveu ; l'homme lui avait fait l'effet d'une personne sympathique et stimulante.

L'entreprise de cosmétiques occupait les trois premiers étages d'un bâtiment massif situé dans la zone industrielle de Stamford. Comme promis, Hammond patientait devant l'entrée lorsque Biederman arriva. C'était un homme fluet, au crâne légèrement dégarni, encore vêtu de l'uniforme de son équipe, les Sorrento's Pizzeria Pirates. Il arrivait tout droit d'un match époustouflant au terme duquel ses gosses avaient infligé un score de 2 à 4 à l'équipe des Springdale Dry Cleaner Devils, qui n'avait jamais été vaincue par le passé.

A l'aide de sa clef, Hammond ouvrit la porte principale et traversa le hall d'accueil en compagnie de Biederman. Le laboratoire du rez-de-chaussée était une pièce carrée étincelante de propreté, dotée d'un équipement futuriste. Du regard, Biederman balaya les casiers s'étendant à l'infini et les énormes liasses de listings d'ordinateur. Ici, on semblait consacrer une énorme somme d'intelligence et d'énergie à une entreprise aussi futile que celle consistant à maquiller la nudité d'un visage.

– Il est très rare de trouver aujourd'hui un laboratoire privé tel que celui-ci, déclara Hammond. La plupart des entreprises de cosmétiques se limitent à l'emballage et à la promotion de leurs articles. Ils achètent simplement les produits d'un des principaux fabricants industriels. En ce qui nous concerne, nous procédons à leur élaboration de A à Z, parce que nous nous sommes engagés à respecter l'environnement. Tout ce qui sort de ce laboratoire est entièrement naturel et non toxique. Bien entendu, nous n'effectuons aucune expérience sur les animaux. Regardons un peu ce que vous m'avez apporté.

Hammond emporta les documents à son bureau et s'assit pour les étudier.

Biederman en profita pour se promener à pas prudents dans le laboratoire. Il y avait là des kilomètres de délicates pipettes de verre et des dizaines d'instruments méticuleusement calibrés. Un simple éternuement pouvait retarder de façon considérable des recherches aussi cruciales que des correcteurs de teint ou des produits de soins pour les cils.

– Dan ? Qu'espériez-vous au juste obtenir de ceci ? demanda Hammond.

Sa voix ricocha sur les surfaces métalliques étincelantes, suscitant de dangereuses vibrations dans l'alignement des pipettes de verre.

Biederman aurait répondu avec honnêteté si la vérité n'avait été trop ridicule pour être exprimée à haute voix. Qu'espérait-il vraiment ? Eh bien, il voulait le nom et l'adresse de l'assassin. Il voulait que l'innocence de Thea éclate au grand jour et que la dernière ombre de culpabilité soit effacée de son existence. Il voulait que, submergée par un sentiment de gratitude et d'adoration, elle monte sur le majestueux coursier blanc que chevaucherait Biederman, qu'elle jette les bras autour de son armure scintillante et que tous deux se fondent dans le coucher de soleil.

Les fioles étaient encore parcourues des vibrations provoquées par le son de la voix de Hammond. Sur la pointe des pieds, Biederman s'en retourna vers le bureau cloisonné de verre du scientifique, au fond du laboratoire.

– Tout ce que vous pourrez m'apprendre sur la personne qui a laissé cette empreinte de rouge à lèvres, chuchota-t-il prudemment.

Le scientifique fronça les sourcils.

– Je crains que ce ne soit pas grand-chose. Le rouge à lèvres est un P-358 classique, auquel a été ajoutée une protection solaire. Un rose pâle avec une subtile nuance de bleu, légèrement nacré. Il s'agit d'un classique. Une multitude d'entreprises le vendent sous des noms différents : « Pretty in Pink », « Pink Sunset » et « Blushing Beauty », pour n'en citer que quelques-uns.

– Et l'empreinte en elle-même ? Vous devriez bien pouvoir en tirer quelque chose.

Hammond observa l'agrandissement de la traînée de rouge à lèvres.

– L'*orbicularis oris* ne présente aucune trace de bavures de rouge. En d'autres termes, il n'y a pas de rides dans la surface de peau entourant les lèvres. On peut donc affirmer sans prendre de risques qu'il s'agit d'une personne relativement jeune. Sans doute âgée de moins de quarante ans.

Etudiant le spectrogramme, il poursuivit :

– En outre, le pH de la personne qui a laissé cette empreinte est inférieur à la moyenne. Sa peau présente un taux d'acidité élevé. Il est possible de le déduire de la nuance bleuâtre intensifiée.

– Ce qui signifie ? questionna Biederman.

– Il peut y avoir une multitude d'explications. Il s'agit peut-être d'une anémie, des effets secondaires d'un médicament, d'une alimentation où les agrumes tiendraient une grande part, ou encore d'une absorption massive de vitamines.

Pour la troisième fois, les espoirs de Biederman étaient réduits à néant.

– Y a-t-il quoi que ce soit d'autre que vous pourriez m'apprendre au sujet de cette personne ? Son sexe, peut-être ?

– Non, pas vraiment. De toute évidence, ce sont traditionnellement les femmes qui se mettent du rouge à lèvres ; mais rien ne dit qu'il ne s'agit pas de l'empreinte d'un homme.

– Tout particulièrement s'il s'agit d'un homme essayant de faire porter le chapeau à une femme pour un crime qu'il aurait commis.

– Exactement.

– Quoi que ce soit d'autre ?

Hammond réfléchit un instant.

– Eh bien, la protection solaire pourrait indiquer que nous avons affaire à un individu à la peau sensible et claire. Mais les recherches démontrent qu'une proportion non négligeable de consommateurs à peau normale, voire mate, cèdent à l'engouement pour les protections solaires. Et, bien sûr, il y a également ceux qui achètent sur une impulsion ou par lots de plusieurs, ou encore en se fiant à la marque ou à la couleur, et qui ne se soucient absolument pas de la composition du rouge à lèvres.

– Pouvez-vous m'apprendre quoi que ce soit de la taille de cette personne, ou de sa condition physique ?

Hammond secoua la tête.

– Absolument pas. Si vous trouviez la bouche qui a laissé cette empreinte, un expert pourrait peut-être le confirmer scientifiquement. Mais même dans ce cas, j'ignore si un tribunal considérerait qu'il s'agit d'une preuve tangible. Il est trop facile de modifier les lèvres, par le biais d'une intervention chirurgicale ou d'une injection de collagène.

– Il doit bien y avoir autre chose, insista Biederman avec désespoir.

De nouveau, le chimiste observa l'agrandissement photographique. Echangeant ses lunettes contre une loupe, il éleva la photographie pour l'exposer à la lumière des néons.

– Mmh...

– Quoi, mmh... ?

– Cette impression a été effectuée alors que les lèvres étaient relâchées. Si la musculature avait joué un rôle dans le baiser, vous ne pourriez pas voir le contour de la dent que l'on distingue sous la lèvre. Vous voyez, ici ?

A l'aide de son doigt, il suivit le tracé d'une vague forme de tulipe au centre de l'empreinte.

– Qu'est-ce que c'est ?

– Incisive droite latérale. En outre, elle est particulièrement intéressante...

Biederman devait puiser dans ses dernières réserves de patience.

– Comment ça ?

– On distingue une striure médiane bien visible.

Hammond désigna de l'index une ligne située au centre et en bas de la tulipe.

– Très particulière.

– Ce qui signifie que nous cherchons une personne dont la dent est fêlée.

– Exactement. Et si vous trouvez cette dent, vous aurez la preuve que les lèvres de son propriétaire sont bien celles qui ont laissé cette empreinte.

Biederman remercia le scientifique et s'en fut. L'élément de la dent fêlée représentait une avancée considérable. Devant les tribunaux, la spécificité d'une empreinte dentaire constituait une preuve tout à fait tangible. Le fait que l'assassin ait laissé la marque d'une dent dotée d'un signe distinctif allait grandement faciliter la tâche de Biederman. Ce qui ne lui facilitait absolument pas la tâche, en revanche, c'était d'être obligé de retrouver cette bouche-là.

Il devait exister un moyen plus facile de parvenir à ses fins, un élément qu'il avait laissé échapper. *Bon sang, Daniel, réfléchis !*

Cela lui remit en mémoire les derniers mots qu'avait prononcés Murray Masters. *Réfléchissez-y, Daniel. A quoi vous fait penser le dernier baiser qu'un assassin donne à sa victime ?*

Un dernier baiser ?

Il égrena toutes les associations d'idées possibles : le baiser d'adieu, le baiser de bonne nuit... Dans ce cas précis, il s'était agi du baiser de la mort. Mais cela ne lui apprenait rien de significatif. Cependant, Masters avait essayé de lui indiquer un élément susceptible de l'aider à démasquer l'assassin.

Un baiser de bonne nuit ?

Ces mots le ramenèrent en d'autres temps et d'autres lieux, jusqu'à la maison que ses parents possédaient à Lynbrook, sur Long Island. Biederman était alors un gamin dégingandé de sept ou huit ans, l'âge qu'avait aujourd'hui son neveu Greg. Chaque soir, à vingt heures trente tapantes, sa mère entrait dans sa chambre, bordait les jambes maigres du garçonnet sous les draps et picorait de bisous rituels son front, ses joues, son menton et son nez.

– Dors bien, mon petit génie, recommandait-elle.

Repose-toi pour être frais et dispos, continuer à décrocher des vingt sur vingt et entrer dans la meilleure fac de médecine.

Elle aurait fait un entraîneur de football hors pair.

Chassant sa mère de ses pensées, Biederman se focalisa sur l'épineuse question de Murray Masters : *A quoi vous fait penser le dernier baiser qu'un assassin donne à sa victime ?*

Sans conteste, au baiser rituel qu'un parent donnait à son enfant à l'heure du coucher. Mais qu'est-ce que cela signifiait, dans le cas de l'affaire du sénateur Gallatin ? Masters croyait-il honnêtement que la mère du sénateur avait commis le crime ?

Impossible.

Biederman avait beau se creuser la cervelle, il ne pouvait envisager que cette déduction soit crédible. Si, pour quelque raison étrange, la vieille Mrs. Gallatin avait voulu supprimer son fils, elle aurait tiré l'une des multiples ficelles auxquelles elle avait accès pour faire exécuter le travail par un professionnel. Les gens comme les Gallatin ne s'occupaient pas eux-mêmes de tâches triviales. Lily Gallatin n'était sans doute pas capable de se servir d'un torchon à poussière ; encore moins de trucider de ses propres mains un fils qui se serait écarté du droit chemin.

En outre, il était impossible d'imaginer qu'une vieille femme approchant des quatre-vingts ans ait pu manier le lourd trophée qui avait pulvérisé le crâne du sénateur. Les quelques bribes de preuves qu'avait découvertes Biederman indiquaient que le coupable était jeune, en excellente forme physique.

Un dernier baiser ?

Ces deux nuits sans sommeil avaient vidé son esprit de sa sagacité et de sa clairvoyance. Il avait besoin de faire une sieste pour recharger ses batteries. Une ou deux heures de sommeil permettraient à son cerveau de fonctionner de nouveau à peu près correctement. Bâillant à s'en décrocher la mâchoire, Biederman gara la Toyota sur la place de parking qui lui était attribuée et se dirigea vers son appartement.

49

Lorsqu'elle eut fini de se confesser à son journal intime, Thea s'installa sur le canapé du salon avec l'album de photographies. Elle le feuilleta jusqu'à sa photo préférée de Justin et plongea son regard dans les tendres yeux verts du jeune homme.

– Dommage qu'il n'existe pas de jeux Olympiques pour les parents indignes, mon amour. Je remporterais la médaille d'or haut la main.

Comme toujours, la vue du jeune homme parvenait à détendre Thea. Le lien puissant qui les unissait jadis était toujours là. Et elle y puisait toujours du réconfort.

– J'ai forcément dû dire quelque chose pour que Gabby s'éloigne ainsi de moi. Dire ou faire quelque chose.

Thea imagina les bras de Justin l'enlaçant, sa voix ferme et rassurante. *Cela n'a rien à voir avec toi, mon amour. Gabby traverse une période difficile, voilà tout.*

– Mais si c'était plus grave ? Je crois qu'elle ne me fait pas confiance, Justin. Comment une petite fille peut-elle grandir dans un monde où personne ne semble mériter sa confiance ?

Elle se fait du souci parce qu'elle t'aime, voilà tout. Patiente un peu, et elle parviendra à surmonter tout ça. Tu sais combien les enfants sont résistants.

Oui. Thea le savait bien. Mais elle savait également avec quelle facilité ils pouvaient être blessés, parfois de façon irréversible. Secouant la tête avec tristesse, elle referma l'album et le posa à côté d'elle.

Lorsqu'elle tourna la tête, elle aperçut avec surprise sa mère, immobile dans l'embrasure de la porte.

– Tu es là, maman. Je ne t'avais pas entendue entrer. Tu es enfin prête à souffler un peu ?

– Mais qu'est-ce que tu as donc, Theodora ?

Thea tressaillit en entendant ce prénom que sa mère utilisait rarement et la sécheresse inhabituelle qui s'était emparée de sa voix.

– Qu'est-ce que tu veux dire ?

Ellie extirpa plusieurs étranges objets de la poche de son tablier et les brandit d'un geste accusateur.

– Je les ai trouvés dans le coupe-vent rouge accroché dans l'atelier. Le blouson dégageait une affreuse puanteur de fumée.

Thea contempla le trio d'objets inconnus : un soulier noir de poupée, un bidon de liquide inflammable vide et une clef qu'elle ne reconnut pas.

– J'ignore d'où ils viennent, murmura-t-elle. C'est la première fois que je les vois.

Le front soucieux, sa mère déposa les objets sur la table basse.

– Et pourquoi as-tu barbouillé toutes ces toiles ? Qu'est-ce qui t'est passé par la tête ?

Devant les soupçons de sa mère, Thea eut un mouvement de recul. Ellie l'avait toujours épaulée sans réserve, même après le meurtre de Simon. Comment était-il possible qu'elle lui tourne soudain le dos ?

– Qu'est-ce que tu insinues, maman ?

– Je n'insinue rien du tout, Theodora. Je te pose simplement une question. Depuis que je suis arrivée, tu te comportes d'une façon extrêmement bizarre. S'il y a un problème, je préférerais l'entendre de ta bouche plutôt que dans un journal ou aux informations de vingt heures.

Thea eut le sentiment qu'elle ne pourrait pas supporter la méfiance de sa mère.

– Ce n'est pas simple de reprendre le cours d'une vie normale avec Gabby, voilà tout, répondit-elle d'un ton las. Mon retour a constitué une période de transition difficile pour l'une comme pour l'autre. Peut-être n'était-ce pas le moment idéal pour que tu nous rendes visite.

Sa mère se tendit.

– Tu as peut-être raison. Je ferais sans doute mieux de retourner auprès de ton père, de toute façon.

– Probablement, oui. Je suis sûre que Jimmy a hâte de rentrer, lui aussi.

Ellie jeta un coup d'œil à sa montre.
– Je vais faire mes bagages. Si ça ne t'ennuie pas de m'appeler un taxi, je pourrai sans doute attraper le vol de cinq heures.
– Bien.
Thea aurait souhaité pouvoir rejouer la scène et l'amener à une meilleure fin. Elle détestait l'idée que sa mère s'en aille ainsi ; mais elle savait que c'était préférable. Elle aurait beaucoup moins de mal à se réconcilier avec Gabby si elles étaient seules. Et si le docteur Forman lui annonçait de mauvaises nouvelles, la présence d'Ellie ne ferait que compliquer les choses. En dépit de la sensation de regret qui lui taraudait le cœur, Thea prit la résolution de laisser sa mère s'en aller.
Elle contempla les étranges objets posés sur la table basse. Un soulier de poupée ? Du liquide inflammable ? Une clef ? D'où est-ce qu'ils provenaient ? Qu'est-ce que tout cela signifiait ?
Moins de dix minutes plus tard, Ellie Sparks descendit les escaliers d'un pas lourd, sa valise à la main. Encore cinq minutes, et le taxi que Thea avait appelé s'engageait dans l'allée. Le chauffeur actionna le klaxon.
Thea accompagna sa mère à l'extérieur et l'enlaça avec maladresse. Ellie se dégagea et plongea son regard dans les yeux inquiets de sa fille.
– Je suis désolée, Checker. Je ne voulais pas te contrarier. C'est juste que je...
– Ne t'inquiète pas. Je préfère que tu sois franche, plutôt que de laisser les choses s'envenimer.
Les yeux de sa mère s'emplirent de chagrin.
– Tu sais que je t'aimerai et que je te soutiendrai toujours, ma chérie. Quoi qu'il arrive.
– Je sais.
Ellie hocha la tête avec fermeté.
– Je crois que je ferais mieux d'y aller. A bientôt.
Thea suivit des yeux le taxi jusqu'à ce que ce dernier ait disparu dans Imperial Street. Puis, croisant les bras sur sa poitrine pour réprimer un frisson de solitude, elle rentra à l'intérieur de la maison.

50

A contrecœur, Gabby avait accepté de se joindre à Thea pour dîner. Mais un silence pesant planait entre elles. Toutes les tentatives que déployait Thea pour faire sortir la fillette de sa coquille échouaient. La conversation se résumait à de brefs échanges de phrases.

– Tu n'aimes pas la soupe, ma chérie ?

– Si.

– Si elle est trop chaude, je peux aller te chercher un glaçon.

– Je n'ai pas faim.

Thea n'avait pas grand appétit, elle non plus. Elle se sentait épuisée et profondément abattue. Peut-être couvait-elle vraiment quelque chose.

Ou peut-être avait-elle été contaminée par le virus de la lugubre réalité. Son optimisme naturel avait totalement disparu ; au mieux, l'existence lui apparaissait comme un verre à demi plein d'arsenic.

Il était impossible de nier la triste réalité des faits : sa carrière en était au point mort, sa vie privée n'était qu'un vaste chaos. Même les fondations du soutien familial se fissuraient dangereusement.

Aux yeux de la société, elle demeurait la Veuve Noire de Westport, un objet de dérision et de répugnance. Les inconnus, les membres de la famille de Simon et son vieil ennemi, Walter Martin, lui voulaient du mal. Les autres, y compris Harlan Vernon et le Roi des traîtres, Max Perry, cherchaient à extraire quelques pépites d'or du filon de malheur que recélait l'existence de Thea.

Et comme si ces légions de détracteurs n'étaient pas

suffisantes, sa propre psychiatre se livrait à un bras de fer mental avec elle, la contraignant à attendre sans fin le résultat d'un examen de routine. A présent, sa fille elle-même la considérait comme une étrangère.

Non qu'elle blâmât Gabby pour son attitude. Elle avait causé tant de souffrance et de confusion à la fillette ! Naturellement, l'enfant avait le sentiment d'être abandonnée, trahie. Se protéger de la menace d'une autre désertion représentait une réaction de défense compréhensible.

Il ne serait pas facile de regagner la confiance de Gabby. Il lui faudrait raccommoder ce lien, centimètre par centimètre.

– Un dessert ?

– Non, merci. Est-ce que je peux aller chez les Millport ? Les jumelles m'ont demandé de passer la nuit là-bas.

Thea refréna les protestations qui lui montaient aux lèvres. Qu'au moins la fillette puisse s'amuser.

– Très bien, ma chérie. Passe une bonne soirée.

En un temps record, Gabby se précipita à l'étage, prépara son sac pour la nuit et s'en fut. Debout dans l'embrasure de la porte, Thea la suivit des yeux jusqu'à ce que la fillette soit accueillie par l'heureuse famille qui habitait de l'autre côté de la rue.

Tenaillée par la jalousie, Thea songea à l'existence bien remplie de Caro. Son gros toutou de mari, sa flopée d'enfants bruyants et heureux, son affaire en plein essor... Tout ce que Caro touchait s'épanouissait. La seule chose que Thea fût parvenue à faire pousser se limitait à quelques buissons bardés d'épines.

Lorsque la porte des Millport se fut refermée, Thea demeura immobile sur le seuil, contemplant les vestiges de la tempête. Une heure de pluie torrentielle avait fait reluire le ciel et parsemé le sol de flaques. La rue était sombre, l'air frais et calme. A présent, dans la pénombre tamisée du crépuscule, les teintes de l'automne ressemblaient à des entailles sanguinolentes, des jets de flamme, des épieux écarlates. Ces images lui glacèrent le sang, et elle se détourna pour rentrer.

Débarrassant la table, elle jeta les reliefs de ce dîner désastreux à la poubelle. Dans le salon, elle passa d'une chaîne câblée à l'autre, essayant vainement de trouver un programme dans lequel se plonger. Eteignant la télévision avec irritation, elle s'empara de son précieux album de photographies. Mais ce soir-là, les portraits souriants ne lui offrirent aucun réconfort. Bien pire, ils semblaient lui rappeler avec dérision tout ce qu'elle avait perdu.

Il n'était que dix-huit heures trente. Comment était-elle censée meubler le reste de cette lamentable soirée ? Tour à tour, elle considéra ses passe-temps favoris, puis les rejeta. Jadis lectrice avide, elle ne parvenait plus à lire une seule ligne depuis la mort de Simon. Pour les câlins, il fallait un partenaire. De même que pour une conversation stimulante. Peindre requérait de l'inspiration et une certaine capacité de concentration. En ce moment, elle ne disposait ni de l'une ni de l'autre. Ordinairement, elle adorait se détendre dans un long bain ; mais dans son état d'esprit, elle risquait d'être tentée d'y plonger la tête la première.

Tais-toi donc, Checker. Rien n'est plus pathétique que quelqu'un qui s'apitoie sur son propre sort.

Explorant le placard de la salle de bains, elle trouva ses sels préférés. Juchée sur le rebord de la baignoire, elle tourna les robinets jusqu'à la température idéale. Lorsque le liquide moussant frôla le bord de la baignoire, elle brancha la radio de la chambre sur une station diffusant de la musique classique.

Se laissant glisser dans l'eau chaude, Thea sentit ses muscles se délier. Son esprit las s'en fut ailleurs. Tous ses problèmes se muèrent en ballons gonflés à l'hélium. Elle les imagina entraînés par le vent, s'élevant dans les airs jusqu'à disparaître à l'horizon...

Elle avait le sentiment d'être elle-même en train de flotter, suspendue entre rêve et réalité. Savourant ce moment de sensualité. L'eau parfumée caressait sa peau comme l'auraient fait des doigts, l'effleurant, la frôlant.

De ses mains, Thea l'agitait en lentes ondes. Les paupières fermées, elle imaginait la tiédeur du corps de Justin. Les caresses des lèvres et des doigts de Justin. Un gémissement de plaisir fusa de sa gorge alors qu'elle s'abandonnait à cette exquise sensation qui s'accroissait, la consumait. Se muait en une sonnerie stridente...

Une sonnerie ?

Le téléphone !

Jaillissant hors de l'eau, Thea se précipita dans la chambre pour décrocher avant que le répondeur ne se déclenche. Il était peu probable que le docteur Forman appelle un samedi soir, mais elle ne voulait pas gâcher ses chances.

– Allô ?

La serviette dont elle s'était emparée hâtivement n'était pas plus grande qu'un torchon. Elle s'efforça d'éponger les ruisselets d'eau mousseuse qui dégoulinaient sur la moquette. Un courant d'air effleura sa peau nue et humide, et elle fut secouée d'un frisson.

– Thea Harper ?

– Oui.

– Ne quittez pas, s'il vous plaît.

Merveilleux. Il s'agissait probablement de quelqu'un qui essaierait de lui vendre des billets pour une kermesse ou des parts dans une quelconque société anonyme. Ces gens-là étaient particulièrement doués pour vous déranger au pire moment.

Thea s'apprêtait à raccrocher lorsqu'elle entendit la voix sèche, reconnaissable entre toutes, qu'elle attendait depuis si longtemps.

– Thea ? Docteur Forman à l'appareil. Navrée de n'avoir pu vous rappeler plus tôt. Je voulais qu'un de mes collègues examine les résultats de vos examens avant d'en discuter avec vous. Malheureusement, il n'était pas libre avant ce soir ; mais je jugeais important d'attendre qu'il se soit prononcé.

– Pourquoi ? Que se passe-t-il ?

– Il serait préférable que je vous en parle de vive voix.

– Quoi que ce puisse être, j'aimerais mieux l'entendre maintenant.

La voix sèche s'adoucit :

– Je comprends votre anxiété, Thea. Mais il s'agit là de questions dont il nous faudra discuter en détail. Je me trouve à mon cabinet pour la séance d'un patient. Je peux vous recevoir dans quarante-cinq minutes.

– Très bien.

Thea s'essuya, enfila rapidement un jean et un sweatshirt, et sortit.

Bessie se montra plus capricieuse que jamais et refusa obstinément de démarrer. Se répandant en injures, Thea, excédée, appuya et relâcha la pédale de l'accélérateur. Après plusieurs tentatives infructueuses, elle fut récompensée par le couinement pathétique d'un moteur noyé.

Tambourinant sur le volant, elle heurta par mégarde le klaxon, qui resta coincé, laissant échapper une plainte stridente. Thea appuya frénétiquement sur le bouton enfoncé. Un vacarme pareil n'allait pas manquer d'ameuter les voisins. Dans son état d'esprit, une seule remarque de Glenda Rossner pourrait fort bien l'achever.

Fouillant désespérément dans la boîte à gants, Thea dénicha un tournevis. La pointe métallique de l'outil libéra le klaxon, et la sirène se tut.

Respire un bon coup, Checker. Ce n'est pas en courant comme un poulet décapité que tu vas arriver là-bas plus tôt. De toute façon, qu'est-ce qui presse tant que ça ? Plus les nouvelles sont mauvaises, plus tu peux être sûre qu'elles attendront.

Pourtant, il fallait qu'elle apprenne la vérité et qu'elle trouve le moyen de s'en accommoder. Ces derniers temps, Thea n'avait réussi qu'à se torturer l'esprit et à délaisser sa petite fille. Il était temps d'affronter la réalité.

Thea ne connaissait strictement rien à la mécanique ; mais au fil des années, elle était parvenue à apprendre quelques astuces nécessaires. Pour évacuer le trop-plein d'essence, il fallait garder la pédale de l'accélérateur enfoncée tout en relançant le moteur.

Deux lentes poussées sur l'accélérateur remédièrent à l'indigestion de Bessie. Le vieux moteur ressuscita avec un gargouillis. Remerciant le ciel, Thea fit marche arrière dans l'allée et prit la direction de l'autoroute.

Vingt minutes plus tard, elle s'engagea sur le parking de Landmark Towers et trouva un emplacement libre à proximité de l'ascenseur. Alors que celui-ci l'emportait vers le neuvième étage, elle s'efforça de vaincre sa terreur. Elle n'allait plus tarder à recevoir les réponses à ses questions. A quoi bon se tourmenter lorsqu'une professionnelle chevronnée comme le docteur Forman s'occupait d'elle avec tant de bonne volonté ?

Un rai de lumière filtrait sous la porte du cabinet. Traversant la salle d'attente, Thea frappa à l'entrée du sanctuaire. Un instant plus tard, le docteur Forman entrebâilla la porte et glissa un regard à l'extérieur.

– Nous avons presque fini, Thea. Je vous demanderai de patienter cinq minutes.

Le médecin avait omis de mettre le fond musical. Thea

entendit distinctement ses pas s'éloigner, suivis des gémissements plaintifs de Mme Veruschka.

– Cette misérable ordure refuse de mourir ! Je l'assassine, encore et encore, mais il revient toujours me gâcher la vie. Je n'en peux plus. Ça suffit !

Ce soir-là, l'inconnue était dans une forme exceptionnelle. Son angoisse se déversait tel un torrent en crue. Thea imagina ses mains gesticulant comme celles d'une tragédienne, son délicat visage crispé par une souffrance outrée.

– Je le méprise de toutes les fibres de mon être. Mes veines bouillonnent de haine !

Comme toujours, le docteur Forman participait au dialogue d'une voix calme et étouffée. Soit la psychiatre avait été impeccablement exercée à refréner ses sentiments, soit (comme Thea le soupçonnait) elle en avait été dépourvue dès la naissance.

– Cette fois-ci, je vais faire en sorte qu'il meure pour de bon. Encore une fois, et ce sera fini. Dites-moi que ce sera fini, docteur. Dites-moi que *ça ne peut pas continuer* !

Bientôt, le docteur Forman signifia la fin de la séance. Comme toujours, Mme Veruschka s'éclipsa par la porte située à l'arrière du cabinet.

Dans le silence qui s'ensuivit, Thea imagina la psychiatre assise derrière son bureau, raide comme la justice, inscrivant soigneusement ses commentaires dans le dossier médical de la désaxée. Une fois cela accompli, elle glisserait une cassette vierge dans le magnétophone et sortirait la chemise cartonnée de Thea du tiroir à glissière situé à proximité de son fauteuil. Fronçant légèrement les sourcils pour éviter de rider sa peau de soie, elle tournerait ses pensées vers la patiente suivante. Les tourments de Mme Veruschka s'échapperaient tout simplement de son esprit imperturbable.

Rien n'émouvait cette femme. Sans doute la psychiatre prenait-elle plaisir à observer les souffrances d'autrui.

– Entrez, Thea.

Comme toujours, le médecin était vêtue de façon étudiée : jupe noire plissée, chemisier blanc à jabot, collants clairs, souliers noirs. Pas un cheveu qui ne soit parfaitement à sa place et pas la moindre indication, sur son visage inexpressif, de ce qu'elle s'apprêtait à dire.

Alors que Thea prenait place dans le fauteuil, elle regretta de n'avoir pas pris le temps de se coiffer et de s'habiller un peu mieux. Elle devait avoir l'air d'une démente.

C'était de circonstance.

Le médecin chaussa une paire de lunettes à monture dorée et feuilleta silencieusement une liasse de papiers.

– Avez-vous pris votre médicament régulièrement, Thea ?

– Bien sûr.

– Vous en êtes certaine ?

– Absolument. Pourquoi ?

La psychiatre plissa les lèvres.

– Les examens montrent une régression significative du dosage du médicament dans votre sang, et un élément suspect dans votre électroencéphalogramme. Si vous n'avez pas oublié de prendre votre médicament, il nous faut considérer que le traitement a perdu son efficacité.

La frayeur tenailla Thea. Elle se remémora les heures qui s'étaient volatilisées, les visions inexplicables, les objets étranges que sa mère avait trouvés dans son coupe-vent. Sa gorge était si nouée qu'elle eut du mal à articuler :

– Vous en êtes certaine ?

– Suffisamment pour changer votre traitement anticonvulsif. Comme je l'ai mentionné au téléphone, j'ai sollicité l'opinion d'un collègue. Il est entièrement de mon avis. Le docteur Ronald Kriedman a pris part à l'élaboration d'un nouveau traitement destiné aux épileptiques. Il s'agit d'un médicament remarquablement efficace, sans grands effet secondaires. Je crois que nous devrions commencer le traitement immédiatement.

– Très bien. Je me procurerai les médicaments demain matin, à la première heure.

– J'ai bien peur que ce ne soit pas aussi simple. Il faudra en déterminer le dosage par le biais d'une mise en observation. Vous devrez séjourner à Brook Hollow pendant quelques semaines, peut-être un mois.

Thea secoua la tête avec véhémence.

– Je ne peux pas ! Je ne peux pas laisser Gabby !

La psychiatre laissa entrevoir une trace de compassion.

– Je comprends que cela vous soit difficile...

– Pas difficile, impossible. Je lui ai promis de ne plus l'abandonner. Je ne peux pas faillir à ma promesse.

– Vous n'avez pas le choix, Thea, et vous le savez. Pourquoi n'amèneriez-vous pas Gabrielle ici, afin que je lui explique moi-même la situation ?

Thea se sentait écartelée. Le docteur Forman avait raison. Elle ne pouvait ignorer le résultat des examens. Elle savait trop bien quel carnage ces tempêtes d'ondes cérébrales pouvaient engendrer. La vision du corps ensanglanté de Simon s'imposa à son esprit. Ainsi que les terrifiantes énigmes qui parsemaient sa vie.

Est-ce que ça signifie que j'ai tué Brandon Lee Payton et le couple de Bridgeport ?

Elle n'avait d'autre solution que d'entrer à la clinique et de suivre le nouveau traitement.

La proposition du docteur Forman d'adoucir le choc que ne manquerait pas de subir Gabby était tentante. Elle ne pouvait supporter de briser son serment et, par là même, le cœur de la fillette. Peut-être la formation de la psychiatre lui avait-elle apporté la maîtrise de mots magiques.

Elle inspira douloureusement.

– D'accord. Quand voulez-vous la voir ?

– Je crois qu'il serait préférable de nous en occuper tout de suite. Pourquoi n'amèneriez-vous pas Gabrielle ici ce soir ? Je pourrai la voir de nouveau demain, si c'est nécessaire. Puis je prendrai mes dispositions pour vous faire admettre à la clinique lundi matin, et nous pourrons commencer.

Quittant le cabinet, Thea rumina amèrement les paroles du médecin. *Commencer !* Elle venait de passer une année prisonnière du cauchemar ; tout ce à quoi elle aspirait, c'était à en voir la fin.

51

Thea n'arrivait pas à se faire obéir. Gabby refusait obstinément de s'en aller de chez les Millport, surtout sans un mot d'explication.

– C'est pas juste, maman. Tu m'avais dit que je pouvais passer la nuit ici. On vient juste de commencer à monter une pièce de théâtre !

– Je suis désolée, chérie. Nous devons partir tout de suite. Il vient de se passer quelque chose d'imprévu.

– Pourquoi tu ne peux pas me dire ce que c'est ?

– Je t'expliquerai dans la voiture.

Mais la fillette serra les mâchoires et croisa ses bras fluets avec une expression de défi.

– Tu as dit que je pouvais rester, et je reste.

A ce moment-là, Caro, qui venait de coucher les petits, entra dans la pièce.

– Voyons, mon cœur, écoute ta maman et file. Tu passeras la nuit avec les filles une autre fois.

Les manières suaves de Caro dissipaient comme par miracle la rébellion de l'enfant le plus récalcitrant. Aussitôt, Gabby décroisa les bras et poussa un soupir de résignation.

Caro adressa un sourire rassurant à son amie, mais Thea ne parvint pas à lui rendre la pareille.

– Merci, Caro. Désolée pour le dérangement. Viens, chérie.

Une expression d'inquiétude remplaça le sourire de Caro.

– Qu'est-ce qui ne va pas, Thea ?

– Rien.

– Tu es sûre ?

– Ça ira.

L'inquiétude que reflétait le visage de Caro ne s'effaça pas.

– Appelle-moi demain matin, mon cœur. D'accord ?

– Très bien.

Cette conversation n'allait pas être facile. De nouveau, Thea allait devoir abuser de la générosité de son amie et lui confier Gabby pendant la durée de son séjour à Brook Hollow.

Gabby claqua la portière et boucla sa ceinture d'un geste brusque.

– Voilà. Maintenant, on est dans la voiture, alors où est-ce qu'on va ?

– Le docteur Forman veut te parler, et elle était disponible ce soir.

– Elle veut me parler de quoi ?

– Elle te le dira elle-même.

La fillette se mura dans un silence boudeur. Soulagée de ce délai de grâce, Thea s'efforça de se concentrer sur la route.

Depuis que le docteur Forman lui avait confirmé l'échec du traitement, Thea oscillait entre un sentiment de doute qui la tétanisait et un refus désespéré de la situation. Elle ne parvenait toujours pas à s'imaginer blessant de parfaits inconnus. Mais une crise d'épilepsie l'avait métamorphosée en un monstre digne de Frankenstein qui avait roué Simon Gallatin de coups jusqu'à le tuer. Existait-il un moyen infaillible de faire disparaître définitivement cette créature ? Pouvait-elle espérer retrouver un jour une existence un tant soit peu normale ?

Vaines questions. Pour l'instant, elle pouvait seulement suivre le conseil du médecin et se soumettre à un nouveau traitement médical. Mais tout d'abord, il fallait faire en sorte que la nouvelle n'affecte pas trop durement Gabby.

Seules quelques voitures étaient encore garées sur le parking de Landmark Towers, à proximité de l'immeuble du docteur Forman. Thea entraîna la fillette renfrognée dans l'ascenseur, le long du couloir du neuvième étage et jusqu'au cabinet de la psychiatre. Au moment où elles entraient dans la salle d'attente, le médecin sortit de son bureau. Lorsqu'elle aperçut

Gabby, le docteur Forman gratifia l'enfant d'un sourire radieux et l'accueillit avec effusion. Cette attitude lui ressemblait si peu que Thea fut tentée de lui demander ses papiers d'identité.

– Entre, Gabrielle. Je suis enchantée que tu aies accepté de venir me voir !

– Pas de problème, répliqua Gabby en trottinant sur les talons de la psychiatre comme un chiot bien dressé.

– J'espère que je n'ai pas contrarié tes projets, ma chérie, ajouta le docteur Forman.

– Ça ne fait rien.

La porte se referma sur elles. A présent, le fond sonore musical destiné à camoufler les propos des patients jouait à son volume maximum, empêchant Thea d'entendre quoi que ce soit, hormis le vague écho des accents enfantins de Gabby et l'intonation monocorde du médecin. S'installant dans un fauteuil situé contre le mur opposé, Thea se prépara avec lassitude à attendre.

Dans le porte-revues, plusieurs cahiers d'un exemplaire du *New York Times* du lendemain côtoyaient de vieux numéros du *Smithsonian*. S'emparant du journal, Thea feuilleta le magazine et la rubrique littéraire. Puis, dans le cahier consacré au Connecticut, elle parcourut un article évoquant l'incendie au cours duquel une fillette de Bethel avait été gravement brûlée.

Avec un haut-le-corps, Thea contempla la photographie du lit carbonisé et des murs noircis de fumée de la chambre de l'enfant, prise après que les pompiers eurent éteint le brasier. Soudain, le souvenir des étranges objets que sa mère avait découverts dans son coupe-vent lui revint à l'esprit. Un soulier de poupée ? Du liquide inflammable ? Se pouvait-il qu'elle soit également impliquée dans ce drame ?

Non ! C'est insensé. Tout ceci est insensé.

Le docteur Forman se faufila dans l'entrebâillement de la porte et la referma derrière elle.

– Comment cela se passe-t-il ? demanda Thea.

– Bien. Puis-je vous demander un service ?

– Quoi donc ?

– Il y a un album que j'aimerais lire avec Gabrielle ; je pensais l'avoir apporté dans mon bureau, mais il semblerait que je l'aie laissé dans le coffre de ma voiture. C'est une Mercedes noire. Cela ne vous dérange pas ?

Thea prit les clef qu'elle lui tendait.

– Je reviens tout de suite.

– Merci. Je vous appellerai quand nous en aurons besoin.

La voiture à la carrosserie noire et étincelante du médecin occupait une place de parking privée située près de l'ascenseur. Dans le coffre étaient rangés de nombreux cartons de matériel et de fournitures médicales. Dans l'un de ces cartons, sur lequel était inscrit le mot « Pédiatrie », se trouvaient des poupées, des marionnettes et le livre que lui avait demandé le docteur Forman. C'était un album intitulé *Ce n'est qu'un au revoir*.

De retour dans la salle d'attente, Thea posa le livre près d'elle et feuilleta la rubrique « Voyages » du *Times*. Puis elle se plongea dans les « Arts et Loisirs ». Elle jeta un coup d'œil à sa montre. Cela faisait presque une heure que la psychiatre se trouvait en compagnie de Gabby, et elle n'avait pas encore réclamé l'album qu'elle avait envoyé Thea chercher.

Peut-être la jeune femme avait-elle mal compris ; peut-être le docteur Forman s'attendait-elle qu'elle lui apporte le livre à l'intérieur. Cela ne coûterait rien de lui poser la question. Quoi qu'il en soit, Thea voulait jauger la situation de ses propres yeux. Elle connaissait suffisamment bien sa fille pour percevoir d'un seul regard comment évoluaient les choses.

Thea frappa à la porte du cabinet. Elle guetta une réponse, mais la musique était trop forte pour qu'elle puisse entendre quoi que ce soit. Après un bref instant, elle ouvrit la porte.

Le cabinet était vide.

Où pouvaient-elles être ?

Peut-être étaient-elles allées se promener dans le couloir. C'était sans doute cela. Gabby avait dû avoir des fourmis dans les jambes, et le médecin l'avait encouragée à se dégourdir un peu.

Thea se dirigea vers la porte située à l'arrière du cabinet, celle qu'utilisait régulièrement Mme Veruschka. Mais lorsqu'elle l'ouvrit, elle se trouva face à des rangées d'étagères sur lesquelles s'empilaient des fournitures de bureau.

Un placard ?

Balayant la pièce du regard, elle s'aperçut qu'il n'y avait d'autre porte que celle qui menait à la salle d'attente. C'était insensé. Elle avait entendu la voix amère de Mme Veruschka et le bruit d'une porte qui se refermait. Comment la patiente avait-elle pu quitter le cabinet ?

Mue par une intuition, Thea se dirigea vers la pile de cassettes qui se trouvaient sur le bureau du médecin. Sur le dessus trônait la cassette soigneusement étiquetée de l'entretien que lui avait consacré le docteur Forman dans la soirée. L'enregistrement de la séance de Mme Veruschka devait être en dessous. Introduisant la cassette dépourvue d'étiquette dans le magnétophone, Thea appuya sur la touche LECTURE.

Après un instant de silence, la voix du docteur Forman emplit la pièce.

« Ceci est une séance d'autoanalyse, enregistrée à dix-neuf heures, le 4 octobre 1993.

Une autoanalyse ?

« Dites-moi comment vous vous sentez, commença le docteur Forman d'une voix inexpressive.

– Je déborde de haine pour cette ordure. Il faut que je le tue, encore et encore ! »

Privée du fond sonore musical et de l'écran des murs, Thea perçut la similitude des deux voix. En dépit de l'intonation affectée et de l'émotion qui imprégnait la seconde d'entre elles, il s'agissait bien de la psychiatre.

C'était incroyable.

Mme Veruschka n'existait pas. La démente qui déversait ce flot de haine n'était autre que le docteur Forman !

Les pensées de Thea se bousculaient dans son esprit. La forcenée avait enlevé Gabby ! Elle devait avoir emmené la fillette pendant que Thea était allée chercher le livre au rez-de-chaussée. Presque une heure plus tôt.

Où a-t-elle emmené ma petite fille ?

Thea n'avait aucune idée de l'endroit où vivait le docteur Forman. Peut-être Billie le savait-elle ; sinon, l'infirmière pourrait interroger les membres du personnel de la clinique.

Elle décrocha le combiné, mais il n'y avait pas de tonalité. Lorsqu'elle suivit le fil du téléphone, elle en découvrit l'extrémité sectionnée.

La terreur la saisit. Tout cela était un piège soigneusement orchestré : le retard avec lequel le docteur Forman lui avait communiqué le résultat des examens et le prétendu échec du traitement médical n'étaient qu'un stratagème pour permettre à la psychiatre d'enlever Gabby.

Mais pourquoi ?

D'un geste frénétique, elle ouvrit les tiroirs du bureau, cherchant désespérément un indice qui lui permettrait de découvrir l'adresse personnelle du médecin. Le tiroir supérieur ne contenait que des trombones, des stylos, des cassettes vierges, un coupe-papier et des fiches. Dans le tiroir du milieu se trouvaient des calepins, des feuilles, des enveloppes et des timbres. Le dernier tiroir était verrouillé. Thea s'empara du coupe-papier et, sans la moindre hésitation, fractura le tiroir.

Elle trouva à l'intérieur un album de photographies. A côté de l'album était posé un carnet à la couverture mouchetée semblable à celui que Thea avait reçu à Brook Hollow en guise de journal intime. Le cœur battant, elle ouvrit l'album. Sur la première page se trouvaient quatre photographies aux tons sépia. L'une d'elles représentait une fillette bouclée à la Shirley Temple, vêtue d'une robe à volants. La deuxième était le portrait d'un jeune homme souriant en uniforme. La troisième montrait le même homme, quelques dizaines d'années plus tard. Sur la quatrième, on distinguait vaguement le visage imprécis d'un vieillard.

Sous chaque photographie était inscrit le mot « père », accompagné de la mention d'un âge. Le portrait de la fillette portait la légende « père, cinq ans ». Les autres représentaient le « père » à l'âge de vingt-deux, quarante-cinq et soixante-dix-huit ans.

Lorsqu'elle tourna la page, Thea fut submergée d'horreur. Il y avait un Polaroid de Simon Gallatin, pris au vernissage de l'exposition où Thea avait fait sa connaissance. C'était également ce soir-là qu'elle avait été présentée au docteur Forman.

A côté de ce cliché s'étalait la photographie macabre du cadavre de Simon, prise la nuit du meurtre. Une main avait barré la photographie d'un trait à l'encre écarlate. Au-dessous, la psychiatre avait écrit : « Le premier. »

La vérité était si atroce que Thea avait peine à l'admettre. Le docteur Forman avait tué Simon. La psychiatre avait commis le meurtre et avait mis en place un stratagème destiné à faire accuser Thea.

Toutes les pièces du puzzle s'imbriquaient les unes dans les autres. Etant médecin, Maxine Forman avait accès aux drogues susceptibles de provoquer une amnésie temporaire. En sa qualité de directrice d'une luxueuse clinique privée, elle frayait avec la haute société, dont les membres pouvaient lui fournir des informations sur la vie privée de célébrités telles que Simon Gallatin.

Le meurtre de Simon avait-il constitué une étrange destruction symbolique du père du docteur Forman ? Les paroles incohérentes de Mme Veruschka retentirent dans l'esprit de Thea : *Le misérable salaud mérite de mourir...*

Lorsque Thea tourna la page de l'album, l'horreur qu'elle éprouvait s'amplifia. Un cliché de Brandon Lee Payton était suivi par une photographie du cadavre de l'acteur, accompagnée des mots : « Le deuxième. » Sur les pages suivantes se trouvaient des photographies de « Pépé » Alden avant et après sa mort.

« Le troisième. »

Je le tue, encore et encore, mais il refuse de mourir...

La quatrième page était incomplète. Une coupure de journal concernant un incendie dans une villa de Bethel y était collée. L'illustration qui l'accompagnait représentait une fillette effrayée dans les bras d'un pompier. La légende indiquait que la petite fille était Lindy Zesch – la fillette mentionnée dans l'édition dominicale du *Times*. L'article de l'album de photographies datait de l'année précédente, à l'époque où l'ancien foyer des Zesch avait été détruit par un incendie.

Ma fille est entre les mains de cette folle, de cette criminelle !

Il fallait que Thea découvre où habitait le docteur Forman. Saisissant le carnet, elle l'ouvrit à la première page avec des doigts tremblants.

Il y était inscrit : « Le premier. » Puis : « Ils disent que je l'ai frappé sept fois... »

En proie au désespoir, Thea ouvrit d'une secousse les tiroirs du placard aux fournitures. Dans celui de droite, il n'y avait que les dossiers des patients. Dans le tiroir de gauche, elle trouva une chemise cartonnée intitulée « Personnel ». La feuilletant rapidement, Thea y découvrit une multitude de factures et de lettres. La plupart avaient été adressées au cabinet du médecin ou à Brook Hollow. Mais parmi les derniers documents de la liasse, elle aperçut un imprimé qui fit s'arrêter son cœur. Il s'agissait d'une facture téléphonique portant l'adresse de la démente : 300 Cobble Hill Road, New Canaan.

L'ascenseur n'arrivait pas et Thea dévala les cinq étages jusqu'à sa voiture. Mue par l'énergie du désespoir, elle appuya sur la pédale de l'accélérateur et tourna la clef de contact.

S'il vous plaît, ne laissez pas cette forcenée faire de mal à mon enfant. S'il vous plaît, faites qu'il ne soit pas trop tard !

Le moteur ronfla quelques secondes avant de caler. Lançant un juron, Thea essaya de nouveau. Cette fois-ci, un bruit métallique s'échappa de sous le capot ; puis le moteur se tut définitivement.

Il n'y a pas une seconde à perdre. Je dois retrouver Gabby.

Les poumons en feu, Thea se précipita hors du parking et agita le bras à l'intention d'un faisceau de phares qui approchait. Peu importaient les risques qu'elle courait. Seul comptait le salut de sa petite fille.

52

Biederman s'éveilla en sursaut. Il était déjà presque vingt et une heures. Sans qu'on sache comment, l'après-midi et une bonne partie de la soirée s'étaient éclipsés sur la pointe des pieds.

Bon sang.

Il avait prévu de faire une sieste d'une heure. Deux au maximum. Sachant que Buck Delavan était déterminé à couper la tête de Thea, il ne pouvait se permettre de perdre une demi-journée.

Encore hébété, Biederman aspergea son visage d'eau glacée et avala deux tasses d'un café corsé. Se frottant les paupières, il alla s'asseoir à sa table pour reprendre son examen des dossiers de l'affaire Gallatin. La millième lecture serait peut-être celle qui lui révélerait le mot de passe secret. De nouveau, il s'efforça de visualiser les circonstances du meurtre du sénateur.

Thea peint dans son studio. Perdue dans une sorte d'état second, elle perd le fil du temps pendant quelques heures ; puis elle entend sa fille hurler. Se précipitant à l'intérieur de la maison, elle découvre le corps inanimé de Gallatin.

Ses mains et ses vêtements sont maculés du sang de la victime. Ses empreintes sont les seules que l'on retrouvera sur l'arme du crime. Un cheveu lui appartenant est incrusté dans l'une des plaies du cadavre.

Elle compose le numéro des urgences, et les policiers appelés sur les lieux – au nombre desquels figure votre serviteur – ne voient d'autre alternative que de placer sous détention la principale suspecte. La jeune femme n'offre aucune résistance, aucun alibi, aucune explication. Rien.

Fouillant dans sa mémoire, Biederman la revit telle qu'elle lui était apparue : expression de stupeur, pupilles dilatées, yeux vitreux. Comme plongée dans une sorte de transe.

Pour l'instant, l'enquête de Biederman ne l'avait mené nulle part, si ce n'était au fond d'une impasse. Il disposait de quelques rares indices : l'affirmation de Murray Masters selon laquelle l'assassin possédait une musculature beaucoup plus développée que Thea. Le fait que le cheveu de la jeune femme soit tombé de façon naturelle plusieurs jours avant le meurtre, et non au cours d'une lutte avec Gallatin. Et l'empreinte de rouge à lèvres – et du vague contour d'une dent – que l'on avait trouvée sur la nuque du cadavre, et qui pouvait relier le véritable meurtrier au crime... surtout si l'assassin avait l'amabilité de venir revendiquer les faits.

En d'autres mots, il n'avait rien.

Alors que Delavan s'apprêtait à assener le coup de grâce à Thea, Biederman devait encore découvrir l'identité de la personne qui était entrée chez les Harper cette nuit-là, avait attiré Simon Gallatin dans le salon et l'avait tué à coups de trophée de golf.

De toute évidence, l'assassin devait savoir que Thea et le sénateur se fréquentaient. Il avait également trouvé le moyen de droguer ou d'hypnotiser Thea, puis l'avait placée à proximité afin que la culpabilité du crime rejaillisse sur elle. En outre, le tueur avait choisi un soir où la fille de Thea se trouvait chez des voisins.

Intéressant.

Il pouvait en découler deux choses : soit le meurtrier de Simon Gallatin connaissait suffisamment Thea pour être au courant de ses habitudes et de celles de sa fille, soit il avait épié les lieux et les agissements des Harper suffisamment longtemps pour connaître leurs emplois du temps.

Quoi qu'il en soit, Thea était la personne la plus susceptible de détenir le maillon manquant. Son œil d'artiste lui avait peut-être permis de remarquer si l'une de ses relations avait une dent fêlée. Il était également possible qu'elle se souvienne d'avoir vu un étranger rôder dans le quartier, au cours des jours ou des semaines précédant le meurtre.

Désolé, m'man. Pas de 20 sur 20 pour ton petit génie sur ce coup-là. Bon Dieu, pourquoi est-ce que je n'ai pas pensé à commencer par lui poser la question ?

Parce que tu voulais jouer les héros, mon petit Danny. Tu avais tellement envie d'avoir cette jolie sirène-là frétillant au bout de ta ligne que tu en as oublié ton devoir essentiel : aider une innocente citoyenne à se libérer des mailles du filet.

Biederman composa le numéro de Thea. La ligne était occupée. Durant quinze minutes, il essaya de la joindre. Toujours occupé. Enfin, il demanda aux télécommunications de vérifier la ligne.

– Désolé, monsieur. Ce numéro n'est pas en service actuellement.

Curieux. La ligne devait être en dérangement.

Mais l'expédition punitive de Buck Delavan n'en serait pas ralentie pour autant. Pour l'entraver, il faudrait livrer à la justice le véritable assassin de Gallatin.

Biederman s'empara des indices dont il souhaitait discuter avec Thea et prit le chemin de la demeure de la jeune femme.

53

– Où est maman ?

– Je te l'ai déjà dit, Gabrielle. Ta mère a l'intention de te faire une surprise. C'est pour cela qu'elle m'a demandé de te reconduire à la maison et de l'attendre ici.

– Mais pourquoi est-ce que c'est si long ?

– Il faut être patiente, ma chérie. Les surprises, ça prend toujours un peu de temps.

Gabby n'avait pas l'intention de se plaindre ; mais elle se sentait si fatiguée... Sa tête était lourde comme une pierre, et elle devait forcer ses paupières à rester ouvertes.

– Encore combien de temps ?

– Juste un peu, Gabrielle. Finis ton chocolat. Voilà une gentille petite fille !

Le chocolat chaud que lui avait préparé le docteur Forman était délicieux. Hyper sucré et nappé d'une mousse crémeuse. Assise sur le canapé, Gabby se pencha et souleva la tasse pour en boire une autre gorgée. Cette maudite tasse était si lourde qu'elle devait utiliser ses deux mains et mobiliser toutes ses forces pour la porter à ses lèvres.

Bizarre.

Les yeux de Gabby ne cessaient de loucher. Elle contemplait rêveusement le feu que le docteur Forman avait allumé dans la cheminée. Tout lui donnait l'illusion d'être divisé en deux. Deux flammes jumelles virevoltaient au sommet des bûches de bois. Deux monticules de braises bordaient l'âtre. Deux jeux de tisonniers flanquaient une paire de grilles de foyer absolument identiques. Tout était double. Opal et Jazzy auraient adoré ça, songea Gabby. Ivre d'épuisement, elle éclata de rire.

Le rire la faisait hoqueter.

– Maman – n'est – pas – encore – arrivée ?

Sa langue lui semblait pâteuse, les mots s'étiraient, longs et malléables comme un bonbon au caramel.

– Repose-toi, Gabrielle. Ferme les yeux.

– Mais je ne peux pas, docteur Forman. Je ne veux pas rater la surprise.

– Tu ne la rateras pas, ma chérie. Je te le promets.

Le sommeil s'abattait sur elle comme la vague colossale de Jones Beach, l'été précédent. Gabby s'efforçait de remonter à la surface, mais une force irrésistible l'attirait impitoyablement vers le fond.

C'était infiniment plus facile de se laisser sombrer sous le poids écrasant du sommeil. Elle verrait bien assez tôt la surprise.

54

L'homme au volant exhalait une puanteur de vieille sueur, de tabac rance et de bière. Tout en conduisant, il ne cessait de tourner ses yeux chassieux en direction de Thea.

– Vous êtes sûre que vous n'aimeriez pas vous arrêter pour prendre un petit verre, poupée ?

– Je vous ai dit que c'est une urgence. Je vous en prie, dépêchez-vous !

– Allons, une petite goutte n'a jamais fait de mal à personne...

Il tendit furtivement la main vers elle et lui pressa l'épaule.

– Bas les pattes ! Arrêtez cette fichue voiture. Je veux descendre ! jeta Thea d'une voix cinglante.

Il ôta la main de son épaule comme s'il avait touché un fer brûlant. La lueur lubrique s'éteignit dans son regard.

– Bon, d'accord. Vous n'avez pas envie d'aller boire un verre, très bien. Du calme. Je vous emmène où vous voulez.

Se détournant, Thea tenta de maîtriser sa peur. Elle ne pouvait pas se permettre de céder à une panique irréfléchie. La seule façon de récupérer sa fille saine et sauve était de déchiffrer les pensées de cette monstrueuse créature.

J'arrive, ma chérie. Je vais t'enlever des griffes de cette démente.

Elle revoyait sans cesse les macabres photographies de l'album. Des proies sur lesquelles la psychiatre avait jeté son dévolu, trois étaient déjà mortes. La quatrième, la fillette, avait échappé de justesse à un tragique destin. Thea ravala la bile qui lui montait aux lèvres ; elle savait que Gabby avait été choisie pour remplacer l'enfant.

Je le tue, encore et encore... Mais il refuse de mourir !

Pour quelque raison démente, le docteur Forman était déterminée à détruire le spectre de son père à chaque phase de son existence. Pépé Gaithwaite avait symbolisé le père de la psychiatre lorsque celui-ci était un vieillard. Simon Gallatin représentait l'homme d'âge mûr. Brandon Lee Payton avait incarné le père du docteur Forman quand ce dernier était jeune homme. Lindy Zesch, et à présent Gabby, se substituaient au père de la désaxée lorsqu'il était petit garçon.

Un petit garçon que sa mère habillait en fille.

Nul n'était besoin d'être un psychanalyste pour imaginer les conséquences psychologiques qui avaient pu en découler. Les conditions étaient réunies pour que le père de Maxine Forman devienne un pervers sexuel. En grandissant, il s'était certainement mué en homme violent, en pédéraste s'attaquant à sa propre fille. Thea songea à la cruauté de son propre père. Chaque fois qu'il se trouvait seul avec elle, son cher papa déversait sa mauvaise humeur sur Thea, l'insultait, menaçait de lui faire du mal... Mais de toute évidence, Hugh Sparks avait été un ange à côté du père du docteur Forman.

Ces choses qu'il me faisait ! Cette misérable ordure mérite de mourir !

Et désormais, la petite fille chérie de son père, pétrie sur le modèle de son géniteur, était bien déterminée à prendre sa revanche.

La villa était plongée dans l'obscurité. Après avoir attendu avec impatience que le chauffeur paillard ait démarré, Thea se hâta vers l'imposante bâtisse blanche de style colonial. Son cœur martelait sa poitrine, son souffle était rauque et précipité.

Tiens bon, ma chérie. J'y suis presque !...

Thea pressa son oreille contre la porte d'entrée. Pas un son.

Elle glissa un regard à travers la fenêtre du salon. Personne.

Lorsqu'elle se dirigea en hâte vers l'arrière de la maison, elle s'aperçut que la cuisine et la salle à manger étaient également désertes. Soulevant l'abattant de la fenêtre du boudoir, elle se jucha sur le rebord et s'introduisit à l'intérieur.

Elle s'assura rapidement qu'il n'y avait personne au rez-de-chaussée. Personne non plus à la cave. Gravissant l'escalier à pas de loup, elle passa en revue les chambres et la salle de bains. Par mesure de précaution, elle inspecta les placards, puis gravit l'escalier étroit qui menait au grenier.

Aucun signe de vie nulle part.

Il n'y avait rien non plus qui laissât indiquer que le médecin avait emmené Gabby ici ; ni la veste de la fillette, ni le manteau ou le sac à main de la psychiatre. Lorsque Thea sortit pour inspecter le garage, elle le trouva vide, à l'exception d'une Harley rouge.

A l'époque où Thea vivait dans l'Idaho, elle avait conduit une ou deux fois la moto d'un ami. Elle pouvait se servir de la Harley pour retrouver Gabby et le docteur Forman. Mais où aller ?

Où peuvent-elles être ? Il faut que je retrouve ma petite fille !

Réfléchis. A l'exception de l'assassinat de Simon, chaque meurtre avait eu lieu chez la victime. Gaithwaite, Payton, la petite Zesch.

A la maison. La désaxée avait dû amener Gabby à la maison.

La jeune femme frissonna en songeant à la course impitoyable du temps. Chaque seconde qui passait pouvait être la dernière que vivrait Gabby. Même au maximum des capacités de la Harley, il lui faudrait dix ou quinze minutes pour gagner Linden Street. Elle se précipita éperdument à l'intérieur de la villa du médecin et décrocha le téléphone.

– Amber ? C'est Thea. Passe-moi ton père !

– Mes parents sont au cinéma, Mrs. Harper. Je peux vous aider ?

Malgré la tentation qu'elle éprouvait, Thea ne pouvait se permettre de faire courir un risque à l'adolescente.

– Non. Il n'y a rien que tu puisses faire.

Sa voix se brisa, et elle coupa la communication.

Personne ne décrocha chez l'inspecteur Biederman. Et elle ne pouvait pas faire confiance aux forces de l'ordre de Westport ; peut-être s'imagineraient-ils qu'elle avait de nouveau perdu la raison. Et s'ils lançaient un mandat d'arrêt contre elle et qu'ils parvenaient à l'intercepter avant qu'elle ait pu retrouver Gabby ?

La seule possibilité qui s'offrait à elle était de rentrer

aussi vite que possible. Elle devait arriver sur les lieux avant que la désaxée n'ajoute sa fille à la liste de ses victimes. Le cœur tambourinant dans la poitrine, elle tourna la clef de contact et, d'un coup de pédale, fit démarrer la Harley. Impitoyablement, les secondes s'égrenaient.

55

Une Mercedes noire dernier modèle était garée dans l'allée de Thea. Biederman imagina la jeune femme en compagnie d'un ponte à l'image de Simon Gallatin ; refoulant un absurde pincement de jalousie, l'ex-inspecteur s'immobilisa devant la porte et prit la résolution de se montrer aimable et courtois.

Il se sentit soulagé lorsque ce fut une blonde attirante – et non un quelconque soupirant – qui répondit à son coup de sonnette.

– Oui ? dit-elle.

– Désolé de faire irruption de cette façon, mais le téléphone est en dérangement.

– Je sais. On l'a laissé décroché par accident.

– Il faudrait que je voie Thea une minute.

– Elle est sortie. Voulez-vous me donner votre nom, afin que je puisse lui dire que vous êtes passé ?

– Je suis Daniel Biederman.

– L'inspecteur ?

– Oui. Est-ce que nous nous connaissons ?

– Non ; mais Thea a mentionné votre nom.

Biederman réprima un large sourire. Thea avait parlé de lui. Bien.

– Il faut que je la voie ce soir, c'est important. Cela vous ennuie si je l'attends ?

– En fait, je ne crois pas que Thea rentre avant une heure très tardive, peut-être même pas avant demain matin. Elle est sortie avec un ami, inspecteur. Je m'occupe de sa fille.

La bonne humeur de Biederman s'évapora.

– Dans ce cas, j'aimerais lui laisser un mot.

Fouillant dans les poches de son coupe-vent, il ne trouva rien qui pût faire l'affaire.

– Est-ce que je peux vous emprunter une feuille de papier et un stylo ?

– Attendez ici.

Elle lui ferma la porte au nez. Quelques instants plus tard, elle revint munie d'un carnet et d'un stylo.

– Je suis en train de mettre Gabrielle au lit, inspecteur. Soyez rapide, s'il vous plaît.

Biederman griffonna une brève note à l'attention de Thea, lui demandant de l'appeler dès son retour, quelle que fût l'heure. Lorsqu'il tendit la feuille pliée en deux à la baby-sitter, elle lui adressa un sourire forcé.

Ce fut alors qu'il remarqua sa dent fêlée.

Des signaux d'alarme se déclenchèrent dans son esprit. Cette femme correspondait parfaitement au signalement : bras musclés, rouge à lèvres rose pâle, dent de la forme d'une tulipe parcourue d'une striure en son milieu. Elle retenait la fillette prisonnière à l'intérieur. Et sans doute Thea aussi.

Avant qu'il ait pu réagir, elle avait de nouveau refermé la porte. S'efforçant d'élaborer un plan, Biederman se dirigea vers sa voiture ; il appuya à plusieurs reprises sur la pédale d'accélérateur, puis retourna à la maison d'un pas rapide.

Cette fois-ci, la femme s'adressa à lui sans ôter la chaînette de sécurité :

– De quoi s'agit-il encore, brigadier ?

Sa voix était encore aimable, mais teintée de méfiance.

– Ma batterie doit être à plat. Est-ce que je peux utiliser votre téléphone ?

– Votre radio ne marche pas ?

– C'est également la batterie qui l'alimente. J'en ai pour une minute.

Elle décrocha la chaînette, de mauvaise grâce.

– Gabrielle vient juste de se coucher. Je vais vous montrer où se trouve le téléphone de l'atelier, pour éviter que vous la dérangiez.

Alors qu'il traversait la maison sur ses talons, Biederman chercha à déceler des traces de lutte. Un feu crépitait dans l'âtre du salon. La salle à manger n'était pas en désordre. Pas plus que la cuisine, où la meurtrière alla décrocher une clef pendue à un crochet près de la porte de service. La fillette et Thea étaient invisibles.

Il suivit l'inconnue jusqu'à l'atelier et la regarda glisser la clef dans la serrure. Dès qu'ils seraient à l'intérieur, il lui réglerait son compte.

Une fois la porte ouverte, elle s'écarta pour lui permettre d'entrer. Biederman fit un grand pas à l'intérieur de la pièce ; puis il se retourna rapidement pour maîtriser la criminelle.

Mais au moment où il s'apprêtait à l'empoigner, elle agrippa son bras et le projeta à terre. Il atterrit sur la colonne vertébrale, ses poumons se vidant de leur air comme des pneus crevés.

Dérouté, Biederman s'efforça de reprendre ses esprits. Il fallait qu'il maîtrise cette désaxée, qu'il s'assure que Thea et sa fille étaient saines et sauves. Se relevant, il chercha la meurtrière du regard ; mais elle avait disparu.

Comment avait-elle pu... ?

Il s'efforçait encore de deviner où elle était passée lorsqu'il reçut un violent coup par-derrière.

Ses os se liquéfièrent ; les contours de la pièce se fondirent dans un halo imprécis. Au moment où il s'écroulait à terre, il imagina Thea déposant un tendre baiser sur sa nuque.

56

Thea avait parcouru la moitié de Linden Street lorsqu'elle aperçut les voitures. La Mercedes de Forman se trouvait dans l'allée ; la Toyota de l'inspecteur Biederman était garée au bord du trottoir.

Dieu soit loué !

Thea ne prit même pas la peine de se demander pourquoi l'inspecteur lui avait rendu visite. Affaiblie sous l'effet du soulagement, elle arrêta la moto derrière la voiture de la psychiatre. Elle approchait de la porte d'entrée lorsqu'elle entendit le tumulte provenant de l'atelier. L'exclamation de surprise d'un homme, suivie du fracas d'objets s'écrasant à terre. Puis le silence.

Courant à toutes jambes, Thea contourna la maison et se dirigea vers l'atelier. Les lampes étaient éteintes. Derrière la vitre se mouvait une unique silhouette.

Il ne s'agissait pas de l'inspecteur.

Un instant, la peur la pétrifia. Mais la pensée que Gabby se trouvait entre les mains de cette meurtrière démente l'obligea à se ressaisir.

La clef de l'atelier était dans la serrure. Thea poussa la porte. L'inspecteur était allongé sur le sol, la tête baignant dans une flaque de sang qui s'élargissait à vue d'œil. Glacée d'horreur, Thea se remémora le corps meurtri de Simon Gallatin gisant dans le salon. Le visage ensanglanté de Simon. Ses yeux vides.

Puis Thea vit la poitrine de l'inspecteur se soulever. Il était encore en vie.

Une ombre approcha furtivement dans le dos de Thea. Se retournant, Thea aperçut le médecin. Maxine Forman brandissait la poubelle au-dessus de sa tête, s'apprêtant à l'abattre de nouveau sur l'homme inanimé. Lorsque son regard croisa celui de Thea, elle suspendit son geste. Puis, lentement, elle reposa le baril à terre.

– Enfin, vous voilà ! s'exclama-t-elle d'une voix rauque. Je me demandais ce qui vous retardait.

Ses yeux étincelaient ; son visage était congestionné, ses traits tirés.

– Où est Gabby ?

Le docteur Forman émit un claquement de langue.

– Il faut que vous cessiez de vous inquiéter en permanence pour cette enfant, Thea. Vous allez la rendre folle.

– Mais jamais aussi folle que vous l'êtes devenue par la faute de votre père !

Le docteur Forman eut l'air saisi.

– En fait, vous vous trompez, Thea. Je n'ai pas perdu la raison à cause de mon père. J'ai parfaitement réussi à guérir de ses jeux sexuels répugnants. C'est sa semence. Tous les rejetons qu'il a engendrés. C'est ceux-là que je ne pouvais souffrir.

– Vous avez perdu l'esprit !

– Peut-être. Mais qui pourrait m'en blâmer ? J'ai survécu à ses abus sexuels ; je me suis transformée en une adulte équilibrée, compétente. Un avenir brillant s'offrait à moi. J'avais même rencontré un homme. Stephan était brillant, généreux, le compagnon idéal.

Le regard du médecin était démentiel et furetait dans la pièce comme un animal furieux. Mais sa voix était empreinte d'un calme terrifiant.

– Tout ce que je veux, c'est retrouver ma fille. Où estelle ?

Une grimace tordit le visage de la psychiatre.

– C'est moi qui déciderai lorsque la séance sera finie, Thea. En attendant, taisez-vous et écoutez.

Discrètement, Thea fouilla l'atelier du regard. Il devait y avoir un objet qu'elle pouvait utiliser comme une arme. L'inspecteur était encore inconscient. Thea voyait sa poitrine s'élever et s'abaisser à un rythme régulier.

Maxine Forman poursuivait :

– Papa était obstétricien, vous voyez. Un spécialiste de la stérilité. Les femmes le consultaient pour procéder à des inséminations artificielles et des fécondations *in vitro*. Elles pensaient qu'il utilisait les services d'une banque du sperme. Mais après sa mort, voici deux ans, son infirmière a révélé qu'il se servait de son propre sperme pour féconder ses patientes. Toutes les patientes qu'il a reçues durant trente ans. Des centaines de descendants. Mon père tenait ses dossiers soigneusement à jour. Mon mari, Stephan, était l'un des premiers enfants qu'il avait engendrés.

Pendant la rixe, le couvercle de la poubelle avait glissé à terre. Des vapeurs de térébenthine s'en échappaient. La psychiatre se tenait près du récipient, gesticulant, relatant ces horreurs d'une voix impassible. Lentement, Thea glissa une main dans sa poche.

Faites qu'elle soit là. Je vous en prie !

– Cette ordure avait enfanté le seul homme que j'aie jamais aimé. Lorsque j'ai appris la vérité, je n'ai pas eu le choix. Il existait entre nous un lien inconcevable, incestueux. Il a fallu que je supprime Stephan.

La pochette d'allumettes de *Sole e Luna* se trouvait encore dans la poche de Thea. Dieu merci, elle avait vu Gabby essayer de s'en emparer et la lui avait confisquée.

– Mais le meurtre de Stephan n'a pas lavé le péché. Mon ordure de père avait sali mon âme. Par sa faute, j'étais souillée, répugnante.

Les doigts de Thea plièrent l'une des allumettes et la grattèrent contre le papier de verre. Rien.

Forman poursuivait son monologue :

– Puis j'ai eu une vision... Un ange pur et innocent m'a apporté la réponse que je cherchais. J'avais été élue, vous comprenez. J'avais été choisie pour servir les desseins du Seigneur.

Prudemment, prenant soin de faire le moins de bruit possible, Thea gratta de nouveau l'allumette. Son extrémité s'enflamma et lui brûla les doigts. Elle jeta le projectile embrasé à l'intérieur de la poubelle.

Avec une déflagration sourde, chiffons et papiers imbibés de térébenthine s'enflammèrent. La manche de la psychiatre s'embrasa ; le feu remonta avidement le long de son bras, en direction de sa tête, et une puanteur de peau et de cheveux carbonisés s'éleva dans les airs.

Maxine Forman eut un sursaut d'horreur. D'un geste frénétique, elle essaya d'étouffer les flammes.

Thea se précipita vers l'inspecteur inconscient. S'agenouillant près de lui, elle le secoua par les épaules.

– Debout, inspecteur !

Il remua, mais garda les paupières closes.

– Vite ! Il faut que nous sortions d'ici ! s'exclama-t-elle en le secouant plus fort.

Le docteur Forman s'écroula sur le sol ; dans de vains efforts pour lutter contre le feu, elle tanguait comme un navire malmené par la tempête.

Les yeux de Biederman papillotèrent et s'ouvrirent.

– C'est bien, Daniel. Debout !

A grand-peine, Thea l'aida à se hisser sur ses pieds et le poussa à travers le mur de fumée âcre en direction de la porte de l'atelier. Elle s'apprêtait à franchir le seuil à son tour lorsqu'une pensée affreuse la pétrifia

– Gabby ! Est-ce que tu es là, ma chérie ?

Aucune réponse.

– Gabby !

Thea perçut la terreur dans sa voix.

Les flammes se propageaient. Les cris furieux du médecin se mêlaient au grondement et aux crépitements du feu qui la dévorait. Retenant son souffle, Thea repoussa violemment les toiles empilées et ouvrit d'une secousse les portes du placard.

Il n'y avait aucune trace de l'enfant.

O, Dieu Tout-Puissant, où est ma fille ?

Ses poumons étaient en feu ; la chaleur brûlante lui semblait lacérer sa peau comme les griffes d'un chat. Certaine que Gabby n'était pas dans l'atelier, elle se précipita à l'extérieur.

Le souffle court, inspirant avidement des goulées d'air pur, elle claqua la porte de l'atelier derrière elle. A cet instant, la sirène se déclencha, suivie du sifflement du système d'extinction d'incendie. La forcenée allait survivre.

L'inspecteur était affalé sur la pelouse, le visage enfoui dans l'herbe. L'abandonnant là, Thea se précipita dans la maison. Elle décrocha le téléphone et composa le numéro des urgences.

– Aidez-moi, cria-t-elle. Aidez-moi, je vous en prie !

– Calmez-vous, m'dame. De quoi avez-vous besoin ? Police, pompiers ou ambulance ?

– Les trois !

Thea débita précipitamment son adresse et son téléphone, ainsi qu'un bref résumé de la situation. De toute évidence, son interlocuteur était sceptique. Thea ne pouvait attendre qu'il diffuse son appel sur la radio. Elle raccrocha violemment.

Il fallait qu'elle trouve Gabby.

Se précipitant de l'une à l'autre des pièces du rez-de-chaussée, elle appela la fillette :

– Gabby ? Où es-tu, ma chérie ?

Elle gravit quatre à quatre les marches de l'escalier. La porte de la chambre de Gabby était fermée.

– Gabby ?

Son cœur battait à tout rompre. *Je vous en prie, faites qu'elle soit saine et sauve !...*

Retenant son souffle, Thea tourna la poignée et entrouvrit la porte. Gabby était allongée sur le lit, pâle, inerte.

– Gabby ?

Thea secoua le corps fluet de la fillette.

Aucune réaction.

– Gabby, réveille-toi !

L'enfant demeurait immobile.

– Ce n'est pas possible qu'il te soit arrivé quelque chose ! cria Thea. S'il te plaît, réveille-toi, ma chérie ! Oh, ne me prenez pas mon enfant !

Alors, miraculeusement, elle sentit une petite main chercher la sienne. Levant les yeux, elle vit frémir les paupières de Gabby. Des larmes emplirent les yeux de la jeune femme, ruisselèrent sur ses joues. Enfin, la muraille qui endiguait ses émotions s'était rompue.

– Maman ? Pourquoi tu pleures ?

– Oh, ma chérie, je suis si heureuse qu'il ne te soit rien arrivé ! Si heureuse !

– Moi, je suis contente que tu sois enfin rentrée, maman, marmonna la fillette d'une voix pâteuse. Je t'ai attendue tellement longtemps... Alors qu'est-ce que c'est, la surprise ?

57

Le château l'émerveillait. Il devait bien comporter quarante pièces, voire davantage. Il y avait sans doute là des toilettes au siège bordé de fourrure. Des baignoires incrustées de pierres précieuses, du personnel à foison et le reste à l'avenant. Mais est-ce que cela rendait ces gens heureux ?

Non, loin s'en fallait.

Eh bien, il allait apporter un peu de joie à l'existence morose de la vieille Mrs. Gallatin. Max Perry suivit le majordome aux cheveux gominés le long du couloir et jusqu'au bureau.

Il savait ce qu'il avait à faire, mais ce n'était pas pour autant que cette perspective le réjouissait. Ou qu'il était content de lui-même.

Sur les murs hauts et sombres du couloir étaient pendus les portraits à l'huile d'ancêtres à la mine austère. Une curieuse ressemblance avait survécu à plusieurs générations. Max Perry gratifia d'un regard sévère les visages impérieux de l'arrière-grand-père Elijah Gallatin et de ses fils, les jumeaux Darwin et Squire.

Ces individus s'imaginaient qu'ils valaient mieux que le tout-venant, mieux que quiconque. Et s'il était leur élément de comparaison, ils n'avaient peut-être pas tort.

Pour être honnête, l'arrogance que manifestaient les Gallatin à son égard semblait être en train de s'adoucir. Perry avait été agréablement surpris lorsqu'il avait contacté Cassandra Rodbury, ce matin-là. L'avocate l'avait invité à délivrer son message en personne au domaine de Lily Gallatin. Il s'était attendu qu'on lui fixe un rendez-vous anonyme, comme à l'ordinaire, en quelque endroit désert du voisinage. Sur la plage, par exemple. Ou au dix-huitième trou du terrain de golf municipal, au crépuscule, après le départ des derniers joueurs. L'invitation des deux femmes représentait un grand pas dans la bonne direction. Mais étant donné qu'il s'apprêtait à bluffer avant de prendre la clef des champs, cette courtoisie imprévue n'avait pas grande importance.

Le majordome ouvrit les doubles portes menant au bureau et lui fit signe d'entrer. Perry s'était attendu à rencontrer exclusivement la vieille femme et le mannequin qui lui tenait lieu de fille ; mais l'avocate patientait également dans le bureau, ainsi qu'un inconnu.

– Asseyez-vous, Mr. Perry, ordonna Lily Gallatin d'un ton sec.

Tiens donc, la vieille bique connaissait son nom. C'était la première fois qu'elle daignait s'en servir. Il prit place dans l'un des trois fauteuils Chippendale qui entouraient le bureau ornementé de Lily Gallatin. Comme à son habitude, la jeune femme muette se plaça derrière sa mère.

– Maxwell Perry, je vous présente Brian Delavan, reprit la vieille femme d'une voix glaciale.

L'inconnu lui adressa un rude hochement de tête.

– *Buck* Delavan, corrigea-t-il. Inspecteur-chef Buck Delavan. Chef de la brigade de Westport.

Le regard incisif de Lily Gallatin glissa de Perry à l'inspecteur-chef puis retourna se poser sur le premier.

– Je voulais vous recevoir simultanément, afin d'en finir le plus vite possible avec une affaire qui me déplaît profondément.

– Qu'est-ce que vous voulez dire ? s'insurgea Delavan. Je n'ai fait que suivre vos ordres, Mrs. Gallatin.

– C'est inexact, inspecteur. J'ai recouru à vos services pour châtier le meurtre de mon fils. Je voulais connaître la vérité.

– Alors j'ai d'excellentes nouvelles pour vous, Mrs. Gallatin, intervint Max Perry. Hier soir, j'ai vu Thea Harper. Elle m'a avoué que le meurtre lui était revenu en mémoire.

Perry savait que ce prétendu aveu serait sans valeur une fois qu'il aurait pris la poudre d'escampette. Une simple allégation qu'il serait impossible d'étayer. Mais cela distrairait la vieille femme suffisamment longtemps pour qu'il puisse déguerpir.

– Vraiment, Mr. Perry ?dit-elle.

Elle le scrutait d'un regard glacial. De même que sa fille.

– Oui. Nous avons eu une longue discussion ; je suppose que sa conscience la tourmentait.

Buck Delavan arborait une expression revêche.

– Peut-être aimeriez-vous indiquer à Mr. Perry en quoi sa révélation nous pose problème, Mr. Delavan.

Le visage ridé de Lily Gallatin était empreint d'un profond mépris.

– En fait, il s'avère que Mrs. Harper n'a pas tué le sénateur. La nuit dernière, le véritable coupable nous a fait des aveux complets. Il s'agit d'une psychiatre dénommée Forman.

– Le médecin de Thea ?

Max se souvenait l'avoir aperçue durant le procès. Une femme guindée, austère, trop parfaite pour qu'on puisse lui faire entièrement confiance.

Et, apparemment, Perry ne s'était pas trompé.

– Elle-même. Le doc a avoué être l'auteur d'une série de meurtres, y compris celui du sénateur Gallatin. Il semblerait qu'elle ait essayé d'assassiner son père, qui est déjà mort. Cette femme est complètement toquée.

– Venons-en aux faits, messieurs. Vous vous êtes tous deux acharnés sur une innocente. Je vous avais enjoint de découvrir la vérité, et vous avez l'un et l'autre lamentablement échoué.

Cette attitude de sainte-nitouche déclencha la fureur de Max Perry.

– Tout ce que vous vouliez, Mrs. Gallatin, c'était qu'on vous apporte la tête de Thea Harper sur un plateau. C'est pour cela que vous m'avez recruté.

– Vous vous trompez lourdement, jeune homme, tout comme l'inspecteur-chef Delavan.

– Si je me suis trompé, c'est votre faute, et la faute de votre porte-parole, là, répliqua-t-il d'un ton cinglant.

– Avez-vous fini ? demanda Lily Gallatin.

Max Perry ne se donna pas la peine de répondre. C'était lui qui était un homme fini, et ils le savaient tous.

– Inspecteur-chef Delavan, j'ai l'intention de m'entretenir de votre éthique et de vos agissements professionnels douteux avec mon ami Arthur Keenan.

Keenan était le maire de Westport. Le supérieur de Delavan, et son futur bourreau.

– En ce qui vous concerne, Mr. Perry...

Perry leva les mains en signe de défaite.

– Ne vous donnez pas cette peine, Mrs. Gallatin. Je sais que vous projetez de me livrer aux fédéraux pour cette fausse accusation de trafic de drogue. Eh bien, au diable ! Après ce que vous m'avez fait subir, la prison me donnera l'impression d'être un club de vacances.

Lily Gallatin secoua sa vieille tête.

– En fait, ce n'est pas mon intention. Si je n'avais su que les accusations qui pesaient contre vous étaient dénuées de fondement, je n'aurais jamais négocié votre libération, pas plus que je n'aurais requis vos services. Je l'ai fait exclusivement parce que j'admirais vos talents journalistiques, Mr. Perry. Si vous vous étiez comporté d'une façon plus honorable, je vous aurais offert l'opportunité d'écrire la biographie de mon fils décédé.

Perry n'en croyait pas ses oreilles. Depuis le premier jour, il travaillait à rassembler toutes les bribes d'informations possibles afin de rédiger un ouvrage sur les Gallatin – sans leur autorisation.

– C'est merveilleux, Mrs. Gallatin. Oh, je donnerais n'importe quoi....

D'un regard, elle le réduisit au silence, avant de poursuivre :

– Malheureusement, en venant aujourd'hui propager ces ridicules mensonges au sujet de Thea Harper, vous m'avez fait changer d'avis. De toute évidence, vous n'êtes pas le genre d'individu à qui la famille Gallatin peut accorder sa confiance.

En signe d'acquiescement, la jeune femme inclina silencieusement la tête. Ses lèvres esquissèrent un sourire diabolique.

– Ce n'est pas vrai, Mrs. Gallatin ! J'ai raconté tout ça parce que je me trouvais dans une situation désespérée. Mais ce n'est pas mon genre. Vous devez me croire...

– Je ne dois rien faire de la sorte. Au revoir, Mr. Perry. Au revoir, Mr. Delavan.

Lily Gallatin se leva et pressa une sonnette située sur le mur.

– Frederick va vous raccompagner.

58

C'était la première fois que Gabby allait à l'hôpital depuis sa naissance. Pour être honnête, les hôpitaux lui avaient toujours répugné. Mais celui-ci n'était pas si mal.

On l'avait piquée au bras pour une prise de sang, mais à part cela, elle était simplement en observation, ce qui signifiait qu'elle devait rester là, devant la télévision, pendant que tout le monde la chouchoutait.

A l'heure des repas, sa mère lui apportait ses plats préférés. Chaque après-midi, Mrs. Millport lui rendait visite en compagnie des jumelles et d'Amber, et apportait toutes sortes de décorations pour embellir la chambre.

L'enfant qui occupait l'autre lit était gentille. Elle s'appelait Lindy, et elle avait été brûlée au cours d'un incendie. A présent, elle n'avait plus que quelques pansements et des plaques rosâtres sur les bras qui ressemblaient à des coups de soleil. Ça ne dérangeait pas Gabby que sa compagne de chambre n'ait que cinq ans et demi. En un sens, c'était drôle d'être la plus vieille ; c'était Gabby qui choisissait quelle émission de télévision regarder et quand c'était l'heure d'aller à la salle de jeux.

Ce matin-là, au cours d'une de leurs promenades, elles s'étaient aventurées au-delà d'un couloir vitré qui menait à l'autre partie du service. Lorsque Gabby avait aperçu Dylan Connable dans le salon et qu'elle l'avait présenté à Lindy comme un ami, la petite fille avait été *très* impressionnée.

L'adolescent s'était remis d'avoir avalé tous ces cachets. A présent, il participait au programme spécial dont la mère de Gabby lui avait parlé. Après quelques mois d'hôpital, il serait transféré dans un endroit que l'on appelait un foyer de transition. Dylan lui avait dit qu'à son avis tout cela ne changerait rien ; mais Gabby avait remarqué qu'il n'avait pas fait allusion à la mort ou aux cadavres, même une seule fois.

Quand l'infirmière était venue les chasser, Dylan avait promis de traverser le couloir vitré et d'aller rendre visite à Gabby dans le service de pédiatrie. Elle lui avait répondu qu'il faudrait qu'il se dépêche : le lendemain matin, à la première heure, elle rentrerait chez elle.

59

Gabby bouillonnait d'enthousiasme ; la fillette s'était mise sur son trente et un et débordait d'espoir. Thea conservait ses inquiétudes pour elle-même. Si la journée s'avérait décevante, l'enfant retomberait bien assez tôt de son nuage rose.

La propriétaire de la librairie les précéda entre les rangées d'étagères, jusqu'à la table pliante qu'elle avait installée au fond de la boutique. De part et d'autre de la table se trouvaient deux piles considérables du dernier grand roman américain en date, *Les Bonheurs de Sophie*, ainsi que des agrandissements de sa couverture.

Lorsque Thea et Gabby corrigeaient l'histoire avant de la soumettre à Pru Whittaker, elles étaient convenues que Sophie se sauverait elle-même du brasier. Dans cette nouvelle version, Willy Dillon demeurait un héros : il bravait les flammes pour appeler la caserne des pompiers. Mais en fin de compte, c'était Sophie elle-même qui éteignait l'incendie avec des seaux de glace au pécan et à la pistache fondue sous l'effet de la chaleur.

Avec son talent habituel, Pru avait suscité l'intérêt de trois éditeurs. Thea soupçonnait l'agent artistique d'avoir tiré profit de la publicité occasionnée par l'arrestation et la condamnation du docteur Forman – le plus dangereux tueur en série de sexe féminin qu'ait connu le Connecticut – , et des lettres de regret et d'excuses que, suite à cela, des inconnus et des célébrités du pays tout entier avaient adressées à Thea.

Mais Pru le niait avec fermeté. Sophie ne devait son succès qu'à ses propres mérites, affirmait-elle.

La séance de signature était programmée de quatorze heures à seize heures. La manifestation avait été annoncée par des articles dans les journaux régionaux. Mais en dépit des espoirs de Gabby, Thea savait que les heures qui s'annonçaient pouvaient être fort solitaires.

Combien de gens allaient sortir sous une pluie battante de juillet pour aller acheter un album totalement inconnu, fruit d'un duo d'auteurs novices? Les conditions climatiques jouaient contre elles. Pru, qui était dotée d'un esprit réaliste, avait affirmé que la majorité des séances de signatures étaient tout simplement « mortelles ». Invitez vos amis, avait-elle recommandé : ainsi, vous serez sûre que quelqu'un viendra.

Thea s'était exécutée. Et à deux heures moins dix, le clan des Millport envahit les lieux de tout son enthousiasme tapageur. Caro acheta cinq exemplaires de l'album pour les ajouter à sa collection déjà considérable. Tous les enfants se mirent à la queue leu leu pour les faire dédicacer.

– Ecris « A ma meilleure amie », recommanda Opal à Gabby.

– La même chose pour moi, demanda Jasmine.

– Me'eur ami, exigea Raleigh.

– Ami D'ake, répéta le bébé en écrasant sur la première page le biscuit détrempé qu'il était en train de mâchouiller.

Gabby était radieuse.

– Vous êtes merveilleux! s'exclama Thea. Merci d'être venus nous tenir compagnie!...

Caro regarda par-dessus son épaule.

– On dirait que vous allez avoir de la compagnie à revendre, mon chou. Venez, les enfants. Dépêchez-vous, que tous ces admirateurs puissent faire signer leurs albums!

Au grand ravissement de Gabby, une petite queue s'était formée derrière les Millport. A l'ouverture officielle de la séance de dédicace, la file d'attente se prolongeait jusqu'à la section des livres horticoles et dépassait celle des arts et des travaux pratiques. Une fois la première ruée passée, un flot régulier de lecteurs s'arrêta pour acheter l'album et le faire dédicacer. Durant l'un des rares instants d'accalmie, la libraire apparut avec une pile de livres que la famille et les voisins de Thea, dans l'Idaho, avaient commandés par téléphone.

Billie fit son apparition peu avant quatre heures, portant un parapluie et plusieurs livres qu'elle avait l'intention d'offrir à ses nièces et à ses neveux. L'infirmière était d'humeur joviale : après des mois de silence, on avait enfin retrouvé Vita Negrone dans une clinique psychiatrique privée de l'autre côté de la frontière de l'État de New York, à White Plains. Elle s'était présentée là-bas le jour même de sa disparition de Brook Hollow, et avait insisté pour être admise. Vita n'avait eu aucun mal à convaincre le directeur qu'elle avait grand besoin d'être soignée.

Lorsqu'on l'avait interrogée sur les raisons de son départ subit de Brook Hollow, Vita avait affirmé que c'était la nourriture qui l'avait chassée. « Un autre repas là-bas, et je serais devenue folle », avait-elle déclaré.

Apparemment, la vieille Vita était plus maligne qu'on ne le croyait.

Le dernier client fut Daniel Biederman, que l'on avait récemment promu inspecteur-chef de la brigade de Westport. Il remplaçait Buck Delavan, qui avait consenti à partir en retraite anticipée.

Thea répondit à la mimique embarrassée de Daniel par un sourire stupéfait.

– J'espère que je n'arrive pas trop tard pour avoir mon exemplaire dédicacé, murmura-t-il avec timidité.

Son imperméable était trempé ; des flaques s'élargissaient à ses pieds, sur le plancher.

– Je pense que nous pouvons satisfaire à votre demande, monsieur. Il pleut toujours ? demanda Thea en refrénant un rire.

– Juste une petite bruine. Ces dames auraient-elles envie d'aller fêter cette journée avec une glace chez *Friendly* ?

C'était un homme opiniâtre, cela ne faisait aucun doute. Durant les six mois qui venaient de s'écouler, Thea lui avait expliqué à d'innombrables reprises que les expériences qu'elle venait de vivre l'avaient dissuadée d'envisager une autre relation dans l'immédiat.

Mais elle avait eu beau tenter de le décourager, il s'était obstiné, s'immisçant dans les bonnes grâces de Gabby et se fondant dans le décor de leur existence.

A présent, Thea était habituée à lui. Et elle devait admettre qu'il était de compagnie agréable. Elle avait découvert qu'ils aimaient tous deux les dîners détendus, les concerts, les vieux films et les longues discussions philosophiques. Daniel était digne de confiance, honnête, intègre et séduisant. Et il était doué d'un formidable sens de l'humour.

Mais il ne s'agissait *pas* d'une relation sentimentale à proprement parler.

La libraire était en train de fermer boutique. Elle replia la table où s'était déroulée la séance de signature et rangea sur les étagères les rares albums qui n'avaient pas été vendus.

– Vous pouvez emmener les affiches, si vous voulez, dit-elle à Thea.

– On peut vraiment ? s'exclama Gabby. Elles sont formidables !

– Eh bien, je ne sais pas trop, ma chérie. Elles sont gigantesques.

– Pas de problème. Je serais ravi de m'en occuper, offrit Biederman.

– Génial ! Et on pourra manger une glace à la maison, et vous resterez dîner avec nous. C'est d'accord, hein, maman ?

Thea haussa les épaules.

– Pourquoi pas ?

Lorsque tes adversaires sont en plus grand nombre, la meilleure chose à faire est de jouer avec la musique, Checker.

Saisissant une affiche de Sophie dans chacune de ses grandes mains, Biederman les précéda à l'extérieur de la librairie, dans la tiède pluie estivale.

COLLECTION «THRILLERS» CHEZ POCKET

BATAILLE THIERRY
BRUNO JEAN
L'empreinte du serpent

BECKETT SIMON
Le rêve de l'antiquaire

BROWN ROSELLEN
Les quatre vérités

BRUNO ANTHONY
Seven

COLLINS LARRY
Les aigles noirs
Dédale

COOK ROBIN
Mutation

CRICHTON MICHAEL
Congo
Extrême urgence
Harcèlement
L'homme terminal
Jurassic Park
Le monde perdu
Soleil levant
La variété Andromède
Un train d'or pour la Crimée
Sphère

CRUZ SMITH MARTIN
Parc Gorki

DEMILLE NELSON
Le déshonneur d'Ann Campbell
Je reviens te chercher
Retour de l'enfer

DURAND LOUP
Daddy
Le grand silence
Le jaguar

EASTERMAN DANIEL
Le nom de la bête
Le testament de Judas
La nuit de l'apocalypse

EVANS PENELOPE
La locataire

FIELDING JOY
Ne pleure plus

GALLOIS SOPHIE
Genius

GRISHAM JOHN
La firme
L'affaire Pélican
L'héritage de la haine
Non coupable
Le couloir de la mort

HAMSHER J. AUGUST
Tueurs-nés

HARRIS ROBERT
Fatherland
Enigma

HARRIS THOMAS
Black Sunday

HARRISON COLIN
Corruptions

HARRY ERIC
10 juin 1999

HARTOV STEVEN
La fièvre du Ramadan

JAHAM MARIE-REINE DE
Le Libanais

Katzenbach John
Juste cause

Kellerman Jonathan
Double miroir
Terreurs nocturnes
La valse du diable

King Charles
Mama's boy

Koontz Dean R.
Prison de glace

Lapierre & Collins
Le cinquième cavalier

Lescroat John T.
Justice sauvage

Levin Ira
Sliver

Ludlum Robert
Le duel des gémeaux
L'illusion Scorpio
Le manuscrit Chancellor
La route d'Omaha
Les veilleurs de l'apocalypse
L'agenda Icare

Margolin Philip
La rose noire
Dernière chance

Mitchell K.
Blown away

Montécino Marcel
Crosskiller

Osborne Richard
Basic Instinct

Palmer Michael
Mesure d'urgence

Patterson James
Et tombent les filles
Jack et Jill

Perry Thomas
Une fille de rêve

Prichard Hunter Jessie
L'assassin habite à la maison

Russo Enzo
Tous sans exception

Sandford John
La proie de l'ombre
La proie de la nuit

Smith Mitchell
La cité de pierre

Soussan André
Octobre II

Stein Harry
Victoire in extremis

Thierry Alain
L'étrange destin du docteur Tillac

Tine Robert
Bodyguard

Van Lustbader Eric
Le ninja

Weaver Michael
Obsession mortelle
La part du mensonge

Willocks Tim
L'odeur de la haine

Achevé d'imprimer en septembre 1998
sur les presses de l'Imprimerie Bussière
à Saint-Amand (Cher)

Achevé d'imprimer en septembre 1998
sur les presses de l'Imprimerie Bussière
à Saint-Amand (Cher)

POCKET - 12, avenue d'Italie - 75627 Paris Cedex 13
Tél. : 01-44-16-05-00

— N° d'imp. 2054. —
Dépôt légal : octobre 1998.

Imprimé en France